btb
Aus Freude am Lesen

btb

Buch

Das römische Reich 70 n. Chr. Der jüdische Aufstand gegen Rom ist endgültig gescheitert, und Jerusalem wird von den Legionen des Titus gestürmt, der Tempel geplündert. Zusammen mit den Schätzen des wichtigsten jüdischen Heiligtums wird auch die Menora, der siebenarmige Leuchter und Symbol des Staates Israel, nach Rom gebracht und dort im Triumphzug vor Kaiser Titus gezeigt. Seitdem aber gilt die legendäre Menora als verschollen.
Fast zweitausend Jahre später, im Jahre 1966, taucht in Israel ein uraltes, aufsehenerregendes Schriftrollenfragment auf. Es bezeugt, daß die Menora schon vor dem unglücklichen Aufstand gegen Titus aus Jerusalem entfernt und von einer Gruppe Gläubiger in der Wüste versteckt wurde. Und mit einem Schlag scheint die Wiederentdeckung des antiken Leuchters keine Unmöglichkeit mehr zu sein, der für das heutige Israel von größter Bedeutung und Wichtigkeit wäre. Aber auch die Jordanier, auf deren Gebiet die Schriftrollen gefunden wurden und die sich fieberhaft bemühen, das Versteck des Leuchters ausfindig zu machen, wissen um seinen unschätzbaren Wert. Um ihnen zuvorzukommen, verpflichten die Israelis den charismatischen englischen Professor Caspar Laing, einen brillanten Archäologen und Altertumsforscher, der den Nahen Osten kennt wie kaum ein anderer. Zusammen mit Professor Agrot und Shoshana, einer attraktiven jungen Israelitin, macht sich Laing an die Arbeit. Für das ungewöhnliche Trio beginnt ein atemberaubender Wettlauf mit der Zeit...

Autor

Lionel Davidson, geboren 1922, gilt als einer der renommiertesten und besten Autoren von Abenteuerromanen und Thrillern im gesamten englischsprachigen Raum. Für seine herausragenden Romane *Die Rose von Tibet* und *Die Nacht des Wenzel* erhielt er mehrere Literaturpreise und euphorische Kritiken. *Das Geheimnis der Menora* wurde mit dem Crime Critics Award für den besten Thriller des Jahres ausgezeichnet.

Lionel Davidson

Das Geheimnis der Menora

Roman

Aus dem Englischen
von Dörte und Frieder Middelhauve

btb

Die englische Originalausgabe erschien
1966 unter dem Titel »A long Way to Shiloh«
bei Penguin, Harmondsworth

Umwelthinweis:
Alle bedruckten Materialien dieses Taschenbuchs
sind chlorfrei und umweltschonend.

btb Taschenbücher erscheinen im Goldmann Verlag,
einem Unternehmen der Verlagsgruppe Bertelsmann.

1. Auflage
Genehmigte Taschenbuchausgabe November 1996

Umschlaggestaltung: Design Team München
Satz: IBV Satz- und Datentechnik GmbH, Berlin
T.T. · Herstellung: August Wiesbeck
Made in Germany
ISBN 3-442-72127-X

FÜR FAY

PROLOG

Erklärung des Endes von allem Anfang an

Was noch nicht geschehen ist
(Jesaja 46.10)

Ich kam im Norden heraus, wohlgemerkt, im Norden, und wandte mich nordwärts: mit zehn Männern, zwanzig Lasttieren und dreißig Tagesrationen.

Wir aßen spärlich, und jeder hoffte, mit einem Rest seines Proviants zurückzukehren. Zweifellos hatten alle noch das frühere Mal in Erinnerung, als sogar Vogeldung als Nahrung gehandelt werden mußte – zehn Schekel für ein Viertel, wie die Geschichte überliefert und wie betont werden muß.

Wir marschierten nachts, die Fracht gleichmäßig aufgeteilt: Jedes Tier trug hundert Kilogramm, bei einer Gesamtlast von zweitausend Kilo, alles in Barren, ein geheimes Gut.

Was den Rest betraf, so trugen die Unteroffiziere das OEED und die Feldwebel die Ausrüstung. Die gemeinen Soldaten trugen das Werkzeug: Schaufeln, Hacken und Brechstangen.

Nach einhundertfünf Kilometern, wohlgemerkt, erreichten wir den Ort und vergruben das OEED. Aus Gründen strengster Geheimhaltung nahmen an dieser Operation nur die gemeinen Soldaten und ich selbst teil. Andere Zeugen gab es nicht. Und hier liegt es: In einer Tiefe von, genau gesagt, zwei Metern, gut verschnürt, bedeckt mit einer Schicht blauer Marmorbrocken und mit Holzbohlen gesichert: Die Vorkehrungen entsprachen den gesondert erteilten schriftlichen Anordnungen.

Die Barren liegen anderswo; ohne dergleichen Vorkehrungen wurden sie, entsprechend den gesondert erteilten Anordnungen, auf verschiedene Orte verteilt.

Nach all der Mühe kehrten wir um, genauer gesagt: ich, zwei Offiziere, zwei Unteroffiziere, zwei Feldwebel und vier gemeine Soldaten. Bei der ersten Rast riefen die Offiziere und Unteroffiziere die Soldaten paarweise beiseite und erwürgten sie.

Beim nächsten Halt, während der Fütterung der Tiere, wurden die beiden Feldwebel getrennt zur Arbeit geschickt und von den zwei Unteroffizieren gemeinsam erwürgt. All dies geschah vorschriftsmäßig mit Stricken, und das Begräbnis fand mit allen dazugehörenden Ehren statt.

Nachts im Lager, während sie schliefen, waren die beiden Unteroffiziere an der Reihe. Die Offiziere, die dies zu zweit erledigten, töteten sie mit Messern; alles geschah den Vorschriften entsprechend, mitsamt Begräbnis und dazugehörenden Ehren.

Die beiden Offiziere waren vereidigt. Sie trifft keinerlei Schuld.

Sobald die Arbeit getan war, brachen wir das Lager ab und marschierten weiter. Gegen Mitternacht jedoch wurden wir im Dunkeln überrascht und zum Anhalten gezwungen: Ein berittener Trupp, ein größerer Trupp war aufgetaucht. Ihr Anführer – ein Hauptmann, wie unsere eigenen Offiziere feststellten – war eindeutig vom Nordkommando und legte uns ordnungsgemäß unterschriebene Befehle vor, mit denen wir ersucht wurden, ihn zu seinem Hauptquartier zu begleiten.

Sollte ich falsch gehandelt haben, dann aus Gründen mangelnder Kenntnisse und um die Sicherheit zu gewährleisten. Niemand hatte mich davon unterrichtet, daß das Nordkommando an diesem Unternehmen beteiligt war, und ich konnte mir wahrhaftig keinen Grund denken, warum dieses Kommando beteiligt sein sollte. Der junge Offizier konnte mir auch keinen nennen. Überdies lauteten seine Anweisungen, unser ganzes Unternehmen, die Fracht und die Männer, seien dem Nordkommando zu übergeben, was inzwischen gar nicht mehr möglich war, dabei war doch alles genau den Vorschriften gemäß ausgeführt worden.

Deshalb weigerte ich mich, die Autorität des jungen Offiziers anzuerkennen, und wurde unverzüglich unter Arrest gestellt. Und so marschierten wir weiter, bis wir um zwei Uhr nachts eine Biwakstelle zwischen Felsen erreichten, wo wir das Lager aufschlugen.

Der junge Offizier verhielt sich äußerst korrekt, ihn trifft keine Schuld. Er verlangte nicht von mir, bei den gemeinen Soldaten zu schlafen, obwohl er natürlich Wachen für mich aufstellte. Die Wachen ihrerseits erwiesen mir allen Respekt und gestatteten mir, während der Nacht hinter einen Felsen zu gehen, wo die Tiere lagen, um meine Notdurft zu verrichten. Ich kletterte hinauf und entkam.

Sie schlugen sogleich Alarm und verfolgten mich, doch meine genaue Kenntnis dieses schwierigen Geländes ermöglichte mir, ihnen zu entkommen. Im Schutze der Dunkelheit verfolgte ich eine ganz einfache Strategie: ich stieg wieder hinab, jagte die Tiere in eine Richtung und machte mich selbst in die andere davon.

Die Verfolgung wurde ordnungsgemäß durchgeführt, niemand ist dafür zu tadeln. Von einem hochgelegenen Versteck aus beobachtete ich das Geschehen. Gegen Mittag wurde die Verfolgung abgeblasen, die Männer kehrten zurück, brachen das Lager ab und machten sich auf den Weg.

Ich hatte weder Nahrung noch Wasser.

Ich wartete die Dunkelheit ab, ehe ich mich rührte.

Die Strapazen hatten mich geschwächt, ich stürzte und brach mir den Arm. Der gesplitterte Knochen trat durch das Fleisch.

Ich hatte Fieber, und mein Zustand verschlechterte sich. Ich sah keinerlei Möglichkeit zurückzukehren, also wandte ich mich in Richtung der Wasserstelle, wo die Leute mich kannten.

In geschwächtem Zustand stieg ich hinab, voller Angst, angegriffen zu werden. Sie hatten Wachtposten aufgestellt, aus Furcht vor Partisanen.

Ich blieb liegen, bis ich mich sicher fühlte, und betrat heimlich die Siedlung. Ich bewegte mich auf ein Licht zu und sah zu meiner Freude, daß es die alte Parfümerie war. Der Wachposten dort achtete auf den Kessel.

Er kannte mich von früher, ein guter Kerl, nicht ungebildet, und genau der Richtige. Ich beschwor ihn, mich einzulassen, und er ließ mich ein. Wenn ich etwas Ungesetzliches getan habe, so trifft ihn keine Schuld.

Er hat gesagt, ich sollte es aufschreiben, an dem Tag, an dem er stirbt, damit sie es erfahren. Es war vier Tage, nachdem er gekommen ist, am 22. März, da ist er gestorben. Er hat gesagt, er würde mir sagen, was ich tun soll, wenn ich ihn beerdige, hat er aber nie getan. Er phantasierte, und so habe ich ihn nachts in den Blütenkorb gelegt und oben hinter der Quelle begraben.

Ich sagte ›Friede deiner Seele‹ und ›Gott sei dir gnädig‹. Er war ein guter Mensch, ein Priester.

Er ließ nicht zu, daß ich Hilfe holte, als sein Arm zu stinken anfing, er verbot mir, es irgend jemandem zu erzählen, aber ich sagte es dem Priester, der bei mir das Blumenöl holt, und der hat gesagt, ich hätte, als ich ihn beerdigte, die richtigen Worte gesprochen, und das hoffe ich sehr, allerdings ist er kein richtiger Priester.

Ich habe, was er geschrieben hat, ein zweites Mal abgeschrieben, ich habe mein Bestes getan. Er hat gesagt, er würde mir sagen, was ich damit tun soll. Ich habe eins zu den Curtains gebracht, zweihundert Meter hoch, zu dem Felsen, den man von hier aus nicht sehen kann, dem abgewandten. Es liegt im ersten Loch, wenn man vom Gipfel herunterkommt. Das zweite habe ich weiter unten, am Fuß des Abhangs versteckt, unter dem Weg, den man geht.

I Narren und Toren

Nichtiger Gottesdienst
(Jeremias 10.8)

1

Als ich ankam, war niemand da, niemand außer Birkett und seiner Frau, was ich als besondere Strafe empfand. Er aß Trauben und eine Selleriestange und unterbrach sich nicht, als er mich sah, sondern nickte nur und fuhr fort, langsam und bedächtig zu kauen. Er trug einen schwarzen Rollkragenpullover aus irgendeinem dünnen Material, wahrscheinlich Nylon, der ihm gemeinsam mit seinen eng zusammenstehenden Augen, von denen eines größer war als das andere, und den hohen, dämonisch wirkenden Wangenknochen das Aussehen eines verrückten alten Balletttänzers verlieh.

Seine Frau war am selben kleinen Eichentisch mit einer ähnlichen Mahlzeit beschäftigt gewesen; nun nahm sie ihren Teller hoch, sagte: »Entschuldigen Sie mich einen Moment«, und verließ damit den Raum. Er kaute weiter und nickte, um anzudeuten, daß sein Mund bald leer sein würde, und so war es. Er beendete seine Mahlzeit nicht; er hatte nur den Mundvoll fertiggegessen und saß nun ganz unbeteiligt da.

Ich sagte: »Ich fürchte, ich komme zu früh.«

Er widersprach mir nicht, sondern sah mich nur auf seine ernste, leicht überspannte Art an und sagte: »Dadurch haben wir die Gelegenheit, miteinander zu reden.«

»Wir müssen Ihnen gratulieren«, sagte seine Frau, die zurückkam, mit ihrem dünnen, verkniffenen Lächeln auf dem Gesicht.

»Natürlich«, sagte Birkett würdevoll. »Das wollte ich schon seit längerem.«

»Dr. Laing ist ein junger Mann, dessen man schwer habhaft wird. Iß zu Ende, Liebling. Sie trinken doch sicher einen Schluck, Dr. Laing?«

Dies war eher eine Feststellung als eine Frage, mit der sie auf ihre seltsam zweideutige Art auf ein paar meiner besonderen Charakterzüge anzuspielen schien, wie zum Beispiel Zügellosigkeit, Gier und Opportunismus.

Ich lehnte mich, bereits entnervt, zurück. Mir fiel auf, wie sie meine Schuhe betrachtete. Die Wildlederschuhe waren mir für die exzentrischen Leute, die heute abend hier zu erwarten waren, passend erschienen. Außerdem trug ich ein kariertes Flanellhemd und eine alte Tweedjacke; ganz der nüchterne Laing. Ich hätte nicht gewaltiger danebengreifen können, wenn ich in Frack und Zylinder erschienen wäre. Ihre Art von Nüchternheit war dermaßen ausgefeilt, daß alles andere, die Wildlederschuhe einbezogen, wie schrille Affektiertheit wirken mußte. Unter dem Tisch sah ich Birketts schmale, elegante Füße in schwarzen Turnschuhen in zweifellos entspannter Yoga-Stellung nebeneinanderstehen. Die Beine darüber steckten in gebleichten Jeans. Seine Frau trug ein Gymnastiktrikot, braune Strümpfe und Sandalen. Ihre massige Gestalt durchquerte in diesem Aufzug den Raum, brachte mir einen Drink und schaffte es gleichzeitig anzudeuten, es handele sich dabei um eine Art medizinische Notversorgung für jemanden, der ohne das Zeug nicht leben kann.

Sie gab mir ein Glas, das ungefähr zehn Zentiliter Whisky ohne Wasser oder Soda enthielt, nur die pure Substanz. Sie war wirklich ein ziemlich widerwärtiges Weib.

»Ich hoffe, Sie mögen ihn so.«

»Danke sehr.«

»Ich meine mich zu erinnern, daß Sie auch rauchen. Die Zigaretten sind möglicherweise etwas trocken. Bei uns finden sie keine Verwendung.« Mit einer Porzellandose kam sie vom Büffet zurück.

»Dann ziehen sie besser durch.«

»Ziehen besser durch«, wiederholte sie und setzte sich mit

verkniffenem, mißtrauischem Lächeln hin, während sie den Scherz auf Fallen und Doppelsinnigkeiten abklopfte. Ich zündete eine Zigarette an und beschloß, das Scherzen zu lassen. Hier war es gefährlich, Scherze zu machen. Es war gefährlich, überhaupt etwas zu sagen. Ich nippte am Whisky und spürte, wie ich nervös wurde; mein Schädel brummte noch leicht vom morgendlichen Kater.

»Sie machen eine turbulente Zeit durch, Dr. Laing.«

»Nun, die Leute sind außerordentlich liebenswürdig.«

»Zu Erfolgreichen ist man immer liebenswürdig.«

»Da haben Sie sicher recht«, sagte ich. Es war besser, das hier hervorzuheben.

»Ihr Erfolg ist in hohem Maße verdient«, sagte sie barsch. »Das steht außer Frage. Dennoch überrascht es, daß man einem Mann Ihres Alters die Professur angeboten hat.«

»Es gibt nicht viele in dieser Disziplin.«

»Mag sein«, sagte sie vorsichtig. »Möglicherweise erfreut sich diese Disziplin derzeit auch einer gewissen modebedingten Aufmerksamkeit und zusätzlich scheinbar nahezu unbegrenzter Geldmittel. Dies alles zu erwähnen bedeutet natürlich nicht, Ihre Leistung schmälern zu wollen.«

Natürlich war das ihre Absicht. Sie hatte gesehen, wie meine Deckung ins Wanken geriet, und war blitzartig vorgestoßen; eine geübte und erfahrene Kämpferin. Sie war wirklich gut, dieses Biest. Die Euphorie der letzten Wochen verflog im Nu. Ich trank noch einen Schluck Whisky und spürte direkt, wie sie verschwand.

Lächelnd saß sie da, die Hände im Schoß. Nun war sie im richtigen Fahrwasser und läutete prompt die nächste Runde ein.

»Bestimmt tat der Abschied dennoch weh.«

»Ja. Nach drei Jahren.«

»Die anerkannten Disziplinen einer alten Universität hinter sich zu lassen, um etwas ganz – Neues anzufangen?«

»O ja, natürlich. Ganz sicher.«

Hier war nichts zu holen, sie spürte es. Gierig fuhr sie fort.

»Wir haben kürzlich Ihren Aufsatz gelesen, worin Sie Professor Gordon von Brandeis unterstützen.«

»Sie meinen den über die Hethiter-Kreter.«

»Äußerst brillant und eigenwillig formuliert (›effekthascherisch, marktschreierisch‹).« – »Soweit ich Sie verstanden habe, stehen Sie auf dem Standpunkt, daß die kretische und die hellenische Kultur gemeinsamen Ursprungs mit jener der Nordsemiten sind.«

»Nun, Gordon sieht das so. Ich vermochte lediglich ein paar Erkenntnisse über mein auserwähltes Volk hinzuzufügen.«

»Ihr auserwähltes Volk?«

»Die Nordsemiten.«

»Ah, so. Das sind Juden, nicht wahr?«

»Juden, vorjüdische Völker, Syrer, Phönizier, diese Gruppe.«

»Ah, diese Gruppe«, sagte sie mit einem äußerst milden Lächeln. »Nun, ich muß gestehen, daß ich Ihrer schmissigen und unterhaltsamen Darstellung (›Clown! Possenreißer!‹) weit besser folgen konnte als der sehr anspruchsvollen Arbeit von Professor Gordon. Obwohl diese Meinung, soweit ich gehört habe, nicht allgemein anerkannt ist.«

»Nein. Das heißt, die Stellungnahmen sind alle recht zurückhaltend, wissen Sie? Die Dummheit kommt früh genug ans Tageslicht. Von Neulingen wie mir wird einfach erwartet, daß sie durch die Weltgeschichte reisen und wilde Vermutungen anstellen. Hin und wieder könnte sich dann eine davon als berechtigt erweisen.«

Diese Bescheidenheit besänftigte und verärgerte sie in ungefähr gleichem Maße. Ihre Hände bewegten sich ruhelos auf dem Schoß. Sie wollte eine Herausforderung, und alles, was ich ihr darbot, war meine schmale, wendige Schulter; eine zu kleine Zielscheibe.

Sie sagte: »Vielleicht sollten wir jetzt nicht darüber diskutieren. Ich weiß, daß Birkett mit Ihnen darüber sprechen möchte.«

Birkett sprach im Augenblick mit niemandem; außer vielleicht mit sich selbst. Fasziniert beobachtete ich ein kaninchenhaftes Zucken seiner Oberlippe, nicht ganz im Takt mit seinen Kaumuskeln. Dies konnten sowohl vorgeschriebene Übungen aus dem Bhagavadgita als auch unwillkürlich ablaufende Stoffwechselvorgänge sein. Falls er etwas von dem Gerede mitbekommen hatte, das da vonstatten ging – was zweifelhaft war –, dann war ihm dessen unterschwellige Feindseligkeit sicherlich entgangen. Ein komischer Vogel, entnervend spleenig, sein Gesicht eine einzigartige Mischung aus überarbeitetem John Stuart Mill und Picasso auf dem Totenbett – alles in allem ein höflicher, sanfter und leidenschaftsloser Mann, außer in seinen Ansichten, von denen er selbstverständlich leben mußte. Er hatte es noch nicht zum Lehrstuhl für Englische Literatur gebracht, nach dem seine Frau so dürstete, und er würde es wohl auch nie schaffen. Ein entschieden seltsamer Vogel inmitten eines Klüngels zweifellos ebenfalls seltsamer Vögel, für die ich heute abend die Schuhe, Hemd und Jackett trug.

Er war fertig mit seinem Essen, trank ein Glas Wasser, ging hinaus, während er sich kräftig räusperte, und fing im Nebenraum an zu pinkeln. Offenbar tat er dies gleich hinter der Tür, er pinkelte endlos, exakt in die Mitte der Schüssel. Wir saßen da und lauschten, wobei das Gesicht seiner Frau völlig ausdruckslos blieb. Alles war hörbar in bester gesundheitlicher Ordnung.

»Und was genau«, fragte sie gedehnt, »werden Sie jetzt als nächstes tun?«

Ich erklärte ihr, was ich als nächstes tun würde.

»Ach, ja. Ich hörte, daß Sie auf Schwierigkeiten gestoßen sind.«

»Erwartete Schwierigkeiten. Eine Menge von dem Zeug wird nicht mehr aufgelegt, und ich muß es ausfindig machen.«

Der Lärm hinter mir hielt unvermindert an. Ich begann mir Sorgen zu machen, der erstaunliche kleine Teufel könnte sich selbst aus purer Unachtsamkeit ganz und gar davonpinkeln.

»Wann werden Sie sich also in Beds niederlassen?«

»Ende Januar.«

»Aber das ist doch erst in zwei Monaten?«

»Ja. Ich werde nicht ständig hier sein. Ich werde eine kleine Rundreise zu den privaten Bibliotheken unternehmen.«

Hinter mir kam Birkett zu meiner Erleichterung zu einem zögernden, melodischen Finale und ein paar Sekunden später zum endgültigen Schluß.

»Das wird wohl für einige Zeit Ihr letzter Ausflug sein, nehme ich an?«

»Das denke ich auch.«

»Ich kann mir vorstellen, daß Sie das in gewisser Hinsicht vermissen werden. Ein Mann Ihres Temperaments ist gern draußen an der Front.«

»Man kann nicht alles tun.«

»Sicher nicht. Nicht, ohne zu pfuschen, und das dürfen Sie nicht riskieren. Ich nehme an, Sie werden sich eine Frist von drei oder vier Jahren setzen, in denen Sie die Abteilung aufbauen werden.«

»Ungefähr so lange.«

»Ich bin sicher, Sie werden sich Ihre gute Nase bis dahin erhalten.«

Man konnte sie nie wirklich abwehren. Sie schlug ständig zu, suchte ununterbrochen nach Angriffspunkten für ihre Aggression; sehr gut im Clinch, verfügte sie über erstklassige Schlagkraft in beiden Fäusten. Wenn sie einen einmal in der Ecke hatte, konnte man nur noch hoffen, ihre Hiebe abzudämpfen, wenn sie zuschlug. Jetzt landete sie präzise Haken.

»Ich erinnere mich, irgendwo gelesen zu haben, daß es auf Ihrem Forschungsgebiet zwei unterschiedliche Typen gibt, den intuitiven und den deduktiven, wobei der erste früh und sozusagen sprunghaft aktiviert wird und der zweite viel später, zu einem kritischen Zeitpunkt der Wissenserlangung. Ähnlich wie bei einem Atompilz«, witzelte sie.

»Oder bei einem Komposthaufen«, ich lächelte zurück, um ihr zu zeigen, wie lässig wir ausgeschlafenen Jungs mit dieser Frage nach wissenschaftlichem Spürsinn, seiner Periodizität und Dauer umzugehen wußten. Sie hatte das ganz sicher bei irgend jemandem gelesen, das Miststück, wahrscheinlich bei mir.

Der Wasserhahn pfiff, als Birkett sich die Hände wusch, und einen Augenblick später trat er wieder ein – nicht im geringsten dünner geworden, wie ich überrascht feststellte. Seine Frau stand auf und ging hinaus – um, wie ich schon erschrokken glaubte, ihr eigenes Pinkelritual zu absolvieren. Doch das blieb aus. Den Geräuschen nach zu urteilen, holte sie für die erwarteten Gäste Gläser, und kurz darauf, um neun, nicht um halb neun, wie ich gedacht hatte, trafen sie nach und nach ein.

2

Gegen zehn, nachdem ich die Mixtur verdünnt und nachgefüllt hatte, zeigte der Whisky seine belebende Wirkung, und die Partygäste waren freundlich, zurückhaltend oder interessant, ganz, wie es die Situation erfordert; alles wie gehabt in diesem turbulenten Monat. Diese Leute entsprachen nicht im geringsten meinen Erwartungen. Mit erstaunlicher Aufmerksamkeit hatten die Birketts Leute eingeladen, die ich mochte oder gern kennenlernen wollte und die zugleich auch mich mochten oder kennenlernen wollten; ein eher seltenes Zusammentreffen. Den Ruf eines Wunderkindes zu haben birgt ein gewisses Risiko. Diese Leute hier schienen richtig nett zu sein. Keiner von ihnen war übermäßig unsympatisch. Die Stimmung im Raum war wohltuend entspannt. Ich drehte mich um, taxierte die Runde, und mein Blick fiel auf eine wohlproportionierte, ansehnliche junge Blondine, die mich betrachtete.

»Nun, Professor Laing, wie geht's uns so?«

»Sehr gut, Lady Liz. Ich bin aber augenblicklich nicht im Dienst.« Ein plötzlicher Schmerz, die Erinnerung an vergangene Leidenschaft durchfuhr mich.

»Auf jeden Fall freue ich mich, Sie noch auf den Beinen zu sehen. Ich hörte, man hat Sie gestern betrunken gemacht.«

Sie besaß das Talent, mit ihrer kehligen Stimme gerade das Ohr des Zuhörers zu erreichen, und sonst niemanden.

»Man hat es versucht.«

»Ich war nicht eingeladen.«

»Niemand war eingeladen. Es waren nur ein paar Leute, die irgendwann einmal unter mir gearbeitet haben.«

Diese Bemerkung registrierte sie mit dem schwachen Heben einer Augenbraue. Die Klassifizierung schloß sie keineswegs aus.

Sie sagte: »Dann bin sicher auch ich unter Ihrer Würde.« Auch diese Bemerkung war rein privater Natur, wie ihre Augenbraue verriet.

Ich antwortete: »Das können Sie jederzeit herausfinden.«

»Ich würde nach Bedford umziehen müssen, nicht wahr?«

»Sehr idyllisch dort.«

»Ziemlich überlaufen, wie ich hörte.«

»Ich denke, wir könnten noch eine Freiwillige dazwischenschieben.«

»Vermutlich hätte ich Konkurrenz.«

Zwischen uns funkte es, zwischen dieser aufregenden jungen Lady und mir, was wir genossen, bis eine schafsgesichtige wachsame Freundin von ihr sie, wie ein Lehrer seinen Zögling, auf ihr unschickliches Benehmen hinwies. Sie hatte prompt die Tonart gewechselt. Das war bereits ein paar Minuten her, und ich hatte ihre Freundin seither nicht mehr gesehen. Etwas in ihren letzten Worten hatte mir das Gefühl gegeben, der veränderte Tonfall könne nicht nur an ihrer schafsgesichtigen Freundin liegen.

Ich fragte: »Was tun Sie hier?«

»Ich studiere bei Birkett.«

»Fleißig, wie ich hoffe.«

»Ich führe ein ausgewogenes Leben.«

»Das dachte ich mir.«

»Sie auch, wie ich höre.«

Das hatte ihr sicher das Schafsgesicht erzählt. Der Verdruß legte sich, übrig blieb nur schieres Verlangen.

Ich fragte: »Haben Sie am Sonntag schon was vor?«

»Ja.«

»Etwas Wichtiges?«

»Ziemlich wichtig.«

»Das klingt relativ.«

»Alles ist relativ, Herr Professor.«

»Sind Sie zu Hause, wenn ich um vier anrufe?«

»Möglich.«

»Caspar!«

Ich fuhr herum. Das ist, nebenbei gesagt, mein Vorname. Es gibt nur einen Menschen, der ihn nach orientalischem Basar klingen lassen kann; noch dazu ein Mensch, der durchaus fähig war, aus dem, was sich zu einem ordentlichen Zweier zu entwickeln schien, einen stilvollen Dreier zu machen.

Ich sagte ohne Begeisterung: »Hallo, Uri.«

Er war spät dran, hatte es aber geschafft, sich auf dem Weg ein Glas zu sichern, das er in der schimmernden, behandschuhten Hand hielt. Sein melancholisches Lächeln strahlte mild, und seine hervortretende Gesichtsnarbe stand ihm gut.

»Geschäftlich hier?«

»Nur, um meine Wertschätzung auszudrücken.«

»Wem?« Er hatte die Augen noch keinen Moment von dem Mädchen abgewandt.

»Dir natürlich.« Seine Stimme war sehr dunkel, und seine Züge blieben unbeweglich wie die eines tragischen Clowns; eines weltgewandten, ausgezeichnet gekleideten, tragischen Clowns. Sein Haar war zurückgebürstet und duftete schwach nach Haarwasser. »Ich bin ehemaliger Student von Birkett. Er weiß, wie sehr ich dich schätze.«

»Ja, schon gut. Elizabeth, das ist Uri Namir, Krieger, Büchernarr und Langweiler.«

»Wie reizend«, sagte Uri ungerührt.

»Uri ist ein Held. Aus dem israelischen Unabhängigkeitskrieg. Uri ist Israeli.«

»Hallo.«

»Und das ist Elizabeth Longrigg.«

»Bin entzückt.«

»*Lady* Elizabeth Longrigg.«

»Außerordentlich entzückt.« Sein Interesse stieg noch um eine Nuance, falls das möglich war. »Sind Sie das wirklich? Eine Lady?«

»Jederzeit«, erwiderte Elizabeth. Sie betrachtete seinen Handschuh mit unverhohlenem Interesse. Dieses Mädchen brachte mein Blut schon wieder ungeheuer in Wallung. Mich faszinierte die Art und Weise, wie sie alles mit unverhohlenem Interesse betrachtete, was sie nun mal unverhohlen interessierte.

Brüsk sagte ich: »Uri, wir müssen noch miteinander reden, bevor du gehst.«

»Wissen Sie«, sagte Uri, »Sie sind die erste Lady, der ich begegne – die erste wirklich adlige Dame. Ungewöhnlich, nicht wahr? Schließlich bin ich schon seit ein paar Jahren hier. Im Ausland denkt man, England sei voller Lords und Ladies. Ich erzähle allen, daß mir noch nie ein echter Lord oder eine Lady begegnet sei. Und jetzt treffe ich doch eine.«

»Was tun Sie in London, Mr. Namir?«

»Ich arbeite an der Botschaft.«

Ich sagte: »Er ist auf der Suche nach Büchern für einen anderen bekannten Krieger, Büchernarren und Langweiler.«

»Ach, das. Das war nur einmal der Fall. Hören Sie nicht auf ihn, Lady Longlegs.« Er hatte ihren Namen ganz sicher von Anfang an richtig verstanden; er beherrschte diesen Trick, der Schuft, die Konversation auf zwei Ebenen gleichzeitig zu führen, um sein Interesse an einem Thema zu signalisieren, das gerade nicht Gegenstand des Gesprächs war.

»Bei welcher Gelegenheit war das?« Sie lächelte ihn an.

»Oh, mir wurde mal die Aufgabe übertragen, für Ben Gurion einige Bücher aufzustöbern. Er ist ein großer Büchernarr und war damals auf Stippvisite hier.«

Ich sagte: »Ist das nicht auch heute noch deine Aufgabe?«

Er wollte gerade etwas anderes sagen, brach aber abrupt ab

und sagte statt dessen: »Ja, stimmt. Da fällt mir ein, Caspar, ich muß mit dir reden.«

»Ich muß sowieso jetzt los«, sagte Elizabeth.

Ich sagte: »Warten Sie …«

»Ich muß weg. Nur für einen Augenblick.«

»Ich möchte Sie wiedersehen.«

»Gut.«

Sie wandte sich ab und ging davon.

»Die ist verrückt nach dir«, sagte Uri.

»Weißt du, allmählich wirst du zum allgegenwärtigen Ärgernis.«

»Die ist verrückt, nach etwas ganz Bestimmtem«, stellte Uri fest.

Elizabeth war schon an der Tür, wo sie sich angeregt mit einem Philosophiedozenten unterhielt, der sich dort aufgebaut hatte.

»Du bist hier wirklich zu beneiden«, sagte Uri. »Hier herrschen traumhafte Verhältnisse. Als Professor, mein Gott – da stehen dir die jungen Dinger doch scharenweise zur Verfügung. Wann machst du dich auf?«

Ich erzählte es ihm.

»Und wie sieht dein Zeitplan aus?«

Auch das sagte ich ihm.

»Und du hast niemanden, der dir hilft, das Zeug zu finden?«

»Ich hab' denen geschrieben, was ich suche. Wenn Leute verfügbar sind, werden sie mir helfen.«

»Ich meine Leute mit Ahnung.«

»Dazu wird der Etat nicht reichen.«

»Was, genau, suchst du?«

Er hatte gute Grundkenntnisse auf literarischem Gebiet, daher erklärte ich es ihm. Ich mußte in den letzten Tagen zuviel getrunken haben, denn ich hörte das Echo meiner eigenen Stimme.

»Und in welchen Bibliotheken rechnest du dir die besten Chancen aus?«

Während ich sprach, wurde mir bewußt, daß es nicht am

Widerhall meiner Stimme lag. Ich hatte ihm das alles bereits erzählt. Ich hatte es ihm – wann? – am Montag erzählt. Heute hatten wir Donnerstag. Anläßlich eines anderen Empfangs hatte ich ihm davon berichtet. Und er hatte mir gesagt, er stöbere nach ein paar Büchern für Ben Gurion. Deshalb hatte ich angenommen, er sei heute abend geschäftlich unterwegs. Er betrachtete mich kritisch, den gebürsteten Kopf zurückgelehnt, genau wie beim ersten Mal, und beobachtete, wie bei mir der Groschen fiel.

Ich sagte: »Uri, haben wir das alles nicht schon durchgekaut?«

»Ich habe etwas außerordentlich Interessantes für dich, Caspar.«

»Bücher?«

»Es wäre mir sehr lieb, wenn du dir den Sonntag freihalten könntest. Den kommenden Sonntag.«

»Da bin ich leider beschäftigt.«

»Muß das sein, Caspar?«

»Leider ja.«

»So beschäftigt, daß du dich trotzdem mit Lady Lulu verabreden kannst?«

Der Dreckskerl hatte gelauscht.

Er sagte: »Caspar, tu's nicht, triff für Sonntag keine Verabredungen. Halt dir den Tag bitte frei. Ich rufe dich an. Irgendwann im Laufe des Tages.«

»Tu das«, sagte ich und sah mich um.

»Sie ist weg«, sagte Uri.

»Was?«

»Vor ein paar Minuten gegangen. Sie hat gewinkt. Sie hat gesehen, daß du beschäftigt bist.«

Er ging ein paar Minuten später, und innerhalb der nächsten halben Stunde verabschiedeten sich auch die meisten anderen. Ich blieb noch. Birkett hatte mich untergehakt, und ich redete von griechischen und hebräischen Höllen.

3

Am nächsten Morgen saß ich in die Betrachtung eines Glases versunken, in dem ein paar Alka Seltzer zischten. Mir ging es gar nicht gut. Das hatte ich nun davon. Ich hatte zuviel getrunken. Und zwar mehr als alle anderen, gestern nacht und die Nächte zuvor. Das hatte seinen Grund, dachte ich, während ich den Tabletten beim Zischen, Hüpfen und Schäumen zusah.

Das taktlose Miststück gestern abend hatte nicht unrecht gehabt. In meiner Disziplin gab es wirklich zweierlei Typen. Die Wunderkinder mußten auf der Hut sein. Ihre Themen kamen und verschwanden wie der Blitz. Es hatte mit Kathleen Kanyon angefangen, die zuerst in Jericho an die Öffentlichkeit gegangen war, dann in Megiddo. Es ist keine Frage des Wissens, obwohl man natürlich auch darauf angewiesen ist, und zwar in ungeheurem Maße: auf ganze Bibliotheken voller erdrückender Massen von Wissen, um die verwitterte Schale und den verwitterten Kern zu knacken, um darin die lebendige Orchidee zu finden. Dazu gehörte viel, viel mehr, und gleichzeitig auch so lächerlich wenig: Dieser plötzliche Augenblick des Erkennens durch die Jahrtausende hindurch, zwischen dir und ihm, der das Fundstück verfaßt hatte. Dieses Aufblitzen der Vorstellungskraft, dieses metaphysische Zwielicht, in dem das verlorengegangene Fundobjekt mit seinem verlorenen Benutzer ohne formalen Denkprozeß in dem erhebenden Moment des Findens die richtige Verbindung eingeht.

Es hatte natürlich etwas mit den Synapsen, jenen Assoziationspunkten im Gehirn, zu tun; und über die wußte man wenig. Entweder blitzten sie auf oder eben nicht, durch Zufallsverknüpfungen. Wenn es passierte, dann passierte es frühzeitig, wie das Miststück richtig gesagt hatte. Man mußte es immer wieder versuchen und darauf ankommen lassen. Aber wie?

Glücklicher Michael Ventris, der mit achtundzwanzig Linear B entziffert hatte und mit dreißig gestorben war. Mit dreißig übernahm ich den Lehrstuhl.

Ein faseriger, schaumiger Niederschlag hatte sich am Glas abgesetzt. Ich schüttelte es, damit der Schaum sich setzte, und zog meinen Morgenmantel enger. Ich saß in der sibirischen Kälte des Badezimmers auf der Toilette.

Düstere Wolken der Verdrossenheit hatten mir den Schlaf geraubt und zogen heute früh auch im Badezimmer auf. War ich auf diese Erziehungsaufgabe überhaupt vorbereitet? Das war die Frage, eine große, reichlich späte Frage. Um ein guter Lehrer zu sein, brauchte man wahrscheinlich einen gewissen Drang dazu: Man mußte den Wunsch verspüren, anderen etwas zu erklären, vorzugsweise allen alles zu erklären. Ich verspürte diesen Drang nicht. Mein Sehnen war ein anderes. Wenn ich etwas begriffen hatte, reagierte ich, indem ich darüber den Mund hielt. Wenn ich etwas entdeckt hatte, reagierte ich darauf, indem ich es wieder an seinen Platz legte, genau so, wie es zuvor gelegen hatte.

Das war natürlich nur die erste Reaktion, auf die weitere folgten. Vielleicht neigte ich in meinem verborgenen Geltungsbedürfnis zur Übertreibung und glänzte deshalb mit dem, was der weibliche Drachen meine »brillante und eigenwillige Formulierung« genannt hatte. Trotzdem trieb mich eine anfängliche Neugier und kein pädagogisches Interesse.

Das hieß nicht unbedingt, überlegte ich, während ich mich matt und verschlafen auf dem Plastiksitz bewegte, daß ich ein schlechter Lehrer war. Man hatte mir immerhin einen Lehrstuhl angeboten. Das war schon etwas, ganz ohne Zweifel. Meine Vorlesungen zogen immer ein paar aufmerksame Zuhörer an, die Kurse waren gut besucht. Zu gut besucht. Seit dieser blödsinnige junge Araber in Qumran seine dummen Finger nicht von dieser Jesaja-Schriftrolle hatte lassen können, wollte jeder mit dabeisein. Zu mir kamen Priesterzöglinge, Werbeagenten, Debütanten; ehrgeizige Nervensägen jeglicher Couleur. Was hatten sie mit den Wirrungen von Talmud, Mischna, Targum und Sohar zu schaffen? Was interessierte sie an dem Leben, das die damaszenischen und alexandrinischen Schriften beschrieben? In welcher Weise konnten der Zorn, die Geschäfte und die Religion der Völker, die akkadisch, syrisch, ugaritisch, hebräisch und aramäisch sprachen, sie bereichern? Und wenn dies der Fall war, sollte es erlaubt sein? Die ganze Sache war ein Affront und konnte zum öffentlichen Ärgernis werden. Literatur von über zweitausend Bänden war durch das groteske, blühende Interesse an Schriftrollen bereits entstanden. Es gab sogar einen Fernlehrgang: »Lernen Sie im Selbststudium das Entziffern der Schriftrollen des Toten Meeres«!

Viel zuviel Wissen wurde angesammelt, und es würde zweifellos noch schlimmer kommen. Die Berufung an die Universität Bedfordshire war nur ein weiteres Indiz dafür. Kaum entwickelte man an einer speziellen Disziplin der akademischen Welt ein Experteninteresse, schon befand man sich in der Position eines Pädagogen, der andere ausbildete. Die Sache uferte aus. Es war absurd. Was wollten die mit all diesem Wissen? Was führte man damit im Schilde? Es war eitles Gehabe. Und ich befand mich in einer Position, von der aus ich der Eitelkeit Vorschub leistete, indem alte Intimitäten ans Licht gebracht und alte Attraktionen der Öffentlichkeit preisgegeben wurden. Sie alle sollten sich lieber darauf beschränken, sich den fundamentaleren Bedürfnissen ihrer eigenen Gesellschaft zu widmen; ein Gedanke, der über eine einfache logische Kette zu einem meiner eigenen fundamentalen Bedürfnisse führte: dem alten Adam.

Warum war das aufreizende Mädchen gestern abend gegangen, statt zu mir zurückzukommen? Sie hatte doch gesagt, sie würde zu mir zurückkommen. Oder hatte sie das nicht gesagt? Wenigstens hatte sie gewinkt, wie Uri sagte; eine Geste, die vermutlich eher mir als ihm gegolten hatte. Was mochte diese Geste bedeutet haben?

Die Tabletten hatten sich aufgelöst, der Schaum hatte sich abgesetzt. Ich trank nachdenklich.

Vielleicht hieß es, oder vielleicht auch nicht, daß sie sich weiter, unter Ausschluß der Öffentlichkeit, mit mir treffen wollte. Aber das Mädchen war gerissen; da konnte man nicht sicher sein. Beispielsweise hatte sie sich für Sonntag um vier nicht festgelegt, sie hatte nur »vielleicht« gesagt. Gab sie mir einen ermutigenden Wink, oder hielt sie mich zum Narren? Der alte Adam, im Augenblick vielleicht träge, wurde zum Tyrannen, wenn sein Zeitpunkt kam; er würde mich dazu zwingen, es herauszufinden. Diese Aussicht war nicht sehr tröstlich. Nichts war heute tröstlich.

4

Freitag und Samstag verstrichen, es kam der Sonntag. Um elf saß ich über meinen Frühstückskrümeln, rauchte und schrieb gerade, als das Telefon klingelte.

»Hallo?«

»Caspar?«

»Ich sehe mal nach, ob er noch da ist«, sagte ich im Tonfall eines Mitbewohners, der zufällig gerade hereingekommen ist. »Ich habe gehört, wie er hinunterging.«

»Schon gut, mein Bester.«

Er hängte ein, bevor ich es tat.

Dieser schlaue Hund. Was konnte er im Schilde führen? Alles mögliche; sehr wahrscheinlich hatte es mit Jordanien zu tun. Es ärgerte die Israelis ungeheuer, einen Großteil ihrer alten Schriften in Jordanien verstreut zu wissen, außer Reichweite und, zumindest für einen nicht sehr reichen Staat, unbezahlbar. Sie konnten natürlich nicht ohne Mittelsmänner kaufen. Hin und wieder schafften sie es über eine internationale Agentur, an etwas zu gelangen; aber auch das erwies sich als teuer, wenn es keine Schenkung war, eine von dreißig Schillingen pro Quadratzentimeter aufwärts. Sie mußten sich vergewissern, was sie kauften und was sonst noch verfügbar war. Leute wie Uri mußten sich über die internationale Gerüchteküche auf dem laufenden halten. Sollte er das doch zu einer passenderen Zeit tun.

Ich war um halb zwei zum Essen verabredet und ging um

eins los, um einen Aperitif einzunehmen. Um drei war ich wieder zurück, irgendwie unruhig. Ich warf einen Blick in das Buch, um zu sehen, ob jemand angerufen hatte.

13.10 Gespräch für Dr. Laing, ein Herr.

13.15 Gespräch für Dr. Laing, eine Dame.

Welche Dame? Welcher Herr? War nichts hinterlassen worden? Warum gab es keine weiteren Einzelheiten? Heiliger Zorn überkam mich. Die Handschrift von Mrs. Lewin! Ein ewiger Kampf. Die einfältige Mrs. Lewin, die nie etwas notierte, hielt wohl gerade ihr Mittagsschläfchen. Ich suchte sie auf.

»Mrs. Lewin!«

»Hm? Was? – Was ist los?«

Ich mäßigte mein lautes Hämmern.

»Ich hoffe, ich störe Sie nicht, Mrs. Lewin.«

»Wie? – Einen Augenblick.«

In ihrer muffigen Bude quietschte und raschelte es. Meine Wut verrauchte glücklicherweise.

»Ich sah gerade, daß ein paar Anrufe für mich angekommen sind.«

»Ja. Ich komme schon.«

»Und ich finde die hinterlassenen Nachrichten nicht.«

»Einen Augenblick. Ich bin sofort ...«

»Deshalb fragte ich mich natürlich, wo Sie sie hingelegt haben mögen.«

Die Tür öffnete sich. Mrs. Lewins aschgraue Wangen zuckten noch vom Zurechtrücken der falschen Zähne. Sie wirkte grimmig.

»Es gab keine!« sagte sie.

»Keine Nachrichten?«

»Nein. Ich habe gefragt. Der Mann sagte, es sei nicht wichtig. Er war Ausländer.«

»Und die Dame?«

»Auch sie nicht. Sie wollte nichts hinterlassen!« keifte Mrs. Lewis. Angst, Selbstmitleid und Wut rangen miteinander, und sie drückte ihre zitternde Hand an die Brust.

»Hat sie ihren Namen genannt?«
»Nein. Den wollte sie mir nicht sagen!«
Wenn dieser Trampel sie auch nicht danach fragte; sicher war sie in Gedanken schon bei ihrem verdammten Nickerchen gewesen.
»Haben Sie vielleicht die Stimme erkannt?«
»Nein! Es war keine von denen, die sonst ...«
Elizabeth also. Ganz sicher war es Elizabeth.
»Nun, es tut mir leid, Sie belästigt zu haben, Mrs. Lewin. Es ist nur so, daß ich ein dringendes ...«
»Derart an die Tür zu hämmern! Ich dachte, das Haus stünde in Flammen. Gerade war ich dabei einzunicken!«
Während ich wieder hinaufging, hörte ich, wie ihre Tür zuknallte.
Elizabeth. Wieso rief mich Elizabeth um ein Uhr fünfzehn an? Vielleicht sollte ich sie jetzt lieber anrufen. Das tat ich. Niemand meldete sich.
Hm. Frustration lag in der Luft. Der alte Adam würde bald ein wütendes Geheul ausstoßen. Aber schließlich hatte das Mädchen keine Nachricht hinterlassen. Das bedeutete wahrscheinlich, daß sie wieder anrief. Aber wann? Sicherlich vor vier Uhr, der verabredeten Zeit. Jetzt war es Viertel nach drei.
Ich nahm mir den »Observer« und vertiefte mich ins Lesen. Es schien sich um einen langen Artikel über das Fechten zu handeln. Das Telefon klingelte. Ich fiel fast aus dem Sessel, als ich danach griff.
»Hallo?«
»Caspar?«
Mein Atem ging heftig. »Du bist heute ein besonders hartnäckiger Schuft.«
»Immer ganz der Alte. Wie geht es dir?«
»Bin schwer krank.«
»Wo fehlt's denn?«
»Habe mir ein Bein gebrochen.«
»Ich komme und heitere dich auf.«
»Ich will gerade ausgehen. Tanzen.«

»Hör mal, mein Lieber«, sagte Uri, immer noch freundlich, aber mit einem Unterton, der deutlich machte, daß der Spaß vorbei war, »du bist um vier Uhr zu Hause.«
»Ich werde um vier nicht zu Hause sein.«
»Du hast keine Verabredung mit Lady Lulu.«
»Ich habe doch eine Verabredung mit Lady Lulu.«
»Die hast du nicht«, sagte Uri.
»Wie bitte?«
»Ich hab' sie angerufen. Sie mußte weg. Wenn sie es nicht bereits getan hat, wird sie dich noch anrufen.«
»Was, zum Teufel ...«
»Caspar. Alter Freund«, sagte Uri, und seine Stimme senkte sich um eine volle Freundschaftsoktave. »Würde ich dir das antun, wenn es nicht um eine Sache von äußerster Dringlichkeit ginge? Sei vernünftig. Und sei zu Hause – um vier. Ich rufe gerade aus einer Telefonzelle an. Ich werde dich mit einem Wagen abholen, mit dem ich dich nach London bringe. Du kannst um neun wieder zurück sein, wenn du das möchtest. Du vergibst dir nichts, hast aber viel zu gewinnen. Das ist mir jetzt sehr ernst.«
Das will ich für dich auch hoffen, dachte ich wütend.
»Caspar«, sagte er nach kurzer Pause.
»Ja.«
»Tut mir leid, Caspar. Aber, wie man so schön sagt, diese Sache ist wichtiger als wir beide zusammen. Du wirst sehen.«
»Also gut.«
»Ich überlaß es dir, du sagst mir dann, was ich tun kann.«
»Das kann ich dir auch sofort sagen. Fahr zur Hölle.«
»Ja, mein Lieber. Bleib, wo du bist. Bis um vier dann.«

II Verleiht den Einfachen Klugheit

Der Jugend Umsicht und Erkenntnis
(Sprüche 1.4)

1

Die israelische Botschaft befindet sich in Palace Green, am einen Ende der Kensington Palace Gardens, dieser stillen, verträumten Promenade, die, fast vollständig abgeschnitten, zwischen Kensington und Bayswater liegt. Es war nach sechs und schon dunkel, als wir dort ankamen, was nicht unbeabsichtigt zu sein schien, und wir kamen von der Kensington-Seite her, auch dies war kein Zufall.

»Die Nachbarn auf der anderen Seite sind neugierig«, sagte Uri und bog in die Zufahrt ein.

Die Nachbarn auf der anderen Seite waren die Botschaften von Jordanien, dem Libanon und Saudi-Arabien. Bei ihnen rührte sich um diese Zeit jedoch keine Menschenseele. In dieser Straße schien sich überhaupt nichts zu rühren. Uri hatte seine schrullige Heimlichtuerei während der ganzen Fahrt strikt beibehalten, was in mir bereits die schlimmsten Vorahnungen geweckt hatte. Die ließen auch jetzt nicht nach, als er mit herrischer Geste das Tor der Botschaft öffnete und mich hineinscheuchte.

Die israelische Botschaft ist eine schöne Botschaft, sehr behaglich. Es herrscht dort eine demokratische, lockere Atmosphäre, mit einem Beigeschmack von Teestunde. Ein Mädchen durchquerte gerade mit einem Glas Tee die Halle, als wir eintraten, und Uri tauschte *Schaloms* und *Bewakaschars* mit ihr aus, während wir die Treppe hinaufgingen. Durch einen großen Raum gelangten wir in einen kleineren. Vier oder fünf Männer saßen dort und unterhielten sich. Einer von ihnen, stellte ich fest, war Agrot. Ich war ihm nie wirklich begegnet, aber von Buchumschlägen und Zeitungen her war mir sein Gesicht vertraut. Er löffelte Joghurt aus einem Glas, das er noch in der Hand hielt, als er sich erhob; ein großer Typ, mit Schnurrbart und leicht schiefer Nase, ähnlich wie Hunt, der Logistiker vom Everest.

Er sagte mit kräftigem Händedruck: »Schalom.«

»Schalom.«

»Schon lange wollte ich Sie einmal kennenlernen.«

»Ich wußte gar nicht, daß Sie hier sind.«

»Bin gerade angekommen. Entschuldigen Sie das hier«, sagte er. »Im Flugzeug konnte ich nichts essen. Ihre Arbeit über die Kreter hat mir gefallen.«

»Mir gefiel Ihr Bar Kochba.«

»Sie schmeicheln mir.«

Wir setzten uns, tauschten noch ein paar weitere Komplimente aus. Er löffelte weiter sein Joghurt. Irgendwann während des Gesprächs brachte mir jemand einen Drink. Ich verspürte dieses vage Unbehagen, das einen befällt, wenn man einen soeben angereisten Ausländer die eigene Muttersprache fließend sprechen hört und er dabei lebhaftes Interesse an verschiedenen Angelegenheiten zeigt, die eigentlich nur von lokaler Bedeutung sind. Die übrigen Gesichter verschwanden nach einer Weile, und nur Agrot, Uri und ich blieben übrig. Jetzt schien man zum Geschäftlichen zu kommen.

Im Plauderton fragte ich: »Und was führt Sie nun hierher, Professor Agrot?«

Er sagte: »Nun«, lutschte sich einen Joghurtklecks vom Daumen, griff in die Brusttasche und zog etwas hervor.

Es war ein kleiner Zettel, etwa zehn mal fünfzehn Zentimeter, offenbar ein Textfragment, grobe, hebräische Buchstaben, sehr schlecht geschrieben.

»Was halten Sie davon?« fragte er.

Abgesehen davon, daß einige der Wörter überraschend lang waren, so als hätte der Schreiber vergessen, Lücken zu lassen, konnte ich nichts damit anfangen. Einige hebräische Buchstaben, M und T zum Beispiel, unterschieden sich kaum voneinander – ungefähr wie etwa O und D in unserer Schrift. Wie das englische Wort ODD in undeutlicher Schrift auch als DDD, OOO, DOO oder ODO gelesen werden könnte, konnte ein handgeschriebenes hebräisches Wort, in dem M und T vorkamen, auch eine Reihe von Permutationen ergeben. Außerdem gibt es im Hebräischen keine Vokale. Eine Buchstabengruppe von drei Lettern, wie MTR, konnte daher als MOTOR, TUMOR, MATER oder AROMAT oder als Eigenname gelesen werden. Genausogut konnte sie ein Wort sein, das vor Jahrhunderten gebräuchlich und seitdem nicht wieder aufgetaucht war.

Sehr häufig konnte man sich dank der Stämme der semitischen Sprachen einen Reim auf den ungefähren Inhalt des Wortes machen und, falls man genügend solcher Wörter gefunden hatte, sie auch in sinnvollen Zusammenhang bringen. Hier waren es nicht genug, und einen bekannten Wortstamm konnte ich auch nicht entdecken.

Ich sagte: »Derjenige, der das geschrieben hat, scheint einen schlechten Tag gehabt zu haben.«

»Er war zu der Zeit ziemlich krank.«

»Hebräisch oder Aramäisch ist es jedenfalls nicht.«

»Wie gut ist Ihr Griechisch?«

Ich studierte den Zettel erneut.

»Besser als seines. Das ist kein Griechisch.«

»Versuchen Sie es rückwärts.«

Ich versuchte es rückwärts. Die Konsonantenbündel begannen plötzlich, vage vertraute Ahnungen in mir zu wecken.

»Hier«, sagte Agrot. »Eine grobe Übersetzung ins Englische von dem Abschnitt, den Sie in der Hand halten.«

Die Rohübersetzung lautete: *An dieser Stelle [in dieser Gegend] von der Hand des Niedrigsten und ihm, der allein bezeugt [die gemeinen Soldaten und ich allein], damit sie es nicht im Munde führen [ohne Zeugen], ist das OEED in der Dunkelheit [vergraben].*

»Interessant?« fragte Agrot.

»Sehr.«

»Was fällt Ihnen besonders ins Auge?«

»An diesem Invaliden, der in griechischer Sprache rückwärts dachte?«

»Er dachte natürlich nicht rückwärts. Er erstellte einen vorbereiteten Bericht für eine Autorität, die ihn verstehen würde.«

»Verstehe.« Seine selbstbewußte Behauptung machte deutlich, daß er von dem Zeug eine Menge mehr haben mußte.

»Sonst noch etwas?« fragte er.

»Dieses OEED meinen Sie?«

»Was glauben Sie, was es bedeutet?«

Ich sah es wieder an. Codenamen standen meist für etwas, das Priestern gehörte. In der Gegenüberstellung zu ›Dunkelheit‹ konnte es ›Licht‹ bedeuten.

»Licht?« fragte ich.

»Wir denken das gleiche.«

»In diesem Falle«, fuhr ich fort, »könnte man sich einen heiligen Gegenstand denken, ein Buch des Gesetzes oder der Propheten – irgend etwas, das im religiösen Sinn Licht auf etwas wirft.«

»Für den Transport dieses Gegenstands waren vier Männer nötig.«

»Ach.«

»Zusammen mit der dazugehörigen Ausrüstung.«

»Hm.«

»Fällt Ihnen dazu etwas ein?«

»Nicht vor dem zweiten Drink. Soviel Leistung gibt es nicht ohne Treibstoff.«

Uri stand auf und schenkte mir nach.

»Warum ist es Licht im übertragenen Sinne?«

»Wie meinen Sie das?«

»Was wirft im physikalischen Sinn Licht?«

»Ein Leuchter?«

»Bravo.«

Ich sah ihn an. »Sie denken doch hoffentlich nicht an ›*den* Leuchter‹?«

»Nun, das würde der Sache Pfiff geben, nicht wahr?«

»Pfiff geben.« Es schien sein voller Ernst zu sein. Ich fragte: »Haben Sie ein Datum für diese Geschichte?«

»Ein ganz exaktes Datum. März 67.«

»Dann war der Leuchter ja nicht lange vergraben.«

»Ach«, sagte Agrot. »Erklären Sie mir das.«

Er lehnte sich zurück und lächelte mild, die Nase deutete leicht nach Osten.

Ich brauchte ihm nichts zu erklären. Er wußte es, wohl besser als ich. ›*Der* Leuchter‹, der große, siebenarmige Leuchter, die Menora, war seit fast zweitausend Jahren das Sinnbild des Judentums; für Israel, sein Heimatland, war sie das seit etwa fünfzehn Jahren. Der römische Eroberer Titus stahl den Leuchter im August 70, als er den Tempel zerstörte. Eine Darstellung davon ist immer noch auf dem Triumphbogen in Rom zu sehen; in einem Triumphzug trägt eine Gruppe Römer das massiv goldene Objekt durch die Straßen Roms. Die Prozession hat der Historiker Flavius Josephus beobachtet und bis in kleinste Details festgehalten. Wenn Agrots Datum für ›*den* Leuchter‹ im Jahre 67 lag und Titus ihn 70 stahl, konnte er, wie ich gesagt hatte, nicht lange im Dunkeln geblieben sein.

»Weil Titus ihn gestohlen hat.«

»Wir fragen uns, ob er das wirklich getan hat.«

»Er hat ›*den* Leuchter‹ mitgenommen.«

»Er hat mit Sicherheit *einen* Leuchter mitgenommen«, sagte Agrot.

Ich sagte: »Ach. Hm«, und zündete mir eine Zigarette an. Außer vielleicht dem echten Kreuz und dem echten Leichentuch Jesu war die echte Menora der Gegenstand in der Geschichte, um den sich die meisten Märchen und Legenden rankten. Gestalt und Größe entsprachen selbstverständlich den Anweisungen Gottes an Moses – im ältesten Legendenwerk der Geschichte, dem Pentateuch –, bis sie schließlich im Tempel Salomons aufgestellt wurde. Dank dieser Entstehungsgeschichte hatten ihr die Gläubigen schon immer magische Kräfte zugesprochen, unter anderem auch die der Unzerstörbarkeit. Mir war nie zu Ohren gekommen, daß Agrot besonders gläubig sei, und er schien mir auch für Märchen nicht sonderlich empfänglich. Ich sah ihn an. Noch immer lächelte er mild.

»Was beschäftigt Sie?« fragte er.

»Das, wovon Sie glauben, daß es mich beschäftigt.«

»Also gut, betrachten Sie es einmal so. Wenn vorstellbar ist, daß jemand eine Kopie angefertigt hat – und das ist eine ziemlich alte Vorstellung, älter als Titus –, dann könnte man erwarten, daß man es zu jener Zeit versucht hat. Die Zeiten damals waren gefährlich.«

»Stimmt.«

»Und deshalb hat jemand das Original vergraben.«

»Und jemand hat es aus diesem Grunde geklaut, kaum, daß er es gefunden hatte.«

»Ah«, sagte Agrot. »Das beschäftigt Sie also. Verstehe. Aber wir glauben, daß sie dort, wo sie war, noch niemand gefunden hat. Wir halten es für durchaus denkbar, daß sie noch immer dort ist, wo man sie hingebracht hat.«

»Wieso?«

»Nun, es gibt Gründe dafür«, wich Agrot aus. »Aber um die zu erfahren, müssen Sie mit nach Israel kommen.« Plötzlich fiel mir ein, daß ich, wenn man mich nicht hierhergebracht hätte, um mir diese Anhäufung von Fabelzeug anzuhören, vielleicht schon mit Lady Longrigg im Bett läge. Ob diese Chance je wiederkehren würde?

»Sie sehen besorgt aus«, sagte Agrot.

»Er hat ein paar Probleme«, erklärte Uri.

Ich sagte: »Ja. Hören Sie, Professor Agrot, obwohl ich natürlich gerne ...«

»Man hat mir gesagt, Sie seien jetzt selbst Professor.«

»So ist es. Und ich muß diese Abteilung aufbauen. Es ist eine neue Universität, und daher muß ich ...«

»Dr. Silberstein besorgt die Bücher«, fiel Uri dazwischen.

»Wie?«

»Dr. Silberstein. Der König aller Bücherbeschaffer. Dr. Silberstein besorgt die Bücher.« Er sagte das sehr zuversichtlich.

Ich nahm einen Zug von meiner Zigarette und sah ihn an. Dr. Silberstein war wirklich der König aller Bücherbeschaffer. Wenn ein Buch überhaupt besorgt werden konnte, so erledigte das Dr. Silberstein. Ich hatte ihn schon in Anspruch genommen. Ich hätte ihn auch diesmal wieder in Anspruch genommen, aber Dr. Silbersteins Bücher waren immer etwas teurer. Bei ihnen fehlte allerdings auch nie die Seite 64, und alle relevanten Errata-Blätter waren eingeklebt, selbst wenn Dr. Silberstein sechs Ausgaben aus sechs verschiedenen Ländern besorgen mußte, um für Vollständigkeit zu sorgen.

Ich fragte: »Und wie kommt Dr. Silberstein an die Bücher?«

»Wie kommt Dr. Silberstein überhaupt an Bücher?« fragte Uri mit großen Augen.

»Wieso besorgt er meine Bücher? Was hat er mit der Sache überhaupt zu tun?«

»Ich habe ihn hinzugezogen«, sagte Uri. »Ich habe ihm alles berichtet, was du mir erzählt hattest. Was die Bücher angeht, so brauchst du dir keine Sorgen mehr zu machen.«

Mir fiel auf, daß dieser Schuft nicht nur ungeheuer raffiniert und hartnäckig war, sondern auch ungeheuer aufdringlich.

»Wer hat dich darum gebeten?« fragte ich.

Uri senkte respektvoll den Kopf.

»Ich«, sagte Agrot. »Natürlich im Einvernehmen mit der Altertumsabteilung des Ministeriums für Erziehung und Kultur.«

»Ich verstehe.«

»Nein, mein Bester, tust du nicht«, widersprach Uri. »Leider mußte alles sehr schnell gehen. Aber die Umstände waren auch ungewöhnlich günstig – die Gläubigen mögen gar von Vorsehung sprechen. Dahinter steht folgender Gedanke: Während Dr. Silberstein für dich arbeitet, arbeitest du für uns, und wir zahlen das Honorar für euch beide. Wir brauchen dich, verstehst du?«

»Dringend«, fügte Agrot hinzu.

Das mußte ich erst verdauen.

Ich fragte: »Und was ist mit Ihren eigenen Forschern?«

»Nichts«, erwiderte Agrot. »Aber ich habe Ihre Arbeit über Jericho und Megiddo wieder gelesen. Sie zeugt von einer ungewöhnlichen Begabung. Sie verfügen über einen guten Instinkt, der funktioniert. Genau das, was wir brauchen.«

»Und woher wissen Sie, daß er in diesem Fall funktioniert?«

»Ich weiß es nicht«, erwiderte Agrot, »Sie etwa?«

Er lächelte immer noch sein mildes Lächeln. Ein Menschenkenner.

Ich fragte: »Warum ist es so dringend?«

»Unsere Abschrift ist leider nicht die einzige. Und sie ist auch sicherlich nicht die beste. Wir haben allen Grund zur Annahme, daß unsere Nachbarn eine bessere besitzen. Die haben Sie noch nicht angesprochen, nehme ich an?«

»Nein.«

»Nein. Ich weiß nicht, ob Ihnen das hier aufgefallen ist.« Er nahm eine Zeitschrift aus der Tasche. »Ich habe die Seite markiert.«

Es handelte sich um die Pariser *Revue de Qumran* aus dem Verlag Letousey und Ane, eine unserer Fachzeitschriften. Die markierte Seite war den Leserbriefen vorbehalten. Ein Brief mit der Unterschrift ›Khalil Sidqui, Amman, Jordanien‹ war eingekringelt. Ich fing an, ihn zu lesen, und hatte den vagen Eindruck, ihn schon einmal gesehen zu haben. Aufgrund einiger Vorfälle in Qumran kam Sidqui zu der Annahme, daß irgendwo Dokumente gefunden worden waren, die Auskunft über Ortsnamen des ersten Jahrhunderts in Nordpalästina geben könnten. Forscher hätten die Pflicht, solch wertvolles Material zu veröffentlichen. Es sei der Wissenschaft nicht dienlich, Politikern die Möglichkeit zu geben …

Es handelte sich um die üblichen Versuche von beiden Seiten, festzustellen, ob die anderen etwas gefunden hatten.

Ich sagte: »Ja, das habe ich gelesen.«

»Kennen Sie Sidqui?«

»Ja.« Ich hatte ihn in Jordanien kennengelernt. Ein verhärmter, älterer Mann, keine besondere Klasse.

»Es steht außer Frage, daß er hier von unserer Angelegenheit redet. Dafür gibt es noch andere Belege. Jemand hat ihn darauf angesetzt.«

»Eine unglückliche Wahl. Machen Sie sich seinetwegen Sorgen?«

»Nicht um Sidqui als Person«, erwiderte Agrot, »sondern um das, was es bedeutet. Die müssen irgendwann an eine eigene Kopie gelangt sein.«

»Wann hat er das geschrieben?«

»Auf jeden Fall vor Dezember, denn da ist er gestorben.«

»Wirklich? Davon habe ich gar nichts gehört.«

»Nein. Ich habe es auch erst letzte Woche erfahren.«

»Was war mit ihm?«

»Er war krank. Bilharziose. Und noch irgend etwas anderes. Ist ja auch egal«, sagte Agrot kurz angebunden, »jedenfalls wissen wir, daß sie eine Kopie haben und sich intensiv damit beschäftigen. Wie ich höre, geben Sie nächste Woche Ihre derzeitige Stelle auf. Wenn Silberstein für Sie arbeitet, wäre ich froh, wenn Sie dann aufbrechen könnten.«

Wärst du das? Das ging mir hier alles ein bißchen zu schnell. Da drehten sich zu viele Rädchen zu laut.

Ich sagte: »Also, ich müßte natürlich zuerst mit dem Rektor sprechen ...«

»Nein«, sagte Agrot.

»Was?«

»Nein.«

Eine gewisse Stille breitete sich im Raum aus.

Ich fragte: »Wie darf ich das verstehen?«

Agrot sah Uri an. Uri sagte in beschwichtigendem Tonfall: »Weil es nicht nötig ist. Ich habe bereits erwähnt, daß alles wie durch Vorsehung gesteuert läuft. Und so ist es auch. Nächste Woche brichst du zu deiner Bibliotheken-Tour auf. Dr. Silberstein oder einer seiner Assistenten wird das für dich erledigen. Und wo immer sie auftauchen, bist du eben gerade woanders. Wer braucht schon zu wissen, wo?«

»Warum sollte man es nicht wissen dürfen?« fragte ich.

»Weil«, sagte Agrot widerwillig, »wir nicht wollen, daß es

sich zu unseren Nachbarn herumspricht, daß Sie mit im Spiel sind. Und das könnte leicht passieren. Es ist besser, die wissen es nicht – und ich verlasse mich natürlich darauf, daß Sie kein Wort davon erwähnen. Einige Hintergrundinformationen in dieser Angelegenheit sind sogar geheim. Fragen Sie mich jetzt nicht, warum. Das verrate ich Ihnen in Israel, und dazu noch ein paar andere interessante Sachen. Aber erwarten Sie nicht, daß ich Sie auf Knien bitte. Wenn Sie mitkommen möchten, kommen Sie mit. Wenn nicht, müssen wir es eben ohne Sie schaffen. Das mußten wir vorher auch.«

Das sagte er sehr nüchtern, sehr vernünftig, mit jenem leichten Verdruß in der Stimme, der so typisch ist für die Israelis.

Ich sagte: »Ich muß darüber nachdenken.«

»Wer hindert Sie daran?«

»Wann fliegen Sie zurück?«

»Morgen früh. Ich bin nur hergekommen, um Sie zu treffen.«

»Dann gebe ich Ihnen Bescheid.«

»Gut. Schalom.«

»Schalom.«

»Moment noch«, sagte Uri, bestürzt über den raschen Verlauf der Ereignisse. Ich war selbst auch ein wenig bestürzt. »Dr. Silberstein ist unten. Möchtest du ihn nicht sprechen?«

»Im Augenblick nicht.«

»Aber er ist extra gekommen. Er wartet auf dich. Er sitzt dort bei einer Tasse Tee.«

»Na, hoffentlich läßt er ihn sich schmecken«, sagte Agrot ruhig und drückte mir die Hand. »Auf israelischem Boden wird niemand zu etwas gezwungen. Schalom.«

»Schalom.«

Er gab auch Uri die Hand. Ich glaube, er nahm ihn noch kurz beiseite, während ich zur Tür ging.

Nach wenigen Minuten waren wir wieder auf der Landstraße. Auf dem Nordring nahm das Ganze wieder normale Dimensionen an, und alltäglichere Dinge gingen mir durch den Kopf. »Woher hattest du ihre Nummer?«

»Lady Lulu? Von Birkett. Ich habe ihn angerufen und darum gebeten.«

Natürlich.

»War sie wirklich verabredet?«

»Ich weiß es nicht. Ich habe ihr gesagt, ich wollte dich um vier treffen.«

»War sie überrascht, als du sie angerufen hast?«

»Ja. Verblüfft«, nickte Uri.

Bestens. Das Bild klärte sich auf. Noch war nicht alles verloren.

Fröhlicher sagte ich: »Was hast du für Sorgen, du Griesgram? Du bist so mürrisch.«

»Nur nachdenklich.«

»Habe ich dich enttäuscht?«

»Ich kann dir nicht vorschreiben, was für Aufträge du annimmst.«

»Es sind Hirngespinste, Uri. Das Ding kann es gar nicht geben.«

»Schon gut.«

»Außerdem bin ich Wissenschaftler, mein Bester – ein internationales Geschäft. Von uns wird erwartet, daß wir Erkenntnisse veröffentlichen und nicht geheimhalten.«

»Tu mir einen Gefallen«, knurrte Uri, »und heb dir den Quatsch für deine Studenten auf. Ich kann nicht feststellen, daß sich die Araber mit dem Veröffentlichen besonders beeilen.«

»Vielleicht haben sie sich deshalb mit Sidqui zusammengetan.«

»Vielleicht.«

Stille. Eine lange Stille.

Ich fuhr fort: »Außerdem ist es ein ernstes Wagnis, eine solche Aufgabe zu übernehmen, ohne den Rektor zu informieren.«

»Du brauchst das Wagnis ja nicht einzugehen.«

»Das kann ich nicht so hopplahopp entscheiden. Ich weiß ja nicht einmal, ob ich jetzt dazu überhaupt in der Lage bin.«

»Widerspreche ich dir etwa?« sagte Uri. »Die Entscheidung liegt bei dir. Wer sucht schon eine solche Herausforderung? Du hast dir eine Stellung und Ansehen erarbeitet. Niemand behauptet, du müßtest dich vor dir selbst weiterhin bewähren.«

Agrot hatte ihm sicher Anweisungen gegeben; jetzt bedrängte man mich auf andere Weise, subtiler. Sie sind freundlich, diese Israelis, emsig, zuvorkommend und gewissenhaft, alles. Und verdammt clever.

Auch ich fiel in Schweigen.

2

»Wo genau fährst du hin?« fragte sie.

»Nottingham, Shrewsbury, Liverpool. In die Gegend.«

»Wie verlockend.«

»Nicht wahr?«

»Also wird es damit erst einmal vorbei sein.«

»Ja, leider.«

»Wirklich schade. Etwas ist in dich gefahren.«

»Solange nichts in dich fährt, während ich weg bin.«

»Vulgär und eitel, der Herr Professor.«

»Vulgär, eitel, männlich, vital.«

»Gewalttätig. Listig.«

»Lasterhaft. Schändlich.«

»Deutlich sichtbar«, sagte sie.

»Ja. Willst du etwas dagegen unternehmen?«

»Ja.«

Hier lief alles prächtig; echte Aufgaben, richtige Herausforderungen. Was brauchte man mehr?

3

»Hallo«, sagte er vorsichtig.

»Hallo.«

»Caspar?«

»Genau.«

»Hallo, Caspar.«

»Hallo, du Schuft.«

»Mein alter Freund, wie er leibt und lebt«, sagte Uri erleichtert. Und ein paar Tage später landete ich in Lod.

III Ein Goldraub

Der Schätze sind kein Ende
(Nahum 2.10)

1

Nach Einbruch der Dunkelheit landete ich in einer Boeing zusammen mit einer Ladung zionistischer Glaubenseiferer, auf die bereits ein Empfangskomitee wartete: Die Aussichtsterrassen waren überfüllt, hinter den Absperrungen standen sie dicht an dicht, Arme, Fähnchen, Hüte wedelten zum Willkommen. Das Getöse von allen Seiten hielt noch an, als ich durch die Zollkontrolle kam; ganze Sippen redeten auf hebräisch, jiddisch, deutsch und amerikanisch durcheinander. Eine Gruppe bärtiger Alter war offenbar nicht gekommen, um jemanden zu empfangen, sondern um eine weitere Spielart der Schöpfung zu bewundern, und produzierte sich zugunsten des Allmächtigen, indem sie das erst kürzlich komponierte Gebet für Luftreisen deklamierten *(Nähme ich die Flügel der Morgenröte und bliebe am äußersten Meer, selbst dort…).*

Ein wunderliches Volk. Wie war sie damals entstanden, diese Verbindung zwischen dem unsichtbar Liebenden und dem Auserwählten Volk? Und wie konnte sie sich auf all ihren verschlungenen Pfaden über all die Jahrhunderte erhalten, obwohl er sie so schmählich im Stich gelassen hatte? Treue, eine großartige Eigenschaft.

»Dr. Laing?« Ein kleiner Kerl mit der Statur eines Affen war von einem Plymouth gesprungen, der im warmen Halbdunkel abgestellt war.

»Ja.«

»Schalom. Ich nehme Ihre Tasche. Zum King David Hotel, ja?«

»Stimmt.«

»Was ist denn das? Ein Mantel? Glauben Sie, in Israel schneit es?«

Natürlich schneite es in Israel, wenn auch nur gelegentlich. Aber das gehörte zum Spiel. In dieser Art würde noch mehr kommen. Man mußte das Gelobte Land einfach lieben, und zwar ziemlich wortreich, wenn man dort war.

Glücklicherweise war die Vaterlandsliebe des Taxifahrers genauso groß wie die Lust, mir zu zeigen, was in seinem Plymouth steckte. Nur vierzig Minuten und 60 Kilometer später waren wir in Jerusalem. Wir rollten die Jaffa Road hinab zur King David Street. Er bog in die Hotelzufahrt ein.

»Na, wie war die Fahrt, Caspar?«

»Rasant, Chaim.« Die Freundschaft war gediehen.

»Gute Straßen, was?«

»Die besten.«

»Es war mir ein Vergnügen«, sagte er, und ich dachte, er würde hinzufügen, »mit Ihnen Geschäfte zu machen.« Jeder Kontakt in Israel, sei es zu einem Schuhmacher oder zu einem Streichholzhändler, nimmt den Charakter eines Handels an, dessen Bedeutung sehr hoch eingeschätzt wird. Statt dessen zog er eine Karte hervor. »Hier. Wenn Sie mich wieder brauchen sollten.«

»Wieviel macht es?«

»Nichts. Ist schon bezahlt.«

Der Handel war besiegelt. Wir gaben uns die Hand. Ich ging hinein.

Das King David Hotel, bekannt durch Film und Literatur, war ebenfalls ziemlich bevölkert. Ich machte mich auf den Weg zur Rezeption, doch bevor ich dort angekommen war, trat eine Gestalt aus einer Gruppe auf mich zu.

In seinem gewohnten Umfeld sah er jünger, entspannter aus. Sein Schnurrbart wirkte weniger militärisch und seine krumme Nase freundlicher.

Lächelnd sagte er: »Schalom, schön, Sie zu sehen. Ich wußte, daß Sie kommen würden, mein Freund.«

Wenn das stimmte, dann war es ein klarer Fall von Zweitem Gesicht, denn ich selbst war mir dessen nicht sicher gewesen. Den ganzen langweiligen Tag über war mir nicht klargeworden, warum ich es tat. Aber jetzt war es geschehen.

2

»Es ist kein Gin mehr da. Nur noch das hier«, sagte Tanja Agrot und beäugte die Flasche mißtrauisch. »Was, zum Teufel, ist das?«

»Arrak«, sagte Agrot. »Ach, stell ihn weg. Wir haben schon genug getrunken. Niemand will Arrak.«

»Ich schon«, sagte ich. »Vielleicht legt sich dadurch meine Begriffsstutzigkeit.«

Wir befanden uns in seiner Wohnung im noblen Jerusalemer Rehavia-Viertel. Seine Frau war aus Barot gekommen, um uns zu treffen. Sie wären beide in Barot, wenn die Schriftrolle nicht plötzlich aufgetaucht wäre. Nach einer Stunde Aufmerksamkeit und zwei kräftigen Gin war meine Begriffsstutzigkeit noch immer so groß, daß ich keine Ahnung hatte, wieso die Sache überhaupt ins Rollen gekommen war. Ich trank den Arrak jetzt vorsichtig, um nur ja nicht den leisesten Hinweis zu verpassen.

Soweit ich folgen konnte, war die Schriftrolle im vergangenen November gefunden worden, das war ein ganzes Jahr her. Die Agrots hatten sie in En Gedi am Toten Meer ausgegraben, wo sie damals gerade arbeiteten. Dann war die Schriftrolle mit einem Mal brisant geworden. Wieso? Das hatte Agrot nicht verraten. Er hatte mich noch nicht in die Hintergründe eingeweiht.

Die Schriftrolle schien eine Hinterlegung von Geld und Wertsachen zu dokumentieren, die im März 67 aus dem Tempelschatz entnommen und nach Galiläa gebracht worden waren. Damals waren zahlreiche solcher Belege im Umlauf – genauso, wie in London und Paris in ähnlich gefährlichen Kriegszeiten.

Im Tempel waren damals enorme Reichtümer angehäuft, wie Agrot hervorhob, vergleichbar der heutigen Bank von England oder dem Fort Knox. Kaufleute und Bürger, die ihr Vermögen in Goldbarren in Privattresoren aufbewahrten, benutzten ihn als Bank. Aber der Tempel verfügte auch über seine eigenen Rücklagen – ungeheure Rücklagen. Damals lebte der größte Teil des jüdischen Volkes im Ausland. Sechs oder sieben Millionen lebten im Römischen Reich, und einige weitere Millionen in Parthien. Jeder einzelne Mann von ihnen mußte ab dem zwanzigsten Lebensjahr eine jährliche Abgabe an den Tempel entrichten.

Niemand hatte den Wert des Schatzes je schätzen können, aber er war mit Sicherheit gewaltig; jedenfalls so groß, daß nach dem Überfall der Römer, die den Schatz stahlen, auf dem syrischen Markt der Goldpreis um die Hälfte fiel. Zu diesem Zeitpunkt war ein großer Teil des Schatzes allerdings schon fortgebracht worden, und Agrots Dokument vermittelte einem eine Vorstellung davon, wie so etwas geschah.

Bei einem derartigen Vorgang schien man jedes Dokument dreifach ausgefertigt zu haben. Zwei wurden versteckt, das dritte (in dem der Aufbewahrungsort der beiden ersten vermerkt war) kam nach Jerusalem. Diese Ausfertigung wurde vernichtet, nachdem ihr wesentlicher Inhalt in irgendein Hauptregister übertragen worden war.

Der Grund, warum Agrot glaubte, die Menora befände sich noch immer an ihrem Platz, war folgender: Aus der Schriftrolle ging hervor, wo die beiden anderen Kopien hinterlegt waren, und diese dritte war offensichtlich nicht vernichtet worden. Sie war diejenige, die für Jerusalem bestimmt gewesen war, wo sie offensichtlich niemals angekommen war. Genauso offensichtlich war sie in der Zwischenzeit nicht gefunden worden. Das belegte ein kleines Häufchen Münzen, das daneben gefunden worden war: Keine von ihnen war später als 66 geprägt worden.

Ich fragte: »Und wo haben die Jordanier ihre Abschrift gefunden?«

»In Murabba'at, ein bißchen weiter nördlich am Toten Meer, südlich von Qumran.«

»Und wann?«

»Ein paar Wochen nachdem wir unsere fanden. Das haben wir in der vorigen Woche herausgefunden.«

»Und warum dann jetzt die Aufregung?«

Agrot griff nach dem Umschlag. »Du möchtest jetzt sicher zu Bett gehen, Tanja«, sagte er.

»Das siehst du falsch«, erwiderte Tanja. »Ich bleibe.«

Agrot sah sie über den Rand seiner Lesebrille an.

»Wir sind jetzt an einem vertraulichen Punkt angelangt«, erklärte er. »Ich möchte nicht, daß du da miteinbezogen wirst.«

»Warum müßt ihr es dann jetzt besprechen? Warum mußt du immer alles sofort tun?«

»Weil ich mir vorgenommen habe, jetzt darüber zu sprechen«, sagte er geduldig. »Und ich möchte irgendwann wieder nach Barot. Hast du Teitleman vergessen?«

»Für heute abend schon«, sagte Tanja, »Gott sei Dank.«

Teitleman, ein Immobilienkönig (dessen Machenschaften mir bekannt waren), ließ in der Gegend von Barot gerade Bauarbeiten durchführen. Die Agrots hatten es geschafft, ihm einen Baustopp von zweiundvierzig Tagen auferlegen zu lassen, eine Zeit, in der sie die biblische Fundstelle ausgraben konnten, ohne daß Teitlemans Bulldozer den Grund aufwühlten. Die zweiundvierzig Tage würden gerade so eben ausreichen, wenn es keine Unterbrechungen gab. Das war ein weiterer Grund, warum mich Agrot herbeordert hatte.

Er sah sie weiterhin geduldig an, und sie starrte wütend zurück. Sie war eine gutaussehende Frau, Mitte Dreißig, mit sympathischem amerikanischen Akzent. Sie war braungebrannt und sah gut aus in ihren Jeans und dem übergroßen Pullover. Die Wohnung war offensichtlich nach ihrem Geschmack eingerichtet. Schlicht, aber elegant, mit ein paar Kostbarkeiten: Amphoren, Kacheln, einem vergoldeten Granatapfelbaum und einem großen, angestrahlten Gemälde, einem Mané Katz an der weißen Wand. Ich blickte mich um, während der eheliche Zweikampf weiterging, und schließlich gab sie erschöpft auf.

»Macht aber nicht zu lange«, sagte sie. »Ich muß morgen früh los.«

»Ja, gut«, sagte Agrot und wartete, bis sich die Tür geschlossen hatte. Dann nahm er ein paar Papiere aus dem Umschlag und legte sie zurecht.

»Also, wissen Sie«, sagte er, »ich nehme an, das ist jetzt eine der dämlichsten Geschichten, die Sie je gehört haben.«

»Hat es mit Sidqui zu tun?« fragte ich.

»Es hat mit Sidqui zu tun. Er war hier, müssen Sie wissen. Hat sich über die Grenze geschlichen.«

In einem Ort namens Gesher, ein paar Meilen vom See Genezareth, war er über die Grenze gekommen, in einer Neumondnacht im letzten Dezember. Mit einem Begleiter hatte er den Jordan durchwatet, das Gelände des Kibbuz Gesher durchquert, die Hauptstraße nach Tiberias gekreuzt und war dann in das Hügelland zwischen der Straße und dem Berg Tabor gelangt.

Zufällig war der Kibbuz Gesher kurz zuvor ausgeraubt worden, und deshalb taten ein paar Nachtwachen Dienst. Sie entdeckten Sidqui und seinen Freund, ließen sie aber ohne Aufhebens weiterziehen. Eine der Wachen alarmierte den Grenzschutzposten im vier Meilen entferten Ashdod Ya'acov.

Eine Stunde später waren sechs Polizisten und ein paar Fährtensucher den Eindringlingen auf den Fersen. Sie folgten ihnen drei Tage und drei Nächte lang. Die übliche Vorgehensweise der israelischen Grenzpolizei ist es, Eindringlinge nicht zu stellen oder zu überraschen, sondern ihnen zu folgen, um festzustellen, ob sie Kontakte mit Palästinensern herstellen wollen.

Sidqui und sein Freund schienen mit den Palästinensern nichts im Sinn zu haben. Die Polizisten konnten nicht herausfinden, was sie überhaupt im Sinn hatten. Zunächst glaubten sie an Sabotage bei der Staatlichen Wasserversorgung, die vom See Genezareth nach Süden führt, aber bald war eindeutig, daß sich die zwei Männer dafür nicht interessierten. Sie gruben Löcher in die Erde und zündeten, gut abgeschirmt, hin und wieder Sprengladungen. Da die Polizisten glaubten, es würden Waffen oder Signalgeräte versteckt, untersuchten sie die Löcher sorgfältig. Sie fanden nichts.

Die Männer schliefen tagsüber im Unterholz und wanderten nachts. In der dritten Nacht, als sie sich dem dichtbesiedelten Gebiet um Nazareth und Afula näherten, entschloß sich die Polizei, sie festzunehmen. Sidquis Begleiter zog eine Pistole, als man ihn anrief, ließ sie aber fallen, als ein Warnschuß abgefeuert wurde. Sidqui selbst kauerte im Unterholz und kam auch nach zwei weiteren Aufforderungen nicht heraus. Ein Unteroffizier und zwei Soldaten wurden losgeschickt, ihn zu holen.

Der Unteroffizier entdeckte Sidqui mit einem Gegenstand in der Hand, den er für ein Gewehr hielt, und feuerte einen Schuß über seinen Kopf hinweg ab. Unglücklicherweise erhob sich Sidqui im selben Augenblick, und der Schuß ging in seine Brust. Er starb auf der Stelle. Nun stellte sich auch der Grund für sein Hockenbleiben heraus: Er hatte mit heruntergelassenen Hosen dagesessen. Und was der Unteroffizier für ein Gewehr gehalten hatte, war ein ein Meter langes Stück Stahlrohr. Drei weitere Rohre lagen daneben.

Sidquis Begleiter wurde auf der Polizeiwache in Nazareth rasch identifiziert. Er hatte bereits ein paar Strafen wegen Landfriedensbruchs und Raubes abgesessen. Aber Sidqui stellte ein Problem dar. In seiner Kleidung, seinen Papieren und seinen Fingerabdrücken fand man keinen Hinweis auf seine Identität, und sein Begleiter verweigerte die Auskunft.

Er weigerte sich immer noch, etwas zu sagen, als er siebzehn Tage später in Haifa wegen Landfriedensbruchs und Sprengstoffbesitzes vor Gericht gestellt werden sollte.

In Haifa ist das Pflaster zwischen der Straße und dem Eingang des Gerichtsgebäudes dreißig Meter breit. Der Eindringling wurde in Handschellen über diese Strecke geleitet, als er plötzlich von einer Gewehrkugel tödlich in den Kopf getroffen wurde, die vom Flachdach eines Kinos an der Ecke abgefeuert worden war. Bis man die Stelle gefunden und das Gebäude abgeriegelt hatte, war der Schütze entkommen. Er wurde nie gefaßt.

Auf Amtswegen landete die Akte bei der Polizei in Nazareth und eine Kopie beim Hauptquartier der Grenzpolizei in Beit Shean. Und dort ruhte die Angelegenheit zunächst.

Sie ruhte zehn Monate – bis vor drei Wochen, als ein ehemaliger Student von Agrot, ein Spezialist für Arabisch, der zum Team gehört hatte, das die Schriftrolle von En Gedi erforscht hatte, seinen Dienst bei der Grenzpolizei antrat und dem Hauptquartier Nord in Beit Shean zugeteilt wurde. Dort sollte er, um sich mit der Arbeit vertraut zu machen, ein, zwei Wochen im Archiv verbringen. Es dauerte nicht lange, und er hatte die Akte der beiden Eindringlinge gefunden und auf dem Bild des Toten die Züge Khalil Sidquis erkannt, die ihm durch sein spezielles Forschungsgebiet vertraut waren. Knapp drei Tage später hatte er eine ziemlich genaue Vorstellung, was Sidqui im Schilde geführt hatte.

So lange dauerte es, bis er die Schritte der Eindringlinge zurückverfolgt, die Löcher im Boden gefunden und die stählernen Rohre als Teile einer Vorrichtung zum Sammeln geologischer Bodenproben erkannt hatte. Aber auf dem Rückweg nach Beit Shean war der junge Mann in eine Falle geraten: Ein Draht war über die Straße gespannt worden. Als man den Mann am Fuße einer steilen Böschung neben der Straße fand, saß er immer noch, mit gebrochenem Genick, auf seinem Motorrad. Seine Aufzeichnungen für Beit Shean waren jedoch äußerst detailliert, und sie gelangten zu Agrot; dieser hatte dann, nach weiteren eigenen Nachforschungen, die verwickelte Maschinerie in Bewegung gesetzt, der ich es verdankte, daß ich ihm jetzt, einen Arrak in der Hand, in seiner Wohnung in Rehavia gegenübersaß.

Es war israelischer Arrak, sehr viel feiner und ohne den kratzig-öligen Beigeschmack des arabischen, aber mit der gleichen

Wirkung, die einem die Beine lähmte, wenn man ein paar davon intus hatte. Ich hatte drei.

»Gibt es bisher irgend etwas zu bemerken?« fragte Agrot.

Ein Gedanke schoß mir unmittelbar durch den Kopf: Den Leuten, die sich in der Gegend aufhielten, wo ich arbeiten sollte, stießen merkwürdige Dinge zu. Aber das schien er nicht hören zu wollen. Ich fragte: »Was bedeutet das mit den Gesteinsproben?«

»Man nimmt an, daß die Menora unter einer Schicht aus blauem Marmor vergraben ist. In Galiläa gibt es keinen Marmor. Man geht davon aus, daß sie danach gesucht haben.«

»Das scheint mir eine ziemlich blöde Methode zu sein.«

»Sehr blöde. Paßt gut zu Sidqui. Aber nicht ganz nutzlos«, wandte Agrot ein. »Jedenfalls hat lange keiner begriffen, wozu diese Röhren gut waren.«

»Er wollte also den Marmor finden, die Menora ausgraben und sie zurück über den Jordan schleppen?«

»Nein, nein«, erwiderte Agrot, »die wäre viel zu schwer gewesen. Sie wollten sie wohl nur aufspüren, damit man sie später holen konnte.«

»Wer?«

»Genau«, sagte Agrot. Er sah sich um. Zwischen Schlafzimmer und Wohnzimmer waren Doppeltüren eingebaut. Tanja hatte einen Flügel offengelassen. Er stand auf und schloß ihn.

»Eine militärische Einheit«, sagte er. »Zumindest eine paramilitärische. Dort oben gibt es immer den einen oder anderen Zwist, wissen Sie? Angriffe, Gegenangriffe. Wo eine großangelegte militärische Operation vorgesehen ist, muß im voraus über ein paar Einsatzziele entschieden werden. Ich denke, daß die Menora eines dieser Einsatzziele geworden wäre. Sie wären unter einem Tarnziel dorthin marschiert. Und es gibt auch ein paar Hinweise, die das belegen. Wir wissen zum Beispiel, daß es nach Sidqui noch zwei Versuche gab, die Menora zu finden – sie habenProberohre zurückgelassen. Und jedesmal fand einen Monat später ein recht heftiger Angriff statt. Wir nehmen an, die Eindringlinge wußten, daß diese Angriffe auf dem Plan standen. Es sieht jetzt so aus, als könnten wir mit dem nächsten Angriff rechnen.«

»Verstehe.«

»Und es gibt ein paar störende Details. Zum einen waren die Angriffe beim letzten Mal sehr dreist. Beim Einmarschieren wurden die Männer nicht gesehen, aber beim Abzug provozierten sie ein Gefecht – was ungewöhnlich ist. Und zweitens hatten sie ein Minensuchgerät bei sich. Sie haben es in den Fluß geworfen, und wir haben es gefunden. Das hätten sie sicher nicht getan, wenn vorher nicht jemand von ihnen den Marmor gefunden hätte.«

»In der Gegend, in der Sidqui gearbeitet hat?«

»Ich weiß es nicht. Wie ich Ihnen sagte, wurden sie erst gesehen, als sie die Grenze wieder überquerten. Aber es sieht so aus, als hätten sie den Marmor lokalisiert. Wir können natürlich zweierlei tun. Wir können uns von ihnen dort hinführen lassen und sie angreifen. Aber wir wollen keine Auseinandersetzung in der Nähe der Menora. Die Mistkerle könnten sie in die Luft jagen – uns bedeutet sie mehr als denen. Oder wir finden sie zuerst.«

»Wieviel Zeit haben wir?«

»Ich würde sagen, drei Wochen.«

Ich trank meinen Arrak aus. »Ich nehme an, die sind hinter der Menora her.«

»Kein Zweifel.«

»Und warum nicht hinter dem Gold?«

»Niemals.«

»Wieso nicht?«

»Geht heute keiner mehr ins Bett?« drang ein wenig damenhaftes Knurren durch die Doppeltüren.

Agrot stand eilig auf. »Es gibt gute Gründe«, sagte er, »über die wir noch sprechen können. Aber ein andermal. Es ist schon spät.«

Das war es tatsächlich. Es war nach zwei Uhr. Ich fuhr zum Hotel zurück und ging, schon leicht taumelnd, ins Bett.

3

Am nächsten Tag fuhren wir nach En Gedi. Wir nahmen die Strecke über Barot. Tanja saß im zweiten Jeep. »Das ist kein großer Umweg«, sagte Agrot, »und dort gibt es Ärger, um den ich mich kümmern muß.«

»Was denn für Ärger – Krieg vielleicht?« fragte ich. Die Jeeps hatten schwerbewaffnete Soldaten am Steuer.

»Überhaupt nicht. Teitleman hat die Straße durch das Tal gesperrt, weil er Sprengungen durchführt. Wir müssen die Höhenstraße nehmen, die dicht an der Grenze entlangführt. Irritieren die Waffen Sie?«

»Ja«, antwortete ich. Sie störten mich. Das dunkle Metall und die zerkratzten Gewehrkolben sahen gefährlich aus.

»Vergessen Sie's«, sagte Agrot. Seine Nase schnüffelte zufrieden die kühle Morgenluft. »Daran gewöhnen Sie sich schnell. Für uns ist das ganz normal.«

Ich schlief ein. Er wollte plaudern, und ich hatte das Gefühl, seine Stimme in letzter Zeit sehr häufig gehört zu haben.

In Beersheba, wo Tanja Vorräte auflud, wachte ich kurz auf und fand das gleiche Chaos vor wie einige Jahre zuvor, fast noch schlimmer. Agrot war in der Stimmung, sich über die wirtschaftlichen Schwierigkeiten der Stadt auszulassen, und so schlief ich wieder ein. Als ich schließlich wieder zu mir kam, tuckerten wir gerade einen steilen Hang in der zu Recht so genannten Wildnis Judäas hinauf, und die Sonne brannte über den sandigen Hügeln. Ein heißer Wind wehte. Ich zog meine Jacke aus, zündete mir eine Zigarette an und sah mich um. Ein Platz für Schakale und Propheten, sehr alt, sehr trocken und ganz ausgestorben. Auf allen Seiten ragten dic gezackten Zinnen und burgartigen Felsformationen wie stille, erstarrte Städte unter dem blauen Himmel aus den Schluchten hervor. Ich sah auf die Uhr. Halb elf. Ein paar hundert Meter hinter uns manövrierte sich der zweite Jeep in einer Staubwolke aus der Schlucht, durch die wir offenbar gerade gekommen waren.

Agrot neben mir schien in eine Art Trance gefallen zu sein. Seine Hände lagen im Schoß, und seine Augen hatten sich verengt.

Ich sagte: »Guten Morgen.«

»Mir gefällt diese Gegend«, sagte er leise, ohne mich anzusehen.

»Ja.«

»Ich könnte hier leben.«

»Das wäre wohl etwas zuviel des Enthusiasmus.«

»Im Ernst«, sagte er im gleichen trancehaften Ton. »Ich liebe sie. Ich könnte hier in einer Höhle leben und glücklich sein.«

»Und Morgentau trinken.«

»Ach, es gibt hier Wasser. Unter uns ist alles voller Wasser.«

»Und wie kommen Sie da dran?«

»Danach bohren. Hier gibt es alles – Phosphate, alle möglichen Mineralien, vielleicht Öl. Wer da suchet, der wird finden.«

»Würde es Ihnen auch dann noch gefallen, wenn alle kämen, um zu suchen und zu finden?«

Er blinzelte, erwachte aus seiner Trance und zündete sich eine Zigarette an. »Ja«, sagte er, »das ist natürlich das Problem. Warten Sie nur ab, wenn Sie sehen, was Teitleman in Barot gemacht hat. Er hat dort Wasser gefunden. Der Kerl findet einfach alles. Kilometertief unter den Felsen ist ein großer See. Tahal, die Wasserleute, sagten, es gäbe dort keins. Er behauptete, es gäbe welches. Er hat das Geld aufgebracht und Wasser gefunden. Jetzt buckeln sie alle vor ihm. Er leitet Wasser zu den Erdgasfeldern von Nafta bei Sohar, und die schicken ihm dafür Gas. Mit dem Gas hat er kostenlose Energie. Er baut alles, einschließlich eines Hotels mit einem See – einen See im Beduinenland.«

»Sehr praktisch für die Beduinen.«

»Die brauchen Teitlemans See so dringend, wie ich Teitleman brauche«, sagte Agrot und tat einen raschen Zug an seiner Zigarette. »Sie kennen doch die Beduinen.«

»Nette Leute.«

»Ein großes, ein wunderbares Volk. Geben Sie einem Beduinen sein Kamel, dann hat er Milch zum Trinken, und eine Zwiebel zum Essen – und er hat genug zum Leben. Er ist in der Lage, von nichts zu leben. Ein großartiges, hartes, zähes Geschöpf. Was kümmert es den Beduinen, ob er sich in Israel oder Jordanien befindet? Er hat die Felsen, den Himmel – das reicht. Mehr braucht er nicht. Der Beduine ist mein Bruder.«

Da sahen wir einen, einen ziemlich alten, der mit seinem Kamel in einem Wadi, einem ausgetrockneten Flußbett, hockte und eine Zwiebel aß. Wir rollten langsam vorbei. Agrot nickte seinem Bruder zu. Der Beduine nickte zurück. Kein Wort, kein Lächeln enthielt die Zwiesprache, aber beide schienen es zufrieden. Ich hatte dergleichen schon vorher bei Israelis beobachtet, diese Zuneigung zu den rauhen Zügen des Landes. Arabismus ist nicht nur auf ältere Mitarbeiter des Londoner Auswärtigen Amtes beschränkt – hier wirkte er allerdings ganz bestimmt weniger deplaziert. Und die Gedanken, die dies in Agrot auslöste, ließen ihn glücklicherweise verstummen. Er blieb still, bis wir Barot erreichten.

Ein einzelner Kapitalist kann in nur wenigen Jahren wohl nicht viel gegen eine wilde Felslandschaft ausrichten, die innerhalb einiger Jahrmillionen zu Stein wurde, aber Teitleman gab, wie Agrot bereits angedeutet hatte, sein Bestes. Eine unansehnliche Siedlung von Arbeiterbaracken aus Aluminium markierte die Grenze seines Operationsgebiets. In einer riesigen, flachen Grube rund um einen fast fertiggestellten Steinbruch waren einige Bulldozer geräuschvoll bei der Arbeit. Eine Förderanlage, auf der das Phosphaterz von einem nahe gelegenen Berg herantransportiert wurde, war errichtet worden, und unter einer Schütte standen ein paar keilförmige Loren auf einer Drehscheibe, wo sie das Endprodukt in Empfang nahmen. Ein kurzer Gleisstrang verband die Drehscheibe mit einer Beladestelle für Transportfahrzeuge, die wiederum eine Anbindung zur Straße hatte. Es war der untere Abschnitt derselben

Straße, die Teitleman hatte sperren lassen. Gerade wurde eine Abzweigung gebaut, um sie mit den weiteren Operationsfeldern zu verbinden, deren Gebiet sich ein paar Meilen weiter nach Osten erstreckte.

Agrot wies darauf hin, als wir in die neue Landstraße einbogen und bequem weiterrollten. Dort befanden sich eine Düngemittelfabrik, ein paar ausgehobene Grundstücke für einen kleinen Chemie-Komplex, ein paar unerschlossene Grundstücke, auf denen, wie Agrot sagte, ein Traum Teitlemans erfüllt werden sollte: nichts Geringeres als ein Gewerbepark; außerdem eine Siedlung, die sich im Bau befand, und schließlich – die Quelle, aus der dies alles gespeist wurde – Teitlemans Brunnen.

Brunnen brauchen nicht groß zu sein, um in der Wildnis Bedeutung zu erlangen. Teitlemans Brunnen war nicht groß, aber in seiner Bedeutung ehrfurchtgebietend. Eine Art Badehaus oder Tempel barg seine Mysterien in buntem Marmor, und um dieses Gebäude herum hatte Teitleman gewissermaßen als Opfergabe oder Zeichen seiner Macht eine Reihe Büsche gepflanzt, die, gut bewässert, wild wucherten. Innerhalb eines großen, gepflasterten Areals leitete eine ausgeklügelte Ansammlung von Röhren und Pumpen das Wasser an seine verschiedenen Bestimmungsorte weiter. Nach Süden zu den Gasfeldern von Sohar und zur Pipeline der Staatlichen Wasserversorgung, nach Westen zu seinen Industrieansiedlungen und nach Osten zu seinem ganzen Stolz, dem Camphire-Hotel mit dem Camphire-See.

»Wieso Camphire?« fragte ich, als das erstaunliche Bauwerk in unser Blickfeld kam. Es türmte sich achtzehn Stockwerke hoch auf, eine schlanke Säule aus Glas und unpoliertem Marmor, die wie ein gewaltiges Fruchtbarkeitssymbol aus einem breiteren, bauchigen Sockel ragte.

»Teitleman hatte da ein Lied im Sinn«, erklärte Agrot. »Das Lied der Lieder, das Hohelied Salomos. Sie erinnern sich, daß der Dichter von *pleasant fruits and camphire, in a fountain of gardens, a well of living waters* spricht, von ›edlen Früchten und Zyperblumen, in einem Quellgarten, ein Born lebendigen Wassers‹. Das verwirklicht Teitleman bis ins letzte Detail. Dort, auf beiden Seiten des Tell, seines Hügels, liegen die Gärten mit den Brunnen. Und dort gibt es das lebendige Wasser – der See muß eine Sauerstoffzufuhr haben. Das Hotel steht genau in der Mitte. Darin hat er ein Heilbad, ein türkisches Bad, sogar eine Mikwe – das rituelle Bad für Frauen. Und auch eine Bowlingbahn, ein Kino, ein Observatorium, vier Restaurants, zwei Tanzsäle und eine Synagoge. Und von seinen Hängenden Gärten aus wird man das Tote Meer und die Moab-Berge auf der anderen Seite gleichzeitig sehen können. Er glaubt fest, daß er, Teitleman, die Wüste zum Blühen bringen kann. Was soll man mit so einem Menschen machen?«

Die Antwort auf diese Frage erübrigte sich, denn in diesem Moment tauchte, wie von Geisterhand herbeigezaubert, Teitleman auf und kam fast zu Tode. Er schien aus einem Graben am Straßenrand zu schießen und verfehlte den bremsenden Jeep nur um Zentimeter. Der Graben entpuppte sich als Teil des noch trockenen Sees, den Teitleman mit einer Schar von Architekten und Vorarbeitern gerade inspiziert hatte.

»Ah, Agrot!« rief er und trat näher. Unbeeindruckt von seinem knappen Entrinnen streckte er die Hand aus, die in einem Baumwollhandschuh steckte. Der geistige Vater all dieser Bauwunder war selbst nicht im großen Maßstab entworfen worden. Er war klein, sehr klein, und seine Fliege und die Brille waren überdimensional groß; aber er strahlte alles in allem eine solche Vollkommenheit und Perfektion aus, daß die fehlenden Zentimeter mehr als ausgeglichen wurden. Sein starrer Gesichtsausdruck deutete auf Gefaßtheit hin, auf endlos viele Schicksalsschläge, die er hatte erdulden müssen, so daß er trotz seines grauen Geschäftsanzugs inmitten seiner schweißüberströmten und schmutzigen Begleiter nicht wie ein Dandy wirkte, sondern eher wie ein mieser kleiner Schurke.

»Sie hätten nicht zu kommen brauchen. Wir hätten das auch am Telefon erledigen können. Aber egal, ich zeige es Ihnen«, sagte er zu Agrot und sprang mit einem Satz in den Jeep.

»Beinahe hätte ich Sie überhaupt nicht zu behelligen brauchen«, sagte er und wandte sich auf dem Sitz um. »Ich hätte das mit Ihrer attraktiven Frau klären können – wie geht es ihr? Ah! Ach so. Ich verstehe. Sehr gut. Hallo«, sagte er und wedelte mit der behandschuhten Hand zum nachfolgenden Jeep hinunter. Dabei öffnete er den Mund zu einem Hyänengrinsen, das eine Doppelreihe überraschend kräftig aussehender Zähne zum Vorschein brachte.

»Wo liegt das Problem?« fragte Agrot.

»Kein Problem.« Das Grinsen verschwand so schnell, wie es erschienen war. »Eine Frage der Organisation. Die Leute kommen hier nicht voran und wollen deshalb ein paar Proben für den Brunnen nehmen. Das Reservoir versorgt sowohl den Teich als auch die Mikwe, und für die muß das Wasser rein sein. Es betrifft lediglich den Wasserdruck und die Wasseradern auf der Gegenseite der Filteranlagen der Brunnenanlage.«

»Das wäre unter meinem Tell«, sagte Agrot.

»Unter dem Teil, mit dem Sie letzten Sommer fertig wurden.«

»Mister Teitleman«, sagte Agrot milde, »ich besitze eine Verfügung, die, wie Sie wissen, den ganzen Tell umfaßt.«

»Und, wie *Sie* wissen, Professor Agrot«, erwiderte Teitleman, und sein kleiner Mund verhärtete sich ein wenig, »kann ich in einer Notsituation zu jedem Gericht des Landes gehen, und das wird Ihnen dann sagen, was Sie mit Ihrer Verfügung machen können.«

»Das wäre aber ein merkwürdiges Gericht, das eine Bauverzögerung bei Ihrer Mikwe als nationalen Notstand interpretieren würde.«

»Also, wir wollen nicht darüber streiten«, sagte Teitleman. Die Anspannung ließ sein Gesicht noch starrer werden, er versuchte sich zusammenzunehmen und einen liebenswürdigeren Ton anzuschlagen.

Der Tell war lang, gewölbt wie der Rücken eines Schweins, und durch das Geröll dreier Jahrtausende abgeflacht. Der lose

Schutt reichte zehn Meter tief. Am Grund, der Ebene der ersten menschlichen Besiedlung, wies ein Muster aus behauenen Steinen auf die groben Umrisse einer antiken Siedlung hin, die auf den gleichen harten Kalkstein und Marmor gebaut worden war, aus dem der Rest des Plateaus bestand.

Weil der Höhenzug so lang war, war er in drei Abschnitte aufgeteilt worden, und wegen Teitleman hatten die Agrots mit den beiden westlichen Abschnitten angefangen. Beide waren im vorigen Sommer geöffnet worden, und jetzt war die ganze Expedition mit dem dritten beschäftigt. Mehrere Dutzend junger Männer und Frauen wimmelten mit ein paar Beduinen, Tagelöhnern, auf dem entfernten Hügel herum. Ihr Lager war am Fuß des Höhenzuges sichtbar.

»Wir wollen dort Rohre verlegen«, sagte Teitleman. Wir befanden uns auf einem schmalen Grat des Tells, etwa zwanzig Meter unter dem Gipfel.

Tanja stieg aus ihrem Jeep und kam zu uns. »Das dort unten sind sehr alte Steine, Mister Teitleman«, sagte sie. »Sie müssen fotografiert, numeriert und abtransportiert werden.«

»Wird alles nach Ihren Wünschen geschehen«, sagte Teitleman. »Unter Ihrer Aufsicht.«

»Aber wir können im Augenblick keine Leute entbehren.«

»Ich besorge Ihnen Leute. So viele Sie haben wollen. Eine Busladung voll, heute noch.«

»Sie werden wahrscheinlich Erdarbeiten durchführen müssen, bestimmt sogar«, wandte Agrot ein.

»Sehr wenige.«

»Aber das Gelände dort unten ist nicht ebenmäßig. Es gibt Felsvorsprünge. Sie werden bohren oder sprengen müssen.«

»Das kann schon sein«, sagte Teitleman, und seine Geduld geriet allmählich ins Wanken. »Aber so wenig wie möglich. Sie werden gar nichts merken.«

»Mister Teitleman«, sagte Agrot und schüttelte sorgenvoll den Kopf, »das würde leider die Ausgrabungen stören. Die Objekte liegen offen da, und sie sind sehr alt. Die geringste Erschütterung würde Folgen haben.«

»Was für eine Erschütterung?« rief Teitleman, der mit einem Mal völlig die Geduld verlor. »Der Scheißfelsen ist so hart wie verdammtes Eisen. Da muß man schon eine verdammte Atombombe draufschmeißen, damit es eine Erschütterung gibt. Ich habe fünf verdammte Wochen gebraucht, um diesen See zu sprengen, und dabei hätte man ein verdammtes rohes Ei auf den Hügel stellen können. Ich verspreche Ihnen, daß es keine Komplikationen geben wird. Sie können meinetwegen auf dem Hügel schlafen. Ich selbst werde auf dem Hügel schlafen. Welche Garantien wollen Sie denn noch?«

»Ich möchte nur, daß Sie den Wortlaut der Verfügung einhalten. In fünf Wochen können Sie den ganzen Tell haben.«

»Und ich soll fünfhundert Mann mit Maschinen herumstehen lassen?«

»Wenn es nur ein Versuch ist, dann können Sie Ihr Wasser und Ihre Energie auch von woanders herkommen lassen.«

»Damit sich meine Kosten verdoppeln, während ich beides hier gewinnen kann, wo es gewonnen werden *soll*?«

»In fünf Wochen«, sagte Agrot.

Teitlemans Zähne schlugen mit einem hörbaren Klacken aufeinander. Er drehte sich um und rutschte praktisch den Hang hinab. »Bitten Sie mich nur noch einmal um einen Gefallen«, rief er und reckte den Finger im Baumwollhandschuh in die Luft, »wagen Sie es!«

»Nehmen Sie den Jeep!« rief ihm Agrot nach.

Teitleman nahm den Jeep nicht.

»Das heißt, daß wir kein Wasser mehr von ihm bekommen«, sagte Tanja.

»Dann schicken wir den Lastwagen nach Arad«, sagte Agrot. »Wenn man diesem Mann den kleinen Finger gibt, nimmt er die ganze Hand. Es wäre nicht nur eine Versuchsbohrung. Er hätte einfach den ganzen Aushub fortgesetzt. Und er weiß, daß ich das weiß. Man muß ein solches Schlitzohr wirklich bewundern. ... Und wie ist es hier gelaufen, während ich weg war?«

Wir gingen, um nachzusehen, wie es gelaufen war. Agrots Gesicht war dunkel und versonnen, als wir zurückkehrten.

»Die brauchen mich da draußen«, sagte er.

»Vielleicht haben die Sie schon bald wieder.«

»Also fahren wir weiter. Zur Schlucht von En Gedi«, sagte er zum Fahrer. »Über die Höhenstraße.«

Über die Höhenstraße sind es dreizehn Kilometer vom Tell bis zur Schlucht von En Gedi, und es dauerte über Geröll fünfundvierzig Minuten im ersten Gang.

Dann stiegen wir aus und kletterten den Einschnitt in der Erde hinunter, bis zu seinem Grund.

4

Entweder man mag die Wüste, die Wildnis, die Stille der glühenden Felsen dieser Erde, oder man mag sie nicht. Wenn man sie mag, dann mag man das Tote Meer. Über diesem Fleck liegt eine tödliche, unheimliche Romantik, deren Wirkung auch bei noch so großer Vertrautheit mit der Gegend nicht verblaßt. Plötzlich eröffnet sich von der hohen, schroffen Öde des Plateaus eine halbe Meile tiefer ein phantastischer Rundblick auf die tote, kahle Ebene des Arava, die vor Gluthitze und Salzdunst flimmert. Die Kontinentalspalte von der Türkei nach Tanganjika verläuft hier und findet ihren tiefsten Einschnitt zwischen Judäa und Moab. Und im Zentrum der Senke, still wie eine Eiterblase, liegt der Salzsee, 75 Kilometer lang und achtzehn Kilometer breit, die tiefste Stelle der Erde.

Sechseinhalb Millionen Tonnen Wasser aus dem Jordan und anderen Quellen speisen den Salzsee und können nicht wieder abfließen. Das Wasser verdunstet einfach in der Backofenhitze.

Hitzeschwaden strömten aus der Schlucht, als wir den Hang hinabkletterten. Eine halbe Meile tiefer in der Talsohle schwamm der schmucke Kibbuz von En Gedi mit seinen Dattelpalmen in der flirrenden Hitze. Ein dünner Grünstreifen, etwas abseits in den Felsen gelegen, kennzeichnete den Lebensnerv und die Existenzgrundlage des Kibbuz: die biblische Quelle und den Wasserfall.

Wir gelangten jenseits des Kibbuz ins Tal, in eine schmale Schlucht ein paar hundert Meter hinter der Siedlung, und mußten am gegenüberliegenden Hang wieder bergauf. Zehn Meter höher unter einem Überhang befand sich eine enge Höhle.

»Hier«, sagte Agrot.

Es war ein kleines Loch, kaum groß genug, daß ein Mann hineinkriechen konnte. Aber es war einer hineingeklettert, vor neunzehnhundert Jahren, und hatte dort eine Schriftrolle und Geld zurückgelassen, um sie nie wiederzuholen.

Ich setzte mich und wischte mir den Schweiß ab. Die Hitze und die Anstrengung hatten mich etwas schwindlig gemacht, während Agrot richtig lebhaft wurde. Er ließ sich über das Gold aus, und warum er nicht glaubte, daß noch welches in der Nähe sei. Der Schweiß rann mir vom Leibe, während ich dasaß und zuhörte. Wir blieben etwa eine Viertelstunde und kletterten dann wieder zurück.

Es ist nicht etwa schwierig oder gefährlich, in der Schlucht von En Gedi umherzuklettern, nur mühselig und außerdem, wie sich herausstellte, unnötig. Nach En Gedi führt eine tadellose Straße an der Küste entlang. Agrot hatte sie nicht genommen, weil dieser Umweg seinen Zeitplan um etwa eine Stunde zurückgeworfen hätte.

Als wir in Barot ankamen, war ich zu müde zum Essen, schlief während des ganzen Rückwegs nach Jerusalem und ging dann ins Hotel, um weiterzuschlafen.

Um neun weckte mich Agrot telefonisch.

»Es gibt viel zu tun«, sagte er. »Möchten Sie zum Essen herkommen?«

»Nein.«

»Möchten Sie, daß ich zum Essen zu Ihnen komme?«

»Nein.«

»Was wollen Sie denn?«

Ich sagte ihm, was ich gern wollte, legte auf und schlief weiter. Wenn ich in seinem Rhythmus weitermachte, trieb mich dieser Mann in kurzer Zeit zum Wahnsinn. Ab morgen mußte es eher nach meinem Tempo gehen.

IV Hinweis um Hinweis

Ein wenig hier, ein wenig dort
(Jesaja, 28.10)

1

Am nächsten Tag ging es nach meinem Rhythmus. Ich stand spät auf, ließ keine Anrufe durchstellen, badete, frühstückte in aller Ruhe und fuhr mit dem Bus zur Universität. Ein friedlicher, doch arbeitsreicher Tag folgte, unterbrochen nur von ein paar Zwischenfällen. Der erste fand statt, als Agrot unbedingt wissen wollte, wo, zum Teufel, ich gesteckt hätte, und der zweite fand mit Dr. Hilde Himmelwasser statt, der Expertin für fotografische Verfahren. Diese Landplage kam von der wissenschaftlichen Fakultät und hatte ein Hochsicherheits-Fotolabor in Agrots Archiv eingerichtet. Eine ihrer Aufgaben bestand darin, Teile der Schriften lesbar zu machen, die unleserlich waren. Bisher waren ihre Versuche erfolglos gewesen.

»Vielleicht, wenn man amerikanische Kodak-Infrarot-Platten nähme?« fragte ich hilfsbereit.

»Nein, Dr. Lenk, ich glaube nicht.«

»Nicht mal einen Versuch wert?«

»Wann ich das dächte, Dr. Lenk, hätte ich es sicher ausprobiert.«

Sie war sehnig und groß, hatte ein Gesicht, das dem General de Gaulles nicht unähnlich war, und ein Paar knochig dürre Beine. Auf denen stand sie gelassen da, die Hände in den Taschen ihres weißen Laborkittels vergraben, und musterte mich mit ernstem Interesse, so als sei ich eine Art Naturereignis. Ihre herablassende Art, auf mein perfektes Hebräisch mit einem rauh akzentuierten Englisch zu antworten, hatte mich bereits in Rage gebracht.

Ich sagte: »Ich weiß, daß Nejid Albina auf diese Weise in Jordanien zu exzellenten Ergebnissen gelangt ist.«

»Wie interessant.«

»Und Isaac Isaacs auch, hier in Megiddo.«

»Was Sie nicht sagen.«

»Beide benutzten Linhoff-Kameras«, sagte ich, und plötzlich irritierte mich ein geringschätziges Lächeln, das über ihr Gesicht huschte. »Mit einem Dreier-Rotfilter«, ereiferte ich mich. »Und in ID2 entwickelt und auf Bromid gedruckt. Das Zeug war so gestochen scharf wie die Zeitung von gestern.«

»Wir haben es hier aber nicht mit der Zeitung von gestern zu tun«, sagte sie, immer noch lächelnd, und schüttelte den Kopf über eine solche Narretei. »Die Haut ist alt, Dr. Laing, schon fast völlig schwarz. Ich denke, es wäre am besten, wenn Sie sich um Ihre eigenen Angelegenheiten kümmerten. Ich kann Ihnen nichts von Philologie erzählen, und ich glaube nicht, daß Sie mir viel von Emulsionen erzählen können. Die Emulsion, die wir hier verwenden, habe ich selbst entwickelt. Um die Qualität zu verbessern, werde ich möglicherweise noch ein paar Änderungen vornehmen.«

»Schön. Aber es geht hier nicht um Qualität, Frau Dr. Himmelwasser«, erklärte ich ihr ernst. »Wir möchten nur zu lesen versuchen, was darauf steht. Und die Zeit drängt.«

»Wenn Sie mich dann bitte entschuldigen würden, ich möchte meine Arbeit fortsetzen.«

»Legen Sie sich, um Gottes willen, nicht mit ihr an«, sagte Agrot ängstlich, als wir den Korridor entlanggingen. »Sie hat einigen Einfluß in ihrer Abteilung, und von dort bekommen wir große Hilfe. Es ist sowieso ein Wunder nötig, um dieser Schriftrolle etwas Lesbares zu entlocken.«

»Ich glaube, Ike Isaacs würde es eher schaffen.«

»Aber das geht nicht«, sagte Agrot kurz angebunden, »die Angelegenheit ist geheim. Und sie hat schon sehr viel getan.«

Sie hatte etwas getan. Die Schriftrolle war aus drei Lederstücken zusammengesetzt, die ineinander gerollt waren. Das am besten erhaltene war das innerste Stück, das offensichtlich von einem Priester beschrieben worden war. Das zweite war ein Anhang oder ein Postskriptum, geschrieben von jemandem, der kaum des Schreibens mächtig war, und aus diesem Teil hatte Dr. Himmelwasser ein paar Wörter lesbar gemacht, die sonst unleserlich geblieben wären. Die dritte, völlig unleserliche äußerste Haut befand sich jetzt in ihrem Labor, und genau diese war es – so wie es immer zu sein scheint –, die augenscheinlich detaillierte Angaben darüber enthielt, wo das OEED und der letzte Hinterlegungsschein vergraben waren.

Abgesehen von dieser einen, waren die Häute in erstaunlich gutem Zustand, dem besten, den ich je gesehen hatte. Schriftrollen aus Jordanien hatten neuerdings die Gewohnheit, als Konfetti aufzutauchen. Der arabische Stamm der Ta'amireh, der sie illegal suchte und anbot, verkaufte Schriftrollen selten als Ganzes. Diese Leute zogen es vor, sie in ein paar hundert Stücke zu zerkrümeln, die Fetzen nach Belieben mit denen von anderen Schriftrollen zu mischen und die daraus resultierenden Zusammenstellungen als eine Art Wundertüte zu verkaufen. Die aufgebrachten Experten, deren Lebensaufgabe darin bestand, diese Puzzles wieder zusammenzusetzen, blieben natürlich mit einem Haufen Lücken zurück – und dadurch wurden sie zu dankbaren Abnehmern für weitere Wundertüten.

Die beiden inneren Dokumente lagen nun befeuchtet und eingeölt unter Glas im Archiv. Die Schrift befand sich, wie üblich, auf der vorbehandelten Fellseite des Leders. Die Buchstaben hingen, im Gegensatz zur westlichen Praxis, unterhalb der eingezeichneten Linien, statt auf ihnen zu stehen. Alle denkbaren wissenschaftlichen Tests zur Bestimmung des Alters und der Zusammensetzung des Materials waren durchgeführt worden, und eine beträchtliche Ansammlung handgeschriebener Notizen war schon zusammengetragen worden. Es gab zu jedem einzelnen Satz literarische, mundartliche und moderne Beurteilungen in einem Dutzend Varianten, ebenso wie einige gelehrte Manuskripte zur grammatikalischen Analyse.

Das Dokument des Priesters war, obwohl in hebräischen Buchstaben geschrieben, in griechischer Sprache abgefaßt und hatte das Team nicht sonderlich lange aufgehalten. Als problematisch erwies sich der zweite Teil, der in holprigem Aramäisch verfaßt war und sie ins Schleudern gebracht hatte. Belege für aramäische Dialekte gab es nicht gerade wie Sand am Meer, und die Forscher hatten alles versucht, um im Syrischen, Hebräischen und Südarabischen analoge Stämme zu finden. In beiden Dokumenten gab es immer noch um die dreißig Wörter, die entweder völlig unbekannt waren oder deren Bedeutung so umstritten war, daß Agrot sie als unbekannt eingestuft hatte.

Ich verbrachte den ganzen Morgen mit diesem Text, aß mit Agrot in der Kantine zu Mittag und arbeitete den ganzen Nachmittag hindurch weiter. Um halb sieben hörten wir auf.

Agrot schloß die Vitrine mit der Schriftrolle sorgfältig zweimal ab.

»Haben Sie Lust, heute abend mit mir zu essen?« fragte er.

»Nein danke. Ich möchte ein bißchen nachdenken und mir ein paar Notizen machen.«

»Gut. Dann rufe ich Sie später an, damit wir für morgen Pläne aufstellen können.«

»Sie haben immer noch etwas gegen Ike Isaacs, nicht wahr?«

»Das ist eine Frage der Geheimhaltung – und des guten Tons. Das Labor gehört der wissenschaftlichen Fakultät. Ich kann ihn da nicht hineinlassen.«

»Aber ich – heimlich.«

»Das ist leider unmöglich.«

»Und man könnte die Sachen auch nicht zu ihm bringen?«

»Sie wissen genau, daß ich das nicht tun kann. Lassen Sie sie noch ein bißchen weitermachen. Schließlich ist sie eine Expertin von Weltrang.«

»Gut. Aber das Thema bleibt auf der Tagesordnung.«

Ich fuhr ins Hotel zurück und ging, tief in Gedanken versunken, zu Bett. Um acht stand ich auf und machte, noch immer grübelnd, einen Spaziergang. Draußen war es jetzt kühler – Jerusalem liegt hoch, 800 Meter hoch in den judäischen Bergen – aber immer noch mild im Vergleich zu England. Ich wandte mich nach links und fand mich schließlich an der Mauer beim

Berg Zion wieder. Hinter mir ging der Mond auf, und der alte Zauber begann zu wirken.

Das jüdische Jerusalem ist als Stadt nichts Besonderes, ein langgezogener, schmuddeliger Ort, nicht halb so groß wie Wandsworth, auf ein paar kahlen, roten Hügeln erbaut, weshalb Lastwagen und Personenwagen ständig in niedrigem Gang herumtuckern. Wenn man dort ist, fällt einem die Vorstellung schwer, Jerusalem sei besonders heilig oder überhaupt etwas Besonderes. Der größte Teil der jüdischen Siedlung ist nach 1860 erbaut worden.

Aber die ganze Daseinsberechtigung der Stadt ist natürlich der Berg, und da dieser geteilt ist, wirkt der Ort blind und seiner Mitte beraubt. An der Demarkationslinie spielen kleine Jungen Ball. Sie rennen herum und schreien durch das schmutzige Elendsviertel; und in der Stadt selbst reihen sich kleine Läden in den Straßen und Gassen offenbar sinnlos aneinander. Ein Provinznest, und das ist es fast schon immer gewesen; kein gutes Ackerland, wirtschaftlich bedeutungslos; eine Durchgangsstraße nach nirgendwo. Nichts als eine Festung, ein geographischer Punkt, eine Idee.

Die Überbleibsel all der Völker, die versucht haben, diese Idee zu zerstören, befinden sich noch überall; ein Faktor, der dem Ort aus der Sicht meines Berufsstandes beträchtlichen Wert verleiht. Außerdem ist es ein sympathischer Wohnort: freundliche Vorstädte, getupfte Zypressen, eine anständige Universität, gute Luft. Die Israelis haben mit ein paar staatlichen Gebäuden und einem Gesetz, das Neubauten in israelischem braunen Marmor vorschreibt, ihren Teil dazu beigetragen, so daß eine gewisse Homogenität im Baustil gewährleistet ist. Trotzdem ist die Stadt für Besucher, die etwas Besonderes erwarten, ernüchternd.

Und dennoch, es ist Jerusalem, eine Herzensangelegenheit, eine alte Stätte der Menschheit. Und immer wieder wirkt der Zauber – so wie jetzt im Mondlicht an der Mauer. Dann ist Jerusalem keine Provinzstadt mehr – nur noch geographischer Punkt und Idee. Hier auf dem wahren Zion erbaut, auf dem

Schutzwall der Stadt des großen Königs, und dort ist sein Grab; darüber der Raum, in dem sein Nachkomme tausend Jahre später sein letztes Abendmahl einnahm. Ein alter Ort, so alt wie die Genesis; der Fels unserer westlichen Ethik, er liegt hier.

Es war still, nur das traurige Heulen der Hunde vom Hügel wehte herüber. Die Siedlung hatte sich durch die Jahrhunderte in alle Richtungen ausgebreitet; Kirchen, Tierställe und Herbergen drängten sich dicht an dicht auf der heiligen Erde. Überall waren die Hügel von Lampen erhellt; man fühlte sich wie in einem geschlossenen Kreis, einem ganz besonderen, erhabenen Kreis. Und plötzlich dachte ich wieder an das, was Agrot mir erzählt hatte, an das Gold, und das, was hier vor all den Jahren geschehen war. Im Fink's Restaurant, wo ich aß und trank, war ich noch in die gleichen Gedanken vertieft und auch auf dem Heimweg auf der Jaffa Road, wo ich mit jedem Schritt über historischen Boden ging.

2

Der Krieg des Jahres 66, der die Juden aus ihrem Land in die Welt vertrieben hatte, entsprang, wie der Historiker Flavius Josephus schrieb, einer ganzen Reihe von Problemen. Es war eine apokalyptische Periode. Man glaubte, das Ende der Welt stünde dicht bevor. Der Messias wurde erwartet. In den Jahren zuvor hatten sich einige Kandidaten ordnungsgemäß präsentiert, und die staatlichen und kirchlichen Autoritäten hatten sich ihrer so schnell wie möglich angenommen.

Die Grundlage der apokalyptischen Betrachtungsweise war, daß es den schwächsten der gottesfürchtigen Kräfte angemessen war, die stärksten der Gottlosen anzugreifen, da Gott selbst ein Gleichgewicht herstellen würde. Die Zivile Verwaltung, deren tagtägliche Auseinandersetzungen mit der Besatzungsmacht ein deutlicheres Bild der Kräfteverhältnisse vermittelte, teilte diese Ansicht nicht. Einer der Messias-Kandidaten hatte ihren Standpunkt treffend formuliert: »Gebt dem Caesar, was des Caesars ist, und Gott, was Gottes ist.«

Feinfühlige politische Arbeit hatte Gott schon einen größeren Freiraum geschaffen als irgendeinem anderen Nichtrömer im Römischen Reich. Sein wahrer Glaube, das Judentum, war als Religion offiziell gestattet, ein Privileg, das zahlreiche handfeste Vorzüge mit sich brachte. Kein Jude brauchte an den heidnischen Festen teilzunehmen oder zu ihnen beizutragen, was ansonsten im Römischen Reich Bürgerpflicht war. Juden brauchten keinen Militärdienst zu leisten, da die Anforderungen des Dienstes sie zwingen konnten, ihre religiösen Gebote zu verletzen. Und die etablierte jüdische Verwaltung erhielt wegen des gesellschaftlichen Charakters der Religion eine unerhörte Autonomie. Diese Rechte – und das war das Einzigartige daran – standen nicht nur den Einwohnern von Judäa zu, sondern ihren sämtlichen Glaubensgenossen in allen Winkeln des Reiches; eine Auffassung von Nationalstaat, die die örtlichen Militärs verblüffte und die umliegenden Stämme erzürnte, die daher als erste Antisemiten in die Geschichte eingingen.

Die Privilegien mußten jedoch bezahlt werden, und der Preis bestand in strenger Zucht in Judäa. Die Oberschicht tat ihr Bestes. Minderheiten und Enthusiasten der Apokalypse wurden an der kurzen Leine gehalten, und man kümmerte sich unverzüglich um ihre zahlreichen göttlichen Erlöser. Aber die Lage blieb jahrelang problematisch, und eine ganze Reihe von blutrünstigen Militärgouverneuren hatte daran nichts ändern können.

Judäa war keine bedeutende Provinz, lediglich eine Unterprovinz von Syrien, und die Leute, die zu ihrer Verwaltung entsandt wurden, waren keine bedeutenden Persönlichkeiten. Sie waren nicht übermäßig ausgestattet, weder intellektuell noch finanziell. Um möglichst schnell Abhilfe für letzteres zu schaffen, wurden sie meist hergeschickt. Die gängige Vorgehensweise bestand darin, Dörfer aufeinander zu hetzen und dann Bestechungsgelder für ein Einschreiten anzunehmen. Viele der

Verwalter endeten in Schimpf und Schande. Einer von ihnen war der berühmteste Schmiergeldeinstreicher von allen: Pontius Pilatus. Er nahm sich das Leben, nachdem ein Vorfall im Zusammenhang mit den verhaßten Nachbarn der Juden, den Samaritern, erst neun Jahre später ans Tageslicht kam.

Die Probleme der Herrschenden spitzten sich bei dem Passahfest zu, als es der Militärgouverneur für eine gute Idee hielt, die Garnison Jerusalem mit eben diesen verhaßten Samaritern zu besetzen und eine Abteilung auf dem Dach des Tempelklosters zu stationieren. Zu jener Zeit war die Stadt voller Menschen, denn ein paar tausend Galiläer – die rauflustigen Bayern des alten Judäa – waren zu den Festlichkeiten angereist. Ärger lag in der Luft, und er kam auch prompt am vierten Tag des Festes zum Ausbruch, wie Josephus sich erinnert: »Einer der Soldaten warf sein Gewand zurück, bückte sich in unanständiger Weise, zeigte den Juden sein Hinterteil und brachte damit zum Ausdruck, was er von ihnen hielt.«

Danach brach die Hölle los. Alles ging aufeinander los. Hunderte kamen bei dem Gemetzel in den engen Gassen um.

Die Führer der Juden, denen das Wohlbefinden all ihrer Glaubensgenossen im Römischen Reich am Herzen lag, betrachteten die Sache auf längere Sicht. Rom durfte nicht aufgestachelt werden; dies war die Basis jeder Politik. Rom war die Macht, mit der sie zu Rande kommen mußten, und nicht irgendwelche streitsüchtigen Volksgruppen. Gott hatte Rom unbestreitbar die Macht eingeräumt, über sie zu herrschen. Außerdem hatte er ebenso unbestreitbar versprochen, daß bessere Zeiten unmittelbar bevorstünden. Die jetzige Periode war also in erster Linie einfach durchzustehen.

Doch über die Minderheiten, die so lange in Schach gehalten worden waren, verlor man allmählich die Kontrolle. Eine Gruppe, die Zeloten, bildete eine terroristische Vereinigung, die Dolch-Krieger oder Sicarii genannt, deren politische Zielsetzung im Morden bestand. Im Jahre 66 wurden die Dolche als untauglich verworfen. Herodes hatte in seiner Felsenfestung in Massada am Toten Meer hundert Jahre zuvor Waffen für zehntausend Mann gelagert. Die Terrorvereinigung startete einen Überraschungsangriff, schlachtete die römische Garnison ab und brachte die Waffen nach Jerusalem, wo bereits ein Aufstand ausgebrochen war. Die Besatzungssoldaten wurden getötet, die öffentlichen Gebäude in Brand gesteckt und die geistlichen Autoritäten ermordet.

Der römische Oberbefehlshaber in Syrien handelte rasch. Mit einer großen Streitmacht marschierte er mordend und plündernd durch das Land; aber als er in Jerusalem ankam, war es bereits Spätherbst. Da er keine Lust auf eine Winterschlacht gegen Partisanen verspürte, die sich in den Bergen verschanzten, beschloß er einen vorübergehenden Rückzug. Aber unklugerweise mißachtete er die wichtigste Regel des Gebirgskampfes und vergaß, eine Nachhut zur Deckung zurückzulassen. Parisanengruppen attackierten seinen riesigen Heerzug. Sie griffen Tag und Nacht an. Der Rückzug wurde zur wilden Flucht. Sechstausend Infanteristen und die komplette Ausrüstung, einschließlich Belagerungs- und Beschußmaschinen, fielen den Partisanen in die Hände, bevor die römische Streitmacht fliehen konnte.

Der Sieg war so kolossal, daß er nicht nur die Friedensbefürworter in Jerusalem alarmierte, sondern auch die Aufständischen selbst. Der Gegenschlag mußte erfolgen, und wenn er einsetzte, konnte ihm nur ein einiges Land widerstehen. Das Land war in sechs Verwaltungsbezirke eingeteilt, deren Kommandos nicht nach Religionszugehörigkeit vergeben waren. Das Kommando des Norddistrikts, das dem ersten Ansturm des zu erwartenden Angriffs der Römer abbekommen würde, unterstand dem Sproß einer alten Priesterfamilie, dem Joseph Ben Matthias.

Dieser junge Mann, nicht ganz dreißig Jahre alt, wohlhabend, begabt und unterhaltsam, war einer der Glanzlichter Jerusalems. Er hatte gerade ein wunderbares Jahr in Rom verbracht, wo er die Sache einiger Freunde vertreten hatte, die in politische Schwierigkeiten geraten waren. In Rom hatte er als Freund des jüdischen Komödianten Aliturus, dem Danny Kaye seiner Zeit, Zugang zum beschwingten Kreis der Poppäa, der Gattin des Cäsaren, gefunden und war herzlich willkommen geheißen worden. Er geriet nun in eine verzwickte Situation, da er kein Revolutionär war und bestimmt keiner, der Rom haßte. Es schien ihm absurd, sich mit dem Römischen Reich anzulegen – bloß wegen der Exzesse der Taugenichtse, die Rom als Gouverneure geschickt hatte. Aber er übernahm zwischen Winter und Frühjahr 67 pflichtbewußt seine Aufgabe.

Ungefähr zur selben Zeit wurden umsichtigerweise die ersten Frachten aus der Schatzkammer in Verstecken untergebracht.

Ebenfalls zur selben Zeit rückte der Gegenschlag näher.

Die Nachricht vom Aufstand der Juden hatte den jungen Kaiser Nero in Griechenland erreicht, wo er nicht nur als Zuschauer, sondern als Sänger und Wagenfahrer an Spielen teilgenommen hatte. Es verstimmte ihn, auf diese Art und Weise an seine Pflichten als Kaiser erinnert zu werden. Aber er fand einen Weg, sich das eine Ärgernis zusammen mit einem anderen vom Halse zu schaffen: In seiner Begleitung befand sich ein geistloser pensionierter General, der dazu neigte, beim Gesang seines Kaisers einzunicken. Dem Caesar schien es nun eine geeignetere Beschäftigung für diesen General, ein wenig Krieg zu führen. Er sandte ihn unverzüglich los, dem Aufruhr in Judäa ein Ende zu bereiten.

Der General, in der Tat ein geistloser Mann, hieß Flavius Vespasian und war 57 Jahre alt. Von niederer Geburt (sein Vater hatte seine Tage als Geldverleiher in der Schweiz verbracht) und nach einer mäßigen Karriere in der Armee hatte er sich als Pferdehändler ins Zivilleben zurückgezogen.

Vespasian widmete sich seiner kleinen Aufgabe mit großem Ernst. Er zog eine riesige Armee zusammen und durchquerte mit ihr die Türkei. Unterwegs verpflichtete er noch weitere Soldaten. Er nahm seinen Sohn mit sich, einen fröhlichen jungen Mann von 27 Jahren, der Titus hieß, allseits beliebt und gleichermaßen begabt als Athlet, Poet, Soldat und Jurist. Ihr erstes Marschziel, Galiläa, erreichten sie im späten Frühjahr.

Ben Matthias, der Kommandant dieses Distrikts, hatte seine Funktion nun schon mehrere Monate mit ungutem Gefühl inne. Seine Ernennung war nicht von allen begrüßt worden, besonders nicht von einem radikalen Revolutionär namens Johannes Ben Levi, der nun nach Galiläa gekommen war, um ihn im Auge zu behalten. Sowohl Ben Levi als auch Ben Matthias unterhielten einen Nachrichtendienst, und schon wenige Wochen nach der Übernahme seines Kommandos wußte Ben Matthias, daß in Jerusalem häßliche Gerüchte über ihn im Umlauf waren.

Dann gab es einen seltsamen Zwischenfall. Die Militärmacht in Jerusalem sandte den Befehl, den Gouverneur des Nordkommandos abzuberufen. Sie gingen noch weiter. Es wurde sogar eine Truppe von 2500 Mann in Marsch gesetzt, um ihn nach Jerusalem zu bringen. »Wenn er ohne Streit mitkäme«, notierte der Historiker Flavius Josephus im Kapitel 21 des zweiten Buches seines Geschichtswerks, »hätte er die Möglichkeit gehabt, seine Sache zu vertreten. Sollte er jedoch auf seinem Amt bestehen, mußte er als Feind behandelt werden. Der Grund allerdings wurde nicht genannt.«

Was auch immer der Grund war, Ben Matthias weigerte sich abzudanken. Die Streitmacht, die er selbst zur Verteidigung des Nordbezirkes zusammengestellt hatte, war weit größer als die, die ihn geholt hatte. Er schickte die Truppe ohne weitere Umstände nach Hause, und die Geschichtsschreibung weiß über den Zwischenfall nichts mehr zu berichten.

Inzwischen saßen ihnen die Römer schon fast im Nacken.

Vespasian hatte Kenntnis davon, daß die am stärksten befestigte Stadt in der Gegend Jotapata war, und er hatte beschlossen, sie einzunehmen. Es führte keine großartige Straße zu dieser Stadt, die auch sonst nichts Großartiges zu bieten hatte. Vespasian baute eine neue Straße und betrieb auch sonst einen ungeheuren Aufwand: Über diese Straße bewegte er eine enorme Masse an Kriegsgerät. Er baute Stellungen, stellte Rammböcke, Schlachttürme, eine Belagerungsmaschine und hundertsechzig schwere Wurfmaschinen auf.

Er brauchte 47 mühselige Tage, bis er die Vorbereitungen getroffen und daraufhin den Ort dem Erdboden gleichgemacht hatte. Es war der 29. Mai, als er schließlich einmarschierte und das, was von der Stadt noch übrig war, anzündete. Aber weder unter den Toten noch unter den wenigen Überlebenden fand er Ben Matthias, den Kommandanten. Der Grund war, daß sich Matthias und vierzig seiner Getreuen in einer Höhle vor der Stadt versteckt hielten. Zwei Tage später wurden sie von einer Frau verraten.

Vespasian forderte sie dreimal zur Übergabe auf, und sie wiesen ihn dreimal ab. Beim letzten Mal war Ben Matthias geneigt aufzugeben und mußte von seinen Leuten, die sich lieber umbringen als ergeben wollten, gewaltsam daran gehindert werden. »Immer noch im Besitze seiner Klugheit«, wie Flavius Josephus schreibt, willigte der Kommandant ein und schlug vor, man solle Hölzchen ziehen und bei jedem unglücklichen Zug eine Tötung durchführen. »Dank der göttlichen Vorsehung«, wie der Historiker zu berichten weiß, zog der Kommandant selbst das letzte Hölzchen – und ergab sich auf der Stelle. Er wurde nicht getötet. Eine Woche später war er der Busenfreund von Titus und der Vertraute von Vespasian.

Der Abfall des Kommandanten beendete die Kämpfe in Galiläa nicht. Ben Levi, sein Rivale, schlug sich tapfer und hielt die Römer bis zum November auf. Dann stahl er sich nach Jerusalem davon, wurde dort als Held gefeiert und zum Führer des Revolutionsrates ernannt. Die Römer zogen ins Winterlager. Im Frühjahr 68 kehrten sie zurück, und Vespasian setzte seine Mammutoffensive fort, indem er zunächst andere Verwaltungsbezirke dem Erdboden gleichmachte, darunter jenen, in dem die Siedlung der Essener in Qumran lag. Deren Bewohner flohen und versteckten ihre Schriftstücke in nahen Höhlen, wo sie ein paar tausend Jahre unberührt liegenblieben.

Als der General jedoch vor Jerusalem Stellung bezog, erhielt er durch Eilboten eine Nachricht aus Rom: Der Kaiser hatte mit 31 Jahren Selbstmord begangen. Das Unternehmen kam zögernd zum Stehen. Der Feldzug war eine Offensive des Kaisers gewesen, ohne Kaiser kein Feldzug. Ein zähes Interregnum begann, das Jahr der vier Kaiser. Ein Sohn Roms nach dem anderen stieg in den Sattel – und stürzte wieder ab. Keiner kümmerte sich sonderlich um Judäa, außer natürlich den Juden und Vespasian, dessen riesige Armee im Lande herumsaß und fremde Vorräte plünderte.

Die Größe seiner Armee, ihr gegenwärtiger Standort – in der Mitte zwischen Rom und Roms Kornkammer Ägypten – und die Anwesenheit sämtlicher aufrechten alten Freunde, der Provinzregierenden, brachte ihn allmählich auf einen Gedanken. Was das gute Rom brauchte, waren weniger Lieder dichtende, Spiele besuchende und zum Suizid neigende Dreißigjährige, sondern einen etwa Sechzigjährigen, der sich ein bißchen auskannte, besonnen war und bei dem man keine übereilten Maßnahmen befürchten mußte.

Vespasian hatte nie im Verdacht gestanden, voreilig zu handeln. Vorsichtig eruierte er die Meinung seiner Freunde, der Provinzgouverneure. Syrien und Ägypten waren einverstanden, und in kürzester Zeit befehligte er praktisch die Hälfte der kaiserlichen Armeen. Der General handelte. Er richtete sich in Ägypten ein. Nachdem er die Lebensmittellieferungen nach Rom in der Hand hatte, sandte er den Gouverneur von Syrien mit einer Armee nach Italien, um dem dort regierenden Vitellius Paroli zu bieten. Im späten Frühjahr des Jahres 70 stach Vespasian selbst als Herrscher Roms und des ganzen Reiches in See. Er trug seinem Sohn Titus auf, das Problem in Judäa so schnell wie möglich zum Abschluß zu bringen und ihm dann nachzufolgen.

Das tat Titus mit Freuden. Die kaiserliche Offensive ging wieder los. Mit dem unterhaltsamen und klugen Ben Matthias an seiner Seite griff er am 10. Mai Jerusalem an und nahm die Stadt kaum elf Wochen später ein. Für den Tempel brauchte er länger – über einen Monat länger, so zäh und fanatisch war der Widerstand der ausgelaugten, halb verhungerten Verteidiger. Aber schließlich fiel er doch, am 29. August des Jahres 70, dem 9. des *Ab* im jüdischen Kalender, dessen lange Tradition als

Tag des Fastens und der Trauer damit begann. Drei oder vier Wochen später waren die allerletzten Widerstandsnester in der Oberstadt zum Schweigen gebracht. Es war vorüber. Die Massaker folgten, der massenhafte Abtransport der Bevölkerung in die Sklaverei. Das Land wurde unter den hocherfreuten Nachbarn aufgeteilt. Vespasian und sein fideler Sohn, beide Unsterbliche, hatten den Aufruhr dieses überlegenen und hochmütigen Volkes ein für allemal beendet.

Was noch zu tun blieb, war das Einsammeln der Beute und ihr Transport nach Rom für den Triumphzug. Der große Tempelleuchter, die Menora, war offenbar während der Kämpfe beschädigt und deswegen zur Reparatur weggebracht worden. Doch zur rechten Zeit war alles an Ort und Stelle. Im darauffolgenden Juni fand der Triumphzug statt. Die Straßen Roms quollen über vom Reichtum der Beute, wie der Geschichtsschreiber Flavius Josephus beobachtete. Die Festlichkeiten endeten, als der letzte Führer der Zeloten, den man sich für diesen besonderen Anlaß aufgespart hatte, feierlich gehenkt wurde.

Auch Ben Matthias war dabei. Er war mit Titus gekommen, der immer noch sein Busenfreund war. Vespasian war derart eingenommen von dem jungen Mann, daß er ihn adoptierte. Ben Matthias nahm den Familiennamen des Kaisers, Flavius, an, und da er schon einmal dabei war, ließ er noch seinen hebräischen Vornamen Josef zugunsten des latinisierten Josephus fallen. Als der Historiker Flavius Josephus fing er an, die Geschichte seines aufregenden Lebens zu erzählen.

Das war alles: die Geschichte einer hoffnungslosen Revolution und eines hoffnungsvollen jungen Mannes. Aber war es nur das gewinnende Wesen dieses jungen Mannes gewesen, das ihn in der Stunde der Gefahr gerettet hatte?

Als Agrot in En Gedi die Geschichte rekapitulierte, hatte er eine andere Theorie aufgetischt. In dem Frachtbrief, in dem die Menora aufgeführt war, war auch von fast zwei Tonnen Gold die Rede gewesen. Und der Gouverneur des Nordkommandos hatte, der Schriftrolle des Priesters nach zu urteilen, Wind davon bekommen... eine Menge Gold in einem handlichen Paket für einen Mann, der nicht an seinen Sieg glaubte. Ein nettes Zubrot für einen mittellosen General, in dem noch immer der Ehrgeiz schlummerte und der sich Freunde schaffen mußte...

Sicher gab es einiges in dem historischen Bericht, was diese Theorie stützte. In der Art, wie Vespasian in der Stunde des Triumphes seinen jungen Freund adoptierte, konnte man fast so etwas wie Dankbarkeit sehen. Und mit der Adoption hatte er es längst nicht bewenden lassen. Der junge Mann erhielt eine lebenslange Pension. Er starb als reicher und angesehener Bürger Roms.

Wie recht hatte der Rivale des jungen Mannes, Ben Levi, gehabt, ihm zu mißtrauen; wie nachlässig von Jerusalem, nur 2500 Mann zu schicken, um ihn zu verhaften; und wie kühn von Ben Matthias selbst, von diesem Zwischenfall zu berichten, obwohl, wie er schrieb, »die Gründe (für die Gerüchte um ihn) nicht genannt wurden«. Oder war der umsichtige Mann bloß vorsichtig und wollte feststellen, ob einer seiner Landsleute, der genug von der Sache wußte und Gründe nennen konnte, noch am Leben war? Selbst wenn er das Gold erhalten haben mochte, schien es nicht so, als könnte er im Besitz der Menora sein. Und vielleicht war er noch immer hinter der Menora her. Möglicherweise war er noch Jahre später, in seinem angesehenen Leben als Römer, hinter ihr her gewesen. Es ist verbürgt, daß er Jahre später Land in Judäa erworben hat. Warum sollte er dort Land besitzen wollen, in einem Land, von dem er froh sein konnte, wenn er es nie wiedersah, in dem man bei der Erwähnung seines Namens ausspie?

Angenommen, er hatte wirklich versucht, nach der Menora zu suchen, wie weit war er gekommen? Er kannte wohl die Gegend, in der sie vergraben war, denn das Gold war in derselben Gegend vergraben worden. Aber ohne genauere Ortsangaben hätte er die Stecknadel im Heuhaufen gesucht. Wenn er nicht regelmäßig zu Suchexpeditionen aufgebrochen war – was unter den gegebenen Umständen nicht möglich war –, mußte er warten, bis genauere Informationen auftauchten. Und die einzige Information waren die drei Schriftrollen, die der Priester und sein ergebener Gehilfe verfaßt hatten. Eine war in En Gedi versteckt, die zweite ein paar Meilen weiter in Murabba'at und die dritte auf einem Felsen, der »Die Curtains« hieß. Wenn er nicht zufällig über diese gestolpert war – und das war ganz unwahrscheinlich –, waren wir in einer vergleichsweise besseren Lage.

Es schien eine gute Idee zu sein, nach den Curtains zu suchen.

Im Hotel starrte ich auf meine Notizen.

Als das Telefon klingelte, war ich immer noch in Gedanken vertieft.

Agrot klang gutgelaunt.

»Halten Sie sich um sechs Uhr früh bereit«, sagte er. »Es läuft alles ganz wunderbar. Ich habe einen ehemaligen Studenten von mir gefunden – hochbegabt. Ich mußte die Armee dazu bringen mitzuspielen. Wir werden sowieso einen Fahrer brauchen, also habe ich gedacht, am besten nehmen wir einen, der etwas von der Sache versteht – als eine Art Assistent. Ich werde Sie für eine Weile allein lassen müssen. Donnerstag abend muß ich wieder in Barot sein. Wie kommen Sie mit Ihren Notizen voran?«

»Gut. Was ist der Exstudent? Soldat?«

»Ja. Ein Offizier, natürlich.«

»Natürlich. Nur vom Feinsten«, sagte ich, legte auf und betrachtete wieder meine Notizen. Ich hatte geschrieben:

1. *Höhenzug bestimmen, der »Curtains« genannt wird und bei dessen Gipfel sich in zweihundert Metern Höhe eine Höhle befindet.*
2. *Geographische Lage der »Parfümfabrik« und der »Wasserstelle« bestimmen – möglicherweise See Genezareth?*
3. *Alle von Agrot bereits bearbeiteten Gegenden neu durchkämmen (auch die von Sidqui bearbeiteten)*

4. Einsicht in Polizeiakten nehmen, auf eventuelle Eindringlinge überprüfen
5. Herausfinden, was Ike zur Zeit treibt.

Ich setzte einen Punkt hinter die letzte Zeile und fügte nach kurzem Nachdenken einen neuen Gedanken hinzu:

6. Dr. Hilde Himmelwasser abschießen!

V Schaue diese fremden Frauen

Dein Herz wird Verkehrtes reden
(Buch der Sprüche 23.33)

1

Das Polizeipräsidium in Nazareth war früher ein türkisches Hauptquartier gewesen und sah noch immer so aus. Eine etwas obskure hohe Mauer umgab eine Gruppe von Terrassengebäuden, die um einen Innenhof lagen, der immer noch ein Flair von Erster-Weltkriegs-Kavallerie und Lawrence von Arabien verbreitete. Wir durchquerten einen übelriechenden Vorraum, in dem ein paar Araber auf Holzbänken dösten, und betraten im ersten Stock das Büro des Dreisternepakad, der gerade Dienst tat. Ein paar Minuten später tranken wir Mokka, und ich sah die Akte vom letzten Dezember im Hinblick auf Eindringlinge durch.

Es war eine dicke Akte. Sie enthielt Protokolle vom Kibbuz Gesher und vom Grenzpolizeiposten in Ashdod Ya'acov, außerdem eine große Karte der Gegend von Mount Tabor mit mehreren angekreuzten Punkten. Es waren Fotos und Fingerabdrücke der beiden Männer vorhanden und ein Bericht über die Autopsie von Sidqui, aus dem hervorging, daß er an Bandwürmern gelitten hatte. Dies hatte zu seinem häufigen Aufenthalt im Gebüsch und schließlich (wie Agrots Halbwahrheit in London angedeutet hatte) zu seinem Tod geführt.

Über Sidqui gab es sonst nichts, aber um so mehr über seinen Begleiter. Sein Name lautete Ṭa'an Naif Jabel, und er war Mitglied des Stammes der Hamduni, der in der Gegend von Nebi Yusha in Obergaliläa umhergezogen war, bis er vor dem israelisch-ägyptischen Krieg über die Grenze in den Libanon verjagt wurde. Seither war Naif einige Male zum Viehstehlen nach Israel zurückgekehrt. 1960, als er gerade im Gefängnis von Yagur bei Haifa eine Strafe absaß, handelte er sich Strafmilderung ein, weil er freiwillig Informationen über den syrischen Geheimdienst ausplauderte. Im Libanon hatte man ihn offenbar in den Geheimdienst aufgenommen. Es lagen Durchschriften aller zuvor stattgefundenen Verhöre vor, aber nicht über die vom Dezember letzten Jahres. Ich fragte den Pakad nach dem Grund.

»Er hat nichts gesagt.«

»Gar nichts?«

»Kein Wort. Nicht einmal seinen Namen.«

»Vorher hat er doch sehr frei über seine Spionagetätigkeit geplaudert.«

»Ja, sicher. Aber diesmal steckte ihm die Gottesfurcht in den Knochen. Ich glaube, ich rufe mal den Vernehmungsoffizier«, sagte er und nahm den Telefonhörer ab.

Der Vernehmungsoffizier, ein Araber mit fahler, kränkelnder Gesichtsfarbe und tiefliegenden Augen, neigte dazu, Naifs stumme Vorstellung vom Dezember als persönlichen Affront aufzufassen. »Wenn ich hier die gleichen Möglichkeiten hätte wie meine Kollegen in Syrien und im Libanon«, sagte er, »hätte mir der Kerl in einer Viertelstunde mit Freuden alles erzählt.«

»Warum, glauben Sie, hat er es nicht getan?«

»Er hatte Angst vor dem, was seine Freunde ihm antun würden.«

»Er wußte doch, daß er hier in sicherem Gewahrsam war.«

Der Araber lächelte säuerlich. *»Adon«,* sagte er und sprach die höfliche Anrede sehr förmlich aus, »die Sorte, mit der wir hier zu tun haben, ist nicht blöd. Die kennen die Vorschriften. Wir können einen Verdächtigen höchstens zwei Tage festhalten, und mit Gerichtsbeschluß noch einmal vierzehn Tage. Danach muß er nach Haifa vor den Haftrichter. Eine reine Rechenaufgabe. Am siebzehnten Tag muß er mit dem Transportwagen hier weggebracht werden. Unterwegs muß der Transporter ungefähr zehnmal die Fahrt verlangsamen. In Haifa muß er aus dem Transporter geführt werden. An jedem dieser

Punkte kann man ihn rausholen. Und jemand hat genau das getan.«

»Uns war natürlich nicht klar«, setzte der Pakad hastig hinzu, »daß er so viel Grund zur Angst hatte. Sonst hätten wir Vorsichtsmaßnahmen getroffen.«

Ein paar Minuten später schlenderten wir zum Jeep zurück.

»Nichts Aufregendes«, sagte Agrot, »aber trotzdem ein ganz nützliches Gespräch. Wenigstens ist die Verbindung hergestellt. Vielleicht brauchen Sie die wieder, wenn ich Sie allein lasse.«

»Was uns zum nächsten Punkt bringt«, sagte ich. »Wenn Sie mich verlassen müssen, stellt sich die Frage nach dem Fahrer.«

»Was ist mit dem Fahrer?«

»Sie hatten nicht erwähnt, daß er eine Frau ist.«

»Was macht das für einen Unterschied?«

»Vive la différence«, sagte ich. »Aber ich hätte es eben gern gewußt. Welchen Hintergrund hat sie?«

»Keinen. Sie ist eine ehemalige Studentin, eine sehr begabte. Wurde von der Armee freigestellt, um ihre Ausbildung zu beenden. Jetzt absolviert sie ihren Wehrdienst, und wenn der vorbei ist, kommt sie hoffentlich wieder zu mir zurück. Ich meine natürlich, zurück zur Universität.«

»Ich weiß schon, was Sie meinen«, entgegnete ich. Er hatte vorn neben ihr gesessen, ich saß hinten.

Agrot sah mich an. Er sagte sanft: »Kommen Sie nicht auf falsche Gedanken. Sie ist eine ernsthafte junge Frau. Und Jemenitin. Und die neigen dazu, altmodisch zu sein.«

»Ich auch. Womit wir beim nächsten Punkt wären. Ich war davon ausgegangen, daß mein Begleiter männlichen Geschlechts sein würde und mit mir ein Zelt teilen würde.«

»Das ist nicht nötig. Sie kann Sie abends immer in ein Hotel bringen und fährt dann zu einem Armeelager.«

»Wie alt ist sie?«

»Ich weiß es nicht – einundzwanzig, zweiundzwanzig, fragen Sie sie doch.«

»Ist sie verheiratet, verlobt, oder was?«

»Fragen Sie sie auch das«, erwiderte Agrot, und genau in diesem Moment kam sie in unser Blickfeld. Als ich sie um sechs Uhr früh zum ersten Mal gesehen hatte, war sie dick in ein Armeecape, Mütze und dunkle Sonnenbrille eingemummt. Cape, Mütze und Brille hatte sie in der Zwischenzeit abgelegt. Sie saß im Schatten eines Baumes im Jeep und las ein Buch.

Sie war ein gewissenhaftes, zartes kleines Wesen mit bronzefarbenem Teint; wie die Allegorie eines arabischen Mädchens. Im ovalen Gesicht trug sie eine kleine Stupsnase und große Rehaugen. Diese Merkmale wurden durch ein ermutigendes, großes Muttermal auf der rechten Wange abgeschwächt. Ihr schwarzes Haar war glatt und wellig. Arme und Beine waren, wie sie sein sollten, die Khakibluse spannte sich über ihrer Brust. Das einzige, was mich an ihr störte, war ihr angespannter Blick. Wie Agrot gesagt hatte, das Mädchen war eine Denkerin.

Sie blickte auf, als wir näher kamen.

»War die Unterredung nützlich?« fragte sie gespannt.

»Der Pakad konnte uns ein paar Fragen beantworten«, erwiderte Agrot.

»Und jetzt, Shoshana, möchte Dr. Laing Ihnen ein paar Fragen stellen.«

Seine krumme Nase rümpfte sich leicht.

Ich sagte: »Ach, das muß nicht sofort sein.«

Das Mädchen schob ein Lesezeichen in sein Buch und klappte es zu. »Warum warten«, sagte es, »wenn ich auch jetzt gleich antworten kann?«

Seine Stimme, mit einem leicht näselnden Brooklyn-Akzent, war nicht so ansprechend wie der Rest. Ich knirschte leise mit den Zähnen. Ich sagte: »Ich habe mich bloß gefragt – wie alt Sie wohl sein mögen.«

»Wie alt ich bin? Einundzwanzig.«

»Aha.«

»War das alles?«

Agrot wandte mir den Blick zu. Ich fragte dämlich: »Und ob Sie verheiratet sind oder so.«

»Bitte?«

»Dr. Laing fragt, ob Sie verheiratet sind«, sagte Agrot auf hebräisch. »Sie kann Englisch besser lesen als sprechen«, sagte er höflich zu mir.

Das Mädchen sah mich ausdruckslos an. »Verheiratet? Nein, ich bin nicht verheiratet.«

»Ich verstehe.«

»Hat das etwas mit unserem Auftrag zu tun?«

»Nein, nein. Überhaupt nicht.«

»Ich bin ledig und einundzwanzig Jahre alt«, sagte sie, um es noch einmal klarzustellen.

»Gut. Ausgezeichnet.«

Es entstand eine gewisse Stille. Das Mädchen guckte immer noch gespannt und wartete auf weitere Fragen. Mir fielen keine mehr ein.

»Ist das alles, was Sie wissen wollten?« fragte Agrot gedehnt.

»Im Augenblick ja.«

»Dann fahren wir jetzt nach Beit Shean, Shoshana«, sagte Agrot und wandte sich ab in Fahrtrichtung. Aber seine Nase, das sah ich im Rückspiegel, rümpfte er von Zeit zu Zeit immer noch.

In Beit Shean befand sich das Regionalhauptquartier der Grenzpolizei, ein schmucker kleiner Vorposten im militärischen Stil mit Fahnenmast und Funkantenne, die im Zentrum eines U-förmigen Komplexes aus Fertigbauteilen stand. Der Kommandeur, ein junger Jude mit orientalischem Einschlag, der einer schlankeren und ausgelassenen Variante von Marlon Brando glich, rauchte stinkende Zigaretten und entblößte seine kräftigen Zähne zu einem beängstigenden Lächeln, das die Augen nicht erreichte. Allerdings bewirtete er uns sehr freundlich und gab uns alles, worum Agrot bat. Darunter waren eine detaillierte Übersicht der Gegend um den Berg Tabor, eine Kopie der Akte von Nazareth und ein Bericht über die Aktivitäten der zuletzt gefaßten Eindringlinge. Nach dem Essen liehen wir uns ein paar Minensuchgeräte, verstauten sie im Jeep und brachen zum Berg Tabor auf.

»Ich will Ihnen nur das Suchverfahren demonstrieren«, erklärte Agrot, als der vertraute runde Buckel in Sichtweite kam. »Wir suchen als Test mal eine Fläche ab. Ich will mich heute nicht lange hier aufhalten.«

Wir blieben nicht lange. Um vier hörten wir auf und fuhren nach Tiberias, wo uns das Mädchen beim Hotel Galei Kinneret absetzte und mit dem Jeep zu einem Armeecamp weiterfuhr. Um fünf hatten Agrot und ich gebadet, uns umgezogen und saßen auf der Seeterrasse bei ein paar Drinks.

»Das beste, was ich für Sie tun kann«, sagte er, ohne von seinen Notizen aufzublicken, »ist, Sie vorzustellen und Sie so mit den Informationsquellen bekannt zu machen.«

Ich antwortete nicht. Das beste, was er hätte tun können, wäre natürlich gewesen, mich mit Isaac Isaacs in Verbindung zu bringen und Ike mit der unleserlichen Schriftrolle bekannt zu machen. Wenn man nur einige wenige Worte an den richtigen Stellen herausholen könnte, würde das viele aufwendige Maßnahmen ersparen. Solange wir die nicht hatten, waren wir gezwungen, uns zusammenzureimen, was Sidqui auf seinem Lederstück gefunden hatte: das war auf jeden Fall ein heikles Unterfangen. Es war mächtig nervenaufreibend, anhand seiner vorgeblichen Gedankengänge mühselige Nachforschungen anstellen zu müssen, die mich wochenlang aufhalten konnten. Zunächst einmal gab es überhaupt keinen Beleg dafür, daß er die richtige Stelle überhaupt gefunden hatte. Fundorte von Schriftrollen mußte man ›interpretieren‹, und genau an diesem Punkt, wo Urteilsvermögen und intuitives Gespür gefragt waren, hatte Sidqui sich so häufig als Null erwiesen.

Nachdem ich diese Faktoren bedacht hatte, erwog ich zunächst, aus anderen Hinweisen in der Schriftrolle abzuleiten, ob die Stelle überhaupt plausibel war. Agrot, der keinen Zweifel daran hatte, ließ mir in diesem Punkt widerwillig meinen Willen.

»So«, sagte er, sah auf und spann meinen Gedankenfaden

weiter, »was Ihre Plausibilitätstests angeht: Die beste Informationsquelle für die Parfümerie ist der Direktor des Museums von Tiberias. Er ist brillant, die herausragende Autorität auf seinem Gebiet. Und wegen der Curtains müssen wir die Leute vom Topographischen Institut hinzuziehen. Gleichzeitig können wir uns dann noch um die geologische Frage kümmern, die Sache mit dem Marmor, obwohl Sie ja wissen, wie ich darüber denke.«

Die geologische Frage war die Sache mit der Schicht aus blauem Marmorbruch, mit dem die Menora bedeckt war, und ich wußte, wie er darüber dachte. Er ging davon aus, daß der Marmor aus rituellen Gründen aus Jerusalem mitgebracht worden war. Ich war anderer Ansicht. Es schien mir unwahrscheinlich, daß so schweres Gestein auf einer solchen Reise mitgeschleppt worden war. Meiner Ansicht nach mußte der Marmor, den man benutzt hatte, an Ort und Stelle vorhanden sein. Wenn das nicht der Fall sein sollte, dann stimmte mit Ort und Stelle etwas nicht.

Wir nahmen noch einen Drink zu uns und diskutierten, während es allmählich dämmerte. Der Duft von Limonen und Eukalyptus wehte aus dem Hotelgarten herauf. Weitab, links von uns, ragte die alte schwarze Basaltfestung der Türken wie halbtrunken ins Wasser. Ein paar Fischerboote, die die Mole von Tiberias ansteuerten, tuckerten daran vorbei. Der ganze See – der biblische See Genezareth – war in israelischer Hand, aber nur beinahe. Gleich hinter der Kuppe der glutroten Höhen, in Syrien, befanden sich die Stellungen der schweren Geschütze, die halb Galiläa wegpusten konnten.

Der See wurde dunkler, während wir noch draußen saßen, und wir blieben, in die Betrachtung versunken, sitzen, bis es dunkel war, bis sich der Speisesaal hinter uns mit den Geräuschen des Abendessens füllte. Wir gingen hinein und schlossen uns an.

2

»Für mich«, meinte Agrot, »sieht das alles schon sehr vielversprechend aus.« Wir saßen zu dritt beim Tee. Im Laufe des Nachmittags war ihm alles immer vielversprechender vorgekommen, je näher seine Rückkehr nach Barot rückte. »Wir haben eine Menge Eisen im Feuer, und Sie werden bis zu meiner Rückkehr sicher Wunder vollbringen.«

»Was Ike Isaacs angeht...«

»Den habe ich nicht vergessen. Überlassen Sie das mir. Wenn irgend etwas Dringendes anliegt, können Sie mich über Funktelefon in Barot jederzeit erreichen.«

»Was ist, wenn ich noch ein paar Helfer brauche?«

»Wenden Sie sich an Beit Shean. Oder, falls es sich um etwas handelt, wozu sich Militärs besser eignen, regelt Shoshana das.« Er hatte ein paar Punkte in seinem Notizbuch abgehakt und klappte es zu. »Das war dann wohl alles, nicht wahr?«

»Bis auf meine freien Tage«, sagte das Mädchen.

»Ach ja. Lieutenant Almogi kann sich ihre freien Tage aussuchen, und sie möchte sie gern am Wochenende nehmen. Sie können Sie Freitag nachmittags entlassen. Am Sonntag ist sie wieder da – bis dahin will ich natürlich wieder zurück sein. Die Ausrüstung und die Akten hat sie quittiert, die müssen im Armeecamp wieder abgegeben werden. Sie wird Ihnen den Jeep überlassen. Vielleicht sollten Sie ihn am Sabbat nicht allzu häufig benutzen. Das beleidigt die Leute, und wir wollen keine Aufmerksamkeit auf uns ziehen.«

Ich stimmte zu, und ein paar Minuten später winkte ich dem Bus nach, der ihn Richtung Süden nach Afula brachte.

Jetzt schienen nur noch wir beide übrig zu sein. Ich sah das Mädchen an. Sie erwiderte meinen Blick aufmerksam.

Ich fragte: »Was würden Sie jetzt gern tun?«

»Wenn es heute nichts mehr zu tun gibt...«

»Heute nichts mehr.«

»Dann melde ich mich lieber ins Camp zurück.«

»Was halten Sie davon, heute abend mit mir zu essen?«
»Das geht leider nicht.«
Förmlich wie immer; Lieutenant Almogi reizte mich schon den ganzen Tag. »Gut«, sagte ich knapp. »Besser, Sie geben mir Ihre Nummer im Camp.«
Sie gab sie mir und setzte mich im Hotel ab.
»Wann morgen früh?« fragte sie, als ich hinaussprang.
»Nicht zu früh. Zehn Uhr reicht.«
»Zehn«, nickte sie und schien ein wenig erleichtert zu sein. Das brachte ihr Muttermal ein bißchen zum Hüpfen und warf einen Sonnenstrahl in ihr Gesicht. Und es ermutigte mich zu einem neuen Versuch.
Ich sagte: »Lieutenant Almogi.«
»Ja.«
»Sie können mich Caspar nennen, wenn Sie möchten.«
»Sehr gut.«
»Ich nehme an, ich darf Sie dann Shoshana nennen.«
»Wenn Sie möchten.«
»Also denn, Shoshana.«
»Schalom«, sagte sie, ohne Lächeln.
Ein Patzer. Zum Teufel mit ihr.

Das Ganze war im Grunde ein Fehler, der gesamte Kram, schien es mir, als ich mit einem Glas Arrak als einzigem Trost auf der Terrasse saß und den Sonnenuntergang betrachtete. Eine melancholische Atmosphäre lag über dem See – und über mir ebenfalls. Seit Agrot gegangen war, schien die ganze Angelegenheit aus dem Ruder zu laufen. Der Museumskurator hatte nie etwas von irgendwelchen Parfümerien in der Gegend gehört, die Topographen wußten nichts von Curtains, und die Geologen meinten, es gäbe hier keinen Marmor. Agrot hatte das alles nur zu freudig unterstützt. In einer Parfümerie mußte es eine Menge Gefäße gegeben haben, und der Kurator versprach, die Stellen herauszufinden, an denen besonders viele gefunden wurden. Die Curtains würden heute mit Sicherheit nicht mehr so aussehen wie vor zweitausend Jahren; das bedurfte der Nachforschung. Und was den Marmor anging, so war ohnehin keiner zu erwarten. Vorerst mußten wir Sidquis Arbeit fortsetzen und brauchten nichts als Geduld und Zuversicht.

Wenigstens über Geduld verfügte ich. Mit der Almogi als Begleitung würde ich die offenbar auch brauchen.

Dann, im Dunkeln, wanderten die Gedanken weiter, verdüsterten sich. Wie kam Dr. Silberstein in Nottingham, Shrewsbury, Liverpool mit meinen Büchern voran? Und wie kam Lady Longlegs voran, mit wem immer sie eben vorankam? Und was war mit den Neulingen, die in Beds an die Universität drängten?

Das war alles weit, weit weg von der limonenduftenden Terrasse und dem düsteren See. Hinter mir wurden wieder die Vorbereitungen für das Abendessen getroffen. Ich stand auf und betrat mit finsterer Miene den Speisesaal.

3

Der Museumskurator hatte ein paar Stellen am südwestlichen Ufer des Sees aufgezählt, die zu untersuchen waren, und wir fuhren an diesem schönen Morgen am Ufer entlang. Kieferngestrüpp und Eukalyptusbüsche säumten das glitzernde Wasser. Ihr strenger Geruch erfüllte die Luft. Wir ließen rechts die Kuppeln des Grabmals von Rabbi Meir und das Badehaus der heißen Quellen hinter uns. Vor beiden standen lange Schlangen von Gläubigen und Rheumatikern, die darauf warteten, die beiden Gebäude betreten zu dürfen.

Galiläa ist ein trauriger Fleck Erde, ein Spätnachmittagsland mit Hügeln und Tälern, in denen man die klagenden Töne von Pfeifen und Flöten zu hören erwartet. Es gibt dort nicht viele Holzblasinstrumente. Die Araber hatten in ihrer pittoresken Verwahrlosung wenig Anlaß zum Flöten, und sogar die Vögel übten sich in dumpfer Zurückhaltung. Allerdings war am See entlang eine Kette neuer Hotels entstanden, und heute wirkte alles ganz hübsch. Ich sang ein wenig vor mich hin, während die Hotels und Büsche vorbeihuschten. Die Almogi blieb stumm und konzentrierte sich hinter ihren schwarzen Brillengläsern aufs Fahren.

»Hatten Sie einen angenehmen Abend?« fragte ich sie nach einem Liedchen.

»Bitte?«

»Ob Sie einen angenehmen Abend hatten?« fragte ich auf hebräisch.

»Sehr angenehm.«

»Was haben Sie gemacht?«

»Nichts Besonders. Das Übliche, was man so nach Dienstschluß tut.«

»Was haben *Sie* nach Dienstschluß getan?«

»Gegessen, gelesen, einen Spaziergang gemacht, geschlafen.«

»Ich nehme an, wenn Sie für eine Mahlzeit eingetragen sind, müssen Sie auch antreten.«

»Natürlich. Man kann Essen nicht einfach wegwerfen.«

»Ganz richtig.« Es fiel mir auf, daß sie mir diese Erklärung auch gestern abend schon hätte geben können, aber ich wurde dennoch wieder mutiger. »Was gab es denn?«

»Was meinen Sie?«

»Zum Abendessen im Lager.«

»Ich weiß es nicht. Ich habe nicht dort gegessen.«

Mit ungerührter Miene fuhr sie weiter. Also gut, dachte ich bei mir. Dann reden wir ab jetzt eben nur noch dienstlich.

Menora, das erste Dorf auf unserer Route mit dem vielversprechenden Namen, tauchte nach ein paar Minuten zur Rechten auf. Das Mädchen überprüfte die Instrumente, fuhr noch drei Kilometer weiter und lenkte den Wagen zum Straßenrand. Ich entfaltete die Karte, die mir der Kurator mitgegeben hatte. Die Stelle lag auf einem Hügel über der Straße. Wir stiegen aus und kletterten hinauf.

Es war ein gewölbter Hügel, der den See überragte, und das alte Dorf hatte auf dem Kamm gelegen. Ein paar verstreute Mauerstümpfe und ein langer, schmaler Graben, der ein paar verwitterte Fundamente freilegte, waren die einzigen Überreste. Ich verbrachte einige Zeit mit der Suche nach der versprochenen Quelle, und schließlich fand ich sie: Die Staatliche Wasserversorgung hatte sie eingefaßt, und ein kurzes Rohrstück steuerte den Inhalt in eine unterirdische Leitung.

Ich setzte mich auf einen Mauerstumpf, rauchte eine Zigarette und sah mich um. Hier war natürlich nichts so, wie es sein sollte. Nach der Schrift des Priesters hatte er zu dem Dorf von einem Hügel hinunterklettern müssen. Hier gab es wenig, was von einer gewissen Höhe war – obwohl sich die Konturen natürlich verändert haben konnten. Selbstverständlich waren hier Flakons in großen Mengen gefunden worden, aber das konnte auch heißen, daß in dem Dorf ein Händler gelebt hatte, der mit solchen Dingen gehandelt hatte. In der ganzen Gegend hatte es blühenden Handel und damit bestimmt auch viele Händler gegeben. Es gab aber noch einen weiteren, stichhaltigeren Einwand: Der zweiten Schriftrolle nach, wenn wir den kuriosen Satzbau richtig interpretierten, mußte die Felsformation, die »Curtains« genannt wurde, entweder vom Dorf, von der Quelle aus oder von einem nahe gelegenen Punkt aus sichtbar sein. Nach sorgfältiger Überprüfung der Karte war kein Fleck zu sehen, auf den dies zutraf.

Es schien mir an der Zeit, die Almogi ihrer offiziellen Aufgabe zuzuführen.

Ich sagte: »Vielleicht teilen Sie mir Ihre Meinung zu der Sache mit.«

»Ich glaube nicht, daß wir hier richtig sind.«

»Wieso nicht?«

Sie erläuterte es mir. Ihr Hebräisch war, anders als ihr Englisch, ungewöhnlich klangvoll. Fast einen ganzen Ton tiefer, mit kultiviertem, warmem Ausdruck, sehr präzisen und doch lockeren Formulierungen, und mit einem Unterton; einem Nachhall, dem ich noch nicht auf den Grund gekommen war. Ich saß auf dem Mauerstumpf und lauschte ihr. Ihre Argumentation war nicht nur kultiviert, geschmeidig, präzise und all das, sondern traf den Nagel auch noch auf den Kopf.

»Nicht schlecht. Eine brauchbare Analyse«, sagte ich knurrend.

Sie errötete.

Ihre Haut wurde einen Hauch dunkler und das Weiße ihrer Augen eine Nuance weißer. Ich betrachtete sie neugierig. Sie setzte die dunkle Brille auf.

Auf englisch sagte ich: »Welche Wissenschaftler haben Sie während Ihres Studiums gelesen?«

»Eine Menge«, sagtc sic steif.

»War auch was von mir dabei?«

»Ja, sicher.«

»Sind Sie mit mir nicht klargekommen?«

»Bitte?«

Ich wiederholte es auf englisch.

Langsam sagte sie: »Ich kam sehr gut mit Ihnen zurecht.«

»Besser, als ich mit Ihnen, stimmt's?«

»Bitte?«

Ich machte mir nicht die Mühe zu antworten. Ich stand nur auf, stieg hügelabwärts und dachte mir, daß ich ohne sie schon genug Probleme hatte. Unsicher folgte sie mir.

»Es tut mir leid«, stieß sie hervor, »es ist nur – ich habe einen Menschen erwartet, der anders ist.«

»Pech für Sie.«

»Ich meine, jemand Älteres ...«

»Wahrscheinlich werde ich hier noch um Jahre altern.«

»Und diese Witze ...«

»Zu flippig für Sie, was?«

»Bitte?«

Ich war plötzlich richtig wütend.

»Du wirst den Dreh schon noch herauskriegen, Schätzchen«, sagte ich herzlich. »Wenn du mich und meine simplen Witzchen nicht verstehst, dann müssen wir eben jemanden finden, der sie versteht. Ich kann mich neben meinen eigenen Schwierigkeiten nicht noch mit deinen herumschlagen.«

Hastig und auf hebräisch sagte sie: »Oh, bitte – ich habe den größten ... Ich meine, es ist nur, daß ich nicht weiß, wie ich reagieren soll, wenn Sie scherzen, und ich weiß nicht, wann Sie scherzen. Sie sind so subtil, und ich glaube, daß Sie...«

»Was?« fragte ich.

»Sich lustig machen. Über mich.«

Ich sah sie an. Das Image des subtilen Witzboldes gefiel mir. »Ich werd' verrückt«, sagte ich.

»Bitte?«

»Schon gut.« Ich umarmte sie schnell. Es schien ihr nichts auszumachen, also umarmte ich sie noch einmal. »Dann ist ja jetzt alles in Ordnung, was?«

»Ich hoffe es«, antwortete sie.

»Gott sei Dank«, erwiderte ich, und was sie betraf, so war, zumindest für ein paar Tage, alles in Ordnung.

4

Es ist wichtig, die zeitliche Abfolge zu beachten, denn kurz darauf ging alles schief. Ich war am Sonntag in Lod gelandet, und es war Donnerstag, als Agrot nach Barot abfuhr. Am darauffolgenden Donnerstag rief ich ihn an und schmiß den Auftrag hin.

Er sagte: »Zum Teufel, was ist los mit Ihnen? Was ist da faul?«

Einige Dinge waren faul. Der wesentliche Punkt war, daß ich zunehmend das Gefühl hatte, daß mit der Gegend etwas nicht stimmte. Jede Minute eines jeden Tages verstärkte dieses Gefühl. Doch es gab noch andere Gründe. Er hatte mich in der Zwischenzeit ein paarmal angerufen, um mir zu erklären, wieso er noch nicht zurückkommen konnte. Er hatte plausible und ausreichende Gründe genannt, aber die hatten mich nicht zufriedengestellt. Mir schien, wenn der Job für mich dringlich war, dann sollte er auch für ihn dringlich sein. Und außerdem fand ich, war es an der Zeit, daß er entschied, ob er mich oder die Himmelwasser loswerden wollte. Ich war mit dem häßlichen Gefühl aufgewacht, daß man mich als Hexenmeister oder

Wünschelrutengänger mißbrauchte, und das gefiel mir nicht. Ich war mir ziemlich sicher, daß eine chemische Behandlung der Schriftrolle das eine oder andere Wort hervorzaubern würde. Die übervorsichtige Himmelwasser würde so eine Behandlung nicht vornehmen. Plötzlich wurde mir klar, daß ich nicht weitermachen konnte, wenn sich nicht jemand entschloß, etwas zu tun. Man mußte dem Instinkt etwas vorsetzen; sein verkümmerter Zustand machte mich angespannt und nervös.

All das war nicht leicht zu formulieren, und die Tatsache, daß wir uns über ein nicht gesichertes Funkgerät unterhielten, bremste mich.

Ich konnte sein schweres Atmen vom anderen Ende hören. »Und was haben Sie bis jetzt unternommen?« fragte er.

Ich erzählte ihm einiges. Ich hatte dreizehn Stellen untersucht. Ich hatte eine Menge Felsstümpfe untersucht, die einmal 200 Meter hoch gewesen sein mochten. Eifrig hatte ich in arabischen Dörfern herumgeschnüffelt, um herauszufinden, ob die Legenden der Einheimischen etwas von blauen Steinen berichteten (die Geologen hatten nichts anzubieten).

»Und was ist jetzt? Sind Ihnen die Möglichkeiten ausgegangen, oder was?«

»Nein, ich bin nur nicht mehr bereit, mehr zu tun.«

»Kommen Sie zu mir.«

»Nach Barot?«

»Ich kann hier nicht weg. Tun Sie mir den Gefallen.«

»Also gut. Ich komme morgen.«

»Tov.« Er hängte zuerst ein.

Das Mädchen schien unschlüssig. Sie sagte: »Fahren Sie über das Wochenende weg?«

»Ja.« Plötzlich ging mir auf, daß ich im Eifer meiner Untersuchungen ihre freien Tage völlig vergessen hatte.

»Das macht nichts«, sagte sie. »Ich wußte, daß am Anfang viel zu organisieren sein würde.«

»Möchten Sie am Wochenende weg?«

»Ja, am Wochenende fahre ich.«

»Gut, essen Sie heute abend mit mir im Hotel und erklären Sie's mir – es sei denn, Sie hätten schon etwas vor.«

»Danke. Gern«, sagte sie lächelnd. Eine deutliche Verbesserung im Verhältnis zwischen mir und der Almogi war eingetreten. Das hatte ich sorgfältig bestärkt, indem ich tagsüber eine gewisse Distanz einhielt und sie nicht in meine nächtlichen Aktivitäten mit einbezog – beim Essen mit dem Kurator in Tiberias, beim Kommandierenden in Beit Shean und dem Pakad in Nazareth. Das pralle Leben.

»Wollen Sie unbedingt im Hotel essen?« fragte sie ein paar Minuten später beiläufig.

»Nicht unbedingt. Warum?«

»Gut«, erwiderte sie.

Wir aßen auf einer Eukalyptuslichtung am Seeufer, einen Kilometer südlich des Grabes von Rabbi Meir. Es gab Fisch, Steaks und Obst, anschließend lehnten wir uns bei einem Mokka und einer Zigarette im Glutschein des Holzkohlenfeuers zurück.

»Hat es Ihnen gefallen?«

»Sehr«, antwortete ich.

Und so war es auch. Der Mond schimmerte romantisch auf den glatten Borken der Bäume und den Kieselsteinen auf dem abfallenden Strand vor uns. Die Angelausrüstung und der Grill stammten aus einer abgeschlossenen Militärhütte in der Nähe. Dort drinnen hatte ich auch ein paar Schlafsäcke erspäht und fing an, mich zu fragen, ob dieses Mädchen wirklich so altmodisch war, wie Agrot glaubte.

»Ich hätte Sie warnen sollen«, sagte sie. »So was mache ich oft.«

»Haben Sie das auch gemacht, als Sie nicht mit mir essen konnten?«

»Ja. Es tut mir leid deswegen. Ich hatte es schon vorbereitet. Das Essen muß sofort verzehrt werden, sonst wird es schlecht.«

Ich überlegte, für wen sie es wohl vorbereitet hatte, und ob es ein Mann oder eine Frau gewesen war.

»Gibt es im Lager noch mehr Frauen?« fragte ich.
»Vier. Sie haben religiöse Pflichten.«
»Bekommen sie Ausgang über Nacht?«
»Selten, nur die Offiziere. Die sind keine Offiziere.«
»Für Männer ist es einfacher, nehme ich an, nachts herauszukommen.«
»Oh, ja. Viel leichter.«
Ich konnte nicht viel von ihrem Gesicht sehen, das störte mich. Das, was ich sah, blickte sehr angespannt drein, was mich noch mehr störte. Mir kam der schwache Verdacht, daß die Almogi mich zum Narren hielt.
»Warum waren Sie so froh, daß Sie am nächsten Morgen erst um zehn hier sein mußten?«
»Ach, das. Die Fische sind komisch hier in der Gegend«, sagte sie lächelnd. »Sie beißen nicht vor neun. Ich fange sie zum Frühstück.«
»Sie schlafen hier, nicht wahr?«
»Ja. Israelis schlafen draußen, sooft es geht.«
»Ich schlafe auch gern draußen«, sagte ich.
Kein Kommentar.
Ich zog an meiner Zigarette und legte den Arm um sie.
»Tun Sie das nicht«, sagte sie nach ein paar Sekunden.
»Warum nicht?«
»Eins führt zum anderen.«
»Was spräche dagegen?«
»Ich bin verlobt.«
»Das ist mir recht.«
»Mein Verlobter will eine Jungfrau heiraten.«
Diese Mitteilung, so überraschend wie provozierend, brachte mich nur noch mehr in Fahrt.
»Ich weiß nicht, ob Sie besonders gut im Judo sind«, sagte sie. »Aber von hier aus könnte ich Sie ohne Schwierigkeiten in den See werfen.«
»Warum, zum Teufel, sollten Sie das wollen?«
»Ich will es nicht.«
»Warum entspannen Sie sich dann nicht einfach?«

»Ich bin sehr entspannt. Ich will nicht noch entspannter werden.«

»Okay«, sagte ich und nahm einen Augenblick später meinen Arm weg. Ich dränge mich nicht auf, wenn man mich nicht darum bittet. Und da war immerhin die Aussicht, im See zu landen. »Wie war das mit dem Judo?« fragte ich.

»Alle Mädchen in der Armee können Judo.«

»Schreckt das nicht die Männer in der Armee ab?«

»Manche mehr, manche weniger. Wir haben eine tapfere Armee«, entgegnete sie.

Ich dachte darüber nach und stellte fest, daß sie wieder diesen angespannten Gesichtsausdruck hatte.

»In Ihrer Armee«, erklärte sie, »gibt der Offizier den Befehl ›vorwärts‹. So ist das bei allen Armeen der Welt. In der israelischen Armee befiehlt er ›Folgt mir‹. Das sagt etwas über die Qualität aus, denke ich.«

Sie hatte in letzter Zeit schon einige solcher Sachen von sich gegeben, und daher sollte das hier wohl keine ausgesprochene Moralpredigt darstellen. Dennoch betrachtete ich sie verwundert.

»Wie lange sind Sie schon in Israel, Shoshana?«

»Seit fünfzehn Jahren.« Sie erzählte mir von ihrer Familie. Ihr Vater hatte in Tel Aviv ein kleines Geschäft, ihre Mutter putzte, ein älterer Bruder arbeitete im Straßenbau, und ihre ältere Schwester war im Kibbuz.

»Dann sind Sie das kluge Köpfchen in der Familie?«

»Das ist keine Frage der Klugheit. Nur der Gelegenheit«, sagte sie freundlich. »Ich war die einzige, die hier ausgebildet wurde. Die anderen haben keine Schulbildung.«

»Sehen sie aus wie Sie?«

»Es gibt eine Familienähnlichkeit.«

»Sehen sie arabisch aus?«

»Nicht arabisch. Aber wir haben natürlich auch arabisches Blut.«

»Ja.« Sehr kompliziert. Lag es an ihrem arabischen Blut, daß sie den Kopf schüttelte, wenn sie ›ja‹ meinte, und nickte, wenn es ›nein‹ hieß? Und welche ihrer vermischten Signale sollte man beachten – die arabischen fragenden, die ›los‹ zu sagen schienen, oder die einfachen hebräischen Worte, die ›Finger weg‹ signalisierten?

»Wie ist Ihr Freund?« fragte ich zerstreut.

Sie wühlte in ihrer Umhängetasche und holte ein Foto hervor. Ein Riesenkerl, dunkelhäutig, lächelte darauf mürrisch hinter einem struppigen Schnurrbart hervor.

»Ist er auch Jemenit?«

»Marokkaner. Er heißt Shimshon«, sagte sie lächelnd.

»Samson. Er ist groß, nicht wahr?« sagte ich schwach.

»Ein Meter und achtundneunzig.«

Ich rechnete verwirrt nach. Das Monster war sechs Fuß sechs groß.

»Wir sind nicht offiziell verlobt«, fuhr sie fort. »Aber ich denke, wir werden uns noch offiziell verloben. Er kann mich mit einer Hand hochheben.«

»Was macht er sonst? Beruflich?«

»Er ist Offizier. Berufsoffizier.«

»Hier in der Gegend?«

»Nein, nein. Im Süden. Weit im Süden«, sagte sie und zog nachdenklich an ihrer Zigarette. Ich betrachtete sie. Das nach unten gewandte Gesicht war so ernst wie immer, keine Regung, keine Sorge, keine Freude und kein Vergnügen waren darauf zu erkennen.

Ich sagte: »Und am Wochenende fahren Sie weit in den Süden?«

»Nur bis En Gedi. Dort ist meine Schwester im Kibbuz. Sie ist verheiratet und hat ein Baby.«

»En Gedi. Dann können wir zusammen fahren. Haben Sie die Höhle dort schon gesehen?«

»Nein. Im Kibbuz kennt man die nicht. Sie wurde von Anfang an recht geheimgehalten.«

Ich warf noch einen Blick auf den Mann aus dem Süden und gab das Bild zurück. Ich sagte: »Wollen Sie sie sehen?«

»Sehr gern«, sagte sie sofort.

»Gut. Dann fahren wir hin.«
»Und wenn Sie wollen – es ist im Kibbuz bequemer als in Barot, wenn Sie über Nacht bleiben.«
»Können Sie mich dort unterbringen?«
»Ich kann meine Schwester anrufen, um zu sehen, ob es geht.«
»Gut, tun Sie das. Mittags rauschen wir ab.«
»Fein«, sagte sie, und sie sah zufrieden aus. Aber Shimshon und Judo hatten das Idyll gestört. Wir brachen bald auf.

5

Es dämmerte, als wir in die Straße zum Toten Meer einbogen, und es war Nacht, als wir schließlich dort ankamen. Es war heiß, stickig und sehr ruhig. Jenseits des Wassers lagen die Berge Moabs wie zusammengekauerte Tiere. Oben hatte es geregnet, aber hier war es nur bedeckt.

»Es ist schon Sabbat. Wir werden sie nicht stören«, sagte sie und hielt in En Gedi unter den Bäumen an. »Sie sind gerade in den Speisesaal gegangen. Wir warten ein bißchen. Wir können uns solange waschen.«

Eine ziemlich aufgekratzte Version von L'Cha Dodi, der alten Hymne, die den Sabbat als Braut begrüßt, klang aus dem Speisesaal, während wir uns wuschen. Wir saßen in der heißen Dunkelheit, rauchten und lauschten den weiteren Ankündigungen. Dann, als die Andacht vorbei war, gingen wir hinein.

Ein paar hundert Kibbuzniks beider Geschlechter, in kurzen Hosen und Röcken, saßen bei ihrem Sabbatmahl. Wir steuerten den Tisch unter den Sabbatkerzen an, an dem die Schwester uns Plätze freigehalten hatte, und kurz darauf drückte man mir am ganzen Tisch die Hand.

Die Atmosphäre hier war sehr herzlich, und sie wurde nach dem Essen noch herzlicher, als sich im Zimmer ihrer Schwester eine Gesellschaft zu unseren Ehren zusammenfand. Die Schwester, Miriam, besaß, wie Shoshana gesagt hatte, Familienähnlichkeit, doch in einer etwas schwereren, erdigeren Spielart. Es kam mir so vor, als betrachte sie mich, den Engländer und Ungläubigen, als einen Freund ihrer Schwester mit einigem Mißtrauen. Schließlich, als das Fest zu Ende ging, verkündete sie, daß Shoshana bei ihr schlafen würde. Ihr Ehemann, ein gewisser Avner, brachte mich zu einer Gästehütte.

»Und morgen ruhen Sie sich aus«, sagte er. »Hier läßt sich's gut ausruhen. Schauen Sie uns an – wir ruhen uns das ganze Jahr über aus.«

Ich hatte ihn schon als den Witzbold der Familie ausgemacht, ein einfacher, herzlicher Kerl, und ich schenkte ihm ein schwaches Lächeln.

»Shoshana zeigt Ihnen alles. Sie ist großartig, so lebendig.«

»Ist sie das?«

»Klar. Es ist schade, daß sie an diesen Marokkaner geraten ist.«

»Was ist mit ihm?«

»Er ist so ein kräftiger, schweigsamer Typ. Ein richtiger Miesepeter. Aber Miriam mag ihn trotzdem.«

»Shoshana auch.«

»Die weiß nicht, was sie mag. Nebenbei, lassen Sie sich morgen von ihr zur Shulamit-Höhle bringen, wenn es etwas kühler ist.«

»Wo ist die?«

»Oben, neben dem Wasserfall. Die wird ihnen gefallen. Schalom.«

»Schalom.«

Am Morgen steuerte ich den Jeep selbst nach Barot. Dort arbeiteten alle trotz des Sabbats. Ich fand Agrot im Verwaltungszelt, ganz außer sich. Er sagte: »Ich gebe Ihnen einen Überblick über meine Probleme. Dann erzählen Sie mir Ihre.«

Damit hatte ich gerechnet, aber ich hörte zu. Sein Klassifizierungssystem war in der Hektik durcheinandergeraten, zwei Jahre Arbeit standen auf dem Spiel. Von den Resultaten dieser Expedition würde es abhängen, ob eine nächste finanziert werden würde, und so weiter. Alles gute und ausreichende Gründe.

»Sind Sie fertig?« fragte ich.

»Und ich weiß auch, was Sie von mir wollen. Ich möchte, daß Sie die Schwierigkeiten dabei sehen.«

Auch die hörte ich mir an: Der unschätzbare Wert der wissenschaftlichen Fakultät, die Notwendigkeit, Konflikte zu vermeiden, die Gefahren der chemischen Behandlung von alten Schriftrollen und die Tatsache, daß die Entscheidung hierüber nicht in seinem, sondern im Ermessen der Abteilung lag.

»Sind Sie fertig?« fragte ich wieder.

»Reden Sie, wenn Sie wollen. Wir sind hier nicht vor Gericht.« Er hatte sich bis jetzt beherrscht, aber nun verlor er die Fassung, und ich war froh darüber. Es ist leichter, wütend auf einen Wütenden zu sein, als auf einen Vernünftigen, und ich spürte, daß meine Sorgen in seinen einfach untergingen.

Ich sagte: »Meine Lage ist viel einfacher. Was ich dort oben tue, bringt nichts, und es wird nichts bringen, solange wir nicht mehr wissen. Ich weigere mich, so weiterzumachen.«

»Kein Grund zur Aufregung. Versuchen wir doch, ruhig zu bleiben. Sagen Sie mir, was ich Ihrer Meinung nach tun könnte. Berücksichtigen Sie alles, was ich Ihnen eben dargelegt habe.«

»Sie können Dr. Himmelwasser die Schrift wegnehmen und sie Isaacs geben. Wenn nötig, können Sie die chemische Behandlung auf Ihre eigene Verantwortung erlauben und die Zustimmung der Abteilung nachträglich einholen.«

»Selbst wenn ich bereit wäre, das zu tun, kann ich hier im Moment nicht weg, um es zu regeln.«

»Ich werde es regeln.«

»Ich meine, den Abgang von Dr. Himmelwasser zu regeln.«

»Das meinte ich.«

Er nahm eine Flasche Brandy vom Regal.

»Genehmigen wir uns einen Drink«, sagte er.

Als ich wegfuhr, standen die Dinge folgendermaßen: Ich sollte zurück nach Galiläa. Wenn ich am Mittwoch immer noch unzufrieden war, würde ich ihn in Barot anrufen. Gleichgültig, wie der Stand der Dinge in Barot dann auch sein würde, er würde kommen und sich mit mir in Jerusalem treffen. In Jerusalem würde er die Sache mit Dr. Himmelwasser in Ordnung bringen.

Nicht unzufrieden fuhr ich nach En Gedi zurück.

6

Sie wollte die Höhle der Schriftrolle nicht nachmittags ansehen. »Am Sabbat arbeitet niemand, und wir könnten Neugierige kaum davon abhalten, mit uns zu kommen.« Deshalb gingen wir nach dem Abendessen.

Als wir den Speisesaal betreten hatten, war es dunkel gewesen, als wir herauskamen, war es taghell. Ich blieb verblüfft stehen. Es war nicht mehr bewölkt. Vom klaren Himmel schien ein unglaublicher Mond. In der Nacht schienen die Berge näher zu rücken, die enormen Gipfel Judäas schienen direkt über uns zu sein, so alt, urzeitlich und ehrwürdig wirkten sie im Mondlicht. Die Felsklüfte, überflutet vom bleichen Schein, glichen riesigen Pockennarben auf einem gigantischen Gesicht, das in die Schlucht herabblickte. Darüber funkelten die Sterne mit außergewöhnlicher Leuchtkraft.

»Es ist wunderschön, nicht wahr?« sagte sie und sah mich an.

»Wunderschön.«

»Wir sind am tiefsten Punkt der Erde – es ist, als befänden wir uns auf dem Grund und sähen hinauf. Ich glaube, bei Vollmond ist es hier anders als überall sonst, nicht wahr?«

»Ja.«

»Also, holen wir eine Taschenlampe und machen uns auf den Weg.«

Ich wäre lieber stehengeblieben, um es mir anzusehen. Ein

paar Kibbuzniks standen oder saßen herum, in den Anblick versunken wie ich. Wir gingen zur Hütte.

»Hier ist der Lichtschalter.«

»Gut. Schalten Sie es nicht ein«, sagte ich.

»Sie sind seltsam, wissen Sie das?«

»Wirklich?«

»Im Englischen gibt es das Wort *moonstruck*, mondsüchtig, nicht wahr?«

»Ja.«

»Sie sind wirklich seltsam.«

Eine Weile ging das noch so weiter, aber sie schien keine Entgegnung darauf zu erwarten. Wir gingen wieder nach draußen.

Auf den zweiten Blick bestätigte sich der Eindruck. Die Felsenlandschaft schien im Mondlicht lebendig zu werden.

Um zur Schlucht zu gelangen – der Kibbuz lag auf einer Ebene –, mußte man abwärts steigen. Wir kletterten hinunter. Weiter unten befanden sich die Überreste eines älteren Kibbuz. Die grobgezimmerten Behausungen aus Spanplatten und Palmblättern lagen still im Mondlicht da. Wir ließen sie hinter uns und gelangten zur Schlucht.

Wir kamen bei einem Felsvorsprung an und kletterten hinauf. »Hier ist es.«

»Wie weit drinnen lagen die Schriftrollen?«

»Ganz am Ende. Die Höhle geht sechs Meter tief.«

»Darf ich hinein?«

»Wenn Sie möchten.«

Sie nahm die Taschenlampe und krabbelte hinein. Ein paar Minuten später, etwas staubiger, schlängelte sie sich wieder heraus. Ich gab ihr eine Zigarette. Wir setzten uns, rauchten und ließen die Beine über den Felsvorsprung baumeln.

»Es ist komisch, nicht wahr? Warum hätte er auf dem Weg von Galiläa nach Jerusalem über En Gedi kommen sollen?«

»Vielleicht hielten Militärs den direkten Weg besetzt.«

»Und warum ließ er die Kopie, die für Jerusalem bestimmt war, hier zurück?«

»Er hatte nur die eine. Die beiden anderen hatte er auf dem Weg nach Süden versteckt – eine in den Curtains, die andere in Murabba'at.«

»Hatte es zu jener Zeit hier einen Überfall gegeben?«

»Ja. Von Massada aus. Am Passahfest 68.« Die Revolutionäre von Massada waren ausgeschwärmt und hatten das Dorf überfallen. Die Männer von En Gedi waren geflüchtet. Der Theorie zufolge war unser Mann mit den anderen weggelaufen und hatte die Schriftrolle und das Geld in Sicherheit zurückgelassen.

»War es ein sehr blutiger Überfall?«

»Ja. Die Revolutionäre waren wütend, weil die Männer weggelaufen waren. Sie stahlen die Nahrungsmittel und töteten die Frauen und Kinder. Das wird bei Josephus erwähnt.«

»Kann es sein, daß sie es nicht nur auf die Nahrung abgesehen hatten?«

»Was meinen Sie damit?«

»All das sinnlose Morden. Ich habe darüber nachgedacht. Es scheint fast so, als seien sie hinter etwas anderem hergewesen und hätten es nicht gefunden... meinen Sie nicht auch, daß das... es klingt albern, ich weiß. Aber ich hatte in dieser Höhle das Gefühl, daß da etwas war.«

Albern oder nicht, ich spürte, wie sich meine Nackenhärchen leise sträubten.

Ich sagte: »Ich halte das überhaupt nicht für albern, Shoshana.«

»Im Ernst?«

»Ich denke, Sie könnten da auf einer Spur sein.«

»Oh, Caspar, das ist wunderbar. Hilft es uns weiter?«

»Ich weiß es nicht. Ich kann mir nicht vorstellen, daß die Bewohner von Massada wußten, daß es hier eine Schriftrolle gab.«

»Es war auch nur so ein Gefühl«, sagte sie vorsichtig.

»Gefühle sind mir sehr wichtig, Schätzchen. Ich halte viel vom Instinkt.«

»Ich auch.«

»Wirklich?«

»O ja, immer«, sagte sie und schüttelte bejahend ihren zierlichen Kopf.

Wir rauchten die Zigarette zu Ende und kletterten hinab. Die Schlucht war jetzt noch heller als bei unserem Aufstieg, und wir schienen über einen silbernen Fluß zu schweben.

»Wohin gehen wir?« fragte ich ein paar Minuten später.

»Ich weiß nicht. Wir laufen offenbar in Richtung Wasserfall. Wohin wollen Sie?«

»Zur Shulamit-Höhle?« fiel es mir plötzlich ein.

»Gut«, sagte sie nach einer Pause. Mir war der Gedanke gekommen, daß mich das kleine Pokerface zur dörflichen Flirtstelle dirigieren wollte. Das war mir natürlich recht, meine lobenden Worte schienen sie in ausgelassene Stimmung versetzt zu haben. Egal, wir machten uns auf den Weg zur Höhle.

Das leise Plätschern des Wasserfalls schwoll an, als wir näher kamen, und plötzlich tauchte er vor uns auf, wie er weiß blitzend die Klippe hinunterschoß.

Die biblische Quelle – das *En* in En Gedi – schießt etwa hundert Meter weiter oben aus dem harten Kalkstein hervor und ergießt sich in Kaskaden über eine Reihe von Felsvorsprüngen. Einige der Vorsprünge sind so breit, daß sie große Wasserbassins bilden, andere formen schmale Grotten. Eine holprige Treppe aus Stein und Felsbrocken führt von Stufe zu Stufe. Der Weg ist so von Bambus und tropischem Gehölz überwuchert, daß man sich oft in einem Tunnel wähnt.

Wir blieben bei jeder Stufe stehen und machten auf der dritten eine ausgedehnte Rast. Der Felsblock, auf den wir uns setzten, lag am Rande einer schmalen Wasserstelle. Hier wurde das Mondlicht vom Geäst gedämpft. Der Schein, den der Mond verbreitete, war so düster und unwirklich, daß man Felsen, Wasser und Luft kaum auseinanderhalten konnte. Die ganze Grotte schien in fließender, bleicher Bewegung.

Wir kletterten weiter, manchmal ganz dicht an der glitzernden Hauptwassersäule, ihrem Getöse so nah, daß wir an ihr selbst hinaufzuklettern schienen.

»Bleiben Sie dicht bei mir«, sagte das Mädchen ein paar Stufen später. »Wir kommen an einen Spalt. Der Boden ist uneben.«

Mit dem Kopf voraus kletterte sie in das Bambusgehölz, ging auf die Knie, und ich krabbelte hinterdrein. Das einzige, woran ich mich orientieren konnte, war ihre attraktive Kehrseite, und das tat ich, ganz konzentriert. Die Felsspalte reichte zehn Meter hoch in undurchdringliche Schwärze und öffnete sich dann zu einer dramatischen, überwältigenden Helligkeit.

Wir befanden uns in einem großen, natürlichen Amphitheater von etwa hundert Metern Durchmesser, einer Felsschale, in der sich das Mondlicht spiegelte. Wir waren ganz offensichtlich noch nicht am Gipfel, denn das Wasser floß immer noch von oben herab, aber es schien sich irgendwo zu stauen, denn überall floß, tropfte, plätscherte, gluckerte es von den Felsen herab in die Spalten, und jeder Tropfen glitzerte im reflektierten Licht der großen Mondkugel, die über der Schlucht hing.

Der Hauptstrom fiel in der Mitte des Amphitheaters in die Tiefe und verband sich mit kleinen Rinnsalen, bevor er donnernd nach unten verschwand. Aus den Felsen wuchsen Bäume und Gestrüpp, und einige Felsbrocken mit starkem Schattenwurf erinnerten an Plastiken von Henry Moore.

Wir setzten uns auf einen der Felsbrocken, rauchten noch eine Zigarette und sahen uns ergriffen um. Ich fing an, mir Gedanken über die Höhle zu machen. In diesem Mondlicht kam mir Shoshana vor wie eine Schlafwandlerin, was jegliche Annäherungsversuche auszuschließen schien. In einer schönen, dunklen Höhle wäre das natürlich etwas anderes gewesen.

Schließlich riß sie sich selbst aus ihrer Trance und sah auf die Uhr.

»Elf Uhr. Wir müssen bald gehen.«

»Was ist mit der Höhle?«

»Dort ist sie.«

Wir saßen davor. Die Öffnung war durch Farnwedel völlig verdeckt. Wasser rann an den Blättern hinunter. Ich fluchte ein wenig. Ein Aussichtspunkt, keine Liebeslaube.

»Warum heißt sie Shulamit-Höhle?«

»Nach dem Lied der Lieder. Die Shulamit hatte langes Haar – wie dies hier. Gefällt es Ihnen nicht?«

»Doch, sehr. Aber ich dachte, es sei so eine Art Höhle, in die man hineingehen kann«, sagte ich lahm.

»Man würde dabei naß werden, nicht wahr?«

»Vielleicht hätten wir unser Badezeug mitbringen sollen«, sagte ich enttäuscht.

Sie rauchte ihre Zigarette sehr gewissenhaft zu Ende und stand auf.

»Also, gehen wir.«

Eine halbe Stunde später kamen wir erschöpft im schlummernden Kibbuz an. Wir hatten auf dem Rückweg nicht viel miteinander gesprochen. Ich brachte sie zum Haus ihrer Schwester.

»Dann gute Nacht, Shoshana.«

»Gute Nacht.«

Sie wandte ihr Gesicht ab, als ich sie küßte, und ich landete auf der Wange.

»Was haben Sie?«

»Nichts. Es ist schon spät. Wir wollen sie nicht aufwecken.«

»Shoshana . . .«

Sie entzog sich meiner Umarmung.

»Gute Nacht«, sagte sie und verschwand blitzschnell im Haus.

Irgendwo, irgendwann hatte ich eines ihrer Signale mißverstanden. Oder der Schwager hatte recht, und das Mädchen wußte wirklich nicht, was es wollte.

Früh am nächsten Tag setzten wir uns wieder nach dem verdammten Galiläa in Marsch.

VI Ein heilloser Mensch

Wer winkt mit den Augen, zeigt mit den Fingern
(Buch der Sprüche, 6.12,13)

1

Am Mittwoch war ich weniger ›unglücklich‹, sondern befand mich vielmehr in einem Zustand völliger Depression. Ich war so oft am Grab von Rabbi Meir vorbeigefahren, daß ich bereit war, es in die Luft zu jagen; desgleichen abgesägte Felsen, die einmal zweihundert Meter hoch gewesen sein konnten, ebenso Araber, die wild darauf waren, mir blaue Steine zu verkaufen. Wir konnten durch kein Dorf im unteren Galiläa mehr fahren, ohne daß die halbe Bevölkerung mit Perlen und Marmorbrokken nach uns ausschwärmte. Am Morgen fuhren wir nach Nazareth – ich hatte bereits beschlossen, daß dies der letzte Versuch sein sollte – und besuchten einen Araber, einen Steinkundler, der den Ruf hatte, die Heimstätten sämtlicher bunter Steine in Galiläa zu kennen.

Diese Probleme wurden von noch zwei weiteren überschattet. Das Wetter hatte sich geändert, und jetzt regnete es ständig. Dazu kam, daß das Mädchen mir gegenüber plötzlich feindselig geworden war. Dieses alberne Verhalten hatte mit der Rückfahrt aus En Gedi begonnen und sich seitdem nicht geändert. Mir kam es so vor, als stecke ihre Schwester irgendwie dahinter.

Ich sagte: »Hör mal, Kindchen, wo liegt das Problem?«

»Ich habe kein Problem.«

»Haben Sie Ihre Tage oder Schmerzen im Gesicht, oder was ist es?«

»Nichts von alledem«, sagte sie kühl, »und wenn es so wäre, ginge das nur mich etwas an.«

»Ich bin kein angelsächsischer Vergewaltiger, müssen Sie wissen, gleichgültig, was Ihre Schwester denkt.«

»Und lassen Sie meine Schwester in Ruhe.«

»Lassen Sie mich in Ruhe«, erwiderte ich, und ich meinte es auch so. Sie hatte wieder angeboten, mich in den See zu schmeißen, als Antwort auf eine mißglückte Annäherung. »Gewalt ändert gar nichts«, hatte ich sie provoziert, aber nicht einmal das konnte sie aufstacheln.

Zum Teufel mit ihr, dachte ich, und zur Hölle mit Agrot. Besonders mit Agrot. Ich beschloß, ihm das mitzuteilen, was immer der Steinkundler sagen würde.

Der Steinkundler sagte nicht viel. Er war ein kleiner, alter Mann von etwa neunzig Jahren, ein deutlicher Fall von Rückgratverkrümmung, dessen ausschließliches Interesse dem Preis von Haschischzigaretten zu gelten schien. Er hockte auf einer Decke und rauchte gerade eine, als wir sein winziges Lädchen betraten. Sein einziges Interesse an unserem Besuch schien darin zu bestehen, daß ich möglicherweise eine preiswerte Nachschubquelle kannte.

»In Akko sind sie durchgedreht«, sagte er. »Die Großhändler sind schuld. Verrückte oder Gangster. Vermutlich beides.«

»Es sind nicht die Großhändler, Großväterchen«, sagte Shoshana in ihrem melodischen Arabisch. »Für die ist es auch schwierig. In Jordanien lassen sie das Haschisch nicht mehr raus, und wir in Israel lassen es nicht mehr herein. In Barot und Arad gibt es dort, wo einmal die Nachschubwege waren, neue Straßen. Die Preise werden weiter steigen.«

»Ja. Ein Zeichen dafür, wie degeneriert diese Zeit ist«, sagte der alte Mann traurig. »Was ist das für ein Buch, das Sie da schreiben?«

Ich erklärte es ihm; angeblich ging es um die biblische Geologie Galiläas. Er hörte nicht weiter hin und drückte seine Zigarette auf dem schwarzen Daumennagel aus. »Den besten Marmor«, sagte er, »gibt es im Süden. Dort müssen Sie hin.«

»Und in Galiläa?«

»Nein. Hier gibt es keine Lagerstätten. Gab es noch nie.«

»Haben Sie eine Idee, wie ich wenigstens an kleinere Mengen kommen könnte?«

»Klar. Hängen Sie die Bandenführer«, sagte er, zog eine neue Haschischzigarette hervor und steckte sie widerwillig wieder ein. »Dann würden die Preise über Nacht purzeln. Das hätte unmittelbare Auswirkungen auf die Lebenshaltungskosten. Gönnen Sie sich auch hin und wieder eine?« fragte er versonnen.

Ich gab ihm ein paar Münzen für den Lebensunterhalt, und wir gingen. Es regnete in Strömen, und wir mußten zum Basar zurücksprinten. Wir standen pudelnaß im Eingang eines Cafés, eingekeilt zwischen zahlreichen durchnäßten Arabern. Auf der Straße, einem gepflasterten Pfad, der wie ein Graben zwischen den hohen Bürgersteigen lag, trotteten Maultiere vorbei, ihre Fesseln vom Regenwasser umströmt, das die Straße entlangrann; ihre Tragekörbe streiften uns.

»Gehen wir hinein und trinken einen Kaffee«, schlug ich vor, und wir tranken Kaffee in frostiger Atmosphäre. Nur ich sprach ein paar Worte, an einen aufdringlichen Araberbengel gerichtet, den ich etwas schroff bat, sich zu verziehen. Nach kurzer Zeit tauchte er mit einem etwas älteren Araber wieder auf. Der Kerl meinte, er habe fünf Kinder, was damit sei, außerdem das Wetter, und er versprach mir eine schöne Führung zur Verkündigungskirche, zur Engelskapelle, der Werkstatt Josefs und Marias Brunnen zum halben Preis; wahlweise wollte er mich auch fotografieren. Er schaffte es sogar, eine Aufnahme zu machen, bevor ihn der Inhaber, den der Blitz aufgeschreckt hatte, hinauswarf. Inzwischen hatte der Regen nachgelassen, er verzog sich also, ohne noch weiter Geld zu fordern.

Wir gingen ebenfalls.

Im Hotel wartete das Mädchen unten, während ich nach oben ging, um Agrot anzurufen. Sie saß trübsinnig in der Hotelhalle und blätterte in einer Zeitschrift, als ich wieder herunterkam.

»Haben Sie sich – verabredet?«

»Ja. Holen Sie mich morgen früh um acht Uhr ab.«
»Werden wir wieder hierher zurückkommen?«
»Ich weiß es nicht.«
»Werden Sie mich nächste Woche noch brauchen?«
»Das weiß ich auch noch nicht.«
Sie stand langsam auf und schien etwas sagen zu wollen. Ich ging nicht darauf ein, und was immer sie hatte sagen wollen, blieb ungesagt.

2

Auch in Jerusalem regnete es. Das Mädchen setzte mich am King David Hotel ab und stand noch eine Weile herum, während der Träger meine Tasche nahm und ich hineinging, um mich anzumelden. Ich hatte es nicht eilig, und dann, etwas verloren, kam sie zur Rezeption herüber.
»Kann ich noch etwas für Sie tun?«
»Nein.« Ich sah im Telefonbuch eine Adresse nach.
»Aber, was soll ich denn tun?« fragte sie.
»Nichts. Sie dürfen sich jetzt verziehen.«
Sie hatte in Jerusalem nichts vor und brauchte vor morgen zwölf Uhr ihren Dienst nicht wieder anzutreten, daher brachte sie meine Antwort etwas aus dem Konzept.
»Nach Tel Aviv, meinen Sie?«
»Wohin Sie wollen. Sie können den Jeep mitnehmen.«
»Äh. Danke«, sagte sie verblüfft. »Soll ich am Sonntag wieder hierherkommen?«
»Das wäre gut.«
Sie blieb immer noch stehen, und ich sah auf. »Was gibt's noch?«
»Caspar«, sagte sie und schluckte, »es tut mir leid, falls es irgendwelche Differenzen zwischen uns gegeben hat. Ich möchte, daß Sie wissen, daß mir diese Arbeit sehr viel Spaß macht, und ich möchte gern dranbleiben, sofern Sie nichts dagegen haben.«

»Ich verstehe«, sagte ich unbestimmt.
»Möchten Sie, daß ich am Samstag abend hier anrufe?«
»Gut. Ich weiß nicht, ob ich hier sein werde.«
»Würde es Ihnen sehr viel Mühe machen, mich anzurufen?«
»Nein. Geben Sie mir die Nummer.«
Sie kritzelte sie rasch auf einen Zettel. »Das ist ein Café, weiter unten.Dort werde ich warten.«
»Nicht nötig. Ihr Freund kommt her, stimmt's?«
»Ja«, sagte sie und lächelte schwach.
»Gut, dann verschwenden Sie den Abend nicht. Ich werde eher nicht anrufen«, sagte ich, um das Lächeln auszuradieren.
Es verschwand. Unglücklich ging sie weg. Ich wandte mich wieder dem Telefonbuch zu. Isaacs, Isaac. Ich brauchte die Nummer nicht, nur die Adresse. Da war sie.

Ich ging die Jaffa Road hinauf, den Mantelkragen bis zu den Ohren hochgeschlagen, fand die alte türkische Gasse und schritt rasch hindurch bis zum Hof, wobei ich mir die Nase zuhielt. Der Geruch von sanitären Einrichtungen und ›Gefillte Fisch‹ war durchdringend wie immer. Ein Labyrinth eiserner Treppen führte zu einem Bienenstock aus Wohnungen. Ich stieg zum Obergeschoß und klingelte. Ich hörte ihn sofort, und er öffnete. Auf dem Balkon war es dunkel; angestrengt starrte er mich an.
»Ach, du bist es, alter Schuft«, sagte er.
»Hallo, Ike.«
»Was machst du denn hier?«
»Laß mich rein, dann sag' ich's dir.«
»Ist denn das zu fassen?« rief er aus.
Er war groß und kräftig. Im Augenblick trug er einen schwungvollen Schnurrbart, eine hellblaue Unterhose und ein Paar Stiefel. Drinnen war es heiß wie im Backofen.
»Habe ich dich beim Baden gestört?«
»Du mußt es gerochen haben, du alter Bock. Ich habe Miezen hier.«
Die Miezen, zwei Exemplare, lagen unter den Studiolam-

pen. Ölradiatoren standen um sie herum. Die Mädchen waren noch schlichter gekleidet: sie trugen nur Sonnenbrillen.

»Hm, also…«, fing Ike an. »Hier, Mädchen, haben wir den größten Hurenbock der englischen Aristokratie. Er ist ihr absoluter Rekordhalter. Die mögen Lords«, sagte er und gab mir ein Zeichen. Selbst sein Hebräisch hatte einen breiten Yorkshire-Akzent, und er benutzte ihn ohne Koketterie.

Die Mädchen schienen an seine wenig förmliche Art bereits gewöhnt zu sein und begrüßten mich freundlich, ohne sich auch nur um einen Zentimeter zu rühren. Sie schienen kein Englisch zu verstehen, aber ich blieb noch ein paar Minuten dabei, um sicherzugehen.

»Also, was gibt's?« fragte Ike, während er mir einen Drink brachte.

Ich sagte es ihm, auf englisch.

»Hm. Himmelwasser. Die kenn' ich.«

Er kannte jeden. In den frühen fünfziger Jahren war er in Europa der wahrscheinlich größte Künstler hinter der Kamera gewesen. In Israel hatte er den Journalismus aufgegeben, aber wie ich in Meggido festgestellt hatte, hatte er noch nichts von seiner Kunst eingebüßt, ebensowenig wie den guten Riecher für alles, was um ihn herum vorging.

»Sie ist gut«, sagte er.

»Zu unflexibel.«

»Das liegt in der Natur dieser Arbeit.« Er gab mir ein Zeichen und ging daran, die Mädchen neu zu arrangieren, während ich weitererzählte. Dann stellte er sich hinter die Kamera und machte ein paar Aufnahmen.

»Ich sage dir was, Caspar«, sagte er gedehnt, »ich will es mir weder mit der Himmelwasser noch mit der Universität verderben. Hin und wieder tue ich was für die, mußt du wissen.«

»Du würdest es dir nicht mit denen verderben. Die würden es gar nicht erfahren.«

»Und was, wenn ich es vermassele?«

»Du könntest es dir mal ansehen und dir eine Meinung bilden.«

»Na gut. Und was hast du in der Zwischenzeit schon erledigt?«

Ich berichtete ihm kurz über Galiläa und En Gedi.

»En Gedi?« bemerkte er. »Hast du die Höhle der Shulamit gefunden?«

»Ja. Sehr hübsch«, sagte ich.

»Ist sie mein Typ?«

»Wie meinst du das?«

»Du warst doch mit einem Mädchen oben, oder?«

»Ja. Muß man das denn?«

Ike starrte mich an. »Die Höhle mit dem Wasserfall«, sagte er, um es klarzustellen.

»Genau die. Wie kommt man da hinein?«

Ikes Gesicht verfinsterte sich ein wenig. »Indem man sich auszieht, du alter Trottel«, sagte er. »Darum geht es doch gerade. Soll das heißen, du hast nicht...?«

Ich sah ihn mutlos an.

»O Gott im Himmel«, sagte er. »Die muß ja überglücklich mit dir gewesen sein. Du armer alter Eunuch, wir müssen dich unbedingt wieder in Form bringen. Komm heute abend wieder, ich behalte die beiden Mädels hier.«

Aber ich hörte kaum zu. Mir ging ihr Blick durch den Kopf, als ich vom Badezeug sprach, das wir haben müßten, wieviel Zeit sie sich mit ihrer Zigarette gelassen hatte, und der schweigsame Abstieg.

»Heute abend nicht, Ike«, hörte ich meine Stimme sagen. »Ich bin beschäftigt. Agrot kommt auf ein Schwätzchen vorbei.«

»Ein Schwätzchen«, sagte Ike geringschätzig. »Du kannst deine Plaudereien auf morgen verschieben. Heute abend gibt's hier Wichtigeres zu tun. Werd' ihn zeitig los.«

Ich wurde ihn nicht zeitig los. Agrot kam ungefähr um zehn zum Plaudern. Um zwei redeten wir immer noch.

Aufgrund dieses Gesprächs und der übrigen Frustrationen dieser Woche konnte sich Dr. Hilde Himmelwasser auf einen stürmischen Auftritt am nächsten Morgen gefaßt machen – der auch stattfand, und zwar um Punkt zehn Uhr. Das Problem war, sie hinauszudrängen, ohne sie regelrecht hinauszuwerfen. Agrot weigerte sich, die Sache selbst zu erledigen, hatte mir jedoch moralische Unterstützung und die Bestätigung meiner Argumente zugesagt, wenn er darum gebeten wurde. Er bestand darauf, daß nicht der Schatten eines Zweifels auf ihre Arbeit fallen dürfe, aber genau damit hatte ich wie auf Kommando losgelegt, und fünf Minuten später hing sie mit glasigen Augen in den Seilen.

Ich tat es auf nette Art, und obwohl die alte Ziege sofort losschimpfte und ihr englisches Gezischel blitzschnell zugunsten des Hebräischen aufgab, verfügte sie nicht über die Übung, die ich hatte: Ich hatte schon ein paar Runden gegen einen Champion wie Mrs. Birkett durchgestanden.

Es lief darauf hinaus, daß ich ihr sagte, sie hätte alles getan, was getan werden konnte. Es gäbe Grenzen der Leistungsfähigkeit von Emulsionen, und ihre Techniken wären natürlich die fortgeschrittensten der Welt. Wenn sie den Auftrag nicht in der Zeit lösen könnte, die mir zur Verfügung stünde, dann gäbe es niemanden, der das könnte; und Zeitdruck wäre im Augenblick das Wesentliche. Wenn ich den Wortlaut nicht auf diese Weise erhalten könnte, müßte das Schriftstück mit physikalischen Mitteln bearbeitet werden. Und das – mit ihrem Einverständnis natürlich – wollte ich nun tun.

Um halb elf hatte Agrot symbolisch ihren Schlüssel zum Labor in Empfang genommen, und sie war mit einer symbolischen Emulsionsflasche abgezogen.

Agrot nahm die Schriftrolle in die Hand und betrachtete sie melancholisch.

»Etwas, das achtzig Generationen überlebt hat«, sagte er nach einer Weile langsam, »gehört einfach nicht uns.«

»Im Moment ist es doch niemandem von Nutzen, oder?«

»Vielleicht finden kommende Generationen einen Weg, es

nutzbar zu machen... Die Tinte ist in die Haut hineinoxidiert«, sagte er, indem er die Oberfläche von der Seite beäugte. »Wenn man Chemikalien anwendet, kann das Ganze möglicherweise einfach verschwinden. Gott allein weiß, wie ich mich rechtfertigen soll, wenn das geschieht.«

»Es gibt nicht nur diese Kopie, wie Sie wissen.«

»Sie ist die einzige, die wir haben.«

»Was wollen Sie also – mir die Entscheidung überlassen?«

»Nein. Ich muß das entscheiden«, erwiderte er. Aber es dauerte eine Weile, bis die Entscheidung getroffen war. Vor dem Mittagessen war ich bei Ike. Die Schriftrolle hatte ich bei mir.

Agrots Nervosität hatte mich angesteckt. Auch Ike war nervös.

Er sagte: »Mann, das ist eine verdammt heikle Sache.«

»Da muß etwas sein.«

»Ja, da ist auch etwas.«

Ein schwaches Schimmern zeichnete sich gegen die umgebende Schwärze ab. Er hatte die Schriftrolle gewölbt und hielt sie ins Licht.

»Was hat die Himmelwasser damit gemacht, weißt du es?«

»Alles, nehme ich an, nur die Haut nicht behandelt. Ich habe dir ein paar von ihren Aufnahmen mitgebracht.«

Er sah sich die Aufnahmen an.

»Warum hat sie die Haut nicht behandelt?« fragte er.

»Wollte sie nicht. Und sie war auch nicht dazu befugt.«

»Heißt das, ich bin auch nicht dazu befugt?«

»Nein, das heißt es nicht. Wenn's sein muß, darfst du.«

»Wer sagt das?«

»Ich.«

»Könnte ich das vielleicht schriftlich bekommen?«

»Ich gebe dir mein Wort darauf.«

Er sah mich an. Dann sah er auf die Fotos und auf die Haut. Schließlich meinte er: »Ich bin da eigentlich nicht sonderlich scharf drauf, Caspar.«

»Ich garantiere dir, daß niemand etwas von dir erfahren wird.«

»Und was ist, wenn sich das verdammte Ding einfach auflöst?«

»Dann war ich es.«

»Das gefällt mir nicht.«

»Ist es möglich, daß hier noch ein paar Wörter zum Vorschein kommen?«

»Ja«, sagte er, »ich denke, daß das schon möglich ist. Ich weiß aber nicht, was dann mit der Haut passiert. Man müßte es schnell fotografieren, bevor sich alles ... Ich traue mich kaum, sie anzufassen.«

»Tu es für mich, Ike.«

»Mal sehen.«

»Ich rufe dich heute abend an.«

»Bis heute abend habe ich noch nichts.«

»Ich rufe dich trotzdem an. Und Ike – hast du einen Safe hier?«

»Ja, ich habe einen Safe.«

»Sorge dafür, daß das Ding im Safe liegt, wenn du nicht gerade daran arbeitest.«

Dann fuhr ich, nervöser denn je, zur Universität zurück.

Ich aß nicht zu Mittag, sondern trank nur ein paar Tassen schwarzen Kaffee. Auch Agrot trank schwarzen Kaffee. Wir verbrachten den Nachmittag im Labor. Es gab noch immer viel, was wir mit den Aufzeichnungen zu tun hatten, und nach einer Weile konnte ich mich einer Sache widmen, die mich von Anfang an beschäftigt hatte. Ich suchte die entsprechenden Aufnahmen heraus und dann die dazugehörigen Notizen. Es gab mehrere Übersetzungsalternativen. Ich setzte mich und versuchte mich dennoch an einer eigenen.

Niemand hatte mich davon unterrichtet, fing meine Version an, *daß unser Unternehmen beim Nordkommando [bekannt war?]. Ich kann mir bei meiner Seele nicht – daß dieses Kommando an unserem Unternehmen [beteiligt sei?]. Der junge Offizier selbst – nicht möglich [zu sagen?]*

Ich hatte mich nicht geirrt. In diesen Worten lag ein Hauch von Überraschung, Verblüffung, Schrecken. Wieso? Welches andere Kommando sollte von seinem »Unternehmen« wissen? Er operierte in Galiläa, dem Gebiet des Nordkommandos. Wenn irgendein Kommando von der Sache wissen mußte, dann das Nordkommando. Oder war er nur erzürnt, weil die Armee in etwas eingeweiht war, was eigentlich eine geheime Maßnahme zum Schutze des Tempels war? Das glaubte ich nicht. Es war ihm zu wichtig gewesen, daß es gerade das Nordkommando war.

Agrot studierte meine Notizen. »Mir gefällt Ihre Interpretation nicht«, sagte er. »Sie ist zu emphatisch. Es geht hier um Nuancen.«

»Finden Sie nicht, daß er überrascht klingt?«

»Er war Priester, jemand mit gesetzestreuer Einstellung. Er wollte die Dinge exakt festhalten. In seinem ganzen Bericht bemüht er sich, Schuld zuzumessen – oder Personen von Schuld freizusprechen. Er vermutet eine Entführung, und er schreibt nieder, so deutlich es geht, daß sie vom Nordkommando offiziell genehmigt war. Gleichzeitig sichert er sich gegen jede Anklage der Obstruktion ab, falls die Sache sich als koscher erweisen sollte: *Niemand hatte ihn unterrichtet.* Sie werden bemerken, daß es ihm sehr wichtig ist, den jungen Offizier von Schuld oder Pflichtbruch freizusprechen. Die Suche nach ihm, als er geflohen war, wurde sorgfältig durchgeführt, und so fort. Es paßt alles zusammen.«

»Aber er ist überrascht, daß das Nordkommando beteiligt ist. Er läßt durchblicken, daß die dort nichts verloren hatten.«

»In Ihrer Version, nicht in meiner«, sagte er mit mildem Lächeln. »Bei der Arbeit über Bar Kochba bin ich vielen ähnlichen Stellen begegnet. Der Stil ist oft deklamatorisch und voller Wiederholungen. Das ist nur eine irreführende Nuance. Ich würde keine Zeit darauf verschwenden.«

Das mußte man natürlich allen israelischen Forschern zugute halten: Für sie hatte es etwas leicht Lächerliches, wenn nicht gar Unpassendes, wenn ein Ungläubiger ihre Interpretation des *lashon kodesh*, der heiligen Sprache, in Zweifel zog, besonders dann, wenn es um Bedeutungsnuancen ging. Sehr ermüdend; aber ich ließ nicht locker.

Später fragte er: »Wann rufen Sie Isaacs an?«

»Nach dem Abendessen. Wollen Sie nach Barot zurück?«

»Nein. Du lieber Gott. Ich habe doch keine Ruhe.«

»Es kann das ganze Wochenende dauern.«

»Dann bleibe ich eben das ganze Wochenende.«

Das beruhigte mich auch nicht besonders.

Wir aßen schweigend zu Abend, und hinterher rief ich Ike an.

Er sagte: »Ich habe dir gesagt, ich habe am Abend noch nichts.«

Aber ich hörte etwas in seiner Stimme. Ich fragte: »Was hast du bisher unternommen?«

»Herrgott, hörst du nicht zu? Nichts!«

»Bist du optimistisch?«

»Es geht«, sagte er.

Ich lächelte und spürte, wie mir heiß wurde. Er hatte etwas. Er wollte mich auf einen Schlag damit konfrontieren.

»Was ist mit der Haut?«

»Warum kümmerst du dich nicht um deine eigene Haut?«

»Gut. Ich rufe dich morgen früh an.«

»Ruf nicht an. Komm vorbei. So gegen elf.«

»Was – du glaubst wirklich …«

»Ich weiß es nicht«, unterbrach Ike. »Bis morgen.«

Ich ging zurück und erzählte es Agrot. Wir tranken ein paar Brandys darauf.

Am nächsten Morgen regnete es immer noch, und ich sauste in einem Taxi dorthin. Ich war seit sechs Uhr auf, konnte nicht schlafen und war mit Agrot, der auch nicht schlafen konnte, durch den Regen spaziert. Mit zugehaltener Nase lief ich rasch die Gasse hinunter.

Es war noch früh, und Ike öffnete nicht selbst. Ein kleiner Kerl in einem weißen Laborkittel machte auf.

»Ist Mr. Isaacs da?«

»Ja, Sir. Dr. Laing? Ich bin sein Assistent. Er ist da hinten und arbeitet. Sie werden erwartet, Herr Doktor. Gehen Sie durch.«

Ich trat ein, und er schloß die Tür hinter mir.

Ich sagte: »Komm schon, alter Schuft, zeig's mir!«

Das tat er. Irgend jemand tat es. Jemand schlug mich mit einem Gegenstand. Mein Kopf schien in tausend Stücke zu zerspringen. Während ich stürzte, fiel mein flüchtiger Blick, wie durch ein Prisma, auf den kleinen Assistenten, der forschend, fast besorgt, mein Gesicht betrachtete.

VII Grauenhafte Dinge

Israel macht sich unrein
(Hosea 6.10)

1

Ich lag unter dem Wagen, und Paula übergab sich schon wieder. Das ging natürlich nicht. Ich riß mich los und atmete tief durch, wie immer geraten wird, und so ging es. Keine Laken, naß vom Schweiß des Alptraums. Nur Moder, modriger Teppich. Ich muß also bewußtlos gewesen sein. Aber wo? Und wer übergab sich? Irgend jemand übergab sich. War ich es, der sich übergab?

Nein, es war Ike, der kotzte, der arme Kerl. Er war im Pyjama. Ich schien mich auf den Ellbogen zu stützen und ihn zu betrachten. Er übergab sich in der falschen Farbe, lag auf der Seite. Das Zeug war auf der ganzen Vorderseite seines Pyjamas und unter ihm. Mein Kopf war ganz weit weg und eiskalt. Wo immer er sein mochte, er tat weh. Dann kam er zurück, wir fanden uns, und ich stöhnte: »O Gott«, und versuchte aufzustehen.

»Alles in Ordnung«, sagte jemand und schnalzte mit der Zunge. »Bleiben Sie liegen. Gleich geht's Ihnen besser.«

»Was, zum Teufel, ist los?« fragte ich. Meine Lippen schienen taub zu sein, und ich fragte auf arabisch, zweifellos, weil auch die Stimme Arabisch gesprochen hatte.

Er sagte nichts, schnalzte nur. Es war der kleine, angebliche Assistent, er drückte mir einen Eisbeutel an den Kopf und wischte mein Gesicht ab, das naß zu sein schien. Es waren noch zwei andere da, große, dunkle Männer mit Schnurrbärten. Sie saßen rauchend da und warfen hin und wieder einen Blick auf mich und Ike. Ike lag unter den Lampen, wo die Miezen gelegen hatten. Er lag recht entspannt da, bis auf ein gelegentliches schwaches Zucken, wenn er sich übergab. Sein Gesicht lag seitlich auf dem Teppich in einer Pfütze. Mit aufgerissenen Fischaugen sah er mich an. Es war kein aufmerksamer oder dringender Blick, nur nachdenklich, fast abwesend, als versuche er den Strom zu messen, der ihm in Stößen aus dem Mund lief. Plötzlich kotzte ich gräßlich mit.

Dann schien ich mich im Badezimmer zu befinden. Einer der Männer hielt mich fest, und der falsche Assistent tupfte flink wie eine Katze mit einem kleinen Tuch über mein Gesicht.

»Alles in Ordnung, gleich geht es Ihnen besser, seien Sie ganz ruhig«, sagte er besorgt. »Sie brauchen bloß einen Hut. Gebt ihm einen Hut«, sagte er.

Einer der Männer nahm seinen Hut ab und setzte ihn mir auf.

»Gut so. Sie sehen ganz gut aus. Es ist nur bis zum Wagen«, sagte der Assistent.

Ich schwankte, furchtbar schockiert, und stammelte: »Was tun Sie? Was haben Sie mit Ike gemacht? Was wollen Sie hier?«

Mir dämmerte natürlich – ganz entfernt – was sie mit Ike angestellt hatten, und auch, was sie hier wollten. Doch dieses Wissen machte die Situation nicht weniger unwirklich oder unglaubwürdig. Diese Kerle wollten mich kidnappen. Die wollten mich am hellichten Tag entführen! Man mußte sie aufhalten, um Gottes willen. Man mußte sie reinlegen, austricksen, irgendwie abschrecken. Aber wie, um Gottes willen? Und wer, um Gottes willen? Es waren zwei große, kräftige Männer und ein aufgeweckter, kleiner flinker, und alle drei schienen die Sache im Griff zu haben.

Der kleine Flinke hatte es nicht für nötig befunden, mir zu antworten. Er öffnete ein Arzneischränkchen und fummelte mit einem Fetzen Mull herum. Und plötzlich erlebte ich alles in Zeitlupe, als mein erschüttertes und leidendes Hirn sich wieder in Gang setzte. Ich nahm Ike wahr, der still im Nebenzimmer kotzte, und den großen Mann, der über dem Waschbecken ein großes Messer mit Toilettenpapier abwischte, und den anderen, der am Türpfosten lehnte und eine schwarze, runzlige Pappe studierte – die Schriftrolle, wie mir plötzlich klar wurde.

Der Kleine hatte den Hut abgenommen, den Mull hineingesteckt und mir den Hut wieder aufgesetzt. »So ist es besser«, sagte er. »Das wird das Blut zum Stillstand bringen. Jetzt können wir gehen.«

»Moment mal«, murmelte ich, immer noch schwankend. »Das ist ein schrecklicher Irrtum. Sie haben den Falschen erwischt. Ich – ich bin Arzt, Mediziner«, sagte ich, als mir plötzlich einfiel, wie er mich angesprochen hatte. »Ich bin einfach Arzt. Was wollen Sie von mir?«

»Arzt?« sagte er ein wenig überrascht, und auch die anderen sahen sich verwundert an. »Nun, davon weiß ich nichts«, sagte er. »Das ist nicht meine Angelegenheit. Das wird sich alles aufklären.«

»Aufklären? Was?« fragte ich, und eine idiotische Erleichterung durchströmte mich. Der Mann kannte mich offensichtlich nicht genau, und mir fiel plötzlich ein, daß mein Paß und die anderen Ausweise sicher im Hotel lagen; und mein Arabisch war fast genauso gut wie seins. »Du Stück Kamelmist!« schrie ich, »du verfaultes Gedärm! Du hast einen Fehler gemacht. Ich bin Araber, genau wie du. Ich habe diesen Mann besucht. Er ist mein Patient. Frag die Leute in der Nachbarschaft!«

Dieser Ausbruch, so zusammenhanglos er auch sein mochte, schien die beiden anderen aufzuregen. Sie warfen ihrem Kollegen finstere Blicke zu. Ihn brachte er aber leider nicht aus der Fassung. Er fing an, geschäftig in ein paar Papieren herumzuwühlen.

»Kein Fehler, glaube ich«, sagte er. »Jedenfalls kein Fehler von mir. Der Mann wurde mit Agrot gesehen. Er wohnt im King David ...«

»Zur Visite, du Narr – bei einem Patienten!«

»... gestern bis hierher verfolgt. Und hier – seht euch das Foto an. Das ist er doch, oder?« fragte er.

Die beiden Kollegen betrachteten das Foto. Ich warf auch einen Blick darauf. Er hatte nichts falsch gemacht. Ich untersuchte das Foto ängstlich auf Fehler. Das war ich, ich saß an einem schlichten Holztisch, neben mir ein Uniformärmel, und ein junger Araber grinste im Hintergrund; offenbar bei einer Ausgrabung in Jordanien aufgenommen. Ich hatte genau den gleichen besorgten Ausdruck, den ich jetzt wohl trug.

Ich sagte: »Das kann ich natürlich einfach erklären…«

»Natürlich. Aber wir müssen jetzt gehen, Herr Doktor.« Ich ging ihm auf die Nerven. »Alle Mißverständnisse werden sich aufklären. Wenn sich der Verdacht nicht bestätigt, sind Sie bald wieder hier. Es geht nur um eine Überprüfung. Bleiben Sie jetzt stehen. Wir gehen zum Wagen. Wir gehen ganz langsam. Dieser Herr und ich werden an Ihrer Seite gehen. Der andere Herr wird hinter Ihnen sein. Er achtet darauf, daß Sie nichts Unbedachtes tun. Tun Sie etwas Unbedachtes, erschießt er Sie, und wir laufen weg. Bitte tun Sie nichts Unbedachtes.«

»Nein, tun Sie nichts Unbedachtes«, sagte der andere Herr. Das war das erste Mal, daß er etwas sagte, und er sagte es warnend, fast erschrocken.

Dann saß ich auf der Toilette, meine Beine waren eingeknickt, und ich sah ernst zu den beiden Köpfen des kleinen Kerls hinauf. Er schnalzte mit der Zunge. »Kommen Sie jetzt. Stehen Sie auf. Sie schaffen es. Es ist nicht weit. Ich glaube, Sie wurden etwas zu fest geschlagen«, sagte er und schnalzte.

Man hatte mich um einiges zu fest geschlagen. Ich hatte mich immer nur für Sekunden im Griff. Gott sei Dank hatte Ike mit dem Kotzen aufgehört. Er hatte aufgehört, weil wir nicht mehr bei ihm waren. Wir befanden uns auf der eisernen Treppe, wir waren in der Gasse, auf der Jaffa Road. Es nieselte.

Verrückt, klar, alles war verrückt. Unmöglich, daß dies wirklich geschah. Das war nicht ich, der hier in Gedanken versunken mit den beiden Herren die Jaffa Road entlangtappte. Wo war der dritte Herr? Der Herr war hinter mir. Die Straße war belebt wie immer, Lastwagen, Busse, Hausfrauen, alte Männer mit Stöcken.

»Jetzt ist es nicht mehr weit. Gehen Sie ganz normal weiter.«

Ich ging normal. Es schien mir jedenfalls, als ginge ich normal. Meine Füße berührten kaum den Boden. Hierfür gab es einen Grund, dachte ich, während die Scheibenwischer hin- und herklappten. Wir hielten an einer Ampel. Ich befand mich in einem Wagen. Dann fiel mir wieder ein, wie ich in den Wagen gestiegen war. Es war ein großer, verbeulter Studebaker, der in einer Seitenstraße vor der Parkuhr stand. Als ich einstieg, fiel mir ein, warum Ike mit dem Kotzen aufgehört hatte.

Alles schien etwas durcheinandergeraten zu sein. Hatte natürlich mit meinem Kopf zu tun. Aber es war nicht mein Kopf, sondern der dieses arabischen Arztes. Er war geschlagen worden. Er war um einiges zu fest geschlagen worden. Plötzlich war ich überaus beleidigt. »Du Stück Kamelmist«, sagte ich zu dem Mann. »Palästinensischer Kamelmist«, verbesserte ich. Das war es; er sprach mit palästinensischem Akzent. Die anderen schienen Jordanier zu sein. »Mist«, sagte ich wieder. Aber er war es nicht. Er hatte sich davongemacht. Ich saß mit den beiden anderen Mistkerlen hinten. Mir fiel plötzlich ein, daß er am Steuer saß. Das Problem waren die Lücken. Schlaflücken, Gedächtniseinbrüche. Ich mußte mich zusammennehmen. Sagen wir, die Straßennamen. Wo waren die Namen? Verdammt, keine Straßennamen.

Aber das YMCA, hoher Turm und Kuppeln, das konnte nichts anderes sein, also befand sich das King David Hotel gegenüber. Und da war es. Das stimmte mich zufrieden. Als nächstes der Bahnhof, wenn wir die Stadt verließen. Wach bleiben.

Ich blieb nicht wach. Dämmerte weg, kam wieder zu mir, versuchte mich zu erinnern, wieso ich wach bleiben mußte. Wir hatten die Stadt verlassen. Ein Bus schwankte vor uns her. Ich merkte mir die Linie, blitzschnell. Linie sieben. Ein nützliches Detail. Noch nützlicher, wenn ich wüßte, wo sie hinfährt. Umdrehen und die Beschriftung lesen, wenn wir den Bus überholen. Umgedreht, aber nicht erkannt. Zuviel Dreck. Endloser, roter Staub. Wohin liefen wir bloß, durch all den Staub?

»Wohin laufen wir bloß, durch den Staub?« fragte ich gereizt.

»Zu den Bäumen. Es ist nicht mehr weit«, erwiderte einer der Jordanier. Beide Jordanier waren da, aber der kleine Kerl nicht. Hatte sich wieder davongemacht; ein flinker kleiner Kerl, das konnte man wohl sagen.

»Wo ist der Wagen?« fragte ich.

»Wir nehmen einen anderen. Sie werden es bequem haben. Zuerst können Sie sich ausruhen.«

»Wo?«

»Ist nicht mehr weit«, sagte er.

Wir waren auf einer schmalen Straße. Ich hatte den Eindruck, als kämen wir an Häusern vorbei. Dann überall Obst, Terrassenplantagen voller Obst, der Regen tropfte herab. Felswände, rote Erde. Wo, zum Teufel, waren wir? Ein Lastwagen holperte durch die Schlaglöcher der Straße. Ich sah hin, um zu sehen, ob ein Name daraufstand. Ich konnte nichts sehen. Zu viele Bäume. Ich stand unter einem. Mein Hut war eng, durchnäßt vom Nieselregen.

»Wo ist euer Freund?« fragte ich. Der Mann hielt mich aufrecht.

»Er kommt wieder. Wie geht es Ihnen?«

»Nicht gut.«

»Bald geht es Ihnen besser. Wir brechen bald wieder auf.«

»Wir brechen jetzt auf«, sagte der Freund.

Wir setzten uns in Bewegung. Der Hut war eng und heiß. Ich wollte ihn abnehmen.

»Nehmen Sie den Hut nicht ab«, sagte er.

»Er ist eng. Er tut weh.«

»Bald tut er nicht mehr weh.«

Aber er tat weh, sogar höllisch weh. Wir liefen auf schwarzer Asche. Ich hielt den Kopf gesenkt. Mein Kopf dröhnte irgendwie. Ein schwarzer Tunnel, und ich fiel, fiel tief hinein.

»Ich muß mich einfach ausruhen«, sagte ich steif.

»Ja, Sie dürfen sich ausruhen. Es wird Ihnen guttun.«

»Wie lange sind wir schon hier?«

»Eine Stunde, vielleicht zwei. Bleiben Sie weiter sitzen, wenn Sie möchten.«

»Ja«, sagte ich unbestimmt und blieb sitzen.

Nachdem ich mich ein wenig ausgeruht hatte, befand ich mich immer noch in dem Tunnel. Wir saßen alle im Tunnel. Ich lag dort in einer Art Embryostellung, den Rücken gegen die runde Wand gepreßt, der Hut stieß an die Decke. Die beiden saßen zu beiden Seiten neben mir und hatten die Pistolen im Schoß. Ich zitterte im schneidenden Luftzug. Der Wind pfiff leise durch den Tunnel. »Wo sind wir?« fragte ich.

»An einem Ort, wo man sich ausruhen kann. Unter den Bäumen war es zu naß. Sie sehen schon besser aus.«

Ich fühlte mich nicht besser. Ich hatte das Gefühl, als hätte man mir mit einem Metzgerbeil den Schädel gespalten, meine Glieder zusammengeschnürt und mich in einen winzigen Kühlschrank gezwängt. Ein Platz zum Ausruhen. Dann mußten wir am Übergabepunkt sein, an der Grenze also. Wir warteten auf etwas. Worauf? Meine Zähne klapperten wie Kastagnetten.

»Sie stehen noch immer unter Schock«, sagte der ohne Hut und betrachtete mich.

»Wie lange bleiben wir hier?«

»Bis es dunkel ist. Eine oder zwei Stunden.«

»Ich kann hier nicht zwei Stunden lang bleiben«, sagte ich und schnatterte ihn fürchterlich an.

»Schlafen Sie weiter.«

»Ich muß mal.«

Das war die reine Wahrheit. Ein bis zwei Stunden! Was konnte ich in zwei Stunden unternehmen? Was konnte ich gegen diese beiden Riesen und ihre Pistolen überhaupt unternehmen?

Sie blickten an mir vorbei und sahen sich an. Der Hutlose nickte leicht, und einen Augenblick später rollte sich der andere auf Hände und Füße und krabbelte aus dem Tunnel. Eine Minute später erschien sein Gesicht im Eingang. »Alles klar«, sagte er leise.

Der Mann neben mir stieß mich an, und ich drehte mich auch auf alle viere. Meinen Kopf überfiel ein fürchterliches Schwindelgefühl, als er meiner Bewegung folgte. Ich kroch zur Öffnung des Tunnels, wo der Wind pfiff, und spürte, wie die Hutkrempe erzitterte. Dann klatschten mir Wind und Regen ins Gesicht, und der Mann draußen half mir hoch. Sein Kumpan war dicht hinter mir.

Wir befanden uns auf einem Schuttplatz in einem Olivenhain. Große Schrotteile lagen herum, ein zerbeulter alter Wasserkessel, eine verrostete Zisterne, Sandsäcke. Der Tunnel war ein zurückgelassenes Kanalisationsrohr von einem knappen Meter Durchmesser. Ein Graben verlief im Zickzack zum einen Ende des Dickichts, ein schmaler Schützengraben. Wir mußten uns dicht bei der Grenze befinden. Ich erleichterte mich. Wir waren in einem Tal. Durch die Olivenbäume sah ich einen Hügel jenseits der Grenze, auf dessen Gipfel eine blaue Fahne flatterte. Eine Spur führte den Hügel hinauf, dorthin, wo die Flagge wehte. Sie zweigte offenbar von einer Straße im Tal ab, die jetzt nicht zu sehen war. Das war wohl die Straße, wo uns der Wagen abholen würde, wenn es dunkel war – höchstens ein paar hundert Meter hinter der Grenze.

Auf dieser Seite der Grenze sah man nichts. Wir schienen in einer Senke, im Niemandsland zu sein. Der Hügel befand sich zwischen uns und israelischen Lebenszeichen. Aber die Israelis bearbeiteten ihr Land bis dicht an die Grenze. Es mußte Menschen und Gebäude in der Nähe geben. Aber wie nah?

Der eine Mann hatte sein Messer hervorgezogen und spielte damit herum. Er sagte: »Beeilen Sie sich.« Ich beeilte mich, drehte mich um und erblickte ein Dach, auf israelischer Seite.

Ein Dach. Höchstens hundert Meter entfernt, keinesfalls mehr. Der Hang der Senke war mit Schutt übersät. Wo er endete, standen Obstbäume. Über den Obstbäumen ragte das Dach hervor.

Meine Hände zitterten so sehr, daß ich kaum den Reißverschluß hochziehen konnte.

Das Haus konnte natürlich verlassen sein...

Durch den windgepeitschten Regen schimmerte der Abhang drohend im schmutzig-grauen Licht. Man würde den glitschigen Hang hinaufrennen müssen. Nicht sehr vielversprechend.

»Fertig?«

»Nicht ganz.«

»Was ist noch?«

»Ich muß mich übergeben«, sagte ich wahrheitsgemäß.

»Kommen Sie rein. Sie setzen sich besser hin. Hier ist es zu windig.«

Ein freundlicher, aber fester Griff. Wir krochen wieder ins Innere des Rohrs, auf allen vieren, ich zwischen ihnen eingeklemmt. Abfallteile und Bauschutt lagen vor dem Zugang. Ich nahm einen halben Ziegelstein in die Hand und legte ihn wieder hin. Was konnte mir ein halber Ziegelstein nützen? Dann schon eher eine halbe Brigade der Grenzpolizei.

Ich rückte mich wieder in der Embryostellung zurecht und versuchte nachzudenken. Mein Kopf schmerzte so sehr, daß es nicht leicht war. Wo, zum Teufel, waren wir? Ich hatte nicht die geringste Ahnung, nur: Süden. Aber halt, woher wußte ich, daß es im Süden war?

Denk nach. Ich wußte es, weil – wieso? Wegen des King David Hotels, das war es. Wir waren in südlicher Richtung am King David vorbeigekommen, und ich hatte erwartet, daß wir den Bahnhof sehen würden, der sich noch weiter südlich befand. Und der Bus. Ein Bus der Linie sieben – der Bus nach Ramat Rahel, wurde mir plötzlich klar. Weiter südlich als Ramat Rahel konnten wir nicht sein: Dort beschrieb die Grenze einen Bogen, der Jerusalem einschloß. Und so weit waren wir nicht gefahren, da war ich mir sicher. Dann blitzte das Bild des Studebaker vor meinem inneren Auge auf, der am Beginn einer Straße hielt, und ich sah uns aussteigen. Ein schlammige, löchrige Straße, die abwärts führte. Häuser, Obsthaine...

Plötzlich wußte ich, wo wir waren; ich konnte es genau lokalisieren. Man konnte die Stelle von Ramat Rahel aus sehen: In der gleichen Linie wie die Flagge, die mir aufgefallen war: die Fahne des UNO-Postens. Ein Pfad verlief ins Tal zur alten Waffenstillstandslinie. Dort an ihrem Ende lag ein Granattrichter und drumherum ein paar zerschossene Olivenbäume. Den ganzen Weg entlang bis hinunter zum Granattrichter standen Hütten und Obstgärten der Kleinbauern.

Viele Hütten, viele Menschen. Man brauchte bloß hinzugelangen, durch den Trichter, den Hang hinauf... von zwei bewaffneten Männern verfolgt, Männern, die im Augenblick um einiges besser zu Fuß waren als ich, und die ihre Waffen ohne zu zögern benutzen würden, wie sie sie schon heute morgen in der Jaffa Road benutzt hätten.

Aber Moment mal, dachte ich. Zwischen diesem schlammigen Krater und der Jaffa Road gab es ein paar entscheidende Unterschiede. Dort hätten sie mit dem Wagen davonfahren können. Hier hatten sie keinen Wagen. Bis zum Einbruch der Dunkelheit würde kein Auto auftauchen. Und bis dahin gab es für sie keine Möglichkeit zu entkommen. Beim ersten Schuß würde ein UNO-Jeep auftauchen, noch bevor sie die ersten hundert Meter gerannt wären. Also würde niemand schießen. Auch in der Wohnung heute morgen war nicht geschossen worden. Mir fiel ein, wie der eine Kerl im Badezimmer sein Messer gesäubert hatte. Die Waffen dienten nur zum Schutz, vielleicht noch, um mich damit niederzuschlagen, wenn ich Ärger machen würde. Aber wenn ich es schaffte, mich ein paar Meter weit zu entfernen – wenn ich schnell genug war, ohne Vorwarnung?

Als ich mir über die Lage im klaren war und mir bewußt wurde, daß ich innerhalb der nächsten Stunden einen Fluchtversuch wagen würde, überfiel mich ein solch panisches Zittern, daß einer der Männer die Hand hob, um mir Einhalt zu gebieten.

»Beruhigen Sie sich doch«, sagte er. »Es dauert nicht mehr lange. Wir brechen früher auf.«

»Was?«

»Durch den Regen wird es früher dunkel. Wir senden das Signal in nicht ganz einer Stunde.«

Ich kotzte in seinen Schoß. Fluchend zuckte er zur Seite.

»Alles wieder in Ordnung?«

»Ich muß noch mal raus«, sagte ich schwach.

Sie warfen sich einen Blick zu, und der, dem ich in den Schoß gekotzt hatte, kroch hinaus. Dann steckte er den Kopf in die Röhre zurück. »Alles klar.«

Völlig benommen robbte ich auf allen vieren durch die Röhre. Es kam mir vor, als sabberte ich, während ich vorwärts kroch, wie ein zu Tode erschöpfter Greis; meine Gelenke waren aus Gummi, und mir drehte sich der Magen um. Der zweite Mann trieb mich von hinten an. Gerade als ich das Rohrende erreichte, mußte ich mich wieder übergeben. Ich nahm den halben Ziegelstein in die Hand. Dann bückte sich der Mann, der schon draußen war, mitleidig vor, um mir zu helfen. Er hatte große, runde Augen im großen, runden Gesicht. Ich blickte zu ihm hinauf. Durch einen Schleier von Tränen der Übelkeit nahm ich ihn wahr und zwang mich, es zu tun. Dann schlug ich zu.

Sein Gesichtsausdruck änderte sich kaum. Sein Mund, voll mit Dreck und Ziegelstaub, formte ein spitzes O, dann fiel er nach hinten. Mit beinahe melodramatisch aufgerissenen Augen landete er flach auf dem Rücken. Dann taumelte ich herum; der zweite, dem die Sicht genommen war, kniete im Eingang der Röhre. Er streckte die Arme aus, um mich zu beruhigen. »Ruhig, ganz ruhig«, sagte er. »Nicht umfallen.« Ich hielt einen Moment inne, um zu überlegen. Dann holte ich mit dem Fuß aus und trat zu, ganz fest, ganz tief, und sein Gesicht verzog sich nachdenklich. Keuchend entwich ihm ein »Ah«, die Hände an den Unterleib gepreßt, sank er auf die Knie, und dann rannte ich, rannte wie der Teufel.

VIII Wer ging wohl ohne Schuld zugrunde?

Wo wurden die Gerechten je vertilgt?
(Hiob 4.7)

1

Mit Beginn eines Einsatzes, so geht die Mär, schaltet sich der Verstand ein, und man konzentriert sich gelassen auf die vor einem liegende Aufgabe. Mir ging es nicht im geringsten so. Ich rannte in wilder Panik davon, von einem einzigen Gedanken beseelt: Gnade dir Gott, wenn sie dich in die Finger kriegen! Eine halbe Minute später ging mir auf, daß das gut passieren konnte. Ich rannte nämlich in die falsche Richtung.

Ich war durch die Bäume in Richtung Hang geprescht, als ich links die schwarze Linie eines dunkelerdigen Weges bemerkte. Er verschwand zwischen den Bäumen. Mir fiel plötzlich ein, daß wir diesen Weg gekommen waren. Bei diesem Schlamm war es der einzig vernünftige Weg nach unten – oder nach oben. Ich wandte mich um und rannte direkt auf ihn zu. Bei meinem Abdrehen sah ich, daß der Mann, dem ich den Ziegelstein auf den Kopf geschlagen hatte, ebenfalls dorthin lief. Auch der andere kam näher, aber er rannte eigentlich nicht. Mit einem äußerst unangenehmen Gesichtsausdruck stolperte er vorwärts und hielt sich dabei den Leib. O mein Gott, dachte ich und rannte panisch in die ursprüngliche Richtung weiter. Noch war ich näher beim Hang als sie. Wenn ich durchhielt, konnte ich es zuerst schaffen. Ich mußte es schaffen. Ich flog nur so, setzte über Hindernisse, Übelkeit und Kopfschmerz waren verschwunden. Ich bekam keine Luft mehr. Ich erreichte den Hang. Dicker roter Schlamm klebte mir an den Schuhen, ich lief aufwärts und rutschte im selben Augenblick wieder abwärts. Ich krallte mich verzweifelt fest, an Steinen,

Abfällen, kam auf die Knie, rutschte wieder weg, kroch schniefend und schnaufend von neuem los.

Auf halbem Weg nach oben hielt ich mit brennender Lunge inne, denn ich hatte bemerkt, daß mein Weg mich nirgendwo hinführte. Direkt unter dem Kamm war unter ein paar Felsen der Sand weggespült worden. Einige Steine lagen noch herum. Das Ergebnis war ein Überhang, den man erst erkennen konnte, wenn man dicht davor war. Ohne Hilfe von oben war es unmöglich, dort hinaufzugelangen. Aber schon erschienen Helfer. Der erste stand da und beobachtete mich. Er atmete nicht einmal schwer. Während ich ihn anstarrte, stellte sich auch der zweite dazu. Sie sagten nichts. Sie blickten mich von fünf Meter weiter oben einfach an und sahen ganz zufrieden aus.

Ich warf den Kopf zurück und schrie »Hilfe!«. Ein weinerliches Falsett, das im Wind unterging. Das einzige Resultat war, daß der Mann, den ich getreten hatte, einen Stein nahm, den er nach mir warf.

Auf diese Entfernung konnte er mich gar nicht verfehlen, und er verfehlte mich auch nicht. Mit einem schmerzhaften Schlag flog der Stein gegen meine Schulter. Ich duckte mich schnell, als ich sah, wie sich der andere bückte. Ich blieb liegen, hielt schützend meinen Kopf, zu erschrocken, um mich zu bewegen, und die beiden Schweinehunde begannen, mich zu steinigen. Nach ein, zwei Minuten ohne klaren Gedanken wurde mir bewußt, daß sie mich den Hügel hinunterjagen wollten. Was gut für sie war, war schlecht für mich, also kroch ich aufwärts. Ich sah nicht, wohin ich kroch, hielt mir nur den Kopf und sammelte eine Salve schmerzhafter Treffer ein, bis ich den Schutz des Überhangs erreichte, mich leise stöhnend zusammenrollte und überlegte, was, zum Teufel, ich jetzt unternehmen sollte.

Die Lage schien dermaßen hoffnungslos, daß ich kaum darüber nachzudenken wagte. Alles, was mir diese Aktion gebracht hatte, abgesehen davon, daß sie mir sämtliche Knochen zertrümmert hatten, war ein verdammt gutes Versteck. Was ich auch weiter tun würde, das würde mir nützen. Ich brauchte nur auf sie zu warten. Der einzige Vorteil der Flucht bestand darin, daß sie nicht unmittelbar an mich herankamen. Sie mußten mich erst nach unten treiben oder sich irgendwie von der Seite dem Überhang nähern.

Von welcher Seite? Von links. Rechts gab es keinen Hang, nur einen senkrechten Abhang. Links gab es einen langen Hang, der mit Felsbrocken und Unrat übersät war. Ein besonders großer Stein, der am Rand des Überhangs lag, trennte mich von diesem Hang. Ich sah mit einem Mal, daß sie sich außen um diesen Felsen herum nähern konnten, ohne daß ich es bemerkte.

Ich schob mich dorthin und versuchte einen Punkt zu finden, von dem aus ich vorbeisehen konnte. Es gab keinen. Das Ding stand aufrecht da wie ein Ei. Der untere Teil steckte im Morast, und seine breite Mitte nahm mir die Sicht. Ich konnte nicht unten daran vorbei, ohne wieder ins Schußfeld der Kerle zu geraten. Also versuchte ich drüberzuklettern.

Ich grub meine Schuhe in den roten Schlamm und zog mich hoch, bis unter die Decke des Überhangs. Es roch modrig und dumpf wie in einem Grab. Zwischen dem Stein und dem Überhang war eine etwa dreißig Zentimeter breite Lücke. Ich konnte mich nicht hindurchzwängen. Ich konnte auch nicht hindurchsehen, am anderen Ende lag Schlamm.

Leise fiel ein Erdklumpen auf den Hang. Ich fuhr herum und sah nach unten. Noch mehr Erde fiel. Es kam jemand herunter.

Ich schob mich nach außen, so weit es ging, und versuchte, um den Fels herumzuspähen. Ich konnte nicht daran vorbeisehen. Ich rüttelte das Mistding.

Es bewegte sich.

Ich rüttelte es noch einmal. Es bewegte sich wieder. Erde fiel aus den Ritzen, als ich das Ding wieder schüttelte. Plötzlich konnte ich sehen. Ich erkannte einen Fuß, der sich ganz langsam herabbewegte, dann den zweiten, dann Beine und dann den Rest. Es war der Mann, den ich mit dem Ziegelstein niedergeschlagen hatte. Er hatte immer noch die Dreckspuren am

Mund, und an seinem Kinn klebte Blut. Plötzlich blieb er stehen und sah in meine Richtung. Er konnte mich durch den Spalt nicht erkennen, ich hielt mich im Schatten. Überdeutlich sah ich ihn, keine fünf Meter weit entfernt, jenseits des Felsbrockens.

Er blieb einen Moment so stehen, dann sah er hoch und winkte nach oben. Er winkte nicht direkt in die Richtung über mir. Er winkte nach rechts, über eine größere Distanz hinweg. Sie hatten sich also getrennt. Warum? Ich zerbrach mir den erschöpften Schädel und versuchte dahinterzukommen. Währenddessen setzte er sich hin. Er setzte sich einfach auf die Erde und wartete.

Dafür gab es offenbar nur eine Erklärung. Er war hinuntergestiegen, weil sie mich einkesseln wollten. Wenn ich mich aufmachen und losrennen würde, käme ich niemals an ihm vorbei. Ich konnte nur weiter unten vorbei. Dann würde ich zur anderen Seite des Granattrichters laufen müssen und dort hochzulaufen versuchen. Dort wartete wohl der andere.

Solange ich nichts unternahm, würde auch er ruhig verharren. Er würde einfach warten, bis es dunkel war, und dann mit seiner Pistole um den Stein herumgehen. Es war nicht mehr nötig, mit Steinen zu werfen. Wenn ich weglief, würde er einfach schießen, ganz gezielt.

Es wurde jetzt dunkel. Hier dauerte das nicht lange. Kaum sah es ein wenig düsterer aus, war es im nächsten Moment auch schon stockfinster. Die einzigen Möglichkeiten, die mir blieben, waren, entweder mein Glück zu versuchen und sofort wegzulaufen oder es auf später zu verschieben und dann mit ziemlicher Sicherheit eine Kugel in den Rücken zu erhalten. Ich bewegte mich am Felsen entlang abwärts, rutschte mit dem Fuß ab und klammerte mich an den Felsbrocken. Er gab nach. Er gab sehr weit nach.

Da tat sich etwas. Das Ding war locker, es würde losrollen, wenn ich die Kraft aufbrachte, es anzustoßen.

Wenn ich den Mistkerl auf der anderen Seite nur dazu bringen konnte, sich auf eine Stelle vor dem Stein zu bewegen…

Ich sah nach unten. Ein alter Spülkasten ohne Deckel lag halb vergraben im Matsch. Ich nahm einen Stein und warf. Er klimperte in den Kasten und sprang wieder heraus. Dann nahm ich noch ein paar Steine, kletterte wieder auf den Felsbrocken und spähte durch die Lücke.

Sein Mund stand offen, und er beobachtete angestrengt den Hügel. Er hatte sich nicht weggerührt. Ich lehnte mich so weit vor, wie es nur ging, und warf noch ein paar Steine. Ich warf sie im hohen Bogen, und sie trafen zuerst den Überhang, wo sie ein Stückchen abbrachen. Dann spähte ich wieder durch den Spalt.

Er hatte sich noch immer nicht gerührt, aber sein großflächiges Gesicht war nachdenklich gefurcht, als er zuerst nach oben und dann nach unten sah, um sich einen Reim auf die Flugbahn der Erdklumpen und Steine zu bilden. Er fuhr herum und suchte die Decke des Überhangs über meinem Kopf ab, entdeckte nichts und stand daher auf, um es noch einmal zu versuchen. Noch immer sah er nichts. Er drehte sich um und starrte auf den Felsbrocken. Ich sah, wie sich seine schlichten Gedanken durch den Kopf quälten. Es war immerhin möglich, daß ich einen Weg gefunden hatte, nach oben zu gelangen. Die Steine und Erdklumpen konnte ich beim Klettern losgetreten haben. War ich immer noch unter dem Überhang? Ich stierte ihn durch die Lücke an und versuchte stumm, ihn nach unten zu dirigieren, wo er besser sehen konnte. Dann zog er los. Er bewegte sich ganz vorsichtig bergab. Ich folgte ihm eine Weile mit den Augen, dann ging ich hinter dem Felsbrocken in Position.

Da erst bemerkte ich, daß ich ihn aus dieser Position nicht mehr sehen konnte. Und es gab hier auch nichts, woran ich mich festhalten konnte. Wenn der Felsbrocken losrollte – falls er losrollte –, würde ich mitrollen. Wenn ich mich verschätzte, würde der Mistkerl bestimmt nicht den Felsen erwischen, sondern mich.

Mit laut klopfendem Herzen stellte ich mich auf seine Schrittgeschwindigkeit ein, wie ich sie in Erinnerung hatte. Ich gab ihm fünfzehn Sekunden Zeit, zählte langsam bis zehn, atmete tief durch und schob an.

Der Brocken rutschte schmatzend aus der Erde, schwankte und rollte los. Ich hatte nichts, woran ich mich festhalten konnte, und stolperte hinterher. Dann sah ich ihn, nicht ganz in Fallrichtung, ein bißchen seitlich versetzt, doch er hatte seinen Oberkörper verdreht, um unter den Überhang zu sehen. Er schaffte es nicht mehr rechtzeitig, aus der Bahn zu gelangen, und bekam einen kräftigen Stoß an die Schulter. Er ließ die Pistole fallen, fuhr hoch und taumelte rückwärts bergab, immer noch auf den Beinen. Ich taumelte vorwärts hinterher, ebenfalls noch auf den Beinen. Ich legte noch zwanzig kleine, hüpfende Schritte zurück, weil ich nicht bremsen konnte. Wir beide befanden uns nun einige Meter voneinander entfernt gegenüber und sahen aus, als würden wir gerade einen besonders ausgefeilten, schnellen Rumba tanzen. Dann blieb ich mit dem Fuß im Toilettenkasten hängen, saß unverzüglich und sah ihm dabei zu, wie er immer schneller den Hügel hinabhüpfte. Ich sprang auf und lief los.

2

Wie ein Windhund rannte ich quer zum Hang, kam oben an, spähte im Dämmerlicht ängstlich nach dem Weg, sah ihn und hielt darauf zu, als der andere Mann, hundert Meter entfernt, die Lage erkannte und auf mich zujagte. Beim Laufen gab er einen Schuß ab. Ich sah den Blitz, hörte den Einschlag und rannte noch schneller.

Der Weg lag verlassen und dunkel da, fast pechschwarz. Ich hastete über die Schlaglöcher, sah ein Haus, das erste, fand es aber zu nahe liegend und beschloß, lieber doch die Straße zu verlassen. An der nächsten Zufahrt standen ein paar Obstkisten. Ich umkurvte sie, sah ein offenes hölzernes Tor und rannte hindurch, in eine Obstplantage. Ich sprang auf die niedrige Mauer der ersten Terrasse und hetzte unter einem Dach von tropfenden Bäumen weiter, immer noch parallel zum Weg. Die Rückfronten der Häuser waren mir zugewandt, und drinnen brannten Lichter. Eines davon schimmerte nur schwach. Ich lief darauf zu, sprang von der Mauer in den Garten, fand die Tür, drehte die Klinke um und gelangte hinein.

Ein altes Paar saß an einem Tisch, auf dem Kerzen brannten – Sabbatkerzen, es war Freitag abend, fiel mir ein. Sonst war kein Licht im Zimmer. Er las laut aus einem Buch vor, und sie hörte ihm zu. Beide fuhren herum und starrten mich an. »Blasen Sie die Kerzen aus«, sagte ich atemlos.

»Die Sabbatkerzen?« fragte die Frau, und dann fiel ein Schuß, ziemlich nah, und ich blies sie aus. Das letzte, was ich sah, war das Gesicht des alten Mannes, körperlos fast im Kerzenschein, mit seinem runzligen Hals und den bläulichen Lippen, wie er mich fassungslos anstarrte.

Keuchend sagte ich in der Dunkelheit: »Auf der Straße sind bewaffnete Jordanier. Wo ist das Telefon?«

»Das Telefon?« Das war die Frau.

»Um die Polizei zu rufen.«

»Die Polizei rufen? Am Sabbat?« fragte sie begriffsstutzig.

Ich glaube nicht, daß ich sie geschüttelt habe. Ich weiß nicht, was ich getan habe. Offenbar befanden wir uns in einem Gang auf dem Fußboden, und ich leuchtete mit dem Feuerzeug, während sie wählte. Im Schein des Feuerzeugs sah ich, daß sie eine Perücke trug, den *Scheitel* der alten orthodoxen Jüdin, der ein wenig schief saß. Auch der alte Mann saß auf dem Fußboden, und draußen war ein Höllengetöse, Schüsse, splitterndes Glas, Leute, die davonrannten. Der alte Mann wiegte sich stöhnend vor und zurück.

Anscheinend wurde wirklich telefoniert. Ich mußte sie auch gebeten haben, ein Taxi zu rufen, denn es kam eins, noch vor der Polizei. Der Fahrer fuhr, wegen des Sabbat, zum doppelten Preis. Der Lärm draußen hatte sich verändert. Jetzt war dort nur noch aufgeregtes Geschrei zu hören, und ich wußte, daß sie nicht mehr da waren. Sie rasten sicher im Wagen in Richtung Jordanien, wo ich auch hin sollte.

Als wäre es das erste Mal, wurde mir plötzlich bewußt, was heute geschehen war, und mir wurde ganz schwindlig. Ich konnte kaum aufstehen. Als ich stand, war ich kaum in der Lage, mich zu bewegen.

»Warten Sie! Sie können noch nicht gehen! Was ist mit der Polizei?«

»Sagen Sie ihnen, sie möchten bitte Professor Agrot anrufen, in der Universität oder in seiner Wohnung.«

»Nein. Bitte. Sagen Sie es ihnen selbst. Gehen Sie noch nicht. Sie können nicht einfach gehen.«

Ich konnte. Ich ging, zu erschöpft, um mich auf Diskussionen einzulassen.

»Wo fahren wir hin?« fragte der Fahrer.

»Ich brauche einen Arzt.«

»Am Sabbat? Wir finden einen. Was ist Ihnen denn passiert?«

»Augenblick mal. Halten Sie hier«, bat ich ihn. »Beim Telefonhäuschen.«

Er mußte mir aus dem Taxi und in die Kabine helfen. Ich lehnte mich an die Wand, müde und schwindlig, mit fürchterlichen Kopfschmerzen. Der Hut schien verschwunden. Dort befand sich nur noch klebriger Dreck. Meine ganzen Kleider waren voller Schlamm.

Agrot nahm beim ersten Klingeln ab: »Ja?«

Ich antwortete: »Ich bin's. Haben Sie Ike gefunden?«

»Caspar!« rief er. »Sind Sie in Ordnung?«

»Ja. Was ist mit ihm geschehen?«

»Die Polizei hat die Leiche. Was ist mit Ihnen geschehen, um Gottes willen?«

Ich fing an zu erzählen und begriff langsam, was er gesagt hatte. Ich würgte, als ich in der Zelle nach unten glitt. Ich riß mich hoch, rutschte aber wieder ab. Schließlich meinte er: »Sie sagten, die hatten ein Foto von Ihnen, das sie in Jordanien aufgenommen hatten?«

»Ja«, antwortete ich, aber im selben Moment fiel mir auf, daß das nicht stimmte. Er erschien mir plötzlich wie in einer

Vision, der kleine, grinsende Araber, den ich in Nazareth davongejagt hatte, wie er auf dem Foto hinter mir stand; und sein Freund, den ich auch davongejagt hatte, hatte es aufgenommen.Der Uniformärmel neben mir gehörte zu Shoshanas Arm. Ich hörte mir zu, wie ich es ihm auseinandersetzte, und vernahm seine klar Stimme, die alles wiederholte. Er sagte: »Sie klingen nicht gut. Wo sind Sie?«

»In einer Telefonzelle.«

»Wollen Sie, daß ich Sie abhole?«

»Nein. Ich habe ein Taxi.«

»Gut. Wir sehen uns dann in ein paar Minuten im Hotel.«

»Dort gehe ich nie wieder hin.«

Er wollte sagen: »Was soll das heißen?«, unterbrach sich aber und sagte: »Verstehe. Gut. Wollen Sie hierherkommen?«

»Nein, wie ich Ihnen schon sagte, die haben mich gesucht...«

»Hören Sie, hier kann Ihnen überhaupt...«

»Tschüß.«

»Augenblick noch! Wo fahren Sie hin?«

»Ich gebe Ihnen Bescheid«, sagte ich und legte auf.

Wo ich auch hinfahren würde, ich würde hier abhauen. Aber zuerst war die Sache mit meinem Kopf.

Als wir beim Arzt eintrafen, öffnete er gerade die Haustür. Er kam soeben aus der Synagoge zurück, ein kleiner älterer Mann. Auf der Straße betrachtete er mich von oben bis unten und besah sich dann meinen Kopf. »Was war das? Ein Verkehrsunfall?«

»So ähnlich.«

»Am Sabbat sollte man nicht fahren, dann passiert so was nicht«, sagte er. »Kommen Sie herein.«

Er desinfizierte mir den Kopf und nähte die Wunde mit sechs Stichen, dann verband er ihn. Während ich dort saß, verschwamm das Zimmer. Ich fragte: »Stört es Sie, wenn ich rauche?«

»Warum rauchen Sie am Sabbat? Ist es so schwer, sich einen einzigen Tag lang an die Gebote zu halten?«

»Sie betreffen nicht meine Religion.«

»Nein?« Er besah mich sorgfältig. »Dann rauchen Sie nur.«

»Sie haben eine exzellente Aussprache«, sagte er, während er weiterarbeitete. »Woher kommen Sie?«

»Aus England.«

»Gut. Dann kostet es sechs englische Pfund. Oder 48 israelische Pfund.«

Am Sabbat würde er kein Geld anfassen, deshalb legte ich es abgezählt auf einen kleinen Tisch und betrachtete mich im Spiegel, der darüber hing. Mein Kopf sah aus wie ein großer, bandagierter Ballon. Ich war ganz leicht zu finden, falls jemand nach einem mit einer Kopfverletzung suchte. Ich fragte: »Kann man hier irgendwo heute abend einen Hut auftreiben?«

»Heute, am Sabbat? Das glaube ich nicht.«

»Ich möchte nicht so herumlaufen.«

»Legen Sie sich ins Bett. Dort gehören Sie hin. Ich gebe Ihnen ein paar Tabletten.«

»Ich muß noch weg.«

»Es müßte sowieso ein besonders großer Hut sein«, sagte er lächelnd. Dann sah er mich zweifelnd an, und sein Lächeln hatte sich verändert. »Einen Moment«, sagte er und verließ das Zimmer. Er kam mit einem *Streiml* wieder herein, dem großen runden Filzhut der Strenggläubigen. »Versuchen Sie den«, sagte er.

Ich setzte ihn auf. Das riesenhafte Ding saß wie ein Handschuh. Er schien seine eigene Persönlichkeit zu übertragen. Befremdet starrte ich mein Konterfei im Spiegel an. Ein mittelalterlicher Rabbiner starrte zurück.

»Der gehörte meinem Schwiegervater«, sagte er, »Gott hab' ihn selig. Der Talmud befiehlt, daß man einem Mann, dem ein Kleidungsstück fehlt, eins geben soll.« Er schien langsam zum Ende kommen zu wollen.

»Was kostet der Hut?«

»Ich handele nicht mit Hüten. Bringen Sie ihn wieder zurück.«

»Gut. Danke sehr. Schalom.«

»Sabbat Schalom.«

Der Taxifahrer glotzte den Hut an. »Alles in Ordnung?« fragte er.

»Ja. Können Sie mich nach Tel Aviv bringen?«

»Am Sabbat? Das kostet Sie ein Vermögen – der doppelte Preis für beide Strecken.«

»Wieviel?«

Er nannte mir den Preis. Er konnte den Blick nicht von dem Hut wenden.

»In Ordnung«, sagte ich. »Fahren wir.«

»Haben Sie so viel bei sich?«

»Ja.« Ich war mir ziemlich sicher, daß ich nicht soviel bei mir hatte, und genauso sicher, daß sich da irgend jemand anders drum kümmern sollte. Ich war zu erschöpft, um auch nur darüber nachzudenken.

Er fuhr die 70 Kilometer nach Tel Aviv ganz langsam, in eineinhalb Stunden. Es war kurz vor acht, als wir ankamen. Er rüttelte mich auf dem Rücksitz.

»Wohin wollen Sie?« erkundigte er sich.

Ich blickte hinaus. Wir fuhren auf der menschenleeren Allenby Road, wegen des Sabbats war alles geschlossen. Ich fragte: »Gibt es hier ein Jemeniten-Viertel?«

»Das Jemenitenviertel? Das liegt hinter dem Mograbi-Platz, am anderen Ende der Carmel Street. Wollen Sie dorthin?«

»Ja.«

Er wendete und bog in die Carmel Street ein.

»Und wohin genau?«

»Halten Sie an der Telefonzelle.«

Er hielt an. Ich zog einen Zettel heraus und ging in die Kabine. Er stieg auch aus und baute sich breitbeinig vor der Zelle auf, um seine Investition im Auge zu behalten. Das Telefon klingelte lange, bis endlich jemand abnahm.

»Ja?« sagte eine verärgerte Männerstimme.

»Shoshana Almogi, bitte.«

»Die Almogis benutzen am Sabbat kein Telefon!« rief der Mann zornig. »Und wir auch nicht.«

»Es ist sehr dringend. Sagen Sie, es sei Dr. Laing.«

»Warten Sie!«

Eine halbe Minute später war sie am Apparat, atemlos. Sie sagte: »Wer ist da?«

»Ich, Schätzchen.«

»Caspar! Wo sind Sie?«

»Ich bin hier.«

»In Jerusalem?«

»In Tel Aviv.«

»Oh, das ist wunderbar.«

Sie hatte keine Ahnung, wie wunderbar. Aber es klang sehr ermutigend. Unsere letzte Begegnung war äußerst merkwürdig gewesen. Ich hatte mir Sorgen gemacht, wie es laufen würde.

»Wo genau sind Sie?« fragte sie.

»In einer Telefonzelle.« Ich blickte durch die Scheibe. »In der Elyashiv-Straße.«

»Aber das ist ja gleich um die Ecke!«

»Shoshana, kann ich bei Ihnen übernachten?«

Sie zögerte nur einen Augenblick. »Ja, natürlich. Selbstverständlich. Bleiben Sie, wo Sie sind. Ich komme sofort hin.«

»Schön. Und –, Shoshana?«

»Ja?«

»Bringen Sie ein bißchen Geld mit.«

IX Machte mich zerschlagen, siech den ganzen Tag

Das brachte meine Kraft zum Wanken
(Klagelieder, 1.13,14)

1

Die schreckliche Vorstellung, fast Unmögliches erklären zu müssen, lähmte mich, als ich auf sie wartete. Aber ich mußte sehr wenig tun. Sie war im Handumdrehen da und starrte auf dem Weg zur Wohnung nur hin und wieder auf meinen Hut. Ängstlich sagte sie: »Da ist nur eins – ich wußte nicht... Es sind ein paar Leute da. Die wollen Sie natürlich kennenlernen.«

Ich verlangsamte meinen Schritt und sagte: »Shoshana, das kann ich nicht. Ich will nur ins Bett. Ich wußte bloß nicht, wie es am Freitagabend mit Hotels aussieht.«

»Es sind nur Verwandte, Onkel und Tante, mein Bruder, seine Frau und deren Kinder. Und Shimshon. Shimshon ist übers Wochenende da. Es macht ihm nichts aus, für eine Nacht auf dem Fußboden zu schlafen. Und die anderen brechen bald auf. Die kommen immer am Sabbat.«

»Aber mein Aufzug – sehen Sie mich doch mal an!«

»Sie hatten eben einen Unfall.«

»Und der Hut.«

»Der Hut, der Hut«, sagte sie rasch. »Was soll damit sein? Viele ernstzunehmende Leute tragen solche Hüte. Vielleicht ist das ein Hut, wie ihn englische Professoren tragen. Welchen Grund sollten Sie sonst haben, den zu tragen? Niemand wird dem Hut Beachtung schenken.«

Aber sie schenkten ihm Beachtung. Wir kamen in ein vollgestopftes, düsteres Loch über einem Restaurant, und sämtliche Bewohner starrten fasziniert auf meinen *Streiml*, als ich durch die Flurtür trat. Nur ihr Vater, ein ziemlich verschrumpelter alter Knabe, hieß ihn lebhaft willkommen, aber nur, weil er mich für einen *Yeshiva-Bocha* hielt – ein Mitglied eines religiösen Seminars –, der sich irgendwie von der Straße hereinverirrt hatte. Der alte Knabe lebte nur für die Synagoge, wie ich feststellte, während der abstruse Abend seinen Lauf nahm. Man setzte mich vor einen Teller Suppe. Alle schienen zu sprechen, von Unfällen, der Unfähigkeit der Polizei, dem Wochenpensum aus den fünf Büchern Mose, dem Pentateuch.

»Die Autos hier fahren fürchterlich. Die Steuern müßten noch weiter...«

»...zum Beispiel im *Vayishlach* der Genesis irritiert mich etwas. Ibn Ezra interpretiert Esau...«

»Idiot, du weißt doch genau, daß der kein Jude ist...«

»Die fahren wie die Geisteskranken. Wenn die Polizei allen Unfällen nachgehen wollte...«

»Sie ist stolz darauf, bei Ihnen zu arbeiten, unsere Shoshana. Sehen Sie sie nur an...«

Ich sah sie an. Sie trug keine Uniform. Sie trug eine hellblaue Hose, einen rosa Pullover und einen winzigen Davidstern um den Hals. Pechschwarzes Haar. Auch Shimshon betrachtete sie. Ein großer, grimmiger Kerl, sandfarbene Uniform mit den Abzeichen eines Captains, glühende Augen, rotes Barett. Alle Männer trugen in diesem religiösen Haus Kopfbedeckung.

»Also bricht er auf, um seinen Bruder Jakob zu begrüßen, und nimmt vierhundert Männer mit sich. Wieso? Weil...«

»Ein Hühnchen, ein Löffelchen Reis – komm, warum sollte der Doktor das ablehnen...«

»Wenn unsere Polizei nichts unternimmt, dann gehen Sie eben zu Ihren Leuten, zur Botschaft. Diese Dreckskerle in ihren großen Wagen...«

»Noch mal, wieso setzen die Rabbiner Punkte über jeden Buchstaben des *Vayishakeihu* – ›*Und er küßte ihn*‹? Weil es kein wirklicher Kuß war. Erklär mir...«

»Wie oft denn noch – Dummkopf! Ihr müßt ihn entschuldigen. Er lebt nur für die Synagoge.«

»Also, hören Sie auf meinen Rat, die sollen sie verfolgen...«

»Möchten Sie jetzt ins Bett?« fragte sie. Braune Augen blickten mich an.

»Ja.«

»Shimshon macht es nichts aus, eine Nacht auf dem Fußboden zu schlafen. Es macht dir doch nichts aus, auf dem Boden zu schlafen, Shimshon, nur für eine Nacht?«

»Und was tut er also? Vertraut er ihm, trotz des Bruderkusses? Bleibt er bei ihm?«

»Nein, nicht für eine Nacht«, erwiderte Shimshon.

»Genauso ist es! Seht ihr? So denkt ein Soldat. So dachte Jakob. Nicht einmal für eine Nacht! Ein kluger Mann. Damals waren sie alle kluge Männer. Solange sie die Dinge beim Namen nannten. Sonst sagten sie eines und meinten das Gegenteil. Also erklärt mir, wieso Ebn Ezra...«

»Kommen Sie«, sagte sie.

»Was – ihr geht schon?« rief ihr Vater.

»Natürlich, Dummer. Zu Bett. Er ist krank, siehst du das nicht? Schlaft gut, wir sehen uns morgen.«

»Bleibt der *Bocha* über Nacht?«

»Ich habe dir doch schon gesagt – er ist Shanas Professor!«

»Sehr gut. Dann gehen wir morgen zusammen zur Synagoge.«

»Dummkopf – achtet nicht auf ihn. Er lebt nur...«

»Hier ist kein Licht«, sagte sie. »Ich lasse die Tür offen, bis Sie ausgezogen sind.«

»Nein, Shoshana, machen Sie sie einen Moment zu. Ich möchte mit Ihnen reden.«

Sie schloß die Tür. Stockfinstere Dunkelheit.

»Shoshana, hören Sie zu, ich will noch nicht zurück. Ich muß nachdenken. Können Sie mir für morgen ein Hotel besorgen?«

»Bleiben Sie hier.«

»Es ist Shimshons Bett.«

Sie sagte nichts. Sie lehnte sich nur an mich, weicher Pullover, weiche, kleine Brüste. Meine Knie gaben nach. Ich saß auf quietschenden Sprungfedern. Sie saß neben mir, ihre Lippen berührten meine, berührten sie bloß. Sie sagte: »O Caspar, Caspar, ich bin so froh, daß du hier bist.« Kühle Hände berührten meinen Nacken.

»Shoshana.«

»Ich bleibe hier.«

»Ja.«

Ich konnte nicht genau sagen, wann sie gegangen war. Es war plötzlich nicht mehr so dunkel. Ich schien durch das Zimmer zu taumeln und mich auszuziehen. Ich hatte mich zuerst von der Hose, dann von der Jacke befreit und lag schon im Bett, als mir der Hut einfiel. Ich nahm ihn ab und legte mich hin. Ich war ganz aufgewühlt.

Der Kuß, der Krater, das spuckende Gesicht auf dem Teppich. Ich schien besessen von der Pflicht, den Hut zurückzugeben und die Entführer zu verfolgen. Die Weichheit der Brüste, des Armes, neben mir auf dem Foto, der Eindruck wollte sich nicht verjagen lassen. Ob der sich jemals verjagen lassen würde, der dort mit glühenden Augen im anderen Zimmer saß, während sie mich hier küßte? Kein schwesterlicher Kuß, kein brüderlicher; dieser kluge Mann, wie allen klugen Männern durfte man ihm nicht glauben, wenn er die Dinge nicht beim Namen nannte; der eine Sache behauptete und das Gegenteil meinte.

Tabletten. Ich mußte Tabletten einnehmen. Ich hatte mich aufgerappelt und war wieder zurückgesunken. Nicht nötig. Ich kam auch ohne klar. Ganz einfach kam ich klar, ein dunstiger Schleier teilte sich, und hinter dem Schleier war ein Abgrund, und am Ende des Abgrunds ich selbst. Ich verließ den furchtbaren Tag, verließ ihn auf ewig, schwebte an einem großen Ballonkopf über dem endlosen Abgrund.

2

Ich hörte Shimshon nachts nicht, und als ich aufwachte, war er nicht mehr da. Shoshana war da. »Möchtest du Tee?« fragte sie. »Willst du etwas essen?«

»Was – schon Frühstück?«

»Schon Mittag.«

»Du meine Güte, wie spät ist es denn?«

»Du meine Güte, eins. Du hast wunderbar geschlafen. Geht es dir jetzt auch gut?«

»Ich weiß nicht, wie es mir geht.«

»Du siehst wundervoll aus.« Sie war sehr glücklich, ihre Augen glänzten. Die Tür war geschlossen, und sie gab mir einen raschen Kuß. Ich setzte mich auf. Mein Kopf kippte, und jedes Stück meines uralten, verknöcherten Rückens schmerzte.

»Mußt du irgend etwas einnehmen?«

»Ich weiß nicht. Ich habe ein paar Tabletten. Ich will sie nicht.«

»Es gibt Suppe und Hackfleisch und dann Kompott.«

»Gut.«

»Ich bring' dir eine Waschschüssel. Wir haben kein Bad.«

»Danke.«

»Möchtest du auf die Toilette? Ich zeige dir den Weg.«

Ich wollte nur daliegen. Ich wollte kein Hackfleisch oder Kompott, keine Schüssel und keine Toilette. Ich wollte nicht daran denken. Nach einer Weile ging sie, und ich lag da und dachte an Ike. Es erschien mir wie ein böser, ein schrecklicher Traum. Mir war übel. Ich unterdrückte den Gedanken daran. Während ich mich wusch und auf der Toilette war, und später beim Essen, immer mußte ich daran denken.

Ich antwortete kaum, als sie mit mir sprach, und dann ging sie wieder.

An der Wand hing ein religiöses Bild, das Auge Gottes, das alles sah, hinter einer Wolke. Breite Lichtstrahlen, durch die Gott blickte, drangen aus der Wolke. Ich erwiderte den Blick.

»Du solltest etwas Luft schnappen«, sagte sie. »Ich habe den Matsch von deinen Kleidern gebürstet, so weit es ging.«

»Wo ist Shimshon?«

»In der Synagoge. Er ist mit meinem Vater zur *Ma'ariv*, zur Abendmesse, gegangen. Sie kommen bald wieder. Sabbat ist vorbei. Ich dachte, wir könnten einen kleinen Spaziergang machen und einen Kaffee trinken. Es wird dir guttun.«

»Einverstanden.« Solange ich im Bett lag, schadete ich mir selbst. Ich hatte versucht aufzustehen, aber es gab keine Sitzgelegenheit, keinen Stuhl, keinen Teppich, keinen Fußbodenbelag irgendwelcher Art, nur Shimsons säuberlich eingerollte Decke und die Matratze. Die einzige Möblierung des Raums bestand aus einer alten Kommode. Auf ihr stapelten sich braune Kartons, die offenbar die Vorräte ihres Vaters enthielten: Gebetsschals, Gebetsriemen und Käppchen. Er führte einen kleinen Laden mit religiösen Artikeln.

Ich zog mich an, setzte meinen großen Hut auf und traf gerade auf Shimshon und ihren Vater, als ich das Zimmer verließ.

»Hallo, *Bocher.*« Der alte Knabe war ausgesprochen jovial. »Heute haben Sie aber eine Diskussion verpaßt! Sie hätten sie richtig genossen!« Er hatte offenbar einen wundervollen Tag gehabt. Sabbat stellte für ihn den Höhepunkt der Woche dar, und er verbrachte dann kaum eine Minute außerhalb der Synagoge oder dem angrenzenden Studiensaal.

»Wir wollen gerade ausgehen, Vater. Er war heute noch gar nicht an der frischen Luft. Wir gehen irgendwohin, einen Kaffee trinken.«

»Prima. Ich komme mit.«

»Dort wird es dir nicht gefallen. Wir gehen zur Dizengoff Street.«

»Die Dizengoff, puh! Die Dizengoff ist zu laut.«

»Ich habe dir ja gesagt, es wird dir dort nicht gefallen.«

»Wir müssen nicht unbedingt zur Dizengoff«, sagte sie, als wir auf der Straßen waren.

»Warum nicht?«

»Ist dir da nicht zuviel Getöse?«

»Dizengoff ist mir recht.« Sie war mir immer recht. Diese Straße hatte schon immer einen stimulierenden Effekt auf mich gehabt. Vielleicht würde er sich auch jetzt einstellen.

Zu Fuß war es zu weit. Wir nahmen also ein Taxi, stiegen am Cirkus aus und gingen von dort aus weiter.

Am Samstagabend ist Tel Aviv natürlich sehr lebhaft, und die Dizengoff Street ist der lebhafteste Teil. Der Cirkus ist ein runder Platz, mit Lichterketten in den Bäumen, wirbelndem Verkehr, Kinos und Läden; und von ihm zweigt die Dizengoff Street als eine von fünf weiteren Straßen ab.

Sie ist nicht sehr breit und nicht sehr hoch bebaut, aber ein ständiges angeregtes Stimmengewirr läßt einen spüren, daß man sich auf einer der Weltstraßen befindet. Mit seinen Baum- und Caféreihen und den Appartements über den Cafés, von wo aus die Leute von den Balkons ihren Freunden auf der Straße etwas zurufen können, ohne daß es stört, strahlt sie eine Atmosphäre aus, die man sonst nirgendwo findet. Sie erreicht die Rue de la Paix natürlich nicht, aber die einheimischen Bummler ziehen sie ihr vor; genauso, wie sie alkoholfreie Getränke den Aperitifs und Zitronentee und Strudel fast allem anderen vorziehen.

Im Gedränge der Passanten bahnten wir uns unseren Weg durch die neonerleuchtete Nacht, gingen an dicht besetzten Tischen mit Sportlern und Politikexperten vorbei und fanden einen Platz inmitten einer lautstarken Ansammlung von Theologiestudenten. Mein Hut war hier ganz und gar nicht fehl am Platze, wie ich erfreut feststellte, und ich lehnte mich zurück und gab mich dem belebenden Effekt eines Samstagabends in Tel Aviv hin.

Es gibt Leute, die mehr für Jerusalem sind, und es gibt Leute, die Tel Aviv den Vorzug geben. Ästhetisch gesehen ist es angemessen, zu den ersteren zu gehören. Ich gehörte zu den letzteren. Tel Aviv ist eine architektonische Ungeheuerlichkeit, zugegeben; eine Anhäufung mediterraner Betonmonstrositäten, die zu schnell hochgezogen worden waren, um den plötzlichen

Ansturm von Menschen aufzunehmen, die sich wider Erwarten noch am Leben befanden. Teitleman und seinesgleichen hatten bei diesem Verbrechen mitgewirkt. Gott sei Dank betrug die Lebenserwartung eines Teitleman-Hauses kaum mehr als zwanzig Jahre.

Aber Tel Aviv ist eine lebhafte Stadt, eine aufregende, leidenschaftliche Stadt, mit ihren ganz eigenen Moden und Vorlieben, was das Kulinarische, die Gesundheit, die Kunst angeht. Jeden Morgen sah man Yogis und Gymnastik-Fans am Strand in Aktion, und jeden Abend fanden sich dichte Menschentrauben ein, die in Konzerthallen und Galerien Kunstwerke von verblüffender Schrägheit bewunderten.

Inzwischen hatten überall die kleinen Geschäfte geöffnet, um nach dem Sabbat die Käufer anzulocken. In jedem Loch und jedem Winkel gab es einen von einer Öllampe beleuchteten Stand, der irgenwelchen Kleinkram feilbot, Gummibänder, Schnürsenkel, Kämme; an anderen gab es Eßwaren, Kartoffelkuchen, gebratene Bällchen aus Kichererbsen, Obst- und Gemüsesäfte oder Nüsse.

Ein Bomber brauchte von Kairo aus nur zwanzig Minuten hierher, und man sah viel Khaki in den Straßen. Die Uniformierten strahlten eine schlecht zu definierende, aber sehr israelische Würde aus, eine fröhliche Streitlust. Zähigkeit und Selbstbewußtsein waren Tugenden, die man hier hoch schätzte. Viele von denen, die vorüberkamen, wirkten wild und gefährlich, die Armeemütze über ein Auge gezogen, die olivbraunen Arme um männliche oder weibliche Kameraden gelegt. Ein starkes kameradschaftliches Gefühl ging von ihnen aus.

Ich spürte plötzlich, wie ich lebendiger wurde; so, als habe sich ein Druck von meinem Schädel gelöst. Hatte das Mädchen nicht gerade erst Anzeichen eines Gefühls gezeigt, das über Kameradschaft weit hinausging? Bildete ich mir das ein, oder hatte sie mich auf Shimshons Bett geküßt?

Ich sah sie an. Sie säuberte gerade die Epauletten dieses riesenhaften Marokkaners, was ihm zu gefallen schien. Jedenfalls lächelte er zurückhaltend und finster. Mit einem Mal kam es mir ihm gegenüber ziemlich gemein vor, daß er, nachdem er monatelang im Süden geschmort hatte, den letzten Abend in meiner Gesellschaft verbringen durfte.

Ich sagte: »Also, ich will euch nicht den Abend verderben. Wenn ihr woanders hin wollt, ist es mir recht.«

»Uns ist es auch so recht«, erwiderte das Mädchen. »Wir möchten gar nicht woanders hin, nicht wahr, Shimshon?«

Shimshon öffnete den Mund und schloß ihn wieder.

»Was hattet ihr denn für heute abend geplant?«

»Wir wollten in ein Kebab-Haus in Jaffa und danach ins Al Raschid, einen Nachtclub«, sagte Shimshon schnell.

»Ich verstehe«, sagte ich, überrascht von seiner Deutlichkeit und der Länge seines Satzes. »Gut, dann geht. Ich kenne mich hier aus. Wenn ich müde bin, gehe ich nach Hause.«

»Nicht im Traum würden wir das tun«, sagte das Mädchen. »Wir bleiben viel lieber bei dir, nicht wahr, Shimshon?«

»Ja«, murmelte Shimson in seine Kaffeetasse.

Ich sagte: »Nun, ich möchte nur mit euch kommen, wenn ihr euch dann genauso ...«

»Heißt das, du möchtest mitkommen? Hast du wirklich Lust? Glaubst du nicht, es wird zu viel für dich?«

»Nein. Doch. Ich weiß nicht«, sagte ich gereizt. »Ich will nur nicht ...«

»Na, das ist ja wunderbar. Wenn du glaubst, daß es das Richtige ist. Wir würden uns sehr freuen, wenn er mitkommt, nicht wahr, Shimshon?«

»Ja«, sagte Shimshon und warf mir einen kurzen Blick zu. »Wenn er es für richtig hält.«

Wenigstens seinen Blick konnte man nicht mißdeuten. Zwei kleine, rote Punkte flackerten mordlustig in seinen Augen auf. Aber wir brachen schließlich auf.

3

Die Kebabs steckten auf fast rotglühenden Spießen. Wir aßen sie in dem kleinen arabischen Laden und tranken noch einen türkischen Mokka, bevor wir durch die dunklen Straßen Jaffas zum Al Raschid schlenderten.

Er hatte einen Tisch reserviert, was ganz günstig war, denn es war bereits nach zehn, und der Keller war gerammelt voll. Es herrschte eine ausgesprochen weltliche Atmosphäre, fiel mir auf, und belustigtes Staunen folgte uns, als wir zum Tisch geführt wurden.

»Es ist Ihr Hut«, sagte Shimshon überflüssigerweise. Er weidete sich an meinem Unbehagen. »Der ruft hier Erstaunen hervor. Sie könnten ihn abnehmen.«

»Nein, danke.« Ich wußte nicht, was sie ihm erzählt hatte, aber meine kinoreifen Bandagen würden wohl noch weit mehr Erstaunen hervorrufen. Außerdem hatte der Hut mein Gesicht auf feine und nicht unangenehme Weise verändert. Ich hatte mich bereits an ihn gewöhnt.

Offensichtlich sorgte er für gute Bedienung. Die erste Kabarettnummer war gerade beendet, und die Bauchtänzerin näherte sich mit lasziven Bewegungen. Während des Applauses setzte sie sich auf meine Knie. Weitaus angenehmer war, daß sich der Kellner beim ersten Wink sofort in Trab setzte.

Ich saß da und leerte eine Flasche Weißwein. Die anderen waren enthaltsam, während die Tänze weitergingen. Der Wein war gut, Avdat, aus den steinigen Hochländern der Negev-Wüste. Man mußte eine gewisse Menge trinken, um sich an den erdigen Geschmack zu gewöhnen. Ich trank eine gewisse Menge und bestellte dann eine weitere Flasche. Im Verlaufe dieser Flasche begann ich, mich wunderbar zu fühlen.

Es war viel besser, lebendig zu sein statt tot. In Tel Aviv war es viel schöner als beispielsweise in Amman. Es war auch viel netter, hier erdigen Avdat zu trinken als irgend etwas anderes. Das Leben ging natürlich weiter, dachte ich und seufzte tief.

Zerstreut beobachtete ich, wie Shimshon anfing, an seinem Knie herumzuklopfen. Er schien Zigarettenkippen und Asche von seinem Knie zu klauben und sie dann zurück in den Aschenbecher zu legen. Irgend etwas stimmte mit den Augen dieses Kerls nicht. Ulkige kleine rote Punkte funkelten in ihnen, wenn er einen ansah.

Ich seufzte wieder tief und beobachtete, wie die roten Punkte schon wieder aufglommen und er an seinem Knie herumzupfte. Eine merkwürdige Leidenschaft. Er rückte den Aschenbecher von mir weg. Ich brauchte den Aschenbecher offenbar und nahm ihn wieder an mich. Der Kerl wollte ihn nicht herausgeben, und schon wieder zupfte er an seinem Knie herum. Wirklich komisch.

»Du bläst die Asche auf Shimshons Knie.«

»Ach, das ist es«, sagte ich und sah ihn freundlich an.

»Wie gut, daß Sie da sind«, sagte ich unverständlicherweise.

»Bist du sicher, daß dir der Wein guttut?«

»Ist etwas damit nicht in Ordnung? Er schmeckt mir hervorragend.«

»Dein Kopf.«

»Ach, ich verstehe, was du meinst. Mach dir keine Gedanken darüber«, sagte ich ihr. »Das Leben geht schließlich weiter.«

Und das tat es auch, wohl oder übel. Wohl oder übel? Wohl oder übel, zurück an die Front, heißt es, und das Gegenteil ist gemeint, wie bei den klugen Männern im *Vayishlach*. Irgend etwas war wichtig an diesen klugen Männern, weil es mir so wichtig war, sie im Kopf zu behalten. Was war es...?

Mir war, als schwebte mein Kopf wie ein Saturn mit schwarzen Ringen einen Meter über meinen Schultern, angefüllt von einem enormen Lebensdrang. Einem Drang wonach? Einem Drang, Widersprüchen zu widersprechen und blitzsaubere Wohl oder Übels zu produzieren.

»Keine Lust zu tanzen?« fragte ich den Soldaten, der mir gegenübersaß.

Sein altes Augenleiden glomm noch einmal kurz auf.

»Shimshon tanzt nicht«, antwortete das Mädchen an seiner Stelle.

»Und du auch nicht? Wohl oder übel?« sagte ich.

»Doch, ich tanze.«

»Wie wär's dann mit 'ner Runde?«

Sie betrachtete mich eingehend und warf einen Blick auf meinen Hut. »Bist du sicher, daß du nicht lieber ruhig sitzen bleiben solltest?«

»Bestimmt nicht. Ich bin auf meinen Beinen besser aufgehoben.«

Und das stimmte auch, fand ich, als ich mühelos auf meinen Beinen über den Tanzboden hüpfte. Warum auch nicht? Es war viel besser, mit einer knackigen jungen Maus über die Tanzfläche zu hüpfen als mit einer Kugel im Hintern durch einen Granattrichter. Diese Feststellung war nicht zu widerlegen, und das mußte gefeiert werden. Aber die Band schien plötzlich in Verwirrung geraten zu sein.

»Was, in aller Welt, ist mit denen los?« fragte ich. Ich war durchaus gefaßt, mußte mich nur plötzlich auf die unerklärlichen Ungereimtheiten meines Bossa Nova konzentrieren.

»Die spielen offenbar Tango.«

»Das soll ein Tango scin?« fragte ich amüsiert. Aber wirklich, wenn man die Sache einer genaueren Betrachtung unterzog, was ich wohlwollend tat, indem ich dem Kapellmeister, den meine Aufmerksamkeit zu verunsichern schien, aufmunternd zunickte, stellte man fest, daß der Rhythmus als Tango gedacht war. Tango war natürlich meine Spezialität, und als die Dinge erst einmal geklärt waren, glitt ich sanft in den Rhythmus. Ich glaubte, ein paar Figuren zu kennen, die hier unten ganz interessant wirken mußten.

Mir ging auf, daß der Hut meinem Auftritt noch die Krone aufsetzte und daß ich, wenn ich mit den Augen rollte und die Krempe im Auge behielt, meinem Tanz nicht nur eine besonders ästhetische Note verlieh, sondern auch ein Bild der Ekstase bot, das dem Betrachter gefallen mußte. Ein dankbarer Kreis hatte sich um uns gebildet. Dadurch ermutigt, lächelte ich und ließ meine Zunge ganz entspannt aus dem Mund hängen. Auf diese Weise verwandelte sich mein Gesichtsausdruck in wunschloses Entzücken – und diesen Ausdruck behielt ich die ganze Zeit bei, während wir blind über die Tanzfläche schoben.

Nach einer Weile machte das Mädchen schlapp.

»Setzen wir uns jetzt. Du hast genug getanzt.«

»Enug ngetancht? Ich könnge die gange Nachk ganchen.«

»Sieh nur, die nächste Gruppe ist schon da. Jemenitische Sänger.«

»Jengengitiche Hänger? Ein äuchercht inkerechanker Gialek«, sagte ich, ohne auch nur eine Sekunde den Blick abzuwenden. Das Problem, eine lange Reihe von Labiallauten mit heraushängender Zunge formen zu müssen, machte mir schwer zu schaffen. »Chingeng gie auch jengengitich?«

»Ja, ja. Natürlich. Ganz bestimmt. Das wird sicher sehr interessant. Komm, setz dich hin.«

Ich setzte mich hin, lockerte meine Zunge und blies die Backen auf. Neugierig beobachtete ich, wie schon wieder neuer Ärger mit ihrem unverkennbar gestörten Begleiter aufzog. Er schien sich an einen anderen Tisch setzen zu wollen. Shoshana schien ihn davon abbringen zu wollen. Am Ende begnügten sie sich damit, ein paar Aschenbecher hin und her zu schieben. Ein merkwürdiger Kerl, fixiert auf Aschenbecher; das hatte zweifellos mit seinem immer wieder auftauchenden Augenleiden zu tun, das inzwischen chronisch zu sein schien. Aber, keine Frage, die Nacht bewegte sich auf sehr interessanten Bahnen. Er hatte einen einzigen Aschenbecher auf dem Tisch übriggelassen, aber als ich anfing, die schmissige kleine jemenitische Melodie mitzupfeifen, nahm er auch diesen weg. Ich gab mir den Anschein, als hätte ich es nicht bemerkt, lauschte dem Lied und schnippte die Asche auf den Tisch.

Das Gewedel mit dem Taschentuch, mit dem der Kerl über den Tisch fächelte, störte mich beim Zuhören, aber ich konnte der Melodie doch gut folgen – besser, stellte ich stolz fest, als es die meisten Gäste im Raum konnten.

Ein schwieriger Dialekt, dieses Jemenitische; der Text des Liedes sagte nicht das aus, was gemeint war. Das war die Tradition der Umkehrlieder. Die jüdische Minderheit im Jemen mußte wegen der Unterdrückung durch ihre arabischen Herren ihre wahren Gefühle verstecken, sogar in ihren Liedern. In diesem Lied, einem Duett zweier Liebender, die schließlich in Streit gerieten, war es noch schwieriger als sonst. Gegen Ende wurde das Mädchen wütend und riet dem Jungen zu verschwinden, er aber verstand sie im umgekehrten Sinne, was hieß, daß er bleiben solle – das war ein Heidenspaß. Auch ich amüsierte mich köstlich, und es waren nur Kleinigkeiten der Grammatik zu verbessern. Außerdem waren sie gute Schauspieler. Besonders das Mädchen war äußerst überzeugend. Seine Augen blitzten in steigender Wut, seine Stimme übertönte sogar die meine. Erst als es zu mir herüberkam und mich schlug, bemerkte ich, daß es gar nicht schauspielerte.

Ganz offensichtlich ein lächerliches Mißverständnis, wie ich ihr in meinem nahezu perfekten Jemenitisch klarzumachen versuchte. Auch dem Geschäftsführer, der uns hinausführte, versuchte ich das zu erklären.

Ich grübelte erschreckt über den Vorfall nach, als wir im Taxi zurückfuhren. Alles schien sich seit kurzem ins ›Wohl-oder-übelhafte‹ verkehrt zu haben, ins Umkehrliedhafte; ansonsten hieß es zurück zur Front, drunter und drüber, Hintern zuoberst. Irgend etwas störte mich daran. Ich überlegte, was es war, und starrte hinaus auf die Carmel Street. An der Elyashiv bog das Taxi ein, und plötzlich bemerkte ich, daß das Mädchen schon seit einiger Zeit verstohlen vor sich hin kicherte. Ich fiel in sein Kichern ein und drückte freundschaftlich sein Knie. Fast im selben Augenblick erhielt ich einen lähmenden Tritt gegen den Knöchel – das Knie hatte Shimshon gehört.

Verzwickte Probleme beschäftigten mich bis in die Wohnung. Ich zog mich diskret aus dem Wohnzimmer zurück, um sie allein zu lassen, ging weiter in mein Zimmer und landete schmerzhaft auf dem Rücken. Welcher ausgemachte Trottel ließ hier im Dunkeln eine Matratze liegen? Ich rappelte mich von der Matratze hoch, legte mich einen Moment aufs Bett und schloß die Augen, um mich zu sammeln. Fast augenblicklich überkam mich eine gräßliche Übelkeit. Ich setzte mich auf, was aber die Übelkeit noch verstärkte. Mir fiel auf, daß es nirgends eine Möglichkeit gab, wohin man sich übergeben konnte, außer in die Kommode, also legte ich mich wieder hin und versuchte, mich unter Kontrolle zu bringen. Es muß mir gelungen sein.

Shimshon gab sich am nächsten Morgen nicht die geringste Mühe, sein Aufstehen zu verheimlichen. Ein fester Tritt gegen das Bett, der mich fast aus ihm hinausbeförderte, kündigte an, daß er wieder nach Süden aufbrach. Ich öffnete die Augen einen Spalt weit. Er stand im Dämmerlicht da und sah auf mich herab. Seine übergroßen Hände hielten ein Uzi-Maschinengewehr. Seine Augen standen eng beieinander.

»Fahren Sie?« fragte ich vorsichtig.

»Ja. Tut mir leid, daß ich Sie geweckt habe. Aber da Sie schon einmal wach sind«, erwiderte er schwerfällig, »sage ich Ihnen vielleicht noch etwas. Shoshana und ich werden heiraten.«

»Ich weiß. Sie hat es mir erzählt.«

»Ich wollte nur sichergehen, daß Sie es wissen.«

»Natürlich. Herzlichen Glückwunsch.« Mein Kopf befand sich in schmerzhaftem Aufruhr.

»Ich glaube nicht, daß wir uns wiedersehen.«

»Ich auch nicht.«

Er schulterte seine Uzi. »Also. Schalom.«

Er streckte die Hand aus, und ich ergriff sie. Er war gewillt, dort seinen Abdruck zu hinterlassen und lächelte leise, während er sie zerquetschte. Als ich meine Hand zurückzog, spürte ich sie nicht mehr. Ich spürte nur den Kopf. Und im Augenblick nicht einmal den.

4

Ich erwachte mit dem Gefühl, daß alle heute sehr sanft zu mir sein müßten. Ich fühlte mich wie ein unbehauener Stein, der Gefahr lief, zertrümmert zu werden. Der vergangene Abend war ein Fehler gewesen, aber trotzdem, irgend etwas hatte er gehabt... Aber was? Es schien mir am besten, nicht so viel zu denken. In meinem Kopf herrschte ein einziges Durcheinander.

Unter dem Ächzen der Sprungfedern stand ich auf, verharrte einen Moment mit den Händen an den Schläfen und ließ den Blick im Zimmer umherschweifen. Meine Sicht schien spürbar eingeschränkt. Das Auge Gottes war heute morgen erbarmungslos.

»Kann ich hereinkommen?« Sie hatte die Sprungfedern gehört.

»Ja.«

Sie sah selbst etwas mitgenommen aus.

»Wie fühlst du dich?«

»Komisch«, antwortete ich.

»Shimshon ist abgereist.«

»Ich weiß.«

»Er ist sauer. Armer Shimshon.«

Durchgedreht wäre ein besseres Wort gewesen, dachte ich, als ich mich an das rotäugige Monster in der Dunkelheit erinnerte.

»Bist du bald soweit, daß wir ausgehen können?«

»Ausgehen?« Meine Stimme schien von weither aus einem dumpfen Nebelhorn zu kommen. Ich lauschte überrascht. »Wohin ausgehen?«

»Wir trinken auf der Straße einen Kaffee. Mr. Benjamini hat eine schmutzige Phantasie. Er weiß, daß wir hier zusammen sind. Meine Mutter muß heute arbeiten, aber morgen bleibt sie zu Hause.«

»Ich verstehe«, hörte ich das Nebelhorn tönen.

»Wasch dich ein bißchen, dann gehen wir.«

Wir gingen zum Rothschild Boulevard, setzten uns und tranken ein paar Tassen schwarzen Kaffee. Ich aß auch ein paar Hefeteilchen und fühlte mich bald schon nicht mehr ganz so zerstört.

»Du warst entsetzlich gestern nacht.«

»Ja.« Fetzen der Erinnerung waren in mir hochgekommen, während ich die Hefeteilchen aß. Ich saß sinnend da. Irgend etwas war gestern nacht in mich gefahren, keine Frage. Wie durch Nebelschleier erinnerte ich mich daran, wie ich die jemenitische Grammatik verbessert hatte und an das Gefühl, über umfassendes Wissen zu verfügen. Aber die Erinnerung stieß mir nicht übel auf. Seltsam. Äußerst seltsam. Noch seltsamer, daß die rudimentären Gefühle, die Sache voll im Griff zu haben, immer noch da waren, begleitet von der ruhigen Überzeugung, daß alles in Ordnung käme, sobald die gegenwärtigen Schwierigkeiten überwunden waren. Wieso? Es hatte keinen Sinn, jetzt darüber nachzugrübeln. Das Gehirn hatte sicher seine verborgenen Gründe, dachte ich und nickte langsam in meine Kaffeetasse.

»Tut die Naht weh?« fragte sie; sie hatte das Nicken mißverstanden.

»Nein. Eigentlich nicht.«

»Du solltest sofort zum Arzt gehen. Komm!«

»Ich muß dem Kerl seinen Hut zurückbringen.« Bruchstückhafte Erinnerungen an den Tango tauchten wieder auf, gleichzeitig Gedanken an den Schwiegervater des Arztes, Gott hab' ihn selig. Der Hut des alten Herrn kam auf seine alten Tage ganz schön herum.

»Was willst du jetzt unternehmen?«

Sie war in der Stimmung, mich auszufragen. Ich wußte nicht genau, was ich unternehmen wollte. Schließlich beschlossen wir, daß ich Lust auf einen kleinen Spaziergang hatte, und wir spazierten durch das Gewimmel in den Gassen Carmels. Der Tag nahm einen eigenwilligen, träumerischen Charakter an. Etwa gegen zwei bekam ich plötzlich eine unbändige Lust auf kalten Borschtsch mit Tomate. Wir fanden ein Lokal, wo es ihn gab. Das Mädchen sah mir amüsiert beim Essen zu.

»Shimshon mag so kleine Gerichte«, sagte sie. »Ich hätte nicht gedacht, daß du sie auch magst.«

»Mit einem Teller Borschtsch kommt Shimshon nicht weit.«

»Nein. Er ist ein außergewöhnlicher Mensch. Er redet zwar nicht viel ...«

»Aber er denkt um so mehr, wie?«

»Und er tut viel«, sagte sie säuerlich. »Mach dich nicht über Shimshon lustig.«

»Was tut er denn?«

»Ich weiß es nicht. Er will nicht darüber reden. Ich weiß nur, daß es geheim und manchmal gefährlich ist. Einmal mußte er über die Grenze. Vielleicht war er schon öfter drüben.«

»Im Süden?«

»Das weiß ich nicht. Er sagt jedenfalls immer Süden.«

»Was meinst du damit?«

»Wenn die nicht wollen, daß man etwas weiß, dann sagen sie, es ist im Süden. Im Süden ist nur Wüste, wer soll es da wissen?«

»Ruft er dich nicht an?«

»Natürlich. Von einem Armeeapparat, aber er sagt nicht, von wo aus. Ich weiß nur, daß er manchmal verspricht zu kommen, und fünf oder sechs Stunden später ist er hier – ob er aus dem Norden oder Süden kommt, weiß ich nicht. Wahrscheinlich aus dem Norden, weil er mich glauben machen will, er käme aus dem Süden. Ich frage ihn aber nicht. Ich weiß, daß er nicht offen darüber reden darf.«

»Oh, mein Gott«, rief ich. Ich deutete mit dem Löffel auf sie.

»Was ist?«

»Teufel noch mal.«

»Ist mit der Suppe etwas nicht in Ordnung?«

»Es ist genau andersrum!«

Der Kneipenbesitzer saß am Nebentisch und aß Klopse. Er stand auf und warf einen strengen Blick auf meine Suppe.

»Was ist damit?«

»Umgekehrt. Es soll nicht Norden sein, sondern Süden. Ich brauche eine Karte«, bat ich ihn dringend.

»Sie brauchen Schlaf«, sagte er, nachdem er die Suppe und mich prüfend angesehen hatte.

»Ja, komm, wir gehen jetzt«, sagte das Mädchen etwas ängstlich. »Wir gehen nach Hause, kümmern wir uns nicht um Mr. Benjamini.«

»Ich brauche eine Karte, verdammt noch mal! Und zwar sofort, augenblicklich, schnellstens, unverzüglich!« rief ich und ließ aufgeregt den Löffel fallen.

»Ja, ja, wir besorgen eine Landkarte. Wir kaufen eine auf der Straße«, sagte sie und wischte sich den Borschtsch von der Bluse. »Komm jetzt.«

Sie war immer noch ahnungslos, als wir draußen waren, also weihte ich sie ein. Die Alarmsirenen schrillten in einem Aufblitzen von Erkenntnis. Auch gestern nacht hatten sie schon getönt, im Dunst des erdigen Avdat. In der Nacht zuvor, noch unter den Auswirkungen der Gehirnerschütterung, waren die Gedanken sicher auch schon dagewesen.

Vayishlach, Umkehrlieder, und heute Shimshon... die alte und immer wiederkehrende Geschichte von Leuten, die von den Umständen gezwungen wurden, nicht die Wahrheit zu sprechen, das Gegenteil zu sagen. Wie der Priester es getan hatte. Er war von Jerusalem aus nicht nach Norden aufgebrochen, sondern nach Süden. Im Norden gab es keinen Marmor, im Süden Massen davon. Keine passenden Felsformationen im Norden, aber eine Menge im Süden. Und es gab keinen Grund, wieso jemand im Norden die Stirn über die Truppen des Nordkommandos runzeln sollte – aber eine Menge Gründe, wenn es im Süden geschah.

Natürlich! Es war furchtbar einfach, das verschlüsselte Dokument zu lesen. Man mußte den Autor entschlüsseln. Man mußte ein paar Zwiebelhäute abschälen. Er hatte in die Irre führen wollen. Und noch heute, zweitausend Jahre später, führte er in die Irre. Zumindest den alten Sidqui hatte er an der Nase herumgeführt und uns damit alle getäuscht.

Das Mädchen war angesichts dieses zusammenhanglosen Wortschwalles blasser geworden, und es sah sich zerstreut um. »Eine Karte, eine Karte«, sagte es. »Ich weiß nicht, wo wir hier eine Karte bekommen.«

»Wo sind wir?«

»Auf dem Markt von Carmel. Hier gibt es keine Buchhandlungen... Moment«, sagte sie. »Ist auch eine andere Karte recht? Zum Beispiel eine Karte aus der biblischen Zeit?«

»Natürlich ist die recht. Selbstverständlich ist die recht. Ich will sogar am liebsten eine Bibelkarte.«

»Da geht's lang. Zum Laden meines Vaters. Er hat welche.«

Wir machten kehrt und rannten zu einem windschiefen Fahrradschuppen, der in einen Hof gezwängt war. Er war abgeschlossen. In meiner Wut hätte ich beinahe die Tür eingetreten.

»Es nützt nichts. Das tut er öfter. Er schließt einfach ab und geht zur Synagoge. Wie spät ist es?«

»Drei Uhr.«

»Dann ist er wohl bei der *Minda*, der Nachmittagsmesse.«

»Wie lange dauert die?«

»Ich weiß es nicht. Die *Mincha* dauert nicht lang. Aber es ist durchaus möglich«, fuhr sie fort, während sie mich nervös ansah. »daß er beschließt, zur *Ma'ariv* zu bleiben, zur Abendmesse. Oft geht er...«

»Wo ist die Synagoge?«

»Gleich gegenüber.«

»Geh und hol ihn dort raus.«

»Aber er ist bei seinen Kumpanen. Ich möchte ungern...«

»Also gut«, unterbrach ich sie und ging selbst.

Er war nicht in der Synagoge, er war im Betsaal nebenan, dem *Bet ha-midrash*, mit einem Dutzend weiterer alter Männer. Er sog die Worte des *Obadja* ein, dessen Prophezeiungen als Begleitwort dieser Glaubenswoche verlesen wurden. Der alte Knacker war froh, mich zu sehen. »Hallo, *Bocher!* Sie kommen genau im richtigen Moment. Seien Sie unser Schiedsrichter. Der Satz, *Wie sucht man Seine verhüllten Orte...*«

»Ich brauche eine Landkarte«, sagte ich.

»Eine Landkarte?« fragte er unsicher. »Dazu braucht man keine Landkarte. Der Prophet spricht von …«

»Geben Sie mir eine Landkarte!« fuhr ich ihn an.

»Eine von den Wandkarten, für den Unterricht der Kinder«, sagte das Mädchen, das mir rasch gefolgt war. »Du hast welche im Laden. Wir brauchen sie, um etwas anderes zu klären.«

»Ah! Eine Landkarte. Um ein Problem zu klären. Natürlich. Aber wir sind hier gerade an einem so interessanten …«

»Die Karte!« sagte ich mit zusammengebissenen Zähnen. Ich hätte ihn beim Kragen gepackt und über die Straße geschleppt, wenn er nicht mitgekommen wäre. Aber er kam mit, und mit ihm der halbe Bibelkreis, um diese interessante Wendung auszudiskutieren.

Das Innere des Ladens lag in stickiger, kampfersaurer Dunkelheit. Eine gefährlich aussehende Öllampe, die er anzündete, warf ihr Licht auf ein mörderisches Durcheinander. Die Waren – Gebetsschals, Beutel, Gebetsriemen, Bücher, Kleidersäume, Mesusas und Käppchen – lagen auf einem einzigen Haufen, als hätte eine Gemeinde sie auf der Flucht zusammengeworfen. Doch das Auge Gottes, das Pendant des Bildes in meinem Zimmer, hatte alles im Blick. Vielleicht war es dieses Auge, das ihm half, die Karten in ihrem Versteck zu finden. Nach ein paar Minuten, während ich in meiner Aufregung diversen alten Männern auf die Füße trat, fand er sie schließlich.

»Da haben wir's. Karten«, sagte der alte Mann ziemlich überrascht. Sie waren einzeln in Kartons verpackt. Er blies den Staub weg und nahm eine heraus. »Vier Pfund. Oder ein halbes englisches Pfund.«

»Vater, er will sie doch nicht kaufen!«

»Natürlich. Will ich sie ihm vielleicht verkaufen? Es ist lediglich ein Zins. Er ist sehr günstig, für einen Landkarte.«

»Sehr günstig«, meinten ein paar der Alten. Sie stapften herum, priesen die Waren und fanden alles sehr günstig.

Mit zitternden Händen nahm ich die Karte entgegen und entrollte sie. Sie war in Stammesgebiete eingeteilt.

»Haben Sie ein Lineal?«

»Ein Lineal? Ich glaube nicht, daß ich ein Lineal habe. Verkaufe ich Lineale?« fragte er das Mädchen.

Er verkaufte keine Lineale, aber einer der Alten hatte ein Maßband bei sich, und damit ging es ebensogut.

Von Jerusalem bis zum Berg Tabor im Norden waren es dreißig Zentimeter. Ich legte das Band dreißig Zentimeter in südlicher Richtung aus. Es reichte bis zur Wildnis von Zin. Gab es einen bewohnten Flecken in einer solchen Wildnis?

Es gab einen bewohnten Fleck. Es gab die Oase von Hatseva, die alte Wasserstelle Hatseva.

X Die Wildnis von Zin

Südwärts
(Josua 15.1)

1

Wir trafen Agrot am Montag nachmittag etwa um vier. Er war seit sechs Uhr von Nazareth aus querfeldein unterwegs, überflutete Flüsse hatten ihm fast den Weg abgeschnitten, und er war naß, müde und schlecht gelaunt. Die Oase Hatseva war, wie das bei Oasen so ist, alles andere als romantisch. Ein trauriges Gestrüpp aus Eukalyptus und anderem Grünzeug lag inmitten einer eintönigen Ansammlung geologischen Schutts, und im Augenblick stürmte und regnete es fürchterlich.

Der letzte Zweck, dem die Oase gedient hatte, war der eines römischen Militärstützpunkts gewesen; heute war sie ein israelischer. Seit Mittag saßen Shoshana und ich in einem betonierten Häuschen, lauschten dem Regen, der aufs Dach trommelte, und machten Konversation mit dem Kommandanten, einem eifrigen Bibelsammler. Als Agrot eintraf, stöberte er nach einer »wirklich hübschen Bibel in frühem Vulgärlatein«, die er irgendwo in seiner Ausrüstung verbuddelt hatte. Agrot wechselte ein paar leise Worte mit ihm, und bald darauf saßen wir allein in einem anderen Raum.

Ich hatte meinen *Streiml* gegen einen großen Südwester eingetauscht, aber es schien ihm nicht weiter bemerkenswert zu sein, daß ich damit herumsaß. Er sagte nur brüsk: »Sie sehen gar nicht so übel aus. Ich habe Neuigkeiten.«

Sie betrafen den Araber, der mich in Nazareth fotografiert hatte. Die Polizei in Nazareth hatte ihn am Freitag zuvor aufgegriffen. Sie hatten gleichzeitig ein paar andere Straßenfotografen festgenommen, aber dieser hier war der einzige, der dämlich genug gewesen war, das Negativ noch bei sich zu haben. Samstag morgen zur Frühstückszeit saßen bereits sieben seiner Kumpane mit ihm. Inzwischen hatte man schon eine ganze Menge herausgefunden.

Ich fragte: »Was ist das? Ein jordanisches Netz?«

»Es ist ein Syndikat. Ein privates Syndikat.«

Es handelte sich um ein syrisch-jordanisches Syndikat, das offenbar 1961 gegründet worden war, als der steile Anstieg der Preise für antike Schriftstücke Geschäftsleute in Amman und Damaskus angelockt hatte. Eines der Mitglieder, ein Buchhändler aus Amman, unterhielt Kontakte zum Stamm der Ta'amireh und hatte durchgesetzt, daß er auf alle neuen Stücke, die gefunden wurden, einen Blick werfen durfte. Drei oder vier Stücke hatten sie eingekauft und zu einem wesentlich günstigeren Preis als in der akademischen Welt üblich wieder verkauft, bis die Schriftrolle des Priesters auftauchte. Die stellte sie vor ein Problem. Sie hatten nicht gewagt, sich die Option darauf zu sichern – eine normale Vorgehensweise, bevor sich ein Käufer gefunden hatte –, für den Fall, daß sie sie irgendwie aus den Augen verlieren konnten. Schließlich hatten sie sie doch kaufen müssen, auf der Stelle, für 9000 Pfund.

»Wer war ihr Berater?«

»Sidqui. Einen besseren konnten sie nicht kriegen. Die früheren Sachen waren offensichtlich ins Ausland gelangt, illegal, sie konnten also niemandem trauen, der aus Universitätskreisen stammte. Sidqui war eine gute Wahl. Er hegte einen Groll der Universität gegenüber. Er war aus Gesundheitsgründen vorzeitig entlassen worden. Also paßte er denen ins Konzept.«

»Uns auch«, sagte ich gutgelaunt. »Denn jetzt buddeln sie an der falschen Stelle.«

»Lassen Sie mich ausreden«, sagte er müde. »Da gibt es noch den militärischen Teil.« Der militärische Teil oblag den Syrern. Einer der Hintermänner aus Damaskus hatte Verbindung zur sogenannten Palästinensischen Befreiungsarmee, deren militantere Mitglieder die Überfälle von Jordanien aus durchführten. Das Syndikat konnte selbst keinen Überfall starten, aber es konnte mit Informationen handeln und sich, falls notwendig, einem Überfall anschließen.

»Und es hat sich als notwendig erwiesen«, sagte Agrot. »Eine Handvoll ihrer Leute kommt mit einem Kommando herüber – entweder Dienstag, Mittwoch oder Donnerstag, je nach Wetter. Nein, bitte«, sagte er, als ich etwas sagen wollte. »Hören Sie noch einen Moment zu. Ich bin sehr erschöpft. Die ganze Nacht habe ich damit verbracht, diese Kerle zu verhören, und habe den ganzen Tag am Steuer gesessen. Wir fliegen mit einem Hubschrauber zurück – ich habe den Kommandanten gebeten, einen herbeizurufen. Die Straßen sind unmöglich. Wir müssen heute abend wieder dort sein.«

»Wer?«

»Wir. Sie und ich. Es ist nicht so einfach, wie es sich anhört. Das Problem ist, das richtige Kommando herauszufinden. Es sind drei Gruppen, die über die Grenze kommen, und die Frage ist ...«

Ich fiel ihm schnell ins Wort: »Das Mistding ist nicht dort oben!«

»Das können Sie mir unterwegs erklären.«

»Aber es ist hier unten. Wie ich Ihnen schon sagte.«

Das hatte ich ihm, genaugenommen, noch nicht gesagt. Ich hatte es ihm nicht am Telefon erklären wollen. Aber jetzt verlor ich keine Zeit mehr.

Er hörte kaum zu. Mit übermüdeten, glasigen Augen sah er mich an. Als ich fertig war, sagte er: »Vielleicht haben Sie recht. Ich weiß es nicht. Die haben mehr Informationen aus dem Schriftstück... Ich weiß nur, daß wir uns zuerst um diese Sache kümmern müssen. Das ist doch klar, oder nicht?«

»Nein, das ist es nicht«, widersprach ich. »Und zwar aus den Gründen, die ich versuche ...«

»Ich bin zu müde, um mir auf Ihre oder deren Beweggründe noch einen Reim zu bilden ...«

»Ich nicht«, sagte ich rasch. »Daher bin ich im Vorteil, wenn es darum geht, sie einzuschätzen, und nur das führt uns weiter. Hier ist schon viel zu viel Blödsinn geschehen.« Und so war es auch, dachte ich und erinnerte mich wütend an die Plackereien, die er mir aufgehalst hatte. Die Schlucht von En Gedi war ich hinauf- und hinuntergeklettert, in Galiläa herumgehetzt, war in der Heiligen Stadt überfallen und verschleppt worden. Es wurde Zeit, daß all das aufhörte. Die Intellektuellen mußten sich wieder im Denken üben.

Das erklärte ich ihm ausführlich.

Er saß da und blickte mich leise zwinkernd an. Er sagte: »Also, ich verstehe Sie nicht«, und hielt inne. Er sah aus dem Fenster. Dann fragte er: »Was glauben Sie, wieviel Sie hier bei diesem Wetter tun können?«

»Können Sie in Galiläa denn mehr erledigen? Dort ist das Wetter auch nicht besser, und sagten Sie nicht, der Überfall hinge vom Wetter ab?«

»Ja. Ich kann Ihnen nicht widersprechen«, sagte er schlicht. »Ich dachte nur, weil Sie so engagiert sind... die kommen mit Sicherheit in einer der folgenden drei Nächte.«

»Werden Sie nicht vorher informiert?«

»Es gibt eine Vorwarnung. In der Nacht davor soll es eine ganze Serie von Lichtsignalen geben.«

Das sah ihm ähnlich. Ich sah mich schon, wie ich mich matt an einen windigen Hügel duckte und auf einen bedröhnten Araber wartete, der in sicherer Deckung saß und todsicher vergaß, seine kleine Taschenlampe in Gang zu setzen, die wahrscheinlich keine Batterie hatte. Das einzige Resultat einer derartigen Aktion würde eine üble Erkältung sein.

»Sie kommen also nicht heute nacht.«

Er sagte: »Nein, heute nicht...«, und brach ab. Plötzlich fiel mir auf, daß er völlig erledigt war. Er war in seinem Stuhl zusammengesunken. Nase und Schnurrbart tropften.

Das machte mich unvorsichtig. »Also, ich will keine Zeit verlieren. Wenn diese dämlichen Araber auftauchen, dann sagen Sie mir Bescheid, und ich komme.«

»Das dauert zu lange. Man muß planen...«

»Bei der Planung kann ich nicht helfen. Ich bin kein Militärstratege. Wenn Sie mir sagen, was ich tun soll, tue ich es.«

»Na gut. Wenn das alles ist, was Sie mir anzubieten haben.«

Mir schien das schon viel zuviel zu sein, aber bevor ich ihm das auseinandersetzen konnte, war er eingeschlafen. Eine halbe Stunde später war er mit dem Hubschrauber nach Norden verschwunden.

2

Ein grauer und trüber Himmel hing am nächsten Tag über der Wüste, aber der Regen hatte aufgehört. Wir waren in aller Frühe mit vollbeladenem Jeep aufgebrochen. In der Nacht zuvor hatte ich noch lange brütend über der detaillierten Landkarte des Kommandanten gesessen. Wenn man in dieser Einöde Galiläas eine Spur finden wollte, mußte man die Menora genau lokalisieren. Dazu bedurfte es Energie und Pioniergeist. Wir hatten Rationen für zwei Tage und ein paar Zelte im Jeep, außerdem ein nützliches geologisches Werkzeugset mit Spitzhacken, einem Metalldetektor und Sprengstoff.

Die Wildnis von Zin lag am südlichen Rand des Gebiets, das wechselweise den Stämmen Simeon und Juda zugeschrieben wurde; nördlich der Edomiten, der geschundenen Nachbarn. Sie sah an diesem Morgen furchterregend aus, eine weite, geröllübersäte Ebene, die die Regenböen grün färbten. Vor dreitausend Jahren war hier der riesige Zug der Kinder Israels aufgetaucht, deren Erschrecken sich sehr gut in Mose Klage im Kapitel 17 des Exodus widerspiegelt: »Was soll ich mit diesem Volke machen? Es fehlt nur wenig, und es steinigt mich!« Die Kinder Israels hätten auch allen Grund dazu gehabt.

In der feuchten Luft stach die ganze östliche Hälfte der Wildnis in großartiger Klarheit hervor. Sie wirkte erschrekkend unnahbar. Unter dem sturmbewölkten Himmel schienen sich die Berge drohend zu nähern, als wollten sie dieses laute und lästige Insekt in Augenschein nehmen, das über die stille Ebene brummte. Wir brummten westwärts, zur nächstgelegenen Höhe, so schnell es die Stoßdämpfer aushielten.

Es gab viele Höhen, stellte ich erfreut fest, sowohl im Westen als auch im Norden, auch an Gipfeln mangelte es nicht, die sich bei näherem Hinsehen als die Curtains entpuppen konnten.

Ich hatte ziemlich genaue Vorstellungen, wie wir vorgehen würden. Die Erfahrungen in Galiläa hatten zumindest gezeigt, welche Stellen Sidqui gesucht hatte. Sie hatten alle ein oder zwei Kilometer von einer Anhöhe entfernt gelegen; in Felsvorsprüngen, in Felsspalten.

Das ergab auch einen Sinn. Mit den simplen Werkzeugen, die die Truppe des Priesters zur Verfügung gehabt hatte, würde niemand versuchen, Löcher in massiven Fels zu schlagen. Sie hatten sehr wahrscheinlich nach Spalten gesucht, die sie mit ihren Brecheisen und Hämmern ausweiten konnten, wo man das Gestein aufbrechen, die Stücke herausnehmen und hinterher wieder einsetzen konnte. Ich suchte also nach einer blauen Gesteinsader mit einer schadhaften Stelle, die möglicherweise im Lauf der Zeit, oder von Arbeitern, mit Schutt überdeckt worden war.

Als wir näher holperten, entdeckte ich, daß es hier viel buntes Gestein gab. Der Regen hatte die Schichten sehr schön freigelegt, und matte Adern in Braun, Rosa und Dunkelgrün waren zu erkennen. Nichts Blaues war zu sehen, aber das entmutigte mich nicht. Blauer Marmor war überall eine Seltenheit, und ich war mir bereits sicher, daß der Priester diesen Umstand erwähnt hatte, um ein weiteres Merkmal zur Lokalisierung festzuhalten. Man mußte bloß ein bißchen suchen.

Der Regen hatte meine Pläne für diesen Tag bestimmt. Solange das Gestein naß war und die Farben so gut zu erkennen waren, lag es auf der Hand, so viel wie möglich von dem Gebiet abzusuchen. Selbst eine oberflächliche Suche brachte an einem solchen Tag mehr als eine intensive, wenn der Fels wieder trocken und wie üblich graubraun war. Mit Fernglas und vollem Tank hoffte ich daher, alle Höhenzüge zwischen Har Marzeva im Südwesten und Ma'ale Akribim, dem Skorpions-Paß im Süden, zumindest oberflächlich in Augenschein nehmen zu können. Dann würden noch die Felsformationen rund um Makhtesh Hakatan, den vielversprechenden Krater östlich des Skorpions-Passes, übrigbleiben, die wir uns für den nächsten Tag vornehmen konnten. Ich setzte große Hoffnung auf Makhtesh. Ein paar Jahre zuvor war ich dort schon einmal am Grund des Kraters gewesen. Einen blauen Stein, den ich dort gefunden hatte, benutzte ich noch immer als Briefbeschwerer. Das bedeutete nicht, daß auf einer der umliegenden Anhöhen blauer Stein zu finden war. Aber es war ein hübsches Indiz.

»Warum fahren wir dann nicht geradewegs dorthin?« fragte Shoshana, als ich ihr davon erzählte.

»Ich weiß, wo das liegt. Es ist besser, sich alles andere anzusehen, solange es geht. So gute Bedingungen haben wir vielleicht nie wieder.«

»Du willst es dir nur bis zum Schluß aufheben, damit du dich darauf freuen kannst.«

»Was spricht dagegen?«

»Du bist wie ein Kind.«

»Hast du nicht gern Dinge, auf die du dich freuen kannst?«

»Natürlich. Du bist trotzdem ein großes Kind.«

Ich freute mich noch auf etwas anderes. Meine Gedanken kreisten immer wieder um die Zelte und Schlafsäcke hinter uns, während ich mit dem Fernglas die Hügel von Zin absuchte.

Um halb elf hatten wir die südwestliche Ecke hinter uns und wandten uns Richtung Norden. Vorsichtig durchquerten wir ein paar überflutete Wadis. Um halb zwölf hielten wir an, um etwas zu essen. Wir parkten an einer merkwürdigen Felsformation, flach wie eine Tischplatte.

»Wie heißt dieser Berg?«

»Berg Hor«, sagte ich, indem ich auf der Karte nachsah.

»Oh!« Erschrocken schluckte sie ihren Bissen hinunter. »Hier sollten wir nicht rasten.«

»Warum nicht?«

»Hier starb der Hohepriester Aaron«, sagte sie und betrachtete den Berg mißtrauisch.

Auch ich blickte ihn mißtrauisch an. Ein bedrückender Ort, ein typischer Schauplatz der Genesis, fast so alt wie die Zeit selbst. Am Tag, als sie den Priester hierhergeschleppt hatten, hatte er bestimmt nicht anders ausgesehen. Sie schleppten ihn zum Gipfel, zogen ihm die Kleider aus und ließen ihn dort zurück. Die Kinder Israels standen umher und sahen zu. Sie standen und gafften und betrauerten ihn dann dreißig Tage lang.

Der Himmel über uns hatte eine schwärzliche Färbung angenommen, nur ein paar Sonnenstrahlen, die das Gestrüpp um den Felsen im schmalen Umkreis beleuchteten, drangen hindurch. Es hätte mich nicht überrascht, wenn das Auge Gottes durch diese Lücke gestoßen wäre, um zu sehen, wer da, Wurstbrote kauend, an diesem ehrfurchtgebietenden Ort saß.

Wir blieben trotzdem. Hatte man sich hier einmal niedergelassen, fehlte es einem plötzlich am Willen weiterzuziehen. Die Stille war so vollkommen, daß man sich unwillkürlich mühte, irgend etwas zu erlauschen. Durch diese Stille war gar nichts zu hören; kein Wind, keine Bäume, kein Vogelgezwitscher, kein Leben, nichts. Eine riesige Fläche bedrückender Einsamkeit, ganz platt unter dem grauen Himmel, nur von den regennassen Bergen überwacht. Mir war noch nie zuvor so völlig bewußt gewesen, daß ich mich auf einem Planeten befand. Ich war ein Stück Bewußtsein, geworfen auf diesen Planeten, mit suchendem Blick, um mich zu orientieren. Hier gab es Zusammenhang und Wirklichkeit, hier war der Planet als solcher; so, wie er überall versteckt unter dem wuchernden Grün lag. Ungezähmt.

Wir aßen schweigend unsere Wurstbrote, anschließend jeder noch eine Orange und fuhren nachdenklich weiter.

Um zwei Uhr hatten wir die Höhenzüge von Rekhev, Halak und Golehan hinter uns. Wir suchten eine Furt durch einen Wadi, der von einer Schlucht aus überflutet wurde. Dahinter lag Ma'ale Akrabim.

»Venosav lachem ha-gevul mi-negev le ma'ale akribim«, hatte Gott gesagt, »und bei den Höhen von Akrabim soll sich deine Grenze nach Süden wenden.« An dieser Stelle befanden

wir uns. Sie trug noch immer denselben Namen, nur die Silhouette hatte sich ein wenig verändert: der Skorpions-Paß. Die Briten hatten die erste Straße gebaut. Sie stieg auf etwas mehr als einem halben Kilometer in 22 Haarnadelkurven vierhundert Meter hoch an. An der westlichen Seite klaffte der Abgrund, den man Froschkopf nannte.

Es war schon nach drei Uhr, als wir den Gipfel erreichten, und schon fast zu dunkel, um etwas zu sehen. Hier war die Wolkendecke noch niedriger, sie hing fast auf dem Froschkopf. Die einzige Beleuchtung stammte von einem Lichtstrahl, der apokalyptisch durch die Dunkelheit drang. Wenn man ihm folgte, sah man unten im Tal einen Fleck, der wie eine Münze glänzte. Dort unten regnete es, hier oben noch nicht. Wir wendeten und fuhren zurück.

Als wir abwärts fuhren, fielen einzelne dicke Regentropfen. Es schien uns am vernünftigsten, zu der Schlucht zu fahren. Als wir sie zum erstenmal passiert hatten, waren uns Felsüberhänge aufgefallen, die uns Schutz gewähren konnten. Wir schlängelten uns vorsichtig durch die Haarnadelkurven, kamen in die Ebene und hielten auf die Schlucht zu.

Das Wadi führte Hochwasser. Braunrotes Wasser gurgelte durch die Mitte der Schlucht. Rechts der Wasserrinne war noch Platz für den Jeep. Wir holperten langsam vorwärts, fanden eine Stelle, wo es sachte aufwärts ging, stellten den Jeep dort ab und stiegen aus. Hier regnete es noch nicht. Die Luft war warm, stickig und so zäh wie Baumwolle. Wir nahmen die Zelte aus dem Wagen, stiegen ein wenig höher, unter den Überhang, und holten den Rest der Ausrüstung. Wir hatten Bodenmatten, wasserdichte Schlafsäcke, eine Paraffinlampe, einen kleinen Ofen und einen Grill.

Es war noch nicht vier Uhr, also noch zu früh zum Essen, aber bedrückend, fast leuchtend dunkel. Ich zündete die Paraffinlampe an und machte bei ihrem gelben Schein meine Notizen. Shoshana kochte inzwischen Kaffee. Der Tag hatte sich gelohnt. Wir hatten drei oder vier Stellen gefunden, deren grünes Gestein einmal blau gewesen sein mochte, in diesem diffusen Licht war das ohnehin schwer zu sagen. Alle diese Stellen waren höchstens fünfundzwanzig Kilometer von Hatseva entfernt; bis zum Berg Hor waren es nur zehn. War vielleicht der Berg Hor der Bezugspunkt, die Stelle, von der aus man sich der Anhöhe nähern mußte?

Diese Anhöhe war für den Priester sicher von großer Bedeutung gewesen und genauso für seine klerikalen Vorgesetzten, die die Mission erlaubt hatten. Hier würde niemand einen Kampf erwarten. Hier konnte die Menora in Frieden ruhen. Und die Gegend paßte zum ›schwierigen Gelände‹, das der Priester erwähnte. Vielleicht war er mit den zehn Männern und den zwanzig Packtieren genau durch diese Schlucht gekommen; vielleicht hatte er genau vor dieser Felswand kampiert. War dies hier der Ort der ›ersten Rast‹, wo die Pflicht getan wurde, ›vorschriftsmäßig mit Stricken‹? Es war genau die richtige Entfernung vom Berg Hor, zehn Kilometer...

Meine Nackenhaare sträubten sich. Ich spürte es plötzlich mit allen Fasern, daß wir am richtigen Ort waren. Vielleicht noch nicht in unmittelbarer Nähe, aber im Umkreis von zehn, zwanzig, dreißig Kilometern. Es war irgendwo hier, im Süden, im rauhen, alttestamentlichen Süden. Ich wußte es, hatte es den verschlüsselten Worten des Priesters entnommen, spürte es schon den ganzen Tag immer deutlicher. Im Norden, im gänzlich melancholischen Norden mit seinen Quellen und aller Fruchtbarkeit hatte ich es nicht gespürt. Im Süden hatte Israel stets seine Existenzberechtigung erfahren, aus dem Süden hatte es immer seine Erneuerung erwartet; Erneuerung, die sich aus harten Felsen und einsamer Wüstenei verstand, nicht aus dem Wasser des Jordan und der Taufe.

Ich hatte morgens am eigenen Leibe die unerschütterliche, ewige Kraft der alten Religion erfahren, das ständig wache Gefühl, eine Katastrophe überlebt zu haben und Überlebensregeln für die Bewohner des Planeten aufstellen zu müssen. Das war das Erbe der Wüste. Wenn die Dinge zu kompliziert und zweideutig wurden, brach man in die Wüste auf, um die Wahrheit wiederzufinden – man brach nach Süden auf.

Im Süden war außerdem die erste Menora hergestellt worden. Sie war aus den Ohrringen und Armreifen gemacht worden, die die Frauen aus Ägypten mitgebracht hatten. An diesem einsamen Ort hatten sie ihren Schmuck abgegeben; er wurde eingeschmolzen, gereinigt und in ein Stück geformt; ein Schmuckstück für das Volk, ein Licht für Israel.

Sie war hier. Wenn sie überhaupt irgendwo war, dann hier, im Süden.

Ich konnte nicht stillsitzen. Wir tranken den Kaffee aus, kletterten von der Felskante in die Schlucht. Wir nahmen die Lampe mit. Es war inzwischen stockfinster, nicht mehr nur bewölkt; kein Mond und keine Sterne. Außerdem war es auch kühler geworden. Ich legte den Arm um sie. Die Schlucht schlug ein paar Bogen, wurde breiter, wieder enger und wieder weiter. Ununterbrochen gurgelte das Wasser. Noch immer tropfte der Regen von den Felsen in die seitlichen Wadis, um dann in die Hauptrinne zu strömen. Nach den Wadis, die ich zuvor gesehen hatte, hätte ich diesen sehr viel tiefer eingeschätzt. Irgendwo in den Felsen, in irgendeiner Geröllansammlung, mußte das Wasser sich stauen. Noch ein kräftiger Regenguß, und alles würde wahrscheinlich herunterkommen – in einer Springflut.

Die Aussicht war nicht beängstigend. Der Jeep stand hoch genug, und das Bachbett war dort recht breit. Wir kehrten um. Ich wusch das Kaffeegeschirr in der Rinne aus und setzte sauberes Wasser zum Kochen auf. Shoshana warf den Grill an und bestrich die Steaks mit Senf.

Wir aßen auf unseren Schlafsäcken, und um sieben waren wir satt und zufrieden. »Was machen wir jetzt?« fragte ich.

»Ich weiß nicht. Karten spielen?«

»Hast du Karten?«

»Ein Soldat hat immer Spielkarten bei sich.«

Wir spielten auf der Bodenmatte, ganz gemütlich im gelben Licht. Sie spielte äußerst konzentriert und gewann in fünf Minuten.

»Nach dem Hollywood-System?«

»Einverstanden.«
»Welche Regeln?« fragte sie eifrig.
»Strip-Regeln.«
»Was für Regeln?«
»Hast du noch nie von Strip Poker gehört?«
»Ach, das, mir ist sowieso schon kalt.«
»Warum gehen wir nicht ins Zelt?«
Sie sah mich prüfend an. »Gut.«
Im Zelt war es kein bißchen wärmer, aber doch viel gemütlicher. Sie knöpfte mir ein halbes Pfund ab und mischte gerade für die nächste Runde, als ich mich hinüberbeugte und sie küßte. Sie stieß mich nicht zurück, aber sie erwiderte den Kuß auch nicht. Als ich mich wieder aufrichtete, mischte sie nervös die Karten weiter.
Ich sagte: »Laß doch die Karten.«
Sie erwiderte unsicher: »Möchtest du nicht weiterspielen?«
»Ein anderes Spiel.«
»Caspar, laß uns einfach – Freunde sein.«
»Ich bin so freundlich wie möglich.«
»Ich meine – wie heißt es?« fragte sie und leckte sich zerstreut die Lippen. »Kumpel. Ich will dein Kumpel sein.«
»Hast du nur Kameradschaft für mich empfunden, als wir bei der Shulamit-Höhle waren?«
»Wir waren nicht in der Höhle.«
»Und du warst sehr wütend.«
»Ich schämte mich. Ich haßte mich selbst.«
»Und das war alles?«
Sie ließ die Hälfte der Karten fallen und fing an, sie wieder aufzusammeln. »Ja«, sagte sie schüchtern.
Ich sagte: »Gut, Kumpel«, und beugte mich wieder vor.
Diesmal dauerte es länger, und sie ließ die Karten in Ruhe. Schließlich sagte sie aufgeregt: »Können wir nicht wie Geschwister sein?«
»Wir sind keine Geschwister, Shoshana.«
»Caspar …«
Ich schob die Lampe weg und drückte sie auf den Schlafsack.

»Nein, nein«, sagte sie.
»Warum nicht?«
»Caspar, hör auf!«
»Shana.«
»Bitte...«
Ich küßte sie, während sie es sagte, und spürte ihre Zunge. Sie zog sie nicht zurück, und dann legte sie mir die Arme um den Nacken. Das war Wasser auf die Mühle des alten Adam, der sich prompt zu regen begann. Ihr Gesicht fuhr rasch herum. »Nein!« rief sie.
»Doch.«
»Du darfst das nicht. Hör auf.«
»Du willst es.«
»Ich will es *nicht.*«
»Ich bete dich an«, hörte ich den alten Adam heiser und außer Atem, aber hellwach, murmeln.
»Nein. Hör auf. Es ist nicht recht. Shimshon!« rief sie wild. »Du kennst Shimshon. Du hast ihn gesehen!«
Scheiß auf Shimshon! schrie ich lautlos, aus den tiefsten Tiefen meines Seins.
»Shimshon liebt mich. Er will, daß ich bei der Heirat Jungfrau bin. Willst du, daß ich sein Vertrauen breche?«
Die ganze Sache ging mir langsam auf die Nerven, und ich zog mich schwer atmend zurück.
»Oh, Caspar, es tut mir leid. Es tut mir wirklich leid«, rief sie klagend.
»Mir auch«, erwiderte ich.
»Ich habe es dir erklärt. Ich habe versucht, es dir zu erklären. Ich liebe Shimshon wirklich. Ich kann mit ihm schweigen.«
Damit hatte sie recht, aber ich konnte ihr nicht folgen. Wie ein zorniger Bulle starrte ich auf die Knöpfe, die ich geöffnet hatte und die sie jetzt rasch wieder schloß.
»Ich bin sonst nicht so. Du bringst mich dazu«, sagte sie. »Du kennst mich nicht wirklich, und du kennst auch Shimshon nicht. Er ist für mich wie ein großer Fels.«
»Der ist für jeden ein großer Fels«, knurrte ich, wütend über

die Art, in der der abwesende Koloß das Gespräch bestimmte. »Außerdem hat das eine mit dem anderen nichts zu tun.«

»O doch, das hat es«, sagte sie, und ich stürzte mich wieder auf sie, denn ich wußte, daß ich verloren hatte, wenn ich meine Aktivitäten jetzt einstellte. Und darüber hinaus waren diese Aktivitäten für sie weder völlig unerwartet gekommen, noch waren sie ihr völlig unbekannt.

Fünf Minuten später waren wir wieder in der Stellung vor Shimshons Auftritt. Schwankend sagte sie: »Du machst es nur schwerer für dich.«

»Solange es auch für dich schwer ist.«

»Das ist es auch, das sage ich dir. Aber ich tu's nicht.«

»Wollen ist ebensogut wie Tun. Geistig gesehen.«

»Dann gib dich mit dem geistigen Tun zufrieden.«

»Es ist nicht gut, sich selbst zu verleugnen. Das kann sehr schädliche Auswirkungen haben.«

»Nein, das ist nicht wahr. Es ist sehr gut. Es formt den Charakter und stärkt die Widerstandskraft gegen Versuchungen.«

»Warum kriechen wir dann nicht in deinen Schlafsack und verjagen den Teufel?«

Sie rückte unter mir weg. »Nein. Leg dich in deinen eigenen Schlafsack. Du brauchst jetzt Schlaf.«

»In meinem Schlafsack ist es kalt. Und du wirst in deinem auch frieren. Wir könnten doch warm zusammen in einem Schlafsack liegen – und dabei unseren Charakter stärken.«

Sie wußte, daß ich nicht mehr kämpfte. Lächelnd schloß sie ihre Knöpfe. Sie setzte sich auf und gab mir einen zärtlichen Kuß auf die Nase. »Die Schlafsäcke sind aus Kapok, darin wird dir schnell warm. Geh schon, Caspar. Bald schläfst du.«

Ich ging auf der Stelle. Das Einschlafen dauerte etwas länger.

3

Am nächsten Morgen waren wir zeitig auf und unterwegs nach Akrabim. Nachts hatte der Regen aufgehört, aber der Himmel war immer noch verhangen. Es war wärmer als tags zuvor, aber hin und wieder frischte es auf, und ein leichter Regenschauer wehte aus Norden, eigentlich kein Regenguß, nur eine kleine Welle, als wäre in den Bergen eine riesenhafte Tür zugeknallt. Das verhieß nichts Gutes. Sintflutartige Regengüsse und Stürme konnten jeden Augenblick aufkommen, wie es offenbar im Norden bereits geschehen war.

Wir schlängelten uns vorsichtig die schmalen Haarnadelkurven hoch, hielten, um unsere Ferngläser kreisen zu lassen, und setzten unseren Weg in Richtung Froschkopf fort. An der Klippe hatte man einen enormen Ausblick – der Berg Hor, der Arava, die Berge von Edom, schwarz lagen sie da unter schwarzem Himmel. Wir blieben hier etwa eine Stunde und beschlossen dann, schnell weiterzufahren, da die Regenböen immer häufiger auftraten. Wir mußten zu Fuß in den Krater zurück. Es wäre unangenehm, dort von einer Flutwelle überrascht zu werden.

Auf der gegenüberliegenden Seite des Passes gab es einen Pfad, und den betraten wir vorsichtig. Ein Blick auf die Karte und ein paar Hinweise in der Landschaft verrieten uns, wo der Weg verlaufen war. Er war nicht mehr vorhanden, verschwunden unter Geröll und Schutt, den die Wasserfluten herbeigespült hatten. Wir suchten uns einen Weg in den Krater.

Das Makhtesh Hakatan ist sieben Kilometer lang, vier breit und dreihundert Meter tief. Auf dem Grund befindet sich eine schmale Rinne, die weite Teile der Gegend entwässert. Der Abfluß verläuft durch die Ebene von Arava und mündet im Nordosten ins Tote Meer.

Zahlreiche kleine Wasserfälle rauschten von den Seitenhängen herab, als wir hinabstiegen. Auf halbem Weg schien sich der Wasserspiegel zu erhöhen, und ich blieb stehen.

»Was ist los?« fragte das Mädchen hinter mir.

»Das sieht nicht sehr gut aus.«

Der Boden unter uns wurde immer schlüpfriger. Wenn noch mehr Wasser herabfloß, würden wir Probleme haben, wieder nach oben zu gelangen. Ich warf einen Blick durch das Fernglas. Ein einziger rotbrauner Matsch. Hier gab es bestimmt blaues Gestein, das hatte ich schon gesehen. Es schien, als würden wir uns damit begnügen müssen, den Ursprung der Gesteinsader außerhalb des Kraters zu suchen. Wir kehrten um und kletterten aufwärts. An der Klippe blieben wir stehen und rauchten eine Zigarette. Es war gerade erst zehn Uhr. Ich fühlte mich, als sei ich schon den halben Tag auf den Beinen.

»Bist du nicht müde?« fragte ich das Mädchen.

»Nein. Ich habe gut geschlafen. Du nicht?«

»Nein.«

»Ich bin den ganzen Tag gefahren.«

»Und du hast mich die ganze Nacht verrückt gemacht.«

»Ich habe dir ein reines Gewissen gelassen. Das hätte eigentlich helfen müssen.«

»Hat es nicht.«

»Dann strenge dich jetzt an, und du wirst heute abend gut schlafen.«

»In Ordnung. Machen wir weiter.«

Die Anstrengung bestand darin, ein paar Stunden auf den Höhen des Katan herumzukrabbeln; schließlich kehrten wir zum Jeep zurück und aßen. Hinterher machten wir noch eine Stunde weiter und kehrten zu den wichtigen Stellen des Vortags zurück, um sie genauer zu betrachten. Damit waren wir noch beschäftigt, als um vier Uhr der Himmel über uns hereinbrach.

Das Wasser stürzte auf uns nieder, als sei ein gewaltiges Faß über uns umgestülpt worden. Der Regen fiel wie ein Vorhang vom Himmel, klatschte auf die Felsen Golehans, wo wir gerade standen, spritzte von der Erde hoch und durchtränkte alles, was ihm ausgesetzt war. In unseren Ölhäuten stapften wir, zum Schutz vor den heulenden Winden aneinandergeklammert, zum Jeep zurück und schoben uns dann mit dem Wagen langsam, vom Wind gepeitscht, durch die tosende Sintflut zum Wasserlauf.

Wir fuhren mit eingeschalteten Scheinwerfern, linsten durch die geöffneten Seitenteile, weil die Scheibenwischer mit den Wasserströmen nicht fertig wurden, die sich da über die Windschutzscheibe ergossen. Die ganze Ebene war so von Wasser überflutet, daß wir, ohne es zunächst zu bemerken, mitten in einem Wadi landeten. Der Allradantrieb zog uns wieder heraus, dann aus dem nächsten, schließlich fanden wir die Zufahrt zu dem Wasserlauf und durchfuhren sie mit erleichtertem Seufzen.

Es war kaum zu glauben, doch innerhalb der Felswände war alles ganz friedlich. Der Wind rauschte draußen, und sogar der größte Teil des Regens schien über die Schlucht hinweggeblasen zu werden. Doch der Wadi war seltsamerweise höher, und wir hingen mit einer Spur im Wasser. Wir spürten die Strömung und wurden manchmal, wenn die Räder durchdrehten, herumgeschleudert.

Draußen hatten Gewitterschläge gedonnert und gedröhnt, doch hier drinnen klangen sie anders, knirschten und knackten.

Das Mädchen murmelte vor sich hin. Es spähte auf seiner Seite hinaus nach dem Durchlaß.

»Sind wir schon durch? Das war doch nicht so weit.«

»Schon gut. Ganz ruhig.« Sie hätte uns beinahe in den Wadi gelenkt. »Paß auf, wo du hinfährst. Ich halte Ausschau.«

»Wenn ich hinausspringe, folgst du mir, ja? Versuche nicht, irgendwas zu retten. Spring einfach.«

»Wovon redest du? Es ist nur ein Gewitter. Kein Grund zur Panik.«

»Es ist Wasser!«

»Was?«

Sie antwortete nicht. Sie kämpfte den Jeep aus dem Wadi frei, und dann hörte ich es selbst, laut und deutlich. Es war kein Gewitter. Es war eine Flutwelle, die sich ihren Weg durch die

Kurven des Wasserlaufs brach. So etwas hatte ich früher schon gesehen. Es kam schnell wie der Blitz, in einer einzigen Welle. Wie eine plötzliche Explosion kam es von einer höhergelegenen Staustelle; ein schmutziger, fleckiger Wasserkopf und Felsbrocken, die beim Zusehen länger wurden, stürzten wie ein Lavastrom abwärts und löschten alles aus, was ihnen im Weg war; Straßen, Gebäude, Höfe. Sie konnten eine Landschaft in wenigen Minuten völlig entstellen. Natürlich konnten sie auch uns völlig entstellen, und zwar in weit kürzerer Zeit.

Wir waren schon zu weit in der Schlucht, um noch umkehren zu können. Das einzige, was wir tun konnten, wenn die Flut einsetzte, war, so schnell wie möglich aus dem Jeep zu stürzen und aufwärts zu rennen – wie sie bereits festgestellt hatte.

Die Erschütterung wühlte bereits das Wasser auf. Wir spürten es bis in den Jeep.

Sie sagte: »Gott sei Dank – da!«

Der Ausgang. Es war völlig offen, wer es zuerst schaffen würde, wir oder die unsichtbare Flut. Die Gischt war schon über uns in der Luft.

Sie murmelte etwas. Ich hörte die Worte. »*Ve-im ha-mavet*... – Doch wenn du meinen Tod bestimmst, will ich freudig...« Das Gebet zum nahenden Tod.

»Jesus Christus!« brüllte ich, in Abwandlung des Adressaten. »Gib Gas! Los!«

Sie gab Gas. Der Jeep schien in die Luft zu springen wie eine Katze. Er schlingerte herum, geriet mit dem Heck in den Wadi, rüttelte, hopste – löste sich. Er schoß ab wie eine Rakete, als mit einem Mal die Räder Halt fanden. Wir schafften es, einen Sekundenbruchteil bevor das Wasser folgte. Es gab dem Heck des Jeeps noch einen kräftigen Stoß und warf ihn herum, aber erreichte uns selbst nicht mehr. Das Mädchen steuerte zu kräftig gegen, und wir fuhren fast senkrecht an der steilen Wand hoch, bis der Jeep nicht mehr weiterkam. Sie zerrte an der Handbremse, ließ den Gang drin, schrie »Raus, raus!« und ließ sich schon hinausrollen. Ich schien aus meiner Seite herauszurutschen. Ich war nicht sicher, ob ich kniete oder mich auf den Ellbogen stützte.

Der Jeep rutschte bereits rückwärts. Er schlitterte ein paar Zentimeter und blieb stehen. Ausrüstungsteile fielen heraus. Ich sah, wie sich der Minendetektor losriß, dann folgten die Spitzhacke und der Grill. Das Mädchen stürzte sich regelrecht auf den Grill und blieb bäuchlings am Hang liegen. Unter ihr tobte ein Inferno, eine kochende Brühe, in der Felsbrocken sachte hüpften, als seien es Korken. Durch das Wagnerische Getöse hörte ich sie schreien. »Die Zelte, sieh nach den Zelten!«

Ich sah nach den Zelten, fasziniert blickte ich ihnen nach. Die beiden bauchigen, mit den Schlafsäcken beschwerten Bündel trudelten langsam abwärts. Sie hüpften auf und ab wie mexikanische Springbohnen.

Ich ging gemütlich hinterher, schaffte es mühelos, eines zu erwischen, und genauso mühelos konnte ich das andere entwischen lassen.

Auch das Paraffin war verlorengegangen, aber der Jeep hatte noch eine Menge Benzin im Tank. Das gab ein schönes Feuer zum Grillen. Wir ließen es noch eine Zeitlang brennen, während wir aßen. Später gab es Neuigkeiten für Shimshon.

Bald nach dem Morgengrauen hörten wir in der Ferne ein Dröhnen und lauschten schläfrig. Ein neues Gewitter braute sich in den Bergen zusammen. Plötzlich setzte sie sich auf und stieg in Windeseile aus dem Schlafsack.

»Was war das?«

»Komm schon. Sie rufen uns.«

»Wer?«

»Das ist ein Tannoy. Er fährt den Wasserlauf hoch. Steh schnell auf, sie dürfen uns so nicht finden.«

Sie brach das Zelt ab und legte es in den Jeep. Wir waren beide gerade eben angezogen, als der Schützenpanzer, mit sechs Rädern im Wasser, heranrumpelte. Es war der Kommandant selbst, mit einigen Soldaten. Er rief: »Hallo! Alles in Ordnung?«

»Ja, danke. Wir sind entwischt.«

»Das ist schön. Ich habe mir Sorgen um Sie gemacht.«

»War der Sturm so schlimm?«

»O ja. Fürchterlich.«

»Nett von Ihnen, daß Sie kommen, um uns zu retten.«

Aber er war nicht hier, um uns zu retten. Agrot hatte ihn um vier Uhr angerufen. Er hatte das Signal empfangen. Seine verdammten Araber sollten in dieser Nacht auftauchen.

XI Mit bösen Geschwüren

Zum Entsetzen, zum Sprichwort
(Deuteronomium, 28.35,37)

1

Von den Geschehnissen dieser Nacht ist mir so wenig in Erinnerung und das wenige so verschwommen, daß es leicht auch die Geschichte eines anderen sein konnte, der mir davon erzählt hatte. Ich war natürlich betrunken, schon seit Mittag. Ich hatte zur Flasche gegriffen, und zwar zu einer Flasche Stock Brandy, die der Kommandant von Hatseva umsichtigerweise im Hubschrauber verstaut hatte, kurz nachdem Agrot für mich Unterricht im Gebrauch der Uzi, des Handfunkgeräts und im Nachtkampf arrangiert hatte. Um vier Uhr nachmittags, während eines vorgetäuschten Mittagsschlafs, schaffte ich es, mich ins Dorf davonzustehlen und eine zweite Flasche zu kaufen. Davon war nachts um halb zwei noch die Hälfte übrig, in meiner Wasserflasche. Zu dieser Zeit saß ich auf einem kahlen Hügel im strömenden Regen und behielt das Dorf Menahemya im Auge. Ich sang ein bißchen und tauschte mit einem fröhlichen Kerlchen namens Shapiro Erinnerungen an Golder's Green aus. Selbst jetzt, da ich den Ablauf der Ereignisse kenne, ergeben die Geschehnisse kein zusammenhängendes Bild; nur trügerische Blitze...

»Die Lage ist die«, sagte Agrot mit vor Schlafmangel rot geäderten Augen, sonst allerdings war er sehr aufgeräumt, »daß drei Gruppen bei uns eindringen und wir nicht wissen, welche zur Menora will; deshalb der Aufwand.«

Der Aufwand war in der Tat erheblich. Normalerweise wurden eindringende Soldaten hereingelassen, man schloß hinter ihnen das Tor und schnappte sie sich. Diesmal mußte man die

Gruppe, die sich als diejenige entpuppte, die auf die Menora aus war, so nah wie möglich an ihren Zielpunkt heranlassen, ohne sie jedoch anzugreifen. Statt dessen mußte man alle möglichen Ziele für Saboteure erkunden und sie entsprechend schützen. Dazu brauchte man eine Menge Soldaten: für die Zielpunkte, als Deckung für Agrots Experten und zur Beschattung der Eindringlinge. Besondere Kommunikationssysteme mußten aufgebaut und besondere Übungen durchgeführt werden, damit die Soldaten im Dunkeln nicht ihre eigenen Leute beschossen.

Ich verlor dabei schon früh den Faden und konzentrierte mich statt dessen ernsthaft auf das, was Agrot als meine Aufgabe vorgesehen hatte.

Die Eindringlinge gingen auf einem Grenzstreifen von fünfundzwanzig Kilometern Breite zwischen einer Stelle bei Sha'ar HaGolen im Norden und Yardena im Süden vor.

Da es auf dem Anmarschweg der mittleren Gruppe nur wenige potentielle Ziele gab, hielt Agrot sie am ehesten für die Gruppe, die auf die Menora angesetzt war.

Sie sollte entlang der Bahnstrecke von Naharyim von jordanischer Seite aus vorstoßen, die Tore des stillgelegten hydroelektrischen Kanals passieren und aller Wahrscheinlichkeit nach in Richtung Menahemya vorgehen.

»Genau da«, sagte er und tippte auf die Karte. »Also, wenn wir berücksichtigen, daß sie diese Route gewählt haben, weil sie die kürzeste zu ihrem Ziel ist, was glauben Sie dann, wo die hinwollen?«

Ich betrachtete die Karte. Der nächstgelegene Höhenzug im Gebiet der verschlossenen Tore war der Südhang des Bergs Yavne'el, kaum fünf Kilometer weit entfernt. Der konnte es allerdings nicht sein. Der war gute fünfzehn Kilometer von Tabor entfernt und viel zu weit von Sidquis Untersuchungen weg.

Das sagte ich ihm.

»Nun«, antwortete Agrot, »Sie haben sich dieses Gebiet doch genau angesehen. Sagen Sie mir, wie der Boden am Südhang des Yavne'el beschaffen ist.«

»Das kann ich nicht«, erwiderte ich. »Dort bin ich nicht gewesen.«

»So ist es«, sagte Agrot, und seine Nase krümmte sich vor Vergnügen, »dort sind wir nie gewesen. Das ist nicht Ihre Schuld und niemandes sonst. Es liegt an dem Trottel Sidqui. Er lag mit Tabor falsch. Es ist ganz sicher der Berg Yavne'el, den auch die Weisen kennen. Das Problem ist, daß wir diesem Berg nicht annähernd genug Zeit gewidmet haben, um weitere Anhaltspunkte zu finden. Wir waren zu sehr damit beschäftigt, Lokalitäten wie die Curtains oder die Parfümerie zu finden. Ich werfe Ihnen nichts vor«, sagte er aufgeräumt. »Ganz bestimmt wären Sie zum Schluß auch darauf gestoßen. Ich wäre es auf jeden Fall.«

»Einen Augenblick«, sagte ich vorsichtig. Ich spürte, wie mir alles davonglitt. »Sie glauben, daß die Araber glauben, die Menora sei irgendwo auf dem Yavne'el?«

»Auf jeden Fall nicht weiter weg. Sie kommen um zwei Uhr, und bei Tagesanbruch müssen sie wieder zurück sein. Rechnet man noch eine Stunde für das Ziel, was bleibt dann? – Wenige Stunden, in denen der Hin- und Rückweg zurückgelegt werden muß. Wie auch immer, ich postiere Sie hier, von wo aus Sie Menahemya überblicken können. Wenn sie vorbeikommen, folgen Sie ihnen. Ich werde hier sein.« Er selbst wollte auf dem Yavne'el warten, weitere Spezialisten waren auf vier andere Posten verteilt.

»Viel Glück!« sagte er. »Sie erinnern sich, wissenschaftliche Arbeit besteht in der Fähigkeit, aus Fehlern zu lernen. Ich weiß, welche Hoffnungen Sie auf Hatseva gesetzt haben. Aber für Sie als Wissenschaftler kann diese Sackgasse nur von Nutzen sein.«

»Also gut, noch einmal: Hier ist der Schalter und hier der Abzug. Denken Sie daran, beides zu drücken, sonst feuert sie nicht. Eine schöne, sichere kleine Waffe. Hier das Magazin, fünfundzwanzig Kugeln. Einschieben und einrasten lassen. Man kann aus der Bauchlage schießen, während man vorrobbt. Das Magazin leerschießen, wegwerfen und ein neues nachschieben, ohne ein einziges Mal den Kopf zu heben. Die beste leichte Maschinenpistole der Welt. Also los, jetzt üben wir es auf Kommando. Bei eins liegen Sie auf dem Bauch. Fertig?«

»Hören Sie, ich glaube nicht, daß ich wirklich …«

»Eins!« brüllte der Sergeant.

»Caspar, bist du wach?«

»Ja, Liebes. Komm, trink einen Schluck.«

»Caspar, du solltest schlafen. Ich wollte nur sehen, ob du schläfst.«

Seit wir angekommen waren, hatte ich sie nicht mehr gesehen. Ihre Augen hatten dunkle Ringe, was kein Wunder war. Ich sagte: »Warum machst du kein Nickerchen?«

»Das werde ich tun.«

»Tu's hier. Keiner wird uns stören.«

»Wieviel hast du getrunken?«

»Nicht so viel, wie ich noch trinken werde.«

Sie sah mich ein wenig ängstlich an.

»Glaubst du wirklich, daß die Menora hier ist?«

»Ich weiß es nicht, Liebes.«

»Glaubt Agrot das?«

»O ja, er glaubt es.«

»Caspar, trink nicht mehr. Du hast getan, was du konntest. Wenn sie wirklich hier ist …«

Mir wurde mit einem Mal klar, daß sie glaubte, ich wolle meinen beruflichen Kummer ersäufen. Ich streckte die Hand nach ihr aus, aber sie zog sich zur Tür zurück.

»Leg dich schlafen. Du mußt heute nacht hellwach sein.«

Ich ließ sie los und sah aus dem Fenster. Ich saß auf einem Feldbett in einem Büro in Beit Shean. Heute waren viele Leute in Beit Shean. Sie machten mit ihren Uzis Übungen auf dem Gelände. Zu viele Männer mit zu vielen Uzis, die viel zu schnell losgingen. Eine unbedachte Bewegung heute nacht da draußen, und man konnte leicht erschossen werden. Ich betrachtete die Szene mit dunklen Vorahnungen und trank noch einen Schluck Stock.

In der Abenddämmerung wurden Funkgeräte verteilt, und es fand eine Einweisung in den Nachtkampf statt; um neun traf man sich beim Essen im Büro des Kommandanten zur Besprechung. Es war viel von Empfangskomitees und von verdeckter Kriegsführung die Rede, und alle waren sehr vergnügt.

»Was ist los – essen Sie nichts?« fragte Agrot.

»Ich habe keinen Hunger. Ich bin müde.«

»Schlafen Sie nicht, wenn die Guerillas auftauchen. Es könnte ein sehr langer Schlaf werden.«

Das war ein gelungener Scherz, und alle lachten wie toll. Ich lachte so toll wie alle anderen und hörte mich selbst, wie ich losbrüllte. Der hysterische Beiklang wurde von den anderen gnädig ignoriert. Der Stock zeitigte seine wohltuende Wirkung, aber es lag noch eine halbe Flasche vor mir. Ich versprach mir einen richtig großen Schluck gleich nach dem Abendessen.

2

»Das habe ich immer gern getan«, sagte Shapiro, »Samstagabend ins Swiss Cottage oder in den Westen, in diese Clubs – Sie wissen schon, die, die im J. C. annonciert haben. *Für die Reiferen. Für Teenager streng verboten. Ein reizender Abend mit der Musik berühmter Bands.* Mann, haben wir einen draufgemacht! Wir haben sie angemacht, diese alten Schachteln, die noch mal ihr Glück versuchten. Mann, die fraßen dich mit Haut und Haaren! Ja, das waren tolle Zeiten«, nickte Shapiro und nahm einen Schluck aus seiner Feldflasche. Ich trank einen Schluck aus meiner.

»Was hast du da drin?« fragte Shapiro. »Fruchtsaft?«

»Sehr fruchtigen Saft. Probier mal«, schlug ich ihm vor und reichte ihm meine Feldflasche rüber.

Shapiro probierte. Es schmeckte ihm, und später probierte er ein zweites Mal. Er gab mir Deckung, Shapiro. Wir saßen seit Mitternacht hier. Der Jeep hatte uns am Fuß des Hügels abgesetzt, und wir waren mit unseren grauen Plastikcapes mit Kapuze nach oben geklettert, unsere Gesichter geschwärzt, damit sie nicht zu sehen waren. Es gab nicht viel Licht, in dem man sie hätte sehen können. Es regnete dünn, und die Nacht war pechschwarz. Man sah nicht einmal die Lichter des Dorfes im Tal. Mit der Uzi über der einen Schulter, dem Funkgerät über der anderen, dem Nachtfernrohr um den Hals und noch ein paar Stocks unter dem Gürtel fühlte ich mich ganz wie Barlasch auf Wache. Inzwischen schien mir das keine so üble Art mehr zu sein, einen Abend zu verbringen.

Shapiro, der mir mit seinen dahinplätschernden Erinnerungen die Zeit verkürzt hatte, war vierundzwanzig, ein Kibbuznik, der gerade seinen Militärdienst absolvierte. Er war mir zugeteilt, weil man annahm, daß er sowohl Englisch als auch Hebräisch konnte. Das einzig Negative, was ich an ihm entdecken konnte, war sein Draufgängertum. Aber unter dem Einfluß meines Fruchtsaftes war er ruhiger geworden. Ich versorgte ihn mit Nachschub. Im Laufe der Nacht erweiterte ich seine Sprachkenntnisse um ein paar arabische Artigkeiten. Damit waren wir um halb drei noch beschäftigt, als das Funkgerät plötzlich lebendig wurde und Shapiro leise rülpsend fünfzig Meter weit bergan krabbelte, um mir Deckung zu geben. Die Eindringlinge waren da.

Ratlos und ungläubig konnte ich sie plötzlich unten auf der Straße erkennen. Eine Schar kleiner, hüpfender Gestalten, offenbar im Laufschritt. Kurz vor dem Dorf bogen sie, wie Agrot sich ausgerechnet hatte, von der Straße ab und liefen bergan. Sie verschwanden ein paar Minuten im Gestrüpp und tauchten dann auf dem schmalen Weg gleich unter mir wieder auf. Plötzlich machten sie eine abrupte Wendung in Agrots Richtung. Ich ließ das Fernglas sinken und sah mich nach Shapiro um, der jetzt zur Beschattung wieder zu mir stoßen sollte.

Nichts geschah. Ich hoffte, daß er eingeschlafen sei, und richtete mich auf, um nachzusehen. Etwas raschelte im Dunkeln, und er rief heiser: »In Deckung bleiben!«

»Wie geht's weiter?«

Er war neben mir und sah sich verstohlen um. »Wie viele sind hier vorbeigekommen?«

»Ich weiß es nicht. Es ging viel zu schnell, um sie deutlich unterscheiden zu können.«

»Ich habe fünf gezählt«, sagte Shapiro.

»Oh.«

»Es sollten sechs sein.«

»Vielleicht sind nur fünf gekommen.«

»Nein. Sie haben uns über Funk sechs angekündigt. Haben Sie es nicht gehört?«

»Nein.«

»Es war aber so. Wo ist der sechste Schuft?«

Wir schwiegen eine Weile und sahen uns im Regen nach dem sechsten Schuft um.

»Sind Sie sicher, daß Sie fünf gezählt haben?« fragte ich.

»Ganz sicher.«

Ich sah Shapiro an. Die Frage war, ob er überhaupt in der Lage war, bis drei zu zählen. Die Männer waren viel zu dicht zusammengedrängt gewesen, als daß man sie hätte zählen können. Aber es war eine von Gott geschenkte Verzögerung. Ich sagte: »Das wirft ein anderes Licht auf die Sache, nicht wahr?«

»Genau.«

»Vielleicht haben sie einen als Deckung hiergelassen.«

»Um jeden zu überfallen, der sich rührt.«

»Klar. Dann bleiben wir am besten hier.«

»Ich weiß nicht«, sagte Shapiro.

»Wenn wir die ganze Sache nicht hochgehen lassen wollen.«

Shapiro überlegte. Eine Brandyfahne umwehte ihn.

»Ich sage Ihnen was«, sagte er. »Ich gehe los und schnapp ihn mir.«

»Tun Sie das«, sagte ich eifrig. »Ich warte hier und halte Wache.«

»Nein, Sie rücken weiter vor. Kümmern Sie sich nicht um Nachtpirsch und so was. Laufen Sie einfach los und zeigen Sie sich. Wenn er sich rührt, schnapp' ich ihn mir.«

»Also, Moment mal«, rief ich. »Darüber müssen wir aber noch reden.«

»Komm schon, Kumpel. Mach, um Gottes willen«, sagte Shapiro eifrig. »Lassen Sie mir fünf Minuten Vorsprung, und dann los. Ich hau' jetzt ab.«

Und weg war er, überraschend schnell. Er ließ nur eine Duftmarke des Brandys an der Stelle, wo er gestanden hatte, zurück. Ich nahm noch einen zu mir und dachte nach. Shapiro würde natürlich nichts passieren. Mir konnte andererseits eine ganze Menge passieren. Ich sollte die Spur der Eindringlinge überqueren, um mich von ihnen entdecken zu lassen – vielleicht passierte das schneller als erwartet, wenn die Vorgerückten durch irgend etwas gewarnt wurden. Das war vollkommen blödsinnig. Es war sowieso lächerlich, aber mit Shapiro als Beschützer war es glatter Wahnsinn. Und das war nicht die einzige Gefahr. Auf dem Hügel befand sich keiner der Eindringlinge, und falls doch, so war Shapiro nicht in der Verfassung, ihn zu stellen. Es war wahrscheinlicher, daß er sich verlaufen, im Kreis herumrennen und mich abknallen würde. *Das* war die echte Gefahr. Wild schob ich den Korken auf die Flasche, ließ mich zu Boden sinken und robbte los.

Nach einigen Metern fiel mir ein, daß Shapiro mich, obwohl er schon weit weg sein mochte, möglicherweise im Auge behielt. In diesem Fall war es besser, Richtung Pfad zu robben, und dann im spitzen Winkel weiterzugehen. Um das überzeugend zu simulieren, mußte ich natürlich aufstehen. War es das Risiko wert? Ich hielt inne, trank noch einen Schluck und überlegte. Ich hatte eine Menge Stock intus, mindestens eineinhalb Flaschen. Schon auf allen vieren drohte ich das Gleichgewicht zu verlieren. Ob ich überhaupt noch auf die Beine kam?

Ich legte vorsichtig die Uzi, das Funkgerät und das Fernglas ab und stand mühselig auf. Der Boden wankte. Der Himmel blitzte vor meinen Augen. Ich schloß sie. Als ich sie wieder öffnete, blitzte es noch immer. Es blitzte weiter, aus Richtung Yardena, und kurz darauf hörte man das schwache Rasseln automatischer Waffen. Fast zur selben Zeit kamen ähnliche Geräusche aus der Richtung von Sha'ar HaGolen. Ein greller Lichtpunkt flammte plötzlich am Himmel auf, und dann ein zweiter. Leuchtkugeln. Sehr hübsch. Gebannt taumelte ich durch den strömenden Regen darauf zu, bis ich vornüber fiel und auf allen vieren weiterkroch.

Nach einiger Zeit begann ich mich zu fragen, wo ich hinkroch. Ich schien bergab zu krabbeln. Sollte ich nicht eher aufwärts klettern? Schwerfällig machte ich kehrt und kletterte bergan. Das war natürlich ermüdend. Wirklich sehr ermüdend. Was ich brauchte, war ein Bernhardiner. Kaum war mir der Gedanke gekommen, fiel mir ein, daß ich selbst dieser Bernhardiner war und das labende Fäßchen um den Hals trug. Nur, das labende Fäßchen war weg. Welcher Frechdachs war mit meinem labenden Fäßchen durchgebrannt? Ich sah mich verwirrt um und fand es in meiner Hand. Das war ein starkes Ding; so stark, daß meine Glieder nachgaben. Ich lachte wie toll, als ich langsam den Hügel hinabkollerte, auch noch, als mein Kopf kräftig auf einen Fels aufschlug und ich bewußtlos wurde.

Ein Donnerschlag und grelles Licht störten meine Ruhe. Der Donnerschlag brüllte meinen Namen. Er verwandelte sich in ein Megaphon. Ein Megaphon mit Suchscheinwerfern, auf einem Kettenfahrzeug befestigt, das bergauf rasselte. Ich rappelte mich wacklig auf und fiel sofort wieder hin. Aber sie hatten mich gesehen. Zwischen Anfällen von Übelkeit und Schwindel sah ich, wie der Panzerwagen die Richtung wechselte und auf mich zukam. Es war immer noch Nacht, und es regnete.

»Wunderbar, fabelhaft, was für eine Nacht!« sagte Agrot. »Nehmen Sie einen Drink. Ach, Sie haben schon einen bekommen«, sagte er. Er stand in meiner Windrichtung. Ich war wieder in Beit Shean. »Wie sind Sie in diesen Schlamassel geraten?«

»Ich weiß nicht genau«, sagte ich vorsichtig.

»Sie haben eine Beule an der Stirn, so groß wie ein Ei. Die Eindringlinge müssen Sie niedergeschlagen haben. Und die müssen Sie auch entwaffnet haben. Wir haben Ihre Ausrüstung auf dem Berg gefunden.«

»Was ist mit Shapiro?«

»Eine Fleischwunde, nichts Besonderes.«

»Von einem der Eindringlinge?«

»Nein, gar nicht. Ein dummer Unfall. Er hat einen unserer Leute im Dunkeln verwechselt und ihn auf arabisch beschimpft. Niemand wußte, daß er Arabisch kann. Der Mann hat ihn jedenfalls ins Bein geschossen. Macht nichts. Er ist unser einziges Opfer – kein zu hoher Preis für die Menora. He, setzen Sie sich! Sie sind wirklich erledigt.«

Ich setzte mich, denn ich war erledigt.

»Soll das heißen, Sie haben sie gefunden?«

»Wir haben eine Wache postiert. Wir holen sie heraus, wenn es hell ist. Damit haben Sie ein Stündchen Zeit zum Schlafen.«

Aber auch Zeit zum Brüten. Ich hatte mich also geirrt, und sie hatten recht gehabt. Norden, so hieß es in der Schriftrolle, und sie waren nach Norden gegangen und hatten im Norden ins Schwarze getroffen. Warum hatte ich auf Süden beharrt? Eine Ahnung, weiter nichts. Eine Vayishlach-Ahnung. Aber Agrot kannte seine Vayishlachs besser als ich; und offensichtlich kannte er sich auch in ihrer Wortwahl besser aus. Wie alle Semiten. Warum auch nicht. Es gehörte zu ihrer nationalen Identität, zu ihrer Art zu denken. Als Agrot sagte, der Priester hätte nicht seinem Erstaunen über die Anwesenheit der Nordtruppen Ausdruck verleihen, sondern nur juristisch exakt sein wollen, warum hatte ich das nicht akzeptiert? Wenn *er* nicht instinktiv gespürt hatte, daß die Menora in den Süden und nicht in den Norden gebracht worden war, warum wollte ich es spüren?

Warum nur? Es gab nichts, was den Verdacht erhärten konnte. Nicht das Geringste hatte sich in den drei Wochen, in denen ich in Israel war, ergeben. Keine Widersprüche im Text des Priesters, abgesehen von dem einen zweifelhaften Satz... Ich hatte mich zu lange nicht mit dergleichen beschäftigt; hatte Spitzfindigkeiten gesucht, wo es keine gab. Ich hatte mich verrannt. Das Ding war die ganze Zeit hier gewesen, direkt vor meiner Nase, und keine meiner Antennen hatte es bemerkt.

Mir wurde plötzlich übel, vor meinen romantischen Gedanken über den Süden, meinen betrogenen Ahnungen, meinen Spitzfindigkeiten, vor mir selbst.

Ich schlief trotzdem ein bißchen.

3

Als wir um zwanzig nach sechs Menahemya passierten, befand sich Agrot noch immer im Zustand geschwätziger Euphorie. »Das Zeug ist natürlich Quarzit, bläulicher Quarzit, aber genau von der Art, die unsere Altvorderen getäuscht haben konnte, sehr hart und mit sehr feiner Körnung, Marmor täuschend ähnlich. Ganz bestimmt haben sie von Arabern, die hier leben, einen Tip bekommen, daß es diese Ader gibt; daher die Minensuchgeräte. Letzte Nacht haben wir eine ganz phantastische Aufnahme erhalten – habe ich Ihnen schon gesagt, daß wir eine phantastische Aufnahme gemacht haben?«

Ich deutete ein Nicken an, ohne wirklich zu nicken. Ich konnte mich nicht erinnern, mich je in meinem Leben miserabler gefühlt zu haben. Ein dampfender Becher mit schwarzem Kaffee hatte meine Lebensgeister ein wenig geweckt, aber nicht genügend. Mein Kopf schmerzte erbarmungslos. Das lag nicht nur an dem Felsbrocken, sondern auch an den eineinhalb Flaschen Brandy. Ich fühlte mich auf dumpfe, nicht genau zu lokalisierende Weise unheilbar krank.

Hinter Menaheyma verwandelte sich die Straße in einen Pfad, und eineinhalb Kilometer weiter bogen wir in freies Gelände ab. Ein viereckiges Segeltuchzelt war mitten auf einem Geröllfeld aufgebaut, und einige Soldaten und Fahrzeuge standen umher. Wir fuhren vor und stiegen aus. Es regnete in Strömen an diesem kühlen grauen Morgen. Dunkler Rauch von Holzfeuern wehte aus einem nahegelegenen arabischen Dorf herüber.

»Okay, da wären wir. Los geht's«, sagte Agrot und betrat das Zelt. Ich kam mit ihm. »Wir brauchen besseres Licht. Für den Anfang könnten wir das Dach abnehmen.« Eifrige Hände nahmen es herunter. Auf dem Boden war mit weißer Farbe ein Kreis von etwa drei Metern Durchmesser markiert, um ihn herum lagen Eimer, Planen und Spitzhacken. Der gestürzte Felsbrocken schimmerte in mattem Blaugrün.

Ich hockte auf einem umgestülpten Eimer und sah zu, wie Agrot und einige Assistenten anfingen, die oberste Gesteinsschicht abzutragen. Darunter waren kleinere Steine und mehrere große, zertrümmerte Brocken. Sie wurden alle vorsichtig beiseite geschoben, und dann hoben die Männer das darunterliegende Gestein aus. Diese Schicht reichte über einen Meter tief, zuerst größere Brocken und dann feinere. Sie lockerten sie zunächst mit den Hacken, bis Agrot sie stoppte.

»Gut«, sagte er ruhig. »Ab jetzt machen wir mit den Händen weiter.«

Sechs Hände gruben im Loch, aber Agrots Hand war es, die das erste Stück fand: einen zerknüllten, schwarzen Fetzen. Er zog eine kleine Lupe hervor und untersuchte ihn sorgfältig. Dann roch er daran.

»Leder?« flüsterte jemand.

»Tuch«, sagte Agrot leise. »Eingeölt, aber sehr mürbe. Jetzt bitte ganz vorsichtig weitergraben.«

Sie nahmen ihre Arbeit wieder auf. Niemand sagte mehr ein Wort, weder im Zelt noch draußen. Das einzige Geräusch war das leise Scharren, mit denen die Bröckchen von Hand beiseite geschoben wurden. Ich erhob mich von dem Eimer und beugte mich über das Loch. Das verdrehte Tuchende sah einige Zentimeter aus den Steinchen hervor. Agrot berührte es nicht. Er arbeitete darunter. Er hielt gerade wieder inne, um etwas mit der Hand zu betasten. »Holz«, sagte er. »Verrottet.«

Händeweise schoben sie die Steinchen beiseite, bis das Holz freigelegt war. Das Holz war sauber geglättet worden. Die dünnen Bretter bildeten eine Kiste. Der ganze Deckel war nun sichtbar, dunkel und lange verfault. Er war etwas aus seiner ursprünglichen Position verschoben, und der eingeölte Tuchzipfel lugte aus der Lücke zwischen Deckel und Seitenwänden hervor.

Agrot untersuchte den Deckel mit äußerster Sorgfalt. Die Schwierigkeit war, ihn abzuheben, ohne daß er zerfiel. Er schob mehrere Finger darunter und versuchte es. Eine Ecke zerkrümelte und brach ab. Er hielt einen Moment inne, wischte sich den Schweiß aus den Augen und versuchte es noch einmal. Diesmal hob er nicht an. Er brachte die Finger hinein, dann die Hand, und schließlich den ganzen Unterarm. Die beiden anderen Männer schoben rasch den Arm in den Spalt. Mit äußerster Vorsicht hoben sie das Ende des Deckels an, verteilten sich, um das Gewicht auszubalancieren, und hoben das ganze Stück an. Die Soldaten, die oben warteten, übernahmen die Last und legten sie atemlos und ehrfürchtig auf eine Plane.

Auch ich atmete kaum. Ich spürte, wie mir das Blut in den Schläfen pochte.

Agrot tastete mit den Händen an dem eingeölten Gewebe entlang. Der Zipfel war das lose Ende einer Hülle, die den gesamten Inhalt der Kiste umgab. Er fing an, sie mit gemessenen, ruhigen Bewegungen abzuwickeln.

Er mußte nur ein kurzes Stück herunterrollen. Dann fuhr er kerzengerade auf und wandte sich in der gleichen, gemessenen Weise ab; dabei lächelte er tatsächlich, brachte aber kein Wort hervor. In der Kiste lagen neun Gewehre, österreichische Mannlicher-Gewehre, wie sie die türkische Armee um 1915 benutzt hatte, von der man sie zweifellos gestohlen hatte. Die Gewehre waren in gutem Zustand.

Eine halbe Stunde später, wieder in Beit Shean und im Bett,

döste ich, mit einem leichten Lächeln im Gesicht, ein. Starker Tobak für Agrot, ganz klar, aber die wissenschaftliche Arbeit bestand, wie er selbst sagte, in der Fähigkeit, aus Fehlern zu lernen. Und der Nutzen, wenn es überhaupt einen geben sollte, war ihm im großen Maße zuteil geworden. Auch ich fühlte mich schon ein wenig besser.

4

Um drei Uhr stand ich außerordentlich erfrischt auf, nahm eine Mahlzeit ein, die Shoshana bereitet hatte, und machte mich auf die Suche nach Agrot. Er lag mit Stiefeln unter der Decke, die Arme hinter dem Kopf verschränkt, und blickte mit verdrehten Augen dem Rauch der Zigarette nach, die in seinem Mund steckte. Ich setzte mich auf einen Stuhl, zündete mir auch eine an und wartete ab, was er sagen würde.

Bevor er seine Zigarette aufgeraucht hatte, sagte er gar nichts. Dann beugte er sich herüber, drückte sie aus und sagte beiläufig: »Und was schlagen Sie jetzt vor?«

»Zurück nach Hatseva.«

»Nicht mit dem Hubschrauber. Der Pilot kann bis zum Sabbat nicht zurück sein, und wir stehen nicht unter Zeitdruck.«

»Das macht nichts. Ich nehme den Jeep.«

»Gut. Aber in Hatseva ist nichts.«

Es war wohl nicht nötig, ihn daran zu erinnern, daß auch hier nichts war. Ich sagte: »Ich habe so eine Ahnung, der ich nachgehen muß.«

»Das wollen Sie immer noch, obwohl Sie meine Meinung kennen?«

Er hatte mir seine Meinung gestern erläutert. Sie lautete: Erstens, daß in seiner ganzen Geschichte Hatseva nie etwas anderes als ein Militärstützpunkt gewesen war, und niemand, der bei Sinnen war, je der Idee verfallen sein konnte, dort Blumen zu züchten oder eine Parfümerie zu unterhalten; zweitens lag der Ort inmitten einer Ebene, und es gab daher keinen Zweifel, daß der Priester hätte bergab gehen müssen, um dorthin zu gelangen. Drittens war der Ort zu jener Zeit in der Hand der Edomiten, also der räuberischen Nachbarn, gewesen und deshalb als Versteck für die Menora undenkbar. All das hatte er mir ganz leutselig auseinandergesetzt, als wolle er ein übereifriges Kind von Dummheit abhalten. Da hatte er natürlich noch selbst Hoffnungen gehegt, die inzwischen zerplatzt waren.

Diese Hoffnungen hatte er jetzt nicht mehr, und er war auch nicht mehr annähernd so leutselig. Daher setzte ich ihm meinen Standpunkt auseinander. Der war erstens, wenn Hatseva nicht selbst die gemeinte Wasserstelle war, mir doch die Gegend zu passen schien; zweitens daß es in der Gegend blauen Marmor in derartigen Mengen gab, daß sich eine Untersuchung lohnte, und drittens, daß sich die Wasserstelle als eine der antiken Quellen des Negev erweisen mochte, die gerade zusammen mit dem um sie herum angesiedelten Gewerbe wiederentdeckt wurden.

Er schloß die Augen, während ich sprach, und öffnete sie auch nicht, als ich geendet hatte. Ich sagte: »Haben Sie irgendeine andere Spur, die wir verfolgen könnten?«

»Nein«, sagte er seufzend. »Keine. Ich wäre Ihnen nicht böse, wenn Sie jetzt nach Hause fahren wollten.«

»Das habe ich nicht gesagt.«

»Wenigstens wissen wir jetzt, daß die Araber auch nicht schlauer sind als wir.«

»Das habe ich nie vermutet.«

»Aber ich. Deshalb habe ich Sie mit dazugeholt. Damals schien die Zeit zu drängen. Jetzt natürlich nicht mehr.«

»Soll das heißen, Sie möchten, daß ich aufhöre?«

»Es geht einfach um die Prioritäten. Für mich hat Barot höchste Priorität. Ihre Prioritäten liegen vermutlich in England.«

»Sie haben mich für einen festen Zeitraum engagiert. Der Zeitraum ist vor zwei Wochen nicht beendet.«

»Über das Honorar brauchen wir nicht zu streiten.«

Plötzlich wurde ich furchtbar wütend.

Ich sagte: »Ihr Honorar können Sie sich sonstwohin stekken. Und machen Sie endlich die Augen auf. Wenn Sie wollen, daß ich aufgebe, dann sagen Sie es mir.«

Er öffnete die Augen und sah mich milde an. »Regen Sie sich nicht auf«, sagte er. »Ich dachte, das würde Ihnen Sorge bereiten. Was soll denn in zwei Wochen schon passieren? Was könnte geschehen? Sie selbst sagten, Sie seien kein Zauberer und kein Wünschelrutengänger. Das bedeutet Arbeit – Monate, vielleicht Jahre, Forschung und Ausgrabungen. Ein einzelner Rückschlag heißt nicht, daß wir wie die Verrückten von hier nach da hasten müssen. Sie wurde im Norden vergraben – tut mir leid, aber davon bin ich im Moment überzeugt. Ich glaube, daß das, was in der Schriftrolle steht, auch wirklich gemeint ist. Vielleicht habe ich unrecht. Das wird sich herausstellen. Aber der einzige Punkt, den Sie ins Spiel brachten, diese eine Textzeile, von der ich glaube, daß Sie sie nicht richtig interpretieren, überzeugt mich nicht vom Gegenteil. Möglicherweise haben wir ein paar Widersprüche übersehen. Vielleicht finden wir im Text noch andere Hinweise. Es kann sein, daß die Jordanier sie in ihrem besseren Text eher finden. Aber das braucht seine Zeit. Im Augenblick drängt die Zeit nicht. Das ist alles, was ich dazu sage. Ich werde, nachdem ich die Gefangenen verhört habe, nach Barot zurückkehren. Aber wenn Sie nach Hatseva fahren wollen – bitte.«

Eine halbe Stunde später fuhr ich los.

Wir hatten mit aufgeblendeten Scheinwerfern und klickenden Scheibenwischern Peta Tiqvah hinter uns gelassen und waren an Tel Aviv vorbei, bevor ich anfing zu sprechen. Heiser fragte ich: »Können wir irgendwo einen Kaffee trinken?«

»Es ist schon Sabbat. Die Cafés sind geschlossen.«

»Und in einem Hotel?«

»Ich weiß nicht. Aber wenn wir in die Stadt fahren, können wir auch nach Hause.«

»Na gut, vergiß es.«

»Was ist denn los?«

»Nichts.«
»Dann fahren wir eben in ein Hotel.«
»Ich sagte: Vergiß es.«
»Es war nur ein Vorschlag.«
»Tut mir leid. Ich habe keine Lust zu reden. Ich bin nervös.«
»Du solltest nicht so viel trinken.«
»Das ist es nicht.«
»Was ist es denn?«
»Hört der Mistregen überhaupt nie auf?« sagte ich.

Bei Lod fiel mir ein, daß ich sie nicht gefragt hatte, ob sie das Wochenende freinehmen wollte.

»Macht nichts.«
»Hattest du etwas vor?«
»Nichts Besonderes.«
»Was denn?«
»Nichts.«

Ich schaltete die Innenbeleuchtung ein und sah sie an.

»Du bist nicht sehr gesprächig.«
»Ich denke, du hast keine Lust zum Reden.«

Ich schaltete das Lämpchen wieder aus.

Bei Beersheba fühlte sich mein Mund an wie eine arabische Latrine, und wir mußten halten. Sie fand ein Hotel, das sie kannte, und der Besitzer setzte uns zu seinen Sabbatgästen. Es war fast neun, als wir wieder aufbrachen, und es regnete noch immer. Eine ganze Menge Sabbatschänder auf dem Weg zu ihren Wochenendvergnügungen hatten uns auf der Landstraße Gesellschaft geleistet, aber in der Wüste waren wir ganz allein. Der Regen prasselte monoton gegen die Windschutzscheibe und trommelte auf das Dach, als wir uns durch die Dunkelheit fraßen. Die Lichter von Dimona tauchten auf und verschwanden.

Sie sagte: »Hast du dir überlegt, was du bei diesem Regen in Hatseva anfangen willst?«

»Nein.«
»Du wirst Zeit zum Nachdenken haben.«
»Ich will nicht nachdenken.«

»Was willst du tun?«

»Ich weiß nicht.«

»Sonst gibt es da nicht viel.«

Wahr. Verdammt wahr. Da war noch der Bibelnarr und viel Zeit zum stundenlangen Plaudern. Ich sagte: »Was glaubst du, wie lange der Regen noch anhalten wird?«

»Wer weiß? Er dauert ungewöhnlich lang. Die Zeitungen berichten schon darüber, wie ungewöhnlich er ist.«

Ich gab auch meinen Kommentar ab.

»Du solltest nicht so viel fluchen. Du brauchst Ruhe.«

»Ja.«

»In Eilat regnet es nicht«, sagte sie.

Das sagte sie nach einer kleinen Pause, und eine weitere folgte.

»Wieso Eilat?«

»Das liegt am Golf, am Roten Meer.«

»Und?«

»Es ist eben ein Ort, an dem es nicht regnet.«

»Wie weit ist das?«

»Von Hatseva aus hundertfünfzig Kilometer.«

»Haben wir genug Benzin?«

»Sicher. Hinten haben wir vier Reservekanister.«

»Hm«, sagte ich. »Wie ist es dort?«

»Ich habe einen alten Prospekt im Auto gefunden, der hat mich darauf gebracht. Er liegt unter dem Sitz«, sagte sie.

Ich tastete mit der Hand danach und fand ihn. Es war eine Broschüre vom Verkehrsamt von Eilat und gar nicht alt. Sie stammte aus einem Reisebüro in Tiberias. Dem Stempel nach zu urteilen, vom selben Tag. Das verarbeitete ich langsam, und auch die Informationen in der Broschüre.

»Das klingt ein bißchen zu lebhaft für meinen Gesundheitszustand.«

»Ach, so lebhaft ist es da nicht. In Eilat gehen die Leute früh zu Bett.«

»Tatsächlich?«

»Aber ja«, sagte sie.

Ich sah sie wieder an. Der hübsche kleine Kopf war nach vorn gerichtet und betrachtete ernst die Lichtkegel, die durch die verregnete Wüste tanzten. Ich schaltete das Lämpchen wieder aus.

»Ziemlich früh«, sagte sie nachdenklich im Dunkeln.

Wir kamen lange nach Mitternacht dort an.

Sie hatte recht mit dem, was sie über Eilat gesagt hatte.

XII Die Tiefen der Weisheit

Höher als der Himmel
(Hiob 11.6)

1

Wir blieben bis Montag. Dann wurde im Radio gemeldet, daß sich das Wetter im Norden gebessert habe, und wir brachen nach dem Mittagessen auf. Am Morgen schliefen wir am Strand. Wir hatten jeden Morgen am Strand geschlafen. Obwohl wir immer um halb neun ins Bett gegangen waren, hatten wir eine Menge Schlaf nachzuholen.

Wir kamen gegen fünf Uhr an. Eine Reise durch den Negev kann einen zu jeder Zeit in melancholische Stimmung versetzen, aber dieses Mal, als wir durch eine kahle Einöde nach der anderen fuhren, verwandelte sich die Melancholie in unendliche Traurigkeit. Als sich die vertrauten Umrisse von Zin ins Blickfeld schoben, sank mein Mut ins Bodenlose.

Es nahm kein Ende! So viel Leere, so viel riesiges, tragisches Nichts, alles war so vollkommen tot und ohne Lebenskraft; eine bedrückende Atmosphäre von längst vergangener, vor langer Zeit verbrauchter Kraft; von bedeutenden Dingen, die sich in der Geschichte dieses Planeten hier ereignet hatten; Ereignisse, die die Gegend ausgelaugt, entkräftet, dem Tode überlassen hatten, um nun für alle Ewigkeit außerhalb der menschlichen Lebenssphäre fortzudauern.

Agrot hatte recht. Wer würde hier Blumen pflanzen, wer eine Parfümerie unterhalten? Ebenso konnte man eine Tanzschule auf dem Friedhof oder einen Zirkus in einer von der Pest heimgesuchten Stadt eröffnen. So etwas gehörte hier nicht hin. Es stimmte nicht. Alles war falsch.

Oh, mein Gott, dachte ich, und meine Kopfhaut kribbelte, die Zehen verkrampften sich, die Zähne nagten panisch an den Fingernägeln, als mir der schleichende Verdacht zur bitteren Gewißheit wurde. Wie war ich bloß auf diesen Gedanken verfallen, auf diese monströse Theorie? Es war nicht verwunderlich, daß Agrot sich kaum die Mühe gemacht hatte, mich anzuhören. Kein Wunder, daß er mich lieber nach Hause geschickt hätte, statt sich mit mir abzuplagen. Ich hatte einen Fehler begangen und hatte grundlos Alarm geschlagen. Ich hatte zu viel Druck ausgeübt und mich mit Symptomen statt mit Tatsachen zufriedengegeben wie bei einer Scheinschwangerschaft. Und doch... und doch... Der Süden. Sie war im Süden. Ich wußte es instinktiv, jenseits aller Logik... ich mußte wieder am Text arbeiten. Ich fieberte danach, ihn zu sehen, auf der Stelle. Wo war der Fehler passiert? Die Theorie war in Ordnung. Der Marmor. Die Umkehrung von Norden und Süden. Die Notwendigkeit, innerhalb der angegebenen Entfernung eine Wasserstelle zu finden. An welchem Punkt war ich abgehoben, weswegen war ich jetzt hier? Der Text würde mir Aufschluß geben. Er mußte einen Hinweis enthalten. Mein Instinkt konnte mich nicht so ganz und gar verlassen haben. Aber Agrot hatte den Text studiert, endlos lange, hatte die Worte auseinandergenommen, einzeln vom Staub befreit und wieder zusammengesetzt, ohne etwas zu finden...

Also gut, der direkte Weg war also der falsche. Dann mit Landkarten. Karten im größten Maßstab brauchte ich, um den schmalsten Graben eines Wadi bis zum winzigsten Rinnsal analysieren zu können. Eine Wasserstelle mußte es geben, egal, wie lange sie schon versiegt war, irgendwo im Umkreis von hundert Kilometern um Jerusalem. Weg aus diesem toten Gelände; vielleicht nach Westen oder Osten. Die erstbeste Stelle mußte man isolieren. Man mußte alle in Frage kommenden Stellen, an denen sie gelegen haben konnte, isolieren. Karten.

Am Horizont vergrößerte sich die struppige Anhäufung von Eukalyptusbäumen.

»Hatseva«, sagte das Mädchen.

2

Um elf saß ich immer noch mit entzündeten Augen und schmerzendem Rücken über Lineal und Zirkel gebeugt, als der Kommandant an die Tür klopfte. Seit dem Abendessen war er um mich herumgeschlichen. Er lauerte darauf, das versprochene Gespräch über seine Bibeln zu führen. Wenn ich zur Toilette wollte, mußte ich an seiner Bürotür vorbei, die er kameradschaftlich für mich offenstehen ließ. Beim ersten Mal ging ich mit jovialem Nicken daran vorbei, beim zweiten Mal mit nachdenklich gesenktem Kopf, wie über einem verzwickten Problem brütend.

»Kommen Sie, Professor! Sie haben gut gearbeitet. Jetzt ist es Zeit für einen Drink.«

»Einen Drink. Gut, den könnte ich gebrauchen. Wie spät ist es? Um Gottes willen«, rief ich in gut gespieltem Erstaunen. »Elf Uhr! Aber ich muß ins Bett!«

»Ins Bett?« fragte er, und sein Unterkiefer klappte herunter. »Aber meine Sammlung. Ich habe alles für Sie zurechtgelegt.«

»Die Sammlung!« rief ich und schlug mir die Hand vor die Stirn. »Die wollte ich um nichts in der Welt verpassen! Wissen Sie was? Ich gönne mir zwanzig Minuten!«

Er fiel aus allen Wolken. »Zwanzig Minuten? Worüber kann man in zwanzig Minuten schon reden? Aber gut, kommen Sie«, sagte er eilig, als er auch diese zwanzig Minuten rasch schwinden sah. »Hier sind sie. Sehen Sie.«

Sie lagen auf seinem Bett, zusammen mit ein paar Echtheitszertifikaten und Eigentumsurkunden. Er reichte sie mir einzeln mit düsterer Eile, als fürchte er, eine könnte übersehen werden. Unterdessen trank ich ein paar Brandys und äußerte ein paar passende Bemerkungen. Es war eine wertvolle Sammlung, eine, die man in einer Kaserne nicht erwarten würde.

»Wo soll ich sie sonst aufbewahren?« sagte er. »Ich bin Junggeselle. Ich habe sie gern um mich. Sehen Sie nur, diese *Ycov Ben Manasseh* aus Troyes.«

»Wundervoll. Schöne schwarze Lettern.«

»Nicht datiert, aber attestiert. Hier ist die Bestätigung von Magnus.«

»Dann besteht kein Zweifel. So«, sagte ich mit einem Blick auf die Uhr, »bedauerlicherweise muß ich jetzt...«

»Nehmen Sie welche mit. Lesen Sie sie im Bett. Hier«, sagte er hastig, »eine Johannes Schleef.«

»Oh, ich würde sicher...«

»Bitte. Ich würde Ihre Meinung sehr schätzen. Und die Thomas Skelton. Sie werden sicher eine Minute Zeit finden.«

»Danke«, sagte ich, kehrte in mein Zimmer zurück und schloß ab.

Eine Minute später war er wieder da und klopfte.

»Entschuldigen Sie, die Ben Manasseh. Ich kann sie nicht finden.«

»Pardon. Ich habe sie versehentlich mitgenommen.«

»Behalten Sie sie, behalten Sie sie. Sie werden sicher eine Minute Zeit finden.«

»Oh, wirklich, ich...«

»Gute Nacht, gute Nacht.«

»Gute Nacht.«

Ich wartete ab, bis die Geräusche aus seinem Zimmer erstorben waren, dann löschte ich das Licht und machte unter der Schreibtischlampe weiter. Ich arbeitete noch eine Stunde, bis ich kaum noch sehen konnte. Dann lehnte ich mich zurück, rauchte eine Zigarette und dachte über meine Ergebnisse nach. Ich hatte Fotokopien handgezeichneter Militärkarten, in einem sehr großen Maßstab, jeder Kilometer in der Natur auf einige Zentimeter gedehnt. Ich hatte beim Licht der Schreibtischlampe jeden Meter abgeklappert, war die Höhenlinien abgeschritten, hatte über Abhänge geblickt – Klippen und Schächte, ausgetrocknete Wadis, Schluchten voller Geröll, auf Straßen zweiter Ordnung, Allwetterstraßen und Trockenstraßen. Ich hatte ein paar Seiten mit Koordinaten und Notizen gefüllt und war total erledigt.

Ich drückte die Zigarette aus und blieb noch ein paar Minuten niedergeschlagen sitzen. Das alles mußte in zwei Wochen, in weniger als zwei Wochen, in nur noch zehn Tagen untersucht werden. Das war natürlich ausgeschlossen, wenn mich kein Glücksfall sofort zur richtigen Stelle führte. Glücksfälle hatte es schon gegeben.

Ich stand auf, zog mich aus und ging ins Bett. Ich würde keine Sekunde schlafen. Meine Augen brannten und zuckten, und meine Gedanken kreisten noch immer um die gepunkteten Umrisse der Wadis. Ich zündete mir noch eine Zigarette an, drückte sie aber fast sofort wieder aus. Ein übler Geschmack im Mund. Was ich brauchte, war ein Drink, um mich zu entspannen, aber es gab hier nichts. Statt dessen nahm ich die Johannes Schleef vom Nachttisch.

Fast sofort fing das herrliche Stück an, seine Wunder zu vollbringen. Schon das Papier fühlte sich beruhigend an. BIBLIA SACRA. Johannes Schleef, Mainz 1594. Natürlich in Vulgärlatein. Die verschiedenen Phasen des Lateinischen waren für den Geist genauso besänftigend wie Wein für den Gaumen. Ich blätterte. *Canticum Canticorum. Liber Threnorum. Prophetae Posteriores. Prophetae Priores.* Die gepunkteten Linien begannen sich bereits aufzulösen, die Allwetterstraßen und trockenen Wadis segelten zur Hölle und darüber hinaus. Ich blätterte um. *Jehosuah, Judicum, Regum.* Die Seiten wogten wie die See, behaglich, im Bindefalz etwas zerknittert. Die deutschen Lettern so klar wie am Tag, als Johannes Schleef sie gedruckt hatte. Unmerklich legten die zeitlosen lateinischen Satzstrukturen ihren sanften Mantel um das Gehirn, das erschöpfte Gemüt entspannte sich und wurde beim Rhythmus der Worte schläfrig.

... donec venundaretur caput asini octoginta argenteis, et quarta pars cabi stercoris columbarum quinque argenteis...

Ich nickte. Alle nickten. Johannes Schleef hatte genickt. Ich wurde stutzig und las die Worte ein zweites Mal. Wie viele argenteis? *Quinque.* Fünf. Hm. Ein interessanter Patzer. Die Johannes Schleef war weit mehr wert, als ihr stolzer Besitzer ahnte. Die Zahl mußte natürlich zehn lauten, nicht fünf. Das ging aus dem Original ganz klar hervor. Neben mir lag das Original auf dem Stuhl, in Ben Manassehs unbestechlichem Hebräisch. Ich nahm sie und suchte die Seite. Wo waren wir? *Regum.* Könige. *M'lachim.* Ich fand die Stelle.

»Verovah ha-kav hir'yonim ba-hamisha khasef...«

Wie viele *khasef? Hamishah?* Fünf. Das war lächerlich! Beide irrten sich. Ich hatte die Passage erst kürzlich gelesen. Der Preis mußte zehn Schekel Silber lauten, ganz sicher, nicht fünf. Wo hatte ich das gelesen? In der englischen Ausgabe – der von König James genehmigten Version. Auch diese Ausgabe stand glücklicherweise zur Verfügung. Ich nahm den Thomas Skelton. Zweites Buch der Könige, Kapitel 6, Vers 25. *Da entstand in Samaria eine große Hungersnot; ja, sie belagerten es so lange, bis ein Eselskopf achtzig Schekel Silber und ein viertel Kab Taubendung fünf Schekel Silber kostete.*

Wie bitte?

Ich las es noch einmal. *Fünf* Schekel Silber? Fünf, nicht zehn Schekel für ein viertel Taubendung.

Ich hatte zuviel geraucht. Mein Herz schlug zu schnell, und meine Lungen arbeiteten nicht schnell genug. Ich konnte kaum atmen. Lichter blitzten. Alles blitzte, die Alarmschellen gingen los.

Um Gottes willen, *nein,* dachte ich. *Nicht schon wieder.* Aber es war so. Der Alarm machte einen ohrenbetäubenden Lärm. Mir war plötzlich eingefallen, daß ich nicht den Wortlaut aus der Bibel im Kopf hatte, sondern den des Priesters. *Das frühere Mal in Erinnerung, als sogar Vogeldung als Nahrung gehandelt werden mußte – zehn Schekel für ein Viertel, wie die Geschichte überliefert,* hatte der Priester geschrieben.

Welches frühere Mal? Und wo stand es geschrieben? Geschichte, wie sie der Priester verstand, war im *Sefer M'lachim,* dem Buch der Könige, festgehalten; und dort stand als Preis fünf Schekel Silber, nicht zehn. Konnte das ein Flüchtigkeitsfehler sein? Konnte jemand, der in allen anderen Dingen so pedantisch war, sich hier geirrt haben – beim Zitieren der Heiligen Schrift? Oder gab es noch andere Ereignisse, bei denen Vogeldung als Nahrung verkauft wurde?

Ich sprang aus dem Bett, war im Flur, barfuß, und hämmerte an seine Tür.

»Was? Was ist los?«

Er hatte die Zähne herausgenommen und trug eine Pyjamahose und ein altes Unterhemd. Seine Arme waren überraschend behaart und muskulös.

»Haben Sie eine Konkordanz?«

»Eine was?«

»Eine Konkordanz – um eine Bibelstelle zu überprüfen.«

»Ach so. Ja. Natürlich.«

Er hatte eine alte Cruden, Zweite Auflage, von 1761; ich hörte Glockenklang. Hektisch schlug ich sie auf.

»Was ist los? Was suchen Sie?«

»Dung.«

»Was?«

Ich hatte es gefunden. *Alles, was Übelkeit oder Ekel erregt.* Von Kühen, von Menschen... meine Augen überflogen die Spalten. Tauben: *ein viertel Taubendung,* 2. Könige, 6.25. Sonst noch welche? Nein. Jede Menge sonstiger Dung. Aber sonst kein Vogeldung. In den neununddreißig Büchern und fast einer Million Wörter der hebräischen Bibel gab es nur einen Nachweis. Und genau den hatte er genutzt, genial, mit Bedacht. Ich hatte es gewußt, verdammt noch mal. Ich *kannte* ihn, ich hatte recht gehabt.

»Bitte, was ist los? Ein falsches Zitat?«

Ich grinste zu ihm hoch, grinste wie ein Honigkuchenpferd. Ich konnte es einfach nicht unterdrücken, schwach, völlig erledigt, glücklich und erschöpft. Seine Augen bohrten sich in meine wie Röntgenstrahlen.

»Was ist denn? Was ist los? Was ist passiert?«

»Er hat sie verdoppelt. Er hat die Zahlen verdoppelt.«

»Hat er das? Wer? Wovon reden Sie?«

»Von einem schlauen alten Hund. Einem verdammt genialen alten Hund.«

»Moment. Sie brauchen einen Drink. Hier. Halten Sie die Flasche. Ich hole ein Glas.«

»Ich brauche kein Glas«, erwiderte ich.

Das Zeug rann schon abwärts, die Kehle hinunter, am Kinn entlang, zu beiden Seiten meines Grinsens hinab, das einfach nicht aufhören wollte, nicht aufhören konnte.

3

Um Punkt zehn betraten wir das Universitätsgelände und klopften ein paar Minuten später bei Dr. Hilde Himmelwasser an.

»Ah, Dr. Laing. Was für eine Überraschung«, sagte sie und blickte mich, gar nicht überrascht, ernst von ihren Storchenbeinen herab an. »Ich glaubte, Sie seien wieder nach England abgereist.«

»Nein, nein. Ich bin noch hier. Ich möchte sehen, wo die Schriftrollen aufbewahrt werden. Soviel ich weiß, haben Sie Zugang.«

»So ist es. Professor Agrot hat mich darum gebeten, daß ich dort wieder das Fotolabor einrichte. Das werde ich in etwa zwei Tagen tun.«

»Fein. Kann ich den Schlüssel haben?«

»Nein. Von mir nicht.«

»Sie haben den Schlüssel nicht?« fragte ich höflich.

»Ich habe ihn nicht.«

»Wer hat ihn?«

»Die Schlüsselwache.«

»Würde die Schlüsselwache Ihnen den Schlüssel geben?«

»Natürlich«, sagte sie ernstlich amüsiert. »Wie sollte ich sonst ins Labor gelangen?«

»Vielleicht wären Sie dann so freundlich, ihn zu holen und mich hineinzulassen.«

»Ach so. Das kann ich nicht. Nicht ohne Anweisungen.«

»Von wem?

»Von Professor Agrot.«

»Wo ist Professor Agrot?«

»In Barot.«

»Darf ich bei Ihnen mal telefonieren?«

»Mit Vergnügen... Sie beabsichtigen, Professor Agrot anzurufen?« fragte sie. Der Gedanke war ihr gekommen, als ich den Hörer abnahm.

»Was für eine gute Idee!«

»Aber er ist sehr beschäftigt. Ich glaube nicht, daß er ans Telefon gehen wird. Er nimmt nur wichtige Anrufe an.«

»Vielleicht hält er meinen für wichtig genug.«

»So?« fragte sie ernst. Sie wartete aufmerksam ab und starrte mich ohne zu blinzeln an, während die Verbindung hergestellt wurde.

»Barot.«

»Professor Agrot, bitte. Hier spricht Dr. Laing.«

»Er nimmt heute keine Gespräche an.«

»Sagen Sie ihm nur«, sagte ich sehr langsam und sehr ruhig, »daß Dr. Laing von der Universität aus angerufen hat und sofort ins Labor will. Er wird es verstehen.«

»Warten Sie.«

Ich wartete. Dr. Himmelwasser wartete. Shoshana wartete. Nach fünf Minuten setzte Shoshana sich hin. Nach zehn Minuten hatte ich den zwanghaften Wunsch, Frau Dr. Himmelwasser zu besteigen und mit ihr durch den Raum zu galoppieren.

»Hallo.«

»Ja«, knurrte ich.

»Er ruft Sie um zwei Uhr an. Hinterlassen Sie bei der Vermittlung, wo er Sie erreichen kann.«

»Hören Sie...«

Klick.

Vor Wut hätte ich beinah das Telefon zertrümmert.

»War er nicht verfügbar?« Sie hatte einen halben Meter danebengestanden.

»Nein... nein«, sagte ich und nahm mich zusammen.

»Natürlich nicht. Er ist in dieser Woche beschäftigt. Er

nimmt nur wichtige Gespräche an. Kann ich sonst etwas für Sie tun?«

Das konnte sie, aber bevor ich ihr das sagen konnte, wurde ich zitternd aus dem Zimmer geführt.

»Laß nur«, sagte das Mädchen draußen. »Sie hat ihre Anweisungen, und sie hat ihre Arbeit. In zehn Tagen wird Teitleman...«

»Himmel noch mal, ich muß ins Labor.«

»In ein oder zwei Stunden. Komm, wir trinken einen Kaffee.«

»Aber ich kann nicht bis zwei Uhr warten. Mir platzt der Schädel!«

»Dein Schädel. Ein guter Gedanke«, sagte sie. »Wir gehen zum Arzt.«

Sie zeigte neuerdings eine besessene Vorliebe für Ärzte. Sie hatte mich in Eilat zu einem gebracht. Er hatte den Verband entfernt und ein großes Wundpflaster aufgeklebt. Er hatte geraten, daß der Arzt, der mich genäht hatte, demnächst wieder einen Blick darauf werfen sollte. Dieser Augenblick schien jetzt gekommen. Eine halbe Stunde später saß ich im Behandlungszimmer.

Erst als ich auf dem Behandlungsstuhl saß, fiel mir der Streiml wieder ein – den ich in Tel Aviv vergessen hatte. Ich entschuldigte mich.

»Das hat keine Eile. Wenn er Ihnen nur genutzt hat. Mein Schwiegervater, Gott hab' ihn selig, braucht ihn nicht mehr.«

Dann war ich wieder draußen, und wir mußten drei Stunden totschlagen. Wir gingen spazieren, tranken noch einen Kaffee, aßen zu Mittag. Er war gerade erst halb zwei, als ich wieder auf dem Campus war. Ich lief herum wie ein Tiger im Käfig. Aber um Punkt zwei, wie versprochen, rief Agrot an, und um fünf nach zwei war ich im Labor.

4

Als ich ein paar Stunden später fertig war, stieß ich einen lauten Seufzer aus. Alles, was bekannt war, hatte ich in einer eigenen Version so nah wie möglich an der modernen Sprache übersetzt. Einige Sätze hatte ich unterstrichen. Ich war mir meiner Sache jetzt sicher und, daher merkwürdig erschöpft, zündete eine Zigarette an und besah mir meine Arbeit. Sie lautete:

Ich kam im Norden heraus, wohlgemerkt, im Norden, und wandte mich nach Norden, ich, zehn Männer und zwanzig Lasttiere, mit dreißig Tagesrationen.

Wir aßen spärlich, jeder hoffte von Herzen--- das frühere Mal in Erinnerung, als sogar Vogeldung als Nahrung gehandelt werden mußte – zehn Schekel für ein Viertel, wie die Geschichte überliefert und wie betont werden muß.

Wir marschierten bei Nacht, die Fracht wie folgt verteilt: genau gesagt, jedes Tier mit hundert Kilogramm, bei einer Gesamtlast von zweitausend Kilogramm, alles in Barren, geheimes Gut.

Was--- trugen die Unteroffiziere das OEED und die Feldwebel die Ausrüstung. Die gemeinen Soldaten trugen das Werkzeug, Schaufeln, Hacken und Brechstangen.

Nach 65 Meilen, wie man verstehen muß, erreichten wir den Ort und vergruben das OEED. Aus Gründen der höchsten Geheimhaltung nahmen nur die gemeinen Soldaten und ich an dieser Operation teil. Es gab keine Zeugen. Hier ist es: In einer Tiefe von, einfach ausgedrückt, zwei Metern, gut--- unter einer zwanzig Zentimeter dicken Schicht blauer Marmorbrokken, und mit Holzbohlen gesichert; die Vorkehrungen entsprachen den gesondert erteilten---

Die Barren sind anderswo––– finden sich (?) –––an verschiedenen Orten.

Nach all der Mühe kehrten wir um, genauer gesagt: ich, zwei Offiziere, zwei Unteroffiziere, zwei Feldwebel und vier gemeine Soldaten. Bei der ersten Rast riefen die Offiziere und Unteroffiziere die zwei Soldaten [?] und erwürgten sie.

Beim nächsten Halt, als die Tiere gefüttert wurden, wurden die beiden Feldwebel getrennt zur Arbeit geschickt, und bei ihrer Arbeit von den Unteroffizieren erwürgt, die zu zweit vorgingen. All das geschah mit Stricken, genau nach Vorschrift; und das Begräbnis mit [?].
Nachts im Lager auch die beiden Unteroffiziere, während sie schliefen, die Messer der Offiziere, es war ganz nach den Buchstaben des Gesetzes; [und sie sind begraben]––– mit [?].

Die beiden Offiziere [haben gegessen?]. Die Schuld ist––– nicht [?].

Sofort nach dem Ende brachen wir auf, aber um Mitternacht ruft ein––– und wir stehen––– einem berittenen Trupp, ein großer Trupp, dreißig Männer. Ihr Anführer, ihr Hauptmann – unsere Offiziere kannten – war eindeutig vom Nordkommando, ich wiederhole, vom Nordkommando, und wies uns unterschriebene Befehle vor, die uns zwangen, ihn zu seinem Hauptquartier zu begleiten.

Wenn man es liest [?]––– niemand sagte mir, daß unser Auftrag [bekannt ist?] dem Nordkommando. Bei meiner Seele konnte ich nicht––– daß dieses Kommando in unserem Auftrag. Dem jungen Offizier war nicht möglich, [einen zu nennen?] Aber er sagte, wir müßten die Fracht und die Männer unter sein Kommando–––. Aber das ist nicht möglich, obwohl alles nach den Buchstaben des Gesetzes getan worden war.

Deshalb weigere ich mich, mit ihm zu kommen, er zwingt mich, und wir marschierten bis zwei Uhr, bis wir eine Biwakstelle inmitten von Felsen erreichten, und lagerten.

Der junge Offizier ist reinen Herzens, und ihn trifft [keine?] Schuld. Er befahl mir nicht, bei den Männern zu schlafen, obwohl er sie als Wachen für mich aufstellte. Die Wachen fürchteten mich und erlaubten mir, hinter den Felsen mit den Tieren zu gehen, um ein--- zu befriedigen, woraufhin ich aufstieg und entkam.

Sogleich wurde Alarm gegeben, und man verfolgte mich; aber in dem schwierigen Gelände kannte ich [das Geheimnis?]--- Dunkelheit--- ich abstieg, schickte das Tier in eine Richtung und mich selbst---

Die Verfolgung wurde [ordnungsgemäß?] durchgeführt; niemand hat Schuld. Ich beobachtete sie einige Stunden lang, von einem Hügel aus, bis sie um die Mittagszeit abgeblasen wurde und sie aufbrachen.

Ich habe keine Nahrung und kein Wasser. Ich warte bis zur Nacht. Ich bin schwach--- und falle und breche mir den Arm--- der Knochen---.

Ich habe Fieber, und mein Zustand wird schlimmer. Ich kann den Rückweg---, also gehe ich zur Wasserstelle, wo die Leute mich kennen.

Ich steige in geschwächtem Zustand hinab, fürchte mich vor Überfällen. Sie haben Wachen, die aufpassen. Sie fürchten sich vor---

Ich bleibe liegen, bis es sicher ist, und betrete heimlich die Siedlung, gehe auf ein Licht zu, und zu meiner Freude ist es die alte Parfümerie. Der Wächter besorgt---

Er kennt mich aus alten Zeiten, ein guter Mann, nicht ungebildet, und er [kommt in Frage?] Ich [in seinen Mund?] und er läßt mich ein. Wenn ich gegen das Gesetz verstoßen habe––– ohne Schuld.

Er hat gesagt, ich sollte es aufschreiben an dem Tag, an dem er stirbt, damit sie––– Es war vier Tage, nachdem er gekommen ist, am 22. März ist er gestorben. Er hat gesagt, er würde mir sagen, wie ich ihn beerdigen soll, hat er aber nie getan. Böse Geister sind um ihn, und so habe ich ihn nachts in den Blütenkorb gelegt und hinter der Quelle begraben.

Ich sagte ›Friede deiner Seele‹ und ›Gott sei dir gnädig‹, er war ein guter Mensch, ein Priester.

Er wollte nicht––– Hilfe––– als sein Arm [schlimm?] ich dürfte es niemand sagen, aber ich sagte es dem Priester, der wegen Blumenöl kommt, und er hat gesagt, ich hätte das Richtige gesagt, als ich––– und das hoffe ich sehr, aber der, der wegen Blumenöl kommt, ist kein richtiger (Priester?), sie führen ein anderes Datum.

Ich schreibe ein zweites Mal ab, was er geschrieben hat, ich habe mein Bestes getan. Er hat gesagt, er würde mir sagen, wo ich es hintun soll. Ich habe eins zu den Curtains gebracht, zweihundert Meter hoch, zu dem Felsen, den man von hier aus nicht sehen kann, dem abgewandten. Es liegt im ersten Loch, wenn man vom Gipfel her kommt. Das zweite habe ich weiter unten, am Fuß des Abhangs hingetan, unter dem Weg, den man geht…

Das war es; ein Code innerhalb des Codes, ganz deutlich, wenn man es erst bemerkt hatte. Man hatte es hundertmal studiert, ohne darauf zu stoßen. *Wie betont werden muß, wohlgemerkt,* und so weiter, hieß, daß man die Worte anders deuten mußte; und *eindeutig, einfach ausgedrückt, genau gesagt,* und ähnliches, hieß, das die Worte im »Klartext« standen. Was mußte anders verstanden werden? Richtungen, offensichtlich – Süden statt Norden – und auch Zahlen. Und das Bibelzitat, ein sonnenklares Indiz für seine Priesterkollegen, zeigte an, was er mit den Zahlen angestellt hatte. Man mußte sie halbieren. Es war also nicht 65 Meilen südlich von Jerusalem, sondern die Hälfte davon. Welche Wasserstellen lagen in diesem neuen Umkreis?

Ich hatte in der Nacht nicht geschlafen und auch seither nicht viel, aber ich ging trotzdem zur Wandkarte, um nachzusehen. Es stand auf der Karte, natürlich, wo es hingehörte, wo es schon immer gewesen war, direkt vor unserer Nase. Ich nahm einen Bleistift und drückte einen kleinen Kuß auf die Stelle, aber sie sah aus wie jeder andere Punkt auf der Karte. Dann ging ich, um meinen vielbeschäftigten Freund Agrot anzurufen.

5

»Es liegt in der richtigen Entfernung von Jerusalem, punktgenau in der Gegend, wo auch die anderen Dinge gefunden wurden ...«

»Stimmt.«

»Es liegt in ›schwierigem Gelände‹, man muß ›absteigen‹, um hinzugelangen ...«

»Stimmt, stimmt.«

»Und man brauchte nichts weiter zur Identifikation zu sagen als ›Die Wasserstelle‹. Es ist offensichtlich *die* Wasserstelle.«

»Stimmt. Ja. Und?« sagte er gereizt. Es war höllisch heiß. Mir rann der Schweiß herab. Auch ihm lief der Schweiß. Er war gerade von der Höhe herabgestiegen, zu beschäftigt, um die Straße zu nehmen, die außen herumführte. Er hatte sich ein paar Stunden ›gestohlen‹ und war von der Hochebene mit dem Jeep herübergekommen.

»Außerdem«, fuhr ich fort, »das komische Detail im Nachsatz über diesen anderen Priester – der wegen Blumenöl kam und kein ›richtiger‹ Priester war…«

»Klar, und?«

»Finden Sie nicht, daß das nach einem Priester aus Qumran klingt, vielleicht einem Essener? Die hatten einen anderen religiösen Kalender. Dafür wurden sie von den Hohepriestern in Jerusalem verfolgt – erinnern Sie sich nicht? Das ist zum Teil Grundlage ihrer apokalyptischen Literatur, *Der Krieg der Söhne des Lichts gegen die Söhne der Dunkelheit.* Klingt das nicht nach…«

»Ich weiß, wonach das klingt!« rief er wütend und tippte sich an die Stirn. »Und? Weiter?«

»Wenn man also in Qumran ist und ein Tröpfchen Blumenöl braucht, wo geht man da wahrscheinlich hin? Wir wissen, daß Professor Mazar 1960 eine Parfümerie ausgegraben hat…«

»Ich weiß, was Mazar 1960 getan hat!«

»…hier, in En Gedi«, setzte ich hinzu.

Er tippte sich an die Stirn. »Klar. Was noch?«

»Was wollen Sie noch? Marmor? Hier ist das größte Marmorvorkommen im Lande. Warum die Schriftrolle hier gefunden wurde? Weil sie hier geschrieben wurde. Hier, sehen Sie«, sagte ich. Mir war schwindlig. »Es gibt noch mehr. Noch viel mehr. Wenn es Ihnen nicht gefällt, werde ich…«

»Aber es gefällt mir«, rief Agrot, »mein Gott!« Er schwitzte wie ein Ochse. Er wischte sich die Augen und starrte aufgeregt in der flimmernden Hitze des Canyons um sich. »Es gefällt mir so gut, daß es mir angst macht, wie gut es mir gefällt.«

»Gott sei Dank«, sagte ich schwach. Ich setzte mich, müder denn je. Für mich war es jetzt natürlich vorbei. Ich hatte ihm nachmittags am Telefon schon einen Teil berichtet und später, abends um elf, ein bißchen mehr. Da war ich in En Gedi gewesen, schwach und krank vor Aufregung, aber dennoch hatte ich nicht wegbleiben können. Es war vorbei, und das hatte ich schon die Nacht zuvor gewußt, aber ich hatte trotzdem nicht schlafen können.

»Aber wo?« sagte er und sah zum Plateau hoch. »Wo?«

Das war natürlich der Knackpunkt. Dort oben gab es meilenweit passende Verstecke; Marmor im Überfluß, Gipfel in allen Größen. Von allen Gegenden Israels war dies diejenige, wo die Menora am wahrscheinlichsten versteckt war, und die, in der sie am schwersten zu finden war. Ohne weitere Hinweise, ohne den Teil der Schriftrolle, den die Jordanier offenbar hatten, konnte das zur Lebensaufgabe werden – wie möglicherweise Josephus schon feststellen mußte.

»Es gibt die Möglichkeit«, sagte Agrot langsam, indem er es für sich vorformulierte, »die Route herauszufinden, die sie genommen haben, und auf diesem Weg auch die Entfernungen. Mit großer Wahrscheinlichkeit haben sie sich nach den Torah-Regeln für das Halten von Tieren gerichtet. – Arbeitsphasen, Entfernungen, Tempo und so weiter.«

»Bevor er aufgegriffen wurde, sagte er nichts Genaues über die Zeiten.«

»Mein Eindruck ist, daß die Zeit zwischen dem Vergraben des Schatzes und dem Hinterhalt sehr kurz war.«

»Das ist nur ein Eindruck. Wann wurden sie überhaupt gestellt?« Ich sah, daß er selbst nicht viel von dieser Spur erwartete. Er sprach nur, um sich selbst Bedenkzeit zu verschaffen. Und es gab, was mich betraf, nicht mehr viel nachzudenken.

Er sah mich kurz an.

»Das ist eine Menge Arbeit«, sagte er.

»Ja.«

»Ein Programm.«

»Ja.«

Wir sahen uns an.

»Tut mir leid«, sagte er.

»Vielleicht bin ich hier, wenn es soweit ist«, sagte ich. »Wenn Sie mich irgendwann wieder rufen.«

»Kommen Sie, wir nehmen im Kibbuz einen Drink«, schlug er vor. »Barot hat Zeit. Wir müssen über vieles reden.«

Aber wir schafften es wieder nicht. Er war einfach nur entgegenkommend. Ich wußte, wie dringend er zurück nach Barot wollte, und fand ihn deshalb entgegenkommend.

Nachmittags schlief ich wie ein Murmeltier, und nach einem kalten Drink und einer Dusche um sechs schlief ich weiter. Sie hatten mir meine alte Unterkunft gegeben. Als ich zum zweiten Mal aufwachte, war es dunkel, aber mir war, als sei Sekunden zuvor das Licht angeschaltet gewesen. Ich sagte: »Shoshana.«

»Ja. Tut mir leid. Schlaf weiter.«

»Was ist denn?«

»Ich habe dir einen Brandy gebracht. Ich dachte, du würdest einen mögen.«

»Stimmt.«

Ich setzte mich auf. Sie schaltete das Licht ein. Sie hatte sich selbst auch einen mitgebracht, das war ungewöhnlich. Sie schenkte den Brandy aus und nippte ernst an ihrem Glas, wie beim ersten Erwachen; was meinem Zustand nicht unähnlich war.

»Was gibt es denn?« fragte ich gedehnt.

»Ich habe mich gefragt, ob er irgend etwas über mich gesagt hat.«

»Nein.«

»Ich nehme an, ich muß also zum Dienst zurück?«

»Ich nehme es an.«

»Oh, Caspar.«

»Na, na.«

»Soll ich die Tür abschließen?« flüsterte sie mir ein paar Minuten später ins Ohr.

»Lieber nicht. Nicht heute abend.«

»Na gut... was hast du jetzt vor?«

Das war eine gute Frage. Agrot sah keine Möglichkeit, das Programm früher als in fünf bis sechs Wochen zu starten. Er hatte, grob geschätzt, eine Vorbereitungsphase von ungefähr zehn Wochen ins Auge gefaßt, dann war es Mai. Danach würde es auf dem Plateau zu heiß werden, und er mußte bis November unterbrechen. Ihm schwebte eine großangelegte Operation mit fünfzig Leuten und militärischer Unterstützung vor. Vor dem Hintergrund dieser planerischen Aktivitäten kam ich mir ein bißchen überflüssig vor. Morgen war Donnerstag, und ich sollte am Sonntag in einer Woche sowieso nach Hause fliegen. Warum also noch warten?

»Ich weiß es nicht«, sagte ich. »Ich dachte, das überlege ich mir, wenn ich ausgeschlafen bin.«

»Wäre es dir lieber, wenn ich jetzt ginge?«

»Es wäre mir lieber, du holtest noch etwas Brandy.«

»Und ich sage dir etwas«, fuhr ich fort, als sie ihn geholt hatte, eine ganze Menge, und wir tranken noch einen, »ich glaube, du hattest verdammt recht, was den Überfall auf En Gedi von Massada aus betraf. Ich bin sicher, daß es da nicht um Nahrung ging. Es ging um die Menora. Ich habe darüber nachgedacht.«

»Wirklich, Liebster?«

»Ja, Liebes. Möchtest du es hören?«

»Liebend gern, Liebster.« Der Brandy war ihr zu Kopf gestiegen, und sie küßte meine Nase, während sie das sagte. Aber ich erzählte es ihr trotzdem.

Das Problem bestand darin, zu belegen, daß die Zealoten in Massada von dem Priester in En Gedi wußten, und ich glaubte, nun den Beleg gefunden zu haben. Um das zu erklären, war es erforderlich, kurz die festgehaltenen Ereignisse der Epoche zu rekapitulieren.

Joseph Ben Matthias hatte sein Kommando im Februar erhalten, und ein paar Monate später, bei der Anstiftung seines Rivalen, Ben Levi, hatte die Junta in Jerusalem vergeblich versucht, ihn zu verhaften. Kurz darauf war Ben Matthias zu den Römern übergelaufen, und wenig später war Ben Levi nach Jerusalem entkommen, wo er ein hohes Amt in der Regierung übernahm. Nur wenige Monate später hatten die Revolutionäre aus Massada ihren Angriff auf En Gedi ausgeführt.

Das waren die Tatsachen, und hier fügte ich meine Hypothese hinzu. Die Junta wollte Ben Matthias, weil sie erfahren hatten, daß er die Gruppe mit dem Tempelschatz überfallen hatte. Da Ben Levi ihnen die Information gegeben hatte, wußte auch er von diesem Überfall. Als er sich später der Regierung anschloß, stellte er fest, daß der verantwortliche Priester noch nicht zurückgekehrt und daß kein Bericht von ihm eingetroffen war. Eine Untersuchung der Gegend, in die er sich aufgemacht hatte, hätte rasch ans Tageslicht gebracht, wo er Unterschlupf gefunden hatte. Der Angriff auf En Gedi war von der nächstgelegenen Festung der Revolutionäre genehmigt – Massada.

In seiner Geschichte beschrieb Josephus den Überfall als den von Terroristen, die Nahrung und Reichtümer stehlen wollten. Aber Josephus war ein politischer Widersacher der Zealoten von Massada. Warum sollte eine Truppe, auch eine revolutionäre Truppe, die Menschen abschlachten, die sie weiterhin mit Nahrung versorgen konnten? Und doch hatten sie sie abgeschlachtet. Sie ermordeten 700, alle, die nicht weglaufen konnten. Wieso?

Konnte das nicht das Ergebnis eines Massenverhörs sein – durchgeführt, um an eine Information zu gelangen, die wichtiger war als die Versorgung mit Nahrungsmitteln? Die Erfahrung der ausgeklügelteren Kriegsmethoden späterer Zeiten zeigt, daß diese Art der Informationsbeschaffung von hinreichender Effizienz ist.

Und die unglücklichen Dorfbewohner konnten die Information nicht einmal liefern. Nur ein Mann hätte sie geben können, und der war davongelaufen. Er war in die Schlucht geflüchtet, nachdem er so viel von der Aufgabe gelöst hatte, wie in seiner Macht stand.

Er hatte »zweimal abgeschrieben«, was ihm der Priester gesagt hatte. Er hatte eine Abschrift in den *Curtains* und eine zweite *am Fuß des Abhangs, unter dem Weg, den man geht* (offenbar die, die man in Murabba'at gefunden hatte) hinterlegt. Das Original des Priesters, bis heute unentdeckt, hatte er hastig in der Höhle in der Schlucht versteckt, zusammen mit seinem Geld, möglicherweise in der Nacht des Überfalls, und er war nie wieder dorthin zurückgekehrt. Die Bewohner von En Gedi waren also vor ihrer Zeit gestorben, und niemand hatte das Geheimnis des Priesters bisher entdeckt; und vielleicht würde es niemals jemand entdecken.

Sie hatte aufgehört, meine Nase zu küssen, als ich ihr diese Theorie auseinandersetzte, und am Ende zitterte sie. »Dieses Land ist von Blut getränkt«, sagte sie, indem sie jemanden zitierte, Jesaja vermutlich. Während meines Vortrags hatte ich ein paar Schlucke getrunken. Mir standen keine zitierbaren Quellen mehr zur Verfügung, oder ich hatte die Verbindung gekappt. Mir war danach, sie zu kappen. Ich fühlte mich nicht mehr erschöpft und müde, sondern angenehm elegisch. Mir fiel nichts ein, also sagte ich: »Schließt du die Tür ab?«

In der angenehm elegischen Stimmung, in der sie selbst war, schloß sie ab.

XIII Bevor ich fortgeh'

Mag ich ein wenig verweilen
(Hiob 10.21,20)

1

Die elegische Stimmung war am Morgen verschwunden, und nur Mattheit blieb. Obwohl mir überhaupt nicht danach zumute war, stand ich dennoch um zehn auf, einigermaßen ausgeschlafen, aber immer noch schwermütig und unzufrieden. Es war heiß. Ich duschte, rasierte mich, schaffte es, mir im Speisesaal Kaffee und etwas Joghurt zu organisieren, setzte mich nach draußen und wartete brütend auf das Mädchen. Überall herrschte emsige Betriebsamkeit. En Gedi mit seinen schattenspendenden Bäumen und Häusern wie Chalets war ein hübscher kleiner Kibbuz. Unter dem blauen Himmel, zwischen Berge und See eingebettet, wirkten die Palmenpflanzungen und Obstplantagen wie eine Illustration aus einem Kinderbuch. Genau ein solches naiv gemaltes Bild von Glück mußten die Kinder Israels in ihrem kalten Exil im Norden in sich getragen haben; ein verlorenes Paradies, wenn man es von den stinkenden Gettos der europäischen Städte aus betrachtete. Dieses Bild und ein anderes: das ältere Signet, das ihr Bewußtsein stärker geprägt hatte; das Symbol eines Volkes, ein Licht in der Dunkelheit, ein siebenarmiger Leuchter. Und unglaublicherweise war das Licht nicht erloschen. Es hat durch all die düsteren Jahrhunderte nicht aufgehört zu leuchten, in den Häusern, Synagogen und Grabmälern der Gläubigen weitergelebt, den Millionen Nachkömmlingen derer, die hier gelebt hatten, die den Gegenstand selbst gesehen hatten.

Noch unglaublicher, daß der Gegenstand selbst noch existierte; er lag irgendwo dort oben auf dem Plateau, das phantastische alte Kunstwerk, älter als die Cäsaren, älter als nahezu alles. Was war nicht alles geschehen, seit es dort lag! Der Planet hatte sich gedreht, und für die Kinder Israels war eine schwere Zeit angebrochen. Die aufgebrachten Nachbarn hatten sich in ihre Familienzwistigkeiten eingemischt, einem von ihnen zur Göttlichkeit verholfen und die anderen in die Verbrennungsöfen gejagt, um ihrer Idee von brüderlicher Liebe Nachdruck zu verleihen. Was für eine Düsternis hatte dieses Licht enthüllt, was für einen Brand nach sich gezogen! Und es war noch immer da. Eine Legende besagte, daß die Menora hier bleiben würde, bis die Juden zurückkehrten, um zu nehmen, was zu ihnen gehört. Nun waren sie zurück; aber die Rückkehr des Leuchters mochte noch ein wenig auf sich warten lassen.

Ein Transporter rumpelte vorbei und unterbrach meine Gedanken. Shoshana sprang von der Ladefläche wie ein kaffeebrauner Geist in Arbeitsshorts. »Wieso sitzt du hier herum wie ein Mönch?« sagte sie und blies auf meine Tonsur. Der Verband war unter der Dusche naß geworden, und ich hatte ihn abgenommen.

»Ich fühle mich auch wie ein Mönch.«

»Dann benimm dich auch wie einer«, flüsterte sie mir ins Ohr und klebte das Pflaster wieder fest. Es war immer noch ein bißchen feucht.

Wir hatten uns an diesem Tag zweimal auf den Weg zum Plateau gemacht, morgens auf die harte Tour, durch die Schlucht, und nachmittags mit dem Jeep über die neue Straße. Es war mir eine Genugtuung zu sehen, was für eine Aufgabe Agrot vor sich hatte; aber eine wehmütige.

Ich hatte natürlich gehofft, aus dieser Sache eine Veröffentlichung herauszuholen, aber jetzt war offensichtlich, daß ich lediglich im Vorwort erwähnt werden würde – als derjenige, ohne dessen bemerkenswerte Einsichten usw... Man konnte schon die Veröffentlichungen voraussehen, die in ein paar Jahren erscheinen würden: die großen wissenschaftlichen Bände, die bis zum Anschlag mit Diagrammen, Zahlen und Abbildungen – Werke von Dr. Hilde Himmelwasser – vollgestopft sein würden. Und später die etwas schlapperen Bücher für den Nachttisch. Und die Talk-Shows, die Zeitungsinterviews… ein riesiges Feld des Wissens lag hier keimend bereit und wartete nur darauf, abgeerntet zu werden. Ein weiteres Thema, das in den Lehrplan aufzunehmen sein würde; damit ich und meinesgleichen es dem hoffnungsvollen Nachwuchs beibringen konnten.

Ich warf einen mißmutigen Blick auf das Feld, bevor es geplündert wurde, einen letzten langen Blick auf das, was hätte sein können; das waren die einzigen Früchte, die für mich abfielen. Früchte vom Toten Meer natürlich, die im Mund schmolzen und einen üblen Nachgeschmack hinterließen – aber dennoch unwiderstehlich.

Abends rief ich bei El Al an und buchte einen Flug für Montag.

»Welche Klasse?«

Touristenklasse, lag mir schon auf den Lippen, aber ich hielt noch rechtzeitig inne. Wenn man sich so fühlte, mußte man nicht auch noch so reisen. »Erste Klasse«, sagte ich fest. Wenigstens abreisen wie ein Lord. In drei Tagen.

2

Am nächsten Tag nahmen wir wieder den Jeep und näherten uns dem Plateau aus anderer Richtung. Wir fuhren fast bis Arat und bogen dann erst ab. Die Schwierigkeit war herauszufinden, auf welchem Weg der Priester gekommen war. Er war sicher in die Schlucht hinabgeklettert, aber nachher – nach Süden, Norden, Westen? Wir versuchten es aus südlicher Richtung.

Der Sandpfad verschwand fast sofort, und wir fanden uns auf einer phantastischen Serpentinenstraße wieder. Der Jeep kurvte durch ein unglaubliches Labyrinth aus aufgetürmten

Felswänden. Wir durchfuhren Biq'at Quannai'm, das kahle Tal der Zealoten, passierten weitab rechts den flachen Zuckerwürfel von Massada und gelangten auf die Hochebene.

Wie Burgruinen standen die Felstürme auf allen Seiten, rotbraun in der glühenden Sonne. Die geologischen Strukturen der Gegend waren sehr komplex. Wie Agrot gesagt hatte, gab es hier alles, Millionen Tonnen Gesteinsmaterial aller Art. Ein kleiner Wasserschlauch hätte dabei helfen können, die Farbe des Marmors deutlich zum Vorschein zu bringen. Ohne ihn konnte man nur anhand der Schatten raten: das Ockerbraun war entweder beige oder rot, die dumpfen Anthrazittöne konnten grün oder blau sein. Die steilen Wände ragten glühend in der Sonne empor.

Wir näherten uns der Schlucht und hielten an, um die Karte einzusehen. Ein Punkt, den man beachten mußte, war der, sich auf der richtigen Seite der Grenze zu halten. Man konnte sie kaum erkennen, nur eine Reihe Ölfässer mit weiten Zwischenräumen. Von der Schlucht aus verlief sie in gerader Linie nach Südwesten. Wir schienen nicht allzu dicht dran zu sein.

Wir stiegen aus dem Jeep und setzten unser weitschweifiges Vorgehen des vergangenen Tages fort. Es bestand darin, den Jeep an zentraler Stelle stehenzulassen und dann ein Viereck rundum abzusuchen. Vielversprechende Stellen kennzeichneten wir auf der Karte für Agrots Truppe zum Erforschen. Wir brauchten nicht lange, um festzustellen, daß es, von dieser südlichen Seite gesehen, nur wenige Stellen gab, die nicht vielversprechend gewesen wären. Das Plateau bestand im wesentlichen aus hartem Sandstein, der wahrscheinlich zum größten Teil farbig war. Er erstreckte sich meilenweit, bis nach Barot und darüber hinaus, hier und da von großen Felsen in allen möglichen Formationen unterbrochen.

Nach einer Stunde hörte Shoshana auf mit ihren Ausrufen: »Rechts von dir, der Hügel dort drüben«, und so weiter, und ich machte keine Markierungen mehr auf der Karte. Es hatte einfach keinen Sinn. Man konnte nach links, nach rechts oder nach vorn sehen und würde wochenlang auf immer neue, vielversprechende Stellen stoßen. Fast jeder Meter auf einem mehrere hundert Quadratkilometer großen Gebiet konnte für vielversprechend gehalten werden.

Wir waren ein ganzes Stück vom Jeep weggewandert und kümmerten uns nicht mehr um Planquadrate. Ich drehte das Fernglas einfach mal in diese, mal in jene Richtung, nur um zu sehen, wie viele Möglichkeiten es noch geben mochte. Ich suchte nicht mehr. Ich dachte nicht einmal daran. Es traf mich wie ein Keulenschlag genau zwischen die Augen.

Ich hatte schon weitergeschwenkt und wandte das Fernglas zurück, um es wiederzufinden. Ich zitterte am ganzen Leibe. Auch meine Hände zitterten. Sie zitterten so sehr, daß ich das Fernglas nicht ruhig halten konnte. Aber ich fand es wieder: Eine große, spitz zulaufende Erhebung, eine Felssäule, die senkrecht aufragte wie ein Stalaktit.

Ich suchte mein zitterndes Blickfeld nach rechts und links ab. Die Säule gehörte zu einer Gruppe. Die anderen, mit dem Ende fast in meiner Richtung, bildeten einen absteigenden, gezackten Halbkreis. Ich suchte das abgewandte Ende des Halbkreises. Die Felsen standen da wie Orgelpfeifen, wie Falttüren, wie Vorhänge – Curtains.

Ich schwenkte hin und her, auf und ab und hielt inne. Ich hatte den Atem angehalten und ließ ihn jetzt langsam entweichen. Ich glaubte, es schon beim ersten Mal gesehen zu haben. Es war jetzt genau in der Mitte meines Blickfelds: ein Ölfaß. Die Felsen standen jenseits des Ölfasses.

Ich ließ das Fernglas sinken und wischte mir den Schweiß aus den Augen. Ich fand die Stelle auf der Karte.

»Was ist denn?«

»Eine interessante Felsformation.«

Sie sah nach, wo mein Bleistift einen zitternden Kringel auf die Karte malte.

»Das ist nichts. Dorthin geht niemand. Das ist doch auf der anderen Seite der Grenze, Dummchen.«

»Stimmt«, sagte ich und kreuzte den Kringel durch. Auch das Kreuz war ziemlich zittrig.

Am Nachmittag schickte ich sie los, um eine Felsgruppe im Süden zu zeichnen, und stahl mich mit dem Jeep nach Norden davon. Ich fand die Stelle und sah mich eingehend um.

Vier verschiedene Gipfel, drei im Zickzack, einer direkt vor mir. Sie bildeten die westliche Begrenzung einer engen Schlucht, drei oder vier Kilometer hinter der Grenze. Alles lag vollkommen verlassen da, kein Vogel war zu sehen, bleich stand die Sonne am Himmel.

Eine Stunde zu Fuß. Waren *das* die Curtains? Und wenn ja, welcher davon?

Der Curtain, den man von hier nicht sieht, den abgewandten, hatte er geschrieben.

Von wo abgewandt?

Ich stieg in den Jeep und fuhr auf den Gipfel des Cañons von En Gedi, hielt von Zeit zu Zeit an, um das Ding im Auge zu behalten. Von der Ebene aus sah ich zwei Gipfel gleichzeitig, nur die Gipfel. Welcher von ihnen nun »abgewandt« war, konnte man nicht sagen.

Unten lag der Kibbuz in der flirrenden Luft. Das biblische Dorf hatte weiter nördlich gelegen, jenseits des Cañons, nahe der Quelle. Ich sah hinunter. Alles kahl, nur eine staubige Salzwüste, die aber einst mit Palmen bedeckt war. Die Haine von En Gedi waren berühmt gewesen; die Haine und die süßlich duftende Zyperblume (das semitische *kufa,* das Chypre der Parfümeure).

Mir fiel mit einem Mal der Satz ein, der im harten Herzen Teitlemans das Lied hervorgezaubert hatte, »edle Früchte und Zyperblumen, in einem Quellgarten, ein Born lebendigen Wassers«. Keine Frage, woran der Dichter gedacht hatte. »Mein Freund ist mir eine Traube von Zyperblumen in den Weingärten von En Gedi«, hatte er geschrieben. Natürlich! Der Born lebendigen Wassers von En Gedi – der Wasserfall. War der Priester nicht im Blumenkorb am Wasserfall hochgetragen worden, um *hinter der Quelle* beerdigt zu werden? War nicht *das* die Stelle, von der aus man die Curtains betrachten mußte, vom Wasserfall aus, über der Shulamit-Höhle? Plötzlich schienen die Puzzleteilchen an ihren Platz zu fallen, auch der Rest des Berichts, mit dem der Mann seine Hilfsdienste beschrieb. *Das andere habe ich weiter unten versteckt,* schrieb er, *am Fuß des Abhangs, unter dem Weg, den man geht.*

Exakt. Genau dort, wo man geht. Er hatte einen vollständigen, akkuraten Bericht von dem abgegeben, was er getan hatte. Brach man in Richtung der Curtains auf – falls es sich um die Curtains handelte –, traf man unter dem Weg, den man geht, auf Murabba'at. Ich konnte es fast von hier aus sehen, der Ort selbst war nur durch eine Landspitze verdeckt. Gleich dahinter konnte man deutlich die Anhöhe hinter Qumran erkennen. Kein Zweifel, da war er hingegangen, zu denen, die sein Blumenöl benutzten und die das Datum falsch notierten. Und unterwegs hatte er genug Zeit gehabt, ein paar Schriftrollen zu verteilen. Schön. Die Araber hatten eine. Sie enthielt die codierten Richtungsangaben, die Sidqui mißverstanden hatte. Die andere lag wahrscheinlich immer noch dort, wo er sie zurückgelassen hatte, hoch oben in der konservierenden Luft der Curtains.

Hm.

3

Am Abend hatte ich immer noch nicht mit ihr gesprochen. Während *L'Cha Dodi* gelesen wurde, saß ich nachdenklich da. Geistesabwesend nahm ich das Sabbatessen ein. Ich brütete immer noch, als ich den Speisesaal verließ.

»Miriam gibt eine Party«, sagte sie.

»Ich dachte, du sprichst im Augenblick nicht mit Miriam.«

»Miriam ist zu aufdringlich. Aber eine Party ist eine Party.«

»Ich bin heute nicht in der Stimmung für Parties.«

»Brummbär, warum bist du so trübselig?«

»Ich bin müde.«

»Auch zu müde für einen Spaziergang?«

»Viel zu müde.«

»Aber es ist Viertelmond. Wir könnten zur Shulamit-Höhle gehen.«

»Nein, danke.«

»Das ist nicht sehr schmeichelhaft.«

»Das würde ich sowieso nicht schaffen.«

»Was?« fragte sie.

Wir gingen nicht. Statt dessen gingen wir ans Ufer und sahen uns den Mond von dort aus an. Es war weiter unten am See, die Mondsichel über den Ländern des Halbmondes, über der Felsanordnung in Sichelform. Wenn nur jemand zu diesen Bergen gelangte, könnte man die Arbeitertrupps, die Armee, die Wochen und Monate mühseliger Arbeit sparen... Warum sagte ich ihr das nicht? Welcher Überlebensinstinkt, welcher Hintersinn, welche Heimlichtuerei hinderte mich daran?

Darüber sann ich nach. Im Augenblick gehörte das Wissen mir, mir ganz allein. Ich konnte grübeln, mir Gedanken machen, es bestaunen und bewundern. Wenn ich es ihr oder sonst jemandem erzählte, entriß ich es dem Reich der Fabel und der Phantasie. Und es gab noch viel, worüber man spekulieren mußte. Waren das wirklich die Curtains? Gab es irgendein Indiz dafür, daß die Rolle immer noch dort lag? Und selbst wenn, stand es dem Forscher, dem Professor der Universitäts Beds zu, auch nur daran zu denken...? Das waren gute Fragen. Mit den falschen Antworten konnte der Herr Professor sehr leicht ins Fettnäpfchen treten.

Angenommen, ich wäre so verrückt und würde beschließen, dorthin zu gehen. Wenn ich es ihr erzählte, riskierte ich, daß sie mich entweder davon abhalten oder mitkommen wollte. Letzteres kam ganz sicher nicht in Frage. Ein britischer Tourist, der auf der falschen Seite der Grenze herumstreunt, war eine Sache; ein israelischer Lieutenant etwas völlig anderes. Aber allein aufzubrechen und niemanden zu informieren konnte noch unangenehmer werden. Dies war ein gefährliches Land. Einem einsamen Bergsteiger konnten dort gefährliche Dinge zustoßen.

»Brummbär, was ist denn los?«

»Zuviel Arbeit. Ich kann kaum die Augen offenhalten.«

»Dann komm mit zurück. Du bist nicht gerade der Mann, von dem ein Mädchen träumt«, sagte sie bekümmert.

Aber das war ich später, im Gästehaus.

Als sie ging, hatte ich es ihr allerdings noch immer nicht gesagt.

4

Am Sonntag war ich früh auf den Beinen und zitterte vor innerer Anspannung am ganzen Leib.

»Was willst du tun?« fragte sie nach dem Frühstück. Ich hatte nicht viel gefrühstückt. Nur eine Tasse Kaffee.

»Nichts. Mach dir einen Sabbat.«

»Was meinst du damit?«

»Mach blau, Schätzchen. Entspann dich. Nimm dir einen freien Tag.«

»Und was tust du?«

»Ich spiele Brummbär«, sagte ich.

»Willst du mich nicht haben?«

Doch. So, wie manche Männer auf das Essen oder den Schlaf fliegen, wenn sie Sorgen haben, flog ich auf Frauen. Heute morgen war sie ganz Beine, Augen und Haar, sie wirkte ungeheuer weiblich in ihrer kurzen Hose, der Bluse und den Sandalen. Ich hatte sie diese Montur schon schneller ablegen sehen, als man bis drei zählen konnte. Die Vernunft gebot mir jedoch, mich zurückzuhalten, solange es ging, bis zum Abflug am Montag.

»Heute nicht«, sagte ich.

»Was hast du vor?«

»Herumlungern und nachdenken.«

Das tat ich auch, zwanzig Minuten später, und nahm den Weg zum Wasserfall. Ich stapfte los, aber sobald ich den Kibbuz hinter mir gelassen hatte, besserte sich meine Stimmung.

Um zehn war ich auf der Höhe. Ich betrachtete die abgewandten Curtains.

Es bestand gar kein Zweifel. Aus diesem Blickwinkel sahen sie mehr denn je wie Vorhänge aus, vier gebauschte Felsen, und nur einer war abgewandt – der erste der Zickzacklinie, dicht hinter der Grenze.

Durch das Fernglas konnte man Grate erkennen, die horizontal an den übrigen Felsen entlangführten; man konnte sie gut erklettern. Aber was war mit dem abgewandten Felsen? *Es liegt im ersten Loch, wenn man vom Gipfel her kommt,* hatte er geschrieben. Aber wie? Von der Rückseite her? Von der Seite? Sicher nicht von dieser Seite aus. Soweit ich es erkennen konnte, fiel die Wand in einer glatten Fläche ab.

Die Schlucht konnte man von meiner Position aus nicht sehen. Die gestrige Stellung hatte einen besseren Blickwinkel geboten. Ich zeichnete in raschen Strichen, was man von hier erkennen konnte, und machte mich wieder auf.

Ein warmer Wind wehte über das Plateau, und ich war durstig. Ich hatte keine Feldflasche mitgenommen. Erst nach einer halben Stunde fiel mir die Quelle ein, aber da war ich schon zu weit weg, um noch einmal umzukehren. Es war schon später Vormittag. Nun mußte ich bis zum Mittagessen warten. Wenigstens eines war nun sicher: In Sachen Curtains konnte man heute nichts unternehmen. Vielleicht morgen, aber nicht heute. Heute war Samstag, und die Kibbuzniks hatten frei.

Ich hatte keinen Hut, und schon bald tropfte mir der Schweiß vom Kopf. Ich spürte das Pflaster, das unangenehm heiß war und juckte. Aber der Weg lohnte sich: ein wunderbarer Blick, noch wesentlich aufschlußreicher, auf die Schlucht und die Zickzacklinie der Curtains. Der erste, der mir nun genau die Rückseite zuwandte, wies einen schwachen, diagonal verlaufenden Absatz und dann ein paar deutliche Buckel auf, die bis zum Gipfel führten. Der Absatz kam von der abgewandten Seite her. Sein Ursprung war nicht zu erkennen.

Ich ging weiter nach links auf die Grenze zu, um einen besseren Blick zu gewinnen. Er war nur unwesentlich besser. Ich sah auch jetzt keinen größeren Teil des Absatzes, aber ich konnte den Abschnitt, der bereits sichtbar war, besser erkennen. Er schien sehr schmal und stark abgeschliffen zu sein, zweifellos eine Folge der Erosion. Es war denkbar, daß der untere Teil restlos weggewaschen und das Ding nicht mehr zu erklettern war.

Ich ließ das Fernglas sinken. Ich befand mich auf einer leichten Erhöhung und konnte die Schlucht in voller Länge erkennen. Die Wand, die den Curtains gegenüberlag, war niedriger und von Furchen im Fels durchzogen, durch die bei Hochwasser das Wasser quer über die Hochebene ins Tote Meer schießen würde. Jetzt rauschte kein Wasser. Es regte sich gar nichts, außer dem leise zischelnden Wind. In diesem verlassenen Gebiet war alles vollkommen still.

Ich sah auf die Uhr. Halb zwölf. Höchste Zeit, daß ich mich an die Skizze machte. Ich würde eineinhalb Stunden für den Rückweg brauchen, um gerade rechtzeitig zum zweiten Mittagessen zu kommen. Ich hatte eigentlich keine Lust auf Mittagessen. Ich war auch nicht mehr durstig. Unerklärlicherweise zitterte ich am ganzen Körper. Das war natürlich albern. Die Aufregung mußte fest unter Kontrolle gehalten werden, für die Zeichnung brauchte ich eine ruhige Hand.

Ich hielt den Bleistift in der Hand, als ich die Grenze überquerte. Kalter Angstschweiß brach mir aus, als ich sie übertrat. Was war denn das? Nicht heute. Ich hatte mich entschlossen, nicht heute zu gehen. Also Kommando zurück!

Aber meine innere Stimme dachte nicht daran zu gehorchen. Nach einer Weile verspürte ich sogar eine milde Euphorie. Eigentlich war die Idee gar nicht so schlecht. Planen, eine Route festlegen und alles an einem Tag durchzuführen bedeutete, den Ärger regelrecht zu suchen. Offensichtlich war es besser, alles Schritt für Schritt zu erledigen. Zunächst mußte man an einem Tag den besten Weg zur Schlucht und zum Besteigen des Berges finden, und den Aufstieg am nächsten Tag unternehmen. Das war sinnvoll. Und die eine Seite der Grenze unterschied sich nicht von der anderen. Die Überschreitung der Grenze an sich war rein technischer Natur – wenn es denn jemanden gab, der sie bemerken könnte. Aber da war niemand. Dennoch erschien es weise, den Kopf einzuziehen.

So robbte ich denn mit eingezogenem Kopf im Schatten der Felsen eilig zur Schlucht. Ich mußte einige Haken schlagen. Aber trotzdem, ohne besondere Anstrengung und ohne auch nur heftiger zu atmen, schaffte ich es in einer dreiviertel Stunde. Viertel nach zwölf. Sehr gut.

Aus nächster Nähe war die Schlucht nicht so gerade, wie es den Anschein gehabt hatte. Sie wies zwei deutliche Krümmungen und eine schroffe Einkerbung auf, gleich am ersten der Curtains. Ich sah dies von meinem Platz hinter einem Felsbrokken aus. Ein paar Minuten wartete ich und lauschte. Dann verließ ich meine Deckung und betrat die Schlucht.

Nicht einmal eine Fliege störte die übermächtige Stille. Dennoch galt es, vorsichtig zu sein. Ich hüpfte zur anderen Wand, duckte mich in die schmalen Kerben und breiten Furchen. Ich konnte nach oben sehen und die Gipfel der Curtains erkennen. Sie breiteten sich fünfhundert Meter lang aus, riesenhafte, monumentale Felswände, deren geriffelte Vorderseiten sich einander düster zuwandten. Weit oben gab es hier und dort ›Fenster‹, offenbar Vogelnester. Keiner der Gipfel wirkte, als sei es besonders schwierig, ihn zu besteigen; von dem ersten abgesehen. Der ragte gut zweihundert Meter senkrecht hoch, bevor er sich in einer Wulst, wie eine Lippe, auswärts wölbte. Hier gab es keine Fenster. Wenn es Löcher gab, mußten sie oberhalb der Lippe sein.

Ich wartete ein wenig und lauschte auf ein klickendes Geräusch von Steinen, dann kroch ich rasch zur anderen Seite und betrat die Wölbung am ersten Curtain.

Die monumentale Flanke war hier weniger glatt, gefurchter, unebener; trotzdem war es nicht möglich, sie zu besteigen. Aber es gab noch den Grat. Ich konnte ihn aus diesem Blickwinkel nicht sehen, wußte aber, daß er da war, etwa dreißig Meter über mir. Ich lief ein paar hundert Meter um den Sockel der Curtains herum, kletterte auf einen Haufen Geröll, der aussah wie ein riesiger Haufen zerbrochener Teller, und fand den Anfang des Grats.

Er fing etwa zehn Meter hoch am Felsen an. Man konnte leicht über die Geröllhaufen hingelangen, und er war gar nicht so schmal oder abgeschliffen, wie es den Anschein gehabt hatte. Vielleicht wurde er noch schmaler. Es schien mir eine gute Idee zu sein, der Sache nachzugehen. Möglicherweise ließ sich feststellen, ob morgen ein paar einfache Hilfsmittel wie Gummischuhe oder Seile nötig sein würden. Es bestand nicht die Gefahr, daß man mich von der jordanischen Seite aus sehen konnte; die Felswand war der Grenze zugewandt.

Der Grat verlief wie ein normaler Bergpfad. Unter meinen Füßen befanden sich der übliche Steinschotter und größere lose Brocken. Ich konzentrierte mich darauf, sie nicht hinabzustoßen, überängstlich darauf bedacht, Geräusche zu vermeiden. Besonders höhensicher war ich nicht. Deshalb versuchte ich, die Augen fest auf den Grat zu heften.

Nach einer Weile schien der Tritt wirklich schmaler zu werden. Ich konnte keine Größenveränderung feststellen – der Pfad begann zu verschwimmen, weil ich ihn so fest fixierte –, aber mir wurde bewußt, daß ich die Schulter gegen den Fels pressen und langsamer vorwärts gehen mußte.

Ich verlangsamte meinen Schritt. Ich versuchte herauszufinden, ob ich langsamer ging, weil ich es so wollte, oder weil ein scharfer Anstieg der Steigung es nötig machte. Zweifellos war es ein bißchen steiler geworden. Ich spürte es in den Beinen und an meinem Atem. Am besten hielt ich nach jedem Schritt inne. Das war schwierig. Plötzlich war das Ganze ein heikler Balanceakt, gehen wurde zur komplizierten Angelegenheit. Das war natürlich absurd. Das lag bloß an der Illusion von Höhe. Ich mußte mir diese Illusion aus dem Kopf schlagen. Ich schob mich einfach ganz langsam auf diesem Rand vorwärts, den Erdboden bloß ein paar Zentimeter unter mir. Die einzige Schwierigkeit war die, daß die Felswand so nahe war, doch das war kein eigentliches Problem. Es gab genug Trittfläche, wenn auch etwas glatt und weniger sicher. Vielleicht war es, genau überlegt, am besten, sich der Wand zuzuwenden und seitwärts vorzugehen. Dann gab es keine Schwierigkeiten mehr – wie auch?

Ich schmiegte mich an die Wand und bewegte mich seitwärts, die Arme am Fels ausgestreckt. Ohne Probleme kam ich weiter, abgesehen von der mentalen Schwierigkeit, mir einzureden, ich befände mich ein paar Zentimeter über dem Boden. Die plötzliche Anstrengung, die von meinem rechten Bein erwartet wurde, deutete klar an, daß ich jetzt kletterte, und zwar ziemlich steil aufwärts. Ich schob mich ein paar Minuten lang vor, hielt inne, um zu verschnaufen, und warf einen unvorsichtigen Blick durch meine Beine nach unten, sah die Schlucht mindestens zwei Meilen unter mir und wäre fast hinuntergefallen.

Würgend schob ich mich weiter, den Kopf an den Fels gepreßt, und spürte ein Schlingern und Kreisen. Ich kämpfte mit den Schrecken einer Ohnmacht. Wie eine Fliege klebte ich an der Felswand. Meine Knie zitterten wie Fliegenbeine, und gleich würden sie nachgeben, und ich würde fallen, fallen...

Sie gaben nach. Ich spürte es. Es gab nichts, woran man sich festhalten konnte, nichts zum Anlehnen. Der Fels beugte sich vor, und ich wurde mitgeschoben, nur die Adhäsion meiner Fingerkuppen hielt mich sekundenlang, am Schweißfilm...

Der Berg schwankte, ich rang mit ihm, und er richtete sich wieder auf und ich mit ihm, zitternd, schweißgebadet, fror ich plötzlich furchtbar. Mein Zähneklappern übertönte das leise Rauschen des Windes.

Ruhig. Ganz ruhig bleiben. Es war alles in Ordnung. Man mußte sich nur zusammennehmen und zurückklettern. In solche Situationen geriet man, wenn man sich nicht vorbereitete. Geistige Vorbereitung war wichtig. Für heute hatte ich genug getan. Jetzt hatte ich einen Vorgeschmack bekommen. Ein anderes Mal.

Ich blieb stehen und sammelte mich, und mir wurde klar, daß ich mich so leicht nicht zum Narren halten konnte. Wenn es irgend etwas gab, was sicher war, dann die Tatsache, daß mich keiner mehr hier heraufbringen würde, wäre ich erst einmal unten. Ich könnte es nicht; ich würde mich nicht dazu aufraffen können. Mir würden sämtliche Gründe einfallen, warum es nicht ging. Aber es ging doch, ich hatte es getan. Ich hatte mich zumindest schon in diese Position gebracht, auf halbem Weg nach oben, vielleicht schon zwei Drittel des Weges. Warum sollte ich also nicht weitergehen, so weit es ging? So weit würde ich nie wieder kommen.

Ich hatte die Augen geschlossen und öffnete sie auch nicht, als ich mich wieder aufrappelte. Ich mußte alles aus meinen Gedanken verbannen und mich einfach auf den physischen Akt konzentrieren, einen Fuß vor den anderen zu setzen, im Bewußtsein, daß ich es nur ein einziges Mal versuchen würde, und wenn es sich als unmöglich erweisen sollte, würde ich es erfahren.

Kleine Steine regneten abwärts, als ich mich vorschob. Damit konnte ich mich jetzt nicht mehr abgeben. All meine ursprünglichen Befürchtungen, Lärm, Gesehenwerden, waren verschwunden, und ich konzentrierte mich auf die vorrangige Aufgabe, mich auf dem schmalen Grat zu halten und mit geschlossenen Augen und am Fels ausgebreiteten Armen seitwärts zu schieben.

Ich hielt inne, öffnete die Augen und sah nach oben. Die Buckel waren noch immer ein Stück über mir, vielleicht zwanzig Meter weiter, rechts oben. Schwarz zeichneten sie sich gegen den Himmel ab, vertrauenerweckende, breite Felsvorsprünge. Der Grat war noch schmaler geworden. Die Kante war nicht mehr flach, sondern abgerundet. Ich sah nicht mehr nach unten. Ich konnte sie mit den Füßen gut ertasten. Kein Grund für eine erneute Panik. Ich würde nicht fallen. Ich würde so weit vordringen, wie ich konnte, und verspürte ein rein wissenschaftliches Interesse herauszufinden, wie weit ich gehen konnte. Die Felswand mußte sich seit der Zeit, als der

Mann mit der Schriftrolle hier war, verändert haben. Rein technisch gesehen, war das Ding einfach nicht mehr zu erklettern. Jedenfalls würde sich kein erfahrener Bergsteiger ohne Seile und Haken daran wagen.

Ich kroch weiter, tastete mich langsam mit offenen Augen voran und verlagerte das Gewicht nicht eher von einem Fuß auf den anderen, bevor ich nicht sicher Tritt gefaßt hatte. Zwei, drei Meter vor dem ersten Überhang hielt ich inne, atmete tief durch und überlegte.

Der Grat wurde jetzt immer schmaler. Am Ende verengte er sich zu einer Welle im Fels und verschwand im Überhang, ohne auf der anderen Seite weiterzuführen. Von dort aus stieß man praktisch auf den Überhang. Er ragte etwa einen halben Meter weit vor und war auf der Oberseite recht flach. Die Frage war, wie konnte man zurückkehren? Man konnte sich auf den Überhang fallen lassen. Ich hatte aber keine Lust, dort hinunterzufallen. Wie sollte ich von dort aus auf den schmalen Grat zurückgelangen?

Ich bekam wieder Luft, hing mit ausgebreiteten Armen da und versuchte, eine Lösung zu finden. Von dem Überhang würde ich rückwärts hinuntersteigen müssen, mich mit dem linken Bein vortasten, und einen Augenblick lang das ganze Gewicht darauf verlagern, bis das andere fest auf der Welle in der Felswand stand. Aber das war nur eine Armeslänge von der Plattform entfernt. Wenn ich ins Wanken geriet, war da immer noch der Überhang. Ich konnte natürlich stundenlang wanken, bis ich den Nerv aufbrachte, den einen weiteren Schritt auf mich zu nehmen, der mich aus seiner Reichweite brachte. Wie sicher war es, diesen Schritt zu tun?

Ich wußte, daß ich das erst erfahren würde, wenn der Zeitpunkt gekommen war. Jetzt war ich zu müde, um mich mit dem Einüben dieses Schrittes abzuplagen. Ein schwaches Signal piepste in meinem Kopf, daß ich mir den Rückweg abschnitt, wenn ich jetzt weiterging, daß ich es vorher ausprobieren mußte, daß es Wahnsinn war, weiter aufwärts zu klettern, ohne sicherzustellen, daß man auch wieder hinunterkonnte.

Aber ich bewegte mich trotzdem weiter. Ich bewegte mich mit angehaltenem Atem, festgeklammert, bis mein rechter Fuß die Kante streifte. Ich nahm die Arme vom Felsen, hielt mich an der flachen Oberseite des Überhangs fest, beugte mich auf Hüfthöhe darüber. Mein Gesicht lag auf dem warmen Stein. Ich empfand ungeheure Erleichterung. Plötzlich wurde mir die Anspannung bewußt, unter der ich gestanden hatte, fast auf Zehenspitzen, verkrampft, mit ausgestreckten Armen; jeder einzelne Muskel protestierte dagegen. Dann zog ich mich ganz hinauf, stand auf, sah die anderen Vorsprünge, die wie eine riesige Treppe nach oben führten. Ich lief hinauf, befand mich plötzlich auf dem Gipfel und sah mich erst einmal um.

5

Alle Übelkeit war verflogen, geblieben war nur eine gelinde Verwunderung darüber, daß ich es wirklich geschafft hatte. Die unglaubliche Landschaft breitete sich unter mir aus wie unter einem Flugzeug. Im Osten, einen Kilometer unter mir, die stille blaue Fläche des Toten Meeres, nach Westen hin türmte sich das Labyrinth aus Fels und Geröll höher und höher auf. Irgendwo mittendrin deutete das schwache Schimmern weißer Häuser und spiegelnden Glases in fünfundzwanzig Kilometern Entfernung Hebron an. Die Straße führte von dort aus nach Norden in Richtung Bethlehem und Jerusalem. Beide Städte lagen in einem schwachen, aprikosenfarbenen Dunst, der die Trennlinie zwischen Gebirge und Himmel verwischte.

Auf der Hochebene verteilte sich das übliche Durcheinander aus Mondgestein. Es war ein kahle Gegend, allerdings nicht so hoffnungslos und deprimierend wie Zin. Dies war die judäische Wildnis, eine wüstenfarbene Wildnis; ein Ort für Propheten. Wenn man von einer Landschaft behaupten konnte, daß sie Adel besaß, dann war es diese. Hier gab es kein Leben, also auch keinen Tod; kein Heranwachsen, also auch keinen Zerfall. Und doch, wundersamerweise wirkte der Ort nicht unfruchtbar; still offenbarte sich in ihm das uralte Gesicht der Wahrhaftigkeit. Wie jedesmal überwältigte mich der Anblick dieser Landschaft, die, wie auch die Kinder Israels, der Zeit getrotzt hatte.

Aber jetzt war nicht die Zeit, edle Landschaften zu bewundern. Die Oberseite des Curtain war flach und zerklüftet wie ein alter Zuckerwürfel. Zwei hohe Stufen führten zu der Seite hin, die die »abgewandte« war. Ich stieg hinab. Neben der ersten Stufe befand sich eine Höhle. Bei der zweiten ebenfalls. Welches war die »erste«? Die erste von unten oder die erste von oben? Weiter unten jedenfalls gab es nichts mehr. Die zweite Stufe bildete die überhängende Lippe, die ich von unten her gesehen hatte. Ich beschloß, zuerst diese auszuprobieren.

Ich zog mein Feuerzeug hervor, bückte mich und kroch hinein. Drinnen roch es streng und modrig nach Kot; es war stockfinster. Ich zündete das Feuerzeug an.

Weiter drinnen wurde die Höhle höher und breiter. Etwas flatterte und strich mir über den Kopf, und plötzlich war die ganze Dunkelheit von Geflatter erfüllt; rauhe, dünnhäutige Wesen kamen aus allen Ecken angeflattert. Fledermäuse. Ganze Gruppen, Hunderte, zischten durch die Luft, aufgeschreckt von dem Licht, andere hingen mit gespreizten Flügeln an der Wand. Der Aufruhr wirbelte Wolken modrigen Gestanks auf. Es war so ekelerregend, daß ich würgend auf die Knie sank.

Währenddessen flog eine direkt auf das Feuerzeug zu und schlug es mir aus der Hand. Sofort schienen ein paar Dutzend auf mich einzuschwenken. Staubige Leiber trafen mich, streiften meinen Kopf und das Gesicht. Ich holte aus und schlug um mich, immer noch würgend, bis sich die Wolke aufgelöst hatte.

Ich atmete durch den Mund und bezwang die Übelkeit. Jetzt konnte ich erkennen, daß die Höhle nicht vollkommen finster war. Ein schwacher Lichtschimmer drang von draußen herein. Ich blickte hin und sah die Fledermäuse, die in einem dichten Pulk am Eingang saßen. Sie drängelten und quiekten bei dem Versuch, nach draußen zu gelangen. Sie strömten ins Freie, dreißig, vierzig von ihnen kreisten in der Schlucht. Ich wandte mich wieder um, fand das Feuerzeug, zündete es aber nicht mehr an. Jetzt hatten sich meine Augen an die Dunkelheit gewöhnt, und es war so hell, daß ich mich umherbewegen konnte. Langsam erhob ich mich und stellte fest, daß ich aufrecht stehen konnte. Ich lief zum Ende der Höhle.

Sie war lang, gute zehn Meter. Wenn sich die Schriftrolle hier befand, dann würde sie am hinteren Ende sein; wie die in En Gedi. Der Boden federte unter meinen Schritten; Exkremente von Jahrtausenden. Der Boden war sicher schon genauso weich gewesen, als die Rolle hier hinterlassen wurde. Der wirkliche Höhlenboden befand sich bestimmt ein paar Meter tiefer.

Nicht alle Fledermäuse waren weggeflogen. Eine dösende Nachhut von ihnen war zurückgeblieben, sie hingen an den Wänden und in den Felsklüften und zuckten, wenn ich sie streifte. Die Höhle verengte sich wieder, und ich mußte mich bücken. Ich zündete das Feuerzeug wieder an.

Der Boden war eben, und ich tastete ihn dort, wo er an die Rückwand stieß, sorgfältig ab. Überall war es schwammig, keine Stelle war fester als der Rest. Ich steckte das Feuerzeug in die Tasche, tastete mit den Händen und scharrte auf einem Streifen von dreißig Zentimetern Breite die Masse beiseite. Die oberste Schicht war trocken, aber an der Unterseite etwas klebrig, und fühlte sich warm an. Kam ich tiefer, wurde sie trockener. Zehn Zentimeter tiefer war sie pulverig, und nach zwanzig Zentimetern zu festgebacken, als daß man sie noch losbekommen konnte. Ich legte bis zu dieser Schicht alles frei und grub auf der ganzen Länge, zog den Handrücken durch die Furche und schaufelte den feuchten Matsch heraus. Die Höhle war hier etwa zwei oder drei Meter breit, und auf der Hälfte der Strecke fand ich sie.

Ich berührte zufällig den Rand mit den Fingern. Meine Hand zuckte wie verbrannt zurück. Mit offenem Mund saß ich im Dunkeln auf meinem Hintern. Ich konnte es nicht fassen. Ich konnte es einfach nicht fassen. Ich wagte nicht, das Feuerzeug anzuknipsen, um sicherzugehen, daß ich mich nicht irrte. Aber dann zündete ich es doch an, und ich hatte mich nicht geirrt. Der Rand einer Schriftrolle, eingehüllt in verrottetes Leinen; straff aufgerollt, noch immer weich, noch immer elastisch.

Ich löschte das Feuerzeug und blieb sitzen. Dann zündete ich mir ganz behutsam eine Zigarette an und rauchte. Im schwachen Licht der glühenden Spitze sah ich, wie meine Hand zitterte. So etwas war mir noch nie passiert. Ich hatte lediglich logisch kombiniert, und es hatte geklappt. Mir war, als müßte ich vor Glück durch die Höhle rennen und schreien. Statt dessen saß ich da, rauchte und fühlte mich elend.

Ich rauchte die Zigarette zu Ende, drückte sie an der Wand aus, zündete das Feuerzeug an und grub die Rolle vorsichtig aus. Das Leinen krümelte weg, aber die Haut selbst schien in einem guten Zustand zu sein. Der Kot war die ideale Substanz zur Konservierung: feucht, solange er frisch war, dann langsam trocknend. An der Oberfläche trocknete er nie ganz aus, und darunter wurde er nie richtig naß; sozusagen Museumsbedingungen. Die einzige Gefahr war, daß die Phosphate und das Ammoniak des Kotes die Haut durchdrungen haben konnten.

Ich öffnete sie behutsam. Es waren drei Teile wie in En Gedi. Der mittlere rutschte heraus, und ich untersuchte ihn zuerst. Die Bemerkung des Priesters, schlecht abgeschrieben. Als zweites – die gleiche Reihenfolge, die wir vorgefunden hatten – die Fußnote des Halbalphabeten. Mit dumpfem Herzklopfen öffnete ich den dritten. Die Liste der Orte. Kristallklar, so deutlich wie am Tag, als sie geschrieben wurde.

Ich rollte die Lederstücke sofort zusammen, knöpfte mein Hemd auf und schob die Rolle hinein. Ab nach Hause!

Ein halbes Dutzend Fledermäuse hing noch immer am Eingang, als ich hinauskroch. Sie flatterten auf und schlossen sich den anderen an, die immer noch in der Schlucht kreisten. Ich tastete mich mit den Zehen zur ersten Stufe, klemmte die Rolle fester unter die Achseln und fing an, mich hochzuziehen. In diesem Moment fiel der Schuß.

Im ersten Augenblick erkannte ich nicht, daß es ein Schuß

war. Ich erkannte überhaupt nichts. Ich wandte mich um, um zu sehen, was, zum Teufel, das gewesen war, gerade rechtzeitig, um den nächsten Blitz zu sehen. Ein uniformierter Mann mit einem Gewehr auf einem Plateau des gegenüberliegenden Curtain. Er schoß in meine Richtung, zielte aber nicht auf mich. Seine Stimme drang schwach auf arabisch die dreißig Meter zu mir herüber, die uns trennten.

»Drogenpolizei. Rühren Sie sich nicht von der Stelle.«

Ich rührte mich auch nicht von der Stelle. Nach einer Schrecksekunde drehte ich mich um und kroch wie ein Irrer die Stufe hinauf. Ich hatte erst die Hälfte geschafft, als der nächste Schuß pfiff und einschlug, diesmal aus einer anderen Richtung, und dieses Mal auf mich gezielt. Felssplitter, die der Schuß losgeschlagen hatte, trafen mich im Gesicht. Ich sah in die Richtung, aus der er gekommen war. Keine zwanzig Meter von mir entfernt stand ein zweiter Mann, auf einem breiten Grat des nächsten Curtain. Als ich hinsah, zielte er sorgfältig und schoß erneut.

Ich bewegte mich schneller vom Fleck als je in meinem Leben und duckte mich in die Höhle zurück.

Verdammter Mist.

XIV Furcht und Zittern

Erschütterung ließ erbeben meine Glieder
(Hiob 4.14)

1

Natürlich, die Fledermäuse. Die verfluchten Fledermäuse! Ich hatte die besten Polizeispitzel der Gegend übersehen. An sämtlichen Gipfeln um Qumran hielten die Behörden die Augen nach Fledermäusen offen, um die Ta'amireh bei ihrer illegalen Jagd nach Schriftrollen zu stören. Die Drogenpolizei verfuhr ohne Zweifel genauso. Die suchten natürlich nach Haschischverstecken. Hier war kein Haschisch. Hier gab es Wichtigeres als Haschisch. Sie durften es nicht finden. Was in Gottes Namen sollte ich damit anstellen?

Ich war voller Panik an die Rückwand der Höhle zurückgekrochen, während mir diese Gedanken durch den Kopf schossen, und hatte zunächst die schwachsinnige Absicht, sie einfach wieder zu vergraben. Das ergab natürlich keinen Sinn. Sie würden jeden Zentimeter Dung umwühlen. Was also tun?

Ich war nicht in der Lage nachzudenken. Das einzig klare Bild, das ich vor Augen hatte, war der eifrige Gesichtsausdruck des Mannes, der versucht hatte, mich zu erschießen. Er wollte mich erschießen! Und wenn ich die Nase aus der Höhle streckte, würde er es wieder versuchen. Die Form war gewahrt worden: Man hatte den Schmuggler gewarnt, und er hatte die Warnung mißachtet. Jetzt blieb die dankbare Aufgabe, ihn zu erledigen und seine Schätze einzusammeln.

Das war entsetzlich. Ich mußte ihnen klarmachen, daß ich kein Schmuggler war. Ich mußte ihnen sagen, daß ich bereit war aufzugeben – auf der Stelle. Aber ohne die Rolle! Ich wollte verdammt sein, wenn ich die übergeben würde. Nicht hier. Nicht in den Curtains – damit der, der sie finden würde, sämtliche Schlüsse nachvollziehen konnte. Eher würde ich sie verbrennen.

Auf allen vieren wandte ich mich ziellos mal in diese, mal in jene Ecke, als mir diese unakademische Lösung in den Sinn kam. Ich hielt erschrocken inne und beschimpfte mich mit derben Flüchen. Verbrennen? Undenkbar. Wo kämen wir da hin! Man konnte doch nicht einfach hingehen und unbezahlbare, antike Schriftrollen verbrennen. Was ich tun mußte, war, mir den Inhalt einzuprägen und dann zu versuchen, sie zu verstekken. Wenn alles fehlschlug, bestand immer noch die Möglichkeit, daß sie falsch interpretiert wurde.

Im Nu hatte ich die Schriftrolle hervorgerissen und mich näher an den Lichtfleck beim Eingang gesetzt. Die Liste war straff aufgerollt wie eine Feder, und es war schwierig, sie geöffnet zu halten. Die Buchstaben der scheußlichen Handschrift tanzten mir wie schwarze Spinnen vor den Augen. Hebräische Lettern, Griechisch rückwärts, vom Original des Priesters abgeschrieben. Es war schwer genug, so etwas im Labor zu entziffern. Hier, mit dem Schützen im Nacken, der meine Hände zum Zittern brachte, war es unmöglich. Ich schaffte es nicht, erfaßte kein einziges Wort. Es blieb keine Zeit, etwas anderes zu tun, als es zu verstecken.

Das wollte ich gerade tun, als die Geräusche, die draußen ertönten, verrieten, daß der Mann mit dem Gewehr näher gekommen war. Ich hörte ihn schreien, dann beide, ziemlich deutlich. Ich spähte vorsichtig aus der Öffnung und kroch flach auf dem Bauch hinaus. Er lief den Grat des Curtain hinab, so rasch, als stiege er eine Leiter hinunter. Beim Abstieg verständigte er sich schreiend mit seinem Kollegen, der oben auf dem nächsten Curtain stand. Ich lauschte.

Er hatte jetzt gesehen, wie ich in die Höhle gelangt sein mußte. Ich war von dem Berg aus hineingelangt, auf dem er stand. Man brauchte Seile und Haken. Die mußte ich bei mir haben. Er ging hinunter zum Funkgerät, um aus Hebron mehr Männer, Seile und Haken anzufordern.

Ich kroch an den Rand und sah nach unten. Viele Meilen unter mir am Grund der Schlucht stand ein Spielzeugjeep. Dort rannte er hin.

»Sag ihnen, sie sollen Scheinwerfer mitbringen!« schrie der andere zu ihm hinunter.

»Natürlich Scheinwerfer!«

Scheinwerfer? Ich sah auf die Uhr. Unglaublich, es war schon drei Uhr. In wenigen Stunden würde es dunkel werden. So lange würde es mindestens dauern, überhaupt jemanden aus Hebron herbeizuschaffen. Aber wieso hatten sie den Weg, den ich genommen hatte, nicht gefunden? Vielleicht wirkte der Grat von jordanischer Seite aus viel schlimmer, als er war. Vielleicht war er schon immer für unbezwingbar gehalten worden. Was, zum Teufel, sie auch denken mochten, es schien, als sei ich zumindest für ein paar Stunden in Sicherheit. In voreiliger Freude zog ich mich in die Höhle zurück. Zwei Stunden. Auf jeden Fall Zeit, sich noch einmal vernünftig mit der Liste zu befassen. Zeit, ein gutes Versteck zu finden. Mit einem Mal schien es mir wichtig, dafür Sorge zu tragen. Ich zündete das Feuerzeug an und sah mich um.

Es mangelte nicht an Spalten. Die Höhle war mit Spalten übersät. Darin flatterten die Fledermäuse, als ich langsam umherging. Die Schwierigkeit bestand darin, eine zu finden, an der das geübte Auge keine Veränderung entdecken würde. Langsam führte ich das Feuerzeug an den Wänden auf und ab. Die Spalten verliefen bis zum Boden. Zweifellos setzten sie sich darunter fort. Ich wurde plötzlich aufgeregt. Warum nicht den Dung unterhöhlen und eine finden? Dann konnte man an der Oberfläche keine Veränderung feststellen.

Ich fand eine vielversprechend aussehende Spalte in der Wand, verfolgte sie bis zum Boden und fing ungefähr einen Meter von der Wand entfernt an zu graben. Zuerst ein paar Zentimeter abwärts, dann grub ich nach innen, auf die Spalte zu, und vermied dabei sorgfältig, die schwammige Oberfläche zu beschädigen. Schon nach kurzer Zeit stieß ich mit den Händen an die Wand. Ich tastete behutsam nach der Spalte, fand sie und begann, den Dung herauszuscharren. Eine breite Spalte, wunderbar breit. Sie ging auch sehr tief, was um so besser war. Sie schien verdammt tief hineinzureichen. Ich mußte mich flach auf den Boden legen, um meinen Arm so weit wie möglich zu strecken. Alles war voll mit Exkrementen. Plötzlich kein Kot mehr. Gar nichts mehr. Ich spürte einen Luftzug an meinen Fingern.

Ich lag platt auf dem Boden und dachte nach. Wie konnte in der Felsspalte bewegte Luft sein? Setzte sie sich irgendwie bis zur nächsten, darüberliegenden Höhle fort? Oder bis zu einer unbekannten, die tiefer lag? Hier in der Höhle rührte sich nichts. Sie war still und tot, obwohl es draußen ziemlich windig war. Mir ging plötzlich auf, daß sich auch die Luft an meinen Fingern ziemlich stark bewegte. Mein Gott, dachte ich, zog den Arm zurück und begann mit gebremster Hysterie mit den Händen zu scharren. Keine fünf Minuten später stellte ich fest, daß es sich nicht um eine Spalte, sondern um ein recht großes Loch in der Wand handelte, gegenüber lag die Schlucht.

Ich rauchte rasch eine Zigarette, um meine Nerven zu beruhigen. Während ich rauchte, schuftete ich weiter und erweiterte das Loch. Ich mußte mein Taschenmesser benutzen, um die harte, festgebackene Substanz am Grund zu lösen. Das war echt antiker Mist. Aus der Zeit Davids, möglicherweise Abrahams. Sicher hatte es den schon gegeben, als der Mann mit der Schriftrolle seinen Besuch abgestattet hatte. Von dem Loch war wahrscheinlich nichts zu sehen gewesen. Jahrtausendelang hatten Fledermäuse es bearbeitet und schließlich komplett versiegelt.

Es war nicht nötig, bis in die letzten Ecken zu kratzen. Ich grub eine Öffnung von einem halben Meter Durchmesser und steckte den Kopf hindurch. In schwindelerregender Tiefe befand sich der vordere Teil des Jeeps direkt unter mir. Unversehens erblickte ich die winzige Gestalt des Mannes, der eben dort gestanden hatte. Er schien eine Zigarette zu rauchen. Gerade als ich hinsah, blickte er auf und ließ den Blick weiterwandern. Er fing an, auf und ab zu schlendern.

Mein Herz schlug wild. Unter mir, rechts unter mir, hatte ich noch etwas anderes entdeckt: einen Felsvorsprung, eine der »Treppenstufen«. Die übrigen waren schief, dieser hier ragte waagerecht aus der Felswand hervor. Er reichte bis zu einer Stelle einen Meter rechts von meinem Loch, lag aber fast fünf Meter unter mir. Wenn ich dorthin gelangen konnte, schaffte ich es zur Treppe, zum Grat, und wieder hinunter, unbemerkt...

Ich wußte, daß das nicht ging. Mein Herz setzte aus, als ich es genauer betrachtete. Es war auf keinen Fall zu schaffen. Ich konnte mich da nicht hinunterhangeln. Es fehlten immer noch drei Meter. Die konnte ich mich nicht hinunterfallen lassen. Außerdem lag der Vorsprung einen Meter rechts von mir. Ich konnte auch nicht springen, das käme Selbstmord gleich. Ich brauchte ein Seil. Vielleicht konnte ich mir selbst ein Seil herstellen, aus der Hose, dem Hemd, dem Gürtel, es mit etwas in der Höhle absichern und mich daran hinunterlassen. Möglicherweise ginge das. In letzter Zeit hatte ich schon ganz andere Pfadfinderkunststücke gemeistert. Ich wußte, daß ich es nicht tun würde. Es war einfach ein atemberaubender Irrwitz. Ich hatte hier die einmalige Chance, mich umzubringen, und wofür? Um mir Ärger mit den jordanischen Behörden zu ersparen? Um mit der Schriftrolle ein bißchen Ruhm zu ergattern? Um sicherzustellen, daß Israel die Rolle bekam, und nicht Jordanien? Wen kümmerte es, wer sie bekam, solange sie überhaupt jemand bekam? Gleichgültig, solange der Jeep dort unten stand, war es sowieso nicht durchführbar. Es war bei Tageslicht ganz unmöglich. Und allein schon der Gedanke, es bei Nacht zu tun, war ein solch atemberaubender Unfug, daß ich mit Herzklopfen meinen Kopf einzog.

Ich blieb einen Moment hocken, kroch dann nach vorn und sah hinaus. Der andere Kerl saß noch immer auf dem Vorsprung des gegenüberliegenden Curtain. Er hatte es sich bequem gemacht und rauchte in aller Ruhe eine Zigarette. Mit gekreuzten Beinen, den Rücken an den Fels gelehnt, ließ er sich von der Nachmittagssonne bescheinen. Er sah mich, machte sich aber nicht die Mühe, sein Gewehr anzulegen. Er behielt einfach die Vordertür im Auge. Daß es keine andere gab, wußte er.

Ich ging wieder hinein, setzte mich auf den Boden und rauchte auch noch eine Zigarette. Nach der Schriftrolle sah ich nicht. Ich dachte nicht einmal an sie. Woran ich dachte, schloß den Gedanken an irgend etwas anderes aus. Ich saß bloß da und zog klopfenden Herzens an der Zigarette.

2

Die Verstärkung aus Hebron traf um halb fünf mit ein paar Jeeps ein. Ich blieb direkt hinter dem Eingang und hörte sie. Die zerklüfteten Gipfel Judäas hatten in der Abenddämmerung eine rötliche Glutfarbe angenommen. Den Mann, der noch immer auf dem gegenüberliegenden Curtain war, sah ich nicht, hörte ihn aber deutlich. Er führte eine aufschlußreiche Unterhaltung mit den Männern unten, um sicherzugehen, daß sie nicht nur Scheinwerfer mitgebracht hatten, um den Kletterfelsen zu erleuchten, sondern auch einen am langen Strick für ihn, damit er mich unter Beobachtung halten konnte. Offensichtlich hatten sie noch einen Scheinwerfer dabei und brachten ihn hoch.

Ich zog mich in die Höhle zurück und hüpfte fröstelnd herum. Mit dem Abend war die Luft frisch geworden, und ich hopste in Schuhen, Socken und Unterhose herum. Meine restlichen Kleider waren zu einem unförmigen, gefährlich aussehenden Seil vertäut, das an einem Felsvorsprung am Grunde des Hinterausgangs befestigt war. Sonst trug ich nur noch die Rolle bei mir, die ich mit dem Klebeband, das mir der Arzt in Jerusalem gegeben hatte, vor der Brust befestigt hatte.

Meine Zähne klapperten in kurzen, rhythmischen Intervallen, während ich umherhopste. Es war fast besser, endlich anzufangen, als hier hocken zu bleiben. Aber ich blieb doch noch ein wenig da. Die Sonne ging rasch unter, aber sie warf ihr

Licht auf meinen Hinterausgang. Im Augenblick schien sie zu mir herein wie eine blutrote Lampe. Sollte jemand durch Zufall hier heraufsehen, würde er das schwankende Seil und die Gestalt sehen, die daran baumelte wie ein Wahnsinniger, der versucht, eine Abkürzung aus dem 88. Stock eines Wolkenkratzers zu nehmen.

Die Gipfel vor mir färbten sich langsam violett. Energische Schreie der Männer, die mit Ausrüstung nach oben kletterten, drangen herauf. Mit laut klappernden Zähnen hastete ich von einem Loch zum anderen und versuchte abzuschätzen, ob es bereits dunkel genug war. Unten in der Schlucht herrschte schon graurote Dämmerung. Als ich durch den Hinterausgang nach unten sah, schalteten sich plötzlich die Scheinwerfer des Jeeps ein, und er setzte sich in Bewegung. Er kurvte und wendete in ein paar engen Kurven wie ein strahlenäugiges Insekt und fuhr in die Richtung, aus der er gekommen war, ganz offensichtlich, um das Schauspiel auf der Vorderseite besser zu beleuchten. Im selben Moment flammte im Höhleneingang ein milchigweißer Schein auf. Der Scheinwerfer auf dem gegenüberliegenden Curtain war in Stellung; bald würden sie herangeklettert sein. Jetzt also.

Mit dem merkwürdigen Gefühl, neben mir zu stehen, während ich all dies erlebte, machte ich mich wie betäubt an die Arbeit. Ein paarmal zog ich kräftig am Seil, um zu sehen, ob es sicher befestigt war. Ich zerrte es der Länge nach, zur Seite und zog das Ding von links nach rechts. Dann hielt ich mich daran fest und kroch rückwärts zur Öffnung, auf Knien, die Füße voran. Zuerst schob ich einen Fuß hinaus, dann den anderen, ließ mich auf den Bauch sinken und schob den übrigen Körper nach draußen, bis ich mich auf die Ellbogen stützte; dann zog ich auch die nach.

Händeübergreifend kletterte ich am Seil hinab, während ich mich mit den Füßen gegen den Fels stemmte, bis ich das Ende des selbstgemachten Seils fast erreicht hatte; dann ließ ich die Füße baumeln.

Das Klappern meiner Zähne hatte aufgehört, und ich fröstelte auch nicht mehr. Mit dem seltsamen Gefühl, als sei dies alles ganz normal, hing ich an meiner altvertrauten Hose über der Schlucht und tastete seitlich mit dem Fuß nach dem Felsvorsprung. Er war nicht da. Nicht nah genug.

Ich kletterte wieder ein Stück am Seil empor, stützte die Füße gegen den Berg und drückte mich ein wenig nach rechts. Der Vorsprung war noch weiter rechts, weiter als der Meter, den ich geschätzt hatte. Ich konnte ihn geradezu fühlen, mit der Zehenspitze spüren. Wieder ließ ich mich herunter, setzte den Fuß darauf, versuchte den anderen nachzuziehen, schaffte es aber nicht. Plötzlich baumelte ich am Seil, beide Füße verloren den Halt, und ich schwang als Pendel wie in einem Alptraum. Meine Knie schlugen gegen den Fels. Ich hörte das Quietschen des Gürtels über mir und einen merkwürdigen Knirschton vom Hemd, dem nächsten Teil des Seiles.

Ruhig. Nicht strampeln. Nicht am Seil reißen. Einfach hängenlassen. Das Pendel kam zum Stillstand. Ich hing. Schultern, Arme und Handgelenke schmerzten. Schweiß rann mir in die Augen. Was jetzt, in Gottes Namen? Hängend versuchte ich, mir etwas einfallen zu lassen.

Ganz behutsam konnte ich mit einem Fuß an den Fels gelangen. Ganz vorsichtig konnte ich mich hinüberziehen und ein weiteres Mal versuchen, die Stufe zu erreichen. Wenn es nicht ging, mußte ich so schnell wie möglich am Seil hochklettern, solange meine Arme das noch durchhielten.

Vorsichtig zog ich den Fuß hoch. Behutsam schob ich mich nach links, tastete mit dem linken Fuß nach der Stufe und fand sie. Dann kam der rechte Fuß dran, quälend langsam. Die Arme schienen aus den Gelenken zu reißen, aufs äußerste gestreckt hingen sie am Seil. Ich brachte den zweiten Fuß hinauf, hing gekrümmt dazwischen und war darauf vorbereitet, wieder zu pendeln, falls ich den Halt verlor. Da hörte ich das Hemd langsam weiter zerreißen.

Ich sandte Stoßgebete gen Himmel. Nun gab es kein Pendeln mehr – und auch kein Zurückklettern. Jetzt würde es abwärts gehen, so oder so.

In namenlosem Schrecken schwankte ich in einem Winkel von fünfundvierzig Grad. Die Finger in die Umschläge meiner Hose gekrallt und mit den Füßen gerade noch auf dem Vorsprung, wußte ich, was ich weiter zu tun hatte. Ich mußte mich nach links werfen. Ein heftiger Ruck am Seil, und mit dem letzten Rest an Schwung, das es mir noch geben konnte, mußte ich drüben auf dem Bauch landen. Das würde der Schriftrolle nicht sonderlich guttun, wenn es funktionierte. Mir würde es noch viel weniger guttun, wenn es nicht funktionierte, so daß ich darüber besser gar nicht nachdachte. Ich tat es einfach.

Mit einem Stöhnen stieß ich mich im Bogen ab, schlingerte hinüber, auf die Stufe zu. Ich rollte nicht, stolperte, schlitterte, hüpfte nicht, prallte auch nicht ab, auch sonst tat sich nichts Aufsehenerregendes. Ich fiel einfach flach auf den Bauch – dabei knirschte die Rolle unter meiner Brust fürchterlich – und blieb verkrümmt liegen. Einige Minuten lag ich so, bis mich die Nachtluft auf meinem mäßig bekleideten Körper daran erinnerte, wo ich war. Ich war noch nicht zu Hause. Ich war lediglich am Leben. Jeden Augenblick würde jemand in die Höhle treten und meine Hose, den Gürtel und das Hemd finden (ein israelisches Hemd, in Tiberias gekauft) und nicht nur feststellen, durch welches Loch ich verschwunden war, sondern auch, in welche Richtung. Das war eine mißliche Erkenntnis. Ich hatte geplant, die Kleider loszuknoten. Aber die flatterten jetzt außer Reichweite. Was ich tun mußte, war, nach unten zu gelangen, bevor sie hochkamen.

Ich rappelte mich auf dem Felsvorsprung auf und setzte mich in Bewegung. Der Schritt von der untersten Stufe zurück auf den Grat war trotz meiner Befürchtungen um nichts schwieriger als auf dem Weg nach oben, und im Nu schob ich mich rasch abwärts. Das war nach dem Kampf am Seil ein solches Kinderspiel, daß ich mich fragte, wieso ich mir dabei beim Aufstieg so viele Gedanken gemacht hatte.

Von oben waren Schreie zu hören, während die Männer Haken einschlugen, aber bisher schien noch niemand die Höhle betreten zu haben. Ich kletterte über den Absatz, bewegte mich langsam zum Einschnitt und spähte nach draußen. Die drei Jeeps standen dort mit brummenden Motoren im Halbkreis, den Curtains zugewandt, damit die Scheinwerfer, die die Felswände beleuchteten, genug Energie hatten. Zwei Männer, die daneben standen, gafften zu den Kletternden hinauf. Ich ging in die Hocke und schlich mich an ihnen vorbei zur Gegenseite der Schlucht bis zum gegenüberliegenden Einschnitt und blieb dort einen Moment stehen. Ich sah hinauf.

Sie hatten einen Haken befestigt. Ein Mann baumelte am Seil und zog sich gerade über die Lippe des Curtain. In wenigen Minuten würde er anfangen zu schreien. Mir blieb keine Zeit, bis zur Grenze zu laufen. Mit den Jeeps waren sie vor mir dort, mit einem offensichtlichen Vorteil auf der Hochebene. Ich mußte besser ganz vom Plateau verschwinden, die Klippen hinunter auf Meeresspiegelhöhe, wobei meine Wendigkeit von einigem Nutzen sein würde.

Der Einschnitt war ein Spalt in der Wand, auf beiden Seiten offen. Hakenschlagend rannte ich hindurch, erreichte das Plateau und wandte mich nach Osten, zu den Klippen. Ich rannte, bis ich außer Atem war, und gerade als ich langsamer wurde, hörte ich hinter mir einen Tumult losbrechen und lief wieder schneller. Es war dunkel, stockfinster, und im Gewirr der Felsen konnte es leicht geschehen, daß man im Kreis wieder zum Ausgangspunkt lief. Ich fand ein Wadi und rannte daran entlang; das Wadi mußte zu den Klippen führen. Und das tat es auch. Nach den Leuchtziffern meiner Uhr war es halb sieben, als ich das Tote Meer erreichte. Dahinter kauerten die Berge von Moab, die sich vor dem dunklen Himmel nur wenig abzeichneten.

Im Bett des Wadi rutschte ich auf dem Rücken die Klippen hinab. Meine Beine waren schon arg zerkratzt und verletzt, aber meinem Hinterteil ging es bald noch schlechter. Allerdings beflügelten die geräuschvollen Vorgänge auf dem Plateau meine Reise. In der Ferne waren Schreie hörbar geworden, und bevor ich den Grund erreichte, brachen Schüsse los. Gott mochte wissen, welche Phantasiegeschöpfe da verfolgt wurden, oder welche armen Kerle eins übergebraten bekamen. Sicher waren es Beduinen. Plötzlich ging mir auf, daß es hier am Ufer welche geben mochte, Vorposten der Ta'amireh. Und daß ihnen ein Fremder, der im wesentlichen mit einer wertvollen Schriftrolle bekleidet war, wie ein wahres Geschenk Allahs erscheinen mußte.

Ich gelangte an die finstere Küste und sah mich sorgfältig um. Weitab rechts, in Richtung Grenze, glomm etwas. Vielleicht war es ein phosphoreszierender Fels. Vielleicht auch nicht. Meine Unterhose leuchtete in der Dunkelheit. Ich zog sie aus und stopfte sie unter einen Felsen. Hier unten war es schwülwarm, und ein starker Schwefelgeruch lag in der Luft. Die Grenze, die am Meer eine enge Kurve beschrieb, konnte höchstens einen Kilometer weit entfernt sein. Einen gefährlichen Kilometer. Sämtliche Behörden waren möglicherweise bereits über Funk alarmiert worden. Es waren schon mehrere Stunden vergangen, seit der israelische Spion entkommen war. Die Grenzüberquerung würde kein Kinderspiel werden, abgesehen von Beduinenzwischenfällen, mit denen man zudem rechnen mußte, bis man dorthin gelangte.

Ich betrachtete das Meer, während mir diese Gedanken durch den Kopf gingen, und lief darauf zu. Bestimmt war ich noch nie passender dafür angezogen gewesen als jetzt. Die Salzschicht gab unter jedem Schritt nach, ihre von der Hitze geborstene Oberfläche knackte, und bald steckte ich mit meinen Schuhen bleischwer im schwarzen Bitumen darunter. Ich zog sie aus, nahm das Klebeband von meiner Brust und befestigte es mit der Rolle am vertrauten Ort auf meinem Kopf. Währenddessen hatten sich auch die Socken vollgesogen, und als ich ins Wasser stieg, hatte ich nichts mehr am Leib als die heilige Sprache. Möge sie mir Schild und Zuflucht sein, dachte ich und stieß mich ab.

3

Das Wasser war warm und schmierig, von einer Konsistenz wie Blut, und der Meeresgrund bestand aus schleimigen Schlickablagerungen, beides so überaus widerwärtig, daß ich beinahe wieder herausgeklettert wäre. Das war natürlich nicht möglich. Ich mußte es durchstehen. Im Sanatorium von En Bokek, ein paar Kilometer die Küste hinunter, hatte ich gesehen, wie sich Patienten darin aalten. Aber in En Bokek wurde niemand gezwungen, ein paar Kilometer darin zu schwimmen. Es schien mir, als hätte ich mindestens so viel zurückzulegen. Die Grenze war nicht auszumachen, und En Gedi lag drei Kilometer dahinter. Hier draußen war es unmöglich, Entfernungen abzuschätzen. Bevor ich nicht die Lichter des Kibbuz sah, würde ich nicht aus dem Wasser steigen können.

Beim ersten Schwimmstoß war mir Wasser ins Gesicht gespritzt, und ich schmeckte es auf den Lippen. Es war eher bitter als salzig, wie Mangan und Pottasche. Darin zu schwimmen war, wie in einem Sirupfaß um sich zu schlagen. Das Zeug trug einen so stark, daß es einiger Anstrengung bedurfte, den Boden noch zu berühren, wenn man bis zu den Hüften darinsteckte. Man schnellte nach oben wie ein Korken. Vom Brustschwimmen bekam man Genickstarre und fühlte sich, als mache man Liegestütze. Ich drehte mich auf den Rücken.

Das war entschieden besser. Ich schwamm nicht. Es war eher wie Boot fahren, aber jedenfalls kam ich voran. Eigentlich erholsam, nach all der Plage, wenn das Zeug nur nicht den Effekt gehabt hätte, alle Kratzer und Abschürfungen des Körpers auszuwaschen. Meine Rückseite brannte augenblicklich wie Feuer, die Arme und Beine wurden sorgfältig gehäutet. Ich paddelte weiter, die Augen auf den Strand gerichtet, und zischte der lästigen Schmerzen wegen durch die Zähne. Das schwache Leuchten rückte näher. Mit einem Mal konnte ich es als Feuer identifizieren, ein kleines, glimmendes Feuer, in dem gelegentlich eine Flamme aufzüngelte.

Im Wasser hockend, hielt ich inne und spähte hinüber. Es schien niemand dort zu sein, nichts war in der Nähe; aber Beduinenzelte sind schwarz, schwarz wie die Nacht. Irgend jemand mußte das Feuer angezündet haben.

Ich fluchte leise vor mich hin und krümmte mich vor Schmerzen. Da konnte man nichts machen. Es kam nicht in Frage, hier auszusteigen. Ich mußte mich arrangieren. Vielleicht würde der Schmerz nachlassen, wenn das Schlimmste überstanden war. Ich legte mich auf den Rücken, paddelte ein Stück hinaus und beobachtete das Feuer. Nichts rührte sich, keine Menschenseele war zu sehen. Aber vielleicht betrachteten mich jetzt neugierige Augen? Ich paddelte weiter hinaus, um mich in der Dunkelheit zu verlieren, und schwamm dann parallel zum Strand weiter. Konnte dort in der Dunkelheit jemand mit mir Schritt halten?

Ich konzentrierte mich darauf, Geräusche zu vermeiden, paddelte ganz langsam und hielt die Beine unter Wasser. Das Feuer verschwand. Auch der quälende Schmerz ließ nach, und zurück blieb nur ein allgemeines, wundes Gefühl. Langsam strampelte ich weiter. Wenn man darüber nachdachte, war es eher wie Fahrradfahren, langsam, rückwärts. Die Sterne gingen auf. Ich lehnte mich zurück, betrachtete sie und paddelte rückwärts, durch die schweflige, warme Nacht.

Um zehn döste ich kurz ein und fuhr mit einem heftigen Ruck des Kiefers wieder hoch. Mein Kopf ruhte sanft auf dem Wasser. Die Rolle! Der Rolle war nichts passiert, sie saß immer noch oben auf dem Kopf. Ich sah auf die Uhr. Zehn nach zehn. Als ich zum letzten Mal daraufgeblickt hatte, war es zehn gewesen. Der Uhr tat das natürlich nicht besonders gut. Mir auch nicht. Meine Beine fühlten sich an wie leicht gepökeltes Fleisch. Ich setzte mich in Gedanken wieder aufs Rad und strampelte los.

Bevor ich eingedöst war, hatte ich das Ruderlied von Eton gesummt und fing nun wieder damit an. Ich summte es dem Mond vor, dem abnehmenden Mond. War es erst gestern nacht gewesen, als ich weiter oben an der Küste zusammen mit Shoshana denselben Mond betrachtet hatte? Wieviel weiter oben an der Küste? Noch immer keine Lichter. Ich war schon über drei Stunden im Wasser. Es kam mir vor, als sei ich nie irgendwo anders gewesen. Hier war es warm wie in einer Wiege. Man konnte darin sitzen, liegen, schlafen, radfahren...

Ich summte das Ruderlied von Eton und durchquerte das mondbeschienene tiefste Meer der Welt.

Es war elf, als ich die Lichter sah. Es waren nicht viele. Die äußeren waren abgeschaltet. Hin und wieder drang ein Lichtstrahl aus einem vorhanglosen Fenster. Es gab noch andere Lichter, die ich nicht verstand: zwei oder drei kleinere, die wie Glühwürmchen auf den Bergen tänzelten, und andere, die aus der Schlucht kamen. Hatten die etwa die Grenze überquert? Konnte es sein, daß die hier noch immer hinter mir her waren?

Damit kam ich nicht klar; ich konnte mich nicht mehr konzentrieren. Ich mußte einfach hier raus, das stand fest. Ich schwenkte das imaginäre Fahrrad mühsam herum und trat in die Pedale. Als ich schon am Ufer war, strampelte ich immer noch. Langsam, als es flacher wurde. Keine Paddel mehr nötig. Motor abstellen. Ich schaltete ab, drehte mich um, blickte zum Strand und richtete mich auf. Ich hatte vor aufzustehen. Aus irgendeinem unerforschlichen Grund ging das nicht. Ich lag flach auf dem Kinn und versuchte es noch einmal. Mit wissenschaftlicher Neugier beobachtete ich, daß ich noch immer auf dem Kinn lag, und nahm eine dieser kleinen Korrekturen vor, die Wissenschaftler erlernen und ausführen müssen. Mit dem Gesicht am Boden schob ich mich auf den Strand.

Der knackende Grund unter mir gab nach und bedeckte mich mit schwarzem Schlamm. Ich begriff, daß ich einfach stillhalten mußte, und begnügte mich damit, die kleinen tänzelnden Lichter zu betrachten, die den Berg herunterkamen und sich in raschem Tempo auf mich und den vom Mond erleuchteten Strand zubewegten. Mir war aufgegangen, was das für Lichter sein mochten, und ich fing an zu rufen.

Ich rief so lange, bis Shoshana und Avner und zwei oder drei andere Suchende mich fast erreicht hatten, und hörte dann auch nur auf, weil sie schallend lachten. Der Professor war zu guter Letzt zweifelsohne in der Jauche gelandet. Das schien ein einzigartiger, erinnerungswürdiger Moment zu sein. Und davon hatte es an diesem Tag, alles zusammengenommen, einige gegeben, von denen man sich einen aussuchen konnte.

4

Wir taten es nicht in Barot. wir taten es am nächsten Tag in der Universität, im Labor, wir beide, hinter verschlossener Tür am nächsten Tag. Wir brauchten eineinhalb Stunden, bis wir sicher waren, und dann sahen wir uns bloß an. Schließlich wandte sich Agrot um, nahm noch einen Bogen Papier und schrieb einen Abschnitt des Textes darauf ab. Dann las er langsam vor und schob den Bogen zu mir hinüber.

»Einverstanden?« fragte er.

Auch ich las den Text sorgfältig durch.

»Ja, einverstanden«, stimmte ich zu.

Er lautete: *Zwischen der runden, ehrwürdigen [Arad] und der langen, ehrwürdigen Kuppe [Barot], tausend Ellen [500 Meter], in der Schlucht zwischen den beiden Pyramiden, vier Ellen tief [zwei Meter] vergraben, liegt das OEED.*

Es war hier in Barot. Es war hier gewesen, während wir unsere ausgeklügelten Pläne in Galiläa verfolgten, hier, als wir die Eindringlinge verhörten, die Geheimdienste einsetzten und weit und breit alles durchkämmten. Hier, direkt vor unserer Nase, oder genauer, zu unseren Füßen. Die ganze Zeit war es hier gewesen.

Wieder sahen wir einander an. Agrots Nase trat ganz spitz hervor, und sein Mund sah aus wie eine eingesogene Staubsaugerdüse.

Das mußte natürlich noch ein bißchen überarbeitet werden.

5

»Einen Augenblick, habe ich Sie also richtig verstanden?« fragte der Minister. Wir saßen zu viert mit ihm im Raum, Agrot, ich selbst und der Chef der Abteilung. »Sie können die Position nicht bestimmen, weil Sie nicht wissen, ob Sie die Entfernung von der Mitte oder vom Ende des Tell aus messen sollen, und der Ausdruck »tausend Ellen« sowieso nur ein grobes Maß darstellt.«

»So ist es«, sagte Agrot.

»Und Sie meinen, daß der Gegenstand in der Erde liegt, die gerade von Mister Teitlemans Bulldozern eingeebnet wird.«

»Nein«, sagte Agrot. »Sie wurde bereits eingeebnet. Darum geht es gerade. Er wird mit seinen Baumaschinen loslegen, sobald die einstweilige Verfügung ausläuft.«

»Sie möchten also, daß die Verfügung verlängert wird?«

»Ja.«

»An welcher Stelle sollen die Ausgrabungen stattfinden?«

Hitzig sagte Agrot: »Wie ich Ihnen schon zu erklären versuchte ...«

Der Chef der Abteilung unterbrach ihn sanft. »Die Lage ist folgende, Herr Minister, daß die Pyramiden ...«

»Ja, das mit den Pyramiden verstehe ich nicht. Sie sagten, dort ständen keine Pyramiden.«

»Dem ist so, Herr Minister. Mister Teitleman hat die Pyramiden eingerissen. Zweifellos waren es pyramidenförmige Felsformationen. Sobald wir wissen, wo sie gestanden haben, können die Ausgrabungen unverzüglich beginnen. Leider besitzen wir keine Zeichnungen vom Zustand der Landschaft, bevor sie eingeebnet wurde. Mister Teitleman besitzt natürlich welche ...«

»Ja, meine Herren. Es tut mir leid, daß ich Ihnen so begriffsstutzig vorkommen muß. Aber wäre es nicht eine gute Idee, sich zunächst an Mister Teitleman zu wenden?«

»Wenn Teitleman erfährt, wozu wir die Zeichnungen brauchen«, erwiderte Agrot, »verschwinden diese Zeichnungen sofort von der Bildfläche.«

Eine kleine Pause trat ein.

»Was wollen Sie also von mir?«

»Zeit«, sagte der Chef der Abteilung bittend. »Nur ein bißchen Zeit, Herr Minister. Wenn man alles ein bißchen ausdehnen könnte, die Verfügung verlängern, nur um eine Woche ...«

»Wie bitte? Dazu brauche ich einen Grund. Sie sagen, wenn ich den Grund nenne ...«

»Herr Minister!« sagte der Chef der Abteilung eindringlich. »Nennen Sie keine Gründe! Das bedeutet natürlich politischen Ärger. Das wissen wir. Aber wir beschaffen Ihnen den Grund – bevor er wunder was unternimmt. Wir müssen sie kriegen. Gott hilft uns dabei.«

»Sicher«, sagte der Minister. »Andererseits ...«

»Herr Minister! Es gibt Zeiten, in denen man ein Risiko eingehen muß um der Dinge willen, an die wir glauben. Ihr Interesse an der Archäologischen Abteilung ...«

»Natürlich«, sagte der Minister, »natürlich. Ich wäre Ihnen verbunden, wenn Sie mich jetzt mit dieser Sache allein ließen. Ich brauche Zeit, sie von allen Seiten zu bedenken.«

»Er ist ein äußerst kluger Mann. Er wird alles tun, was er kann«, sagte der Abteilungsleiter, als wir draußen waren.

»Hm«, sagte Agrot.

Ich sagte: »Das war's dann wohl, nicht?«

Agrot sah mich an. »Bei weitem nicht«, erwiderte er. »Eins steht fest. Wir müssen den Hund dazu bringen, die Zeichnungen herauszurücken. Die Frage ist nur, wie?«

In der Abenddämmerung sammelten Lastwagen die Bautrupps auf, und wir sahen zu, wie sie auf die Wagen zuströmten. Teitleman hatte nicht getrödelt. Die Lagune war inzwischen geflutet, genau wie die Mikwe. Die Aufzüge waren eingebaut, die eleganten Fliesen lagen in der Halle, und die riesige Neonschrift, deren hebräische Lettern vom rohen Marmor abstachen, war installiert: Malon Kufra, Hotel Camphire.

Teitlemans leitender Architekt trat auf uns zu, als wir die Fußbodenkacheln in der Halle bewunderten. Er gab uns mit regloser Miene die Hand.

»Sie wollten mich sprechen?«

»Sie machen wunderbare Fortschritte«, sagte Agrot.

»Danke. Was kann ich für Sie tun?«

»Mr. Teitleman ist im Augenblick nicht hier, nehme ich an?«

»Nein. Er ist in seinem Büro. In Ashdod.«

»Wenn das so ist«, sagte Agrot schon fröhlicher, »können Sie uns helfen. Wir haben ein paar unserer Zeichnungen von der ehemaligen Zufahrt zum Tell verloren. Die Abteilung würde sich sehr freuen, wenn sie Ihre kopieren dürfte.«

»Mr. Teitleman«, sagte der Architekt vorsichtig, »ist natürlich immer froh, wenn er der Wissenschaft dienen kann.«

»Wir wären ihm sehr verbunden.«

»Wenn man sich an ihn persönlich wendet.«

»Ja. Die Sache ist jedoch so trivial, daß wir dachten, wir könnten eben …«

»Stehen Sie unter Zeitdruck?« fragte der Mann.

»Überhaupt nicht, nein, nein. Es ist nur …«

»Dann ist es etwas, das mit Mr. Teitleman besprochen werden muß. Er bewahrt alle Pläne in Ashdod auf, in der Zeichenabteilung.«

»Ich hatte gehofft«, sagte Agrot, »ihn nicht belästigen zu müssen.«

»Dort können sie nur mit seiner Unterschrift entliehen werden. Er hält sich noch die ganze Woche in Ashdod auf.«

»Verstehe«, sagte Agrot.

Nachdenklich gingen wir in der Dunkelheit zurück.

»Wissen Sie«, grübelte er laut, »die Erfahrung zeigt, daß so ein Schweinehund irgendwie spürt, wenn er einen im Schwitzkasten hat. Das ist wie ein sechster Sinn. Wir werden all unseren Grips brauchen.«

Ich sagte: »Sagen Sie, ist es denn so unrealistisch, einfach zu erklären – auch bei einem Mann wie Teitleman, wie groß das phantastische kulturelle …«

Zum ersten Mal, seit die ganze Geschichte angefangen hatte, schien Agrot aus vollem Herzen zu lachen. »Caspar«, sagte er, »bewahren Sie sich Ihr sonniges Gemüt. Und behalten Sie Ihren kindlichen Leichtsinn. Teitleman legt auf Kultur natürlich größten Wert. Aber wir werden ja sehen.«

XV Ein Bastard in Ashdod

Die Pracht der Philister
(Sacharja, 9.6)

1

Am nächsten Morgen fuhren wir gleich los und kamen zeitig in Ashdod an. In der alten Philisterstadt wurde ein enormes Meerwasserbassin gebaut, und die meisten Industriekapitäne Israels waren hergezogen. Auf allen Seiten schimmerten ihre Materialstapel, hoffnungsvolle Boten ehrgeiziger Träume, in der frühen Morgensonne; auf allen Seiten der Sanddünen wuchsen ihre Träume der Erfüllung entgegen. Eine vollständige Stadt wurde synchron hochgezogen: Straßen, Hafenanlagen, Wohnblocks, Einkaufspassagen, Bürohochhäuser, Krankenhäuser, Schulen. Unter den bereits fertiggestellten Gebäuden war das von Teitleman leicht auszumachen. Gebieterisch stand es an der Ecke eines großen Komplexes – eines Teitleman-Komplexes, wie man an jedem einzelnen Gebäude sehen konnte – und trug die simple, aber würdevolle Aufschrift *Beit Teitleman:* Das Haus des Teitleman. Wir schossen mit dem Expreßlift in den vierzehnten Stock.

Teitlemans Büro war groß, mit einem großen Schreibtisch vor einem großen Fensterbild. All das schien die kleinere Gestalt Teitlemans nicht im geringsten zu erdrücken. Dieser kleine Dreckskerl beherrschte seine Umgebung in einem außergewöhnlichen Maße und brauchte dazu kaum Insignien. Auf dem Schreibtisch gab es ein einziges Telefon, einen Terminkalender und ein Paar weiße Baumwollhandschuhe. Der Kalender lag offen, und Teitleman las einen Zettel.

»Guten Morgen«, sagte er. »Ich gebe Ihnen drei Minuten. Ich muß weg.«

»Nun, es wird nicht einmal halb so lange dauern«, sagte Agrot freundlich. »Wir haben ein paar Zeichnungen des Tell verloren und würden Ihre gern kopieren. Es handelt sich um eine derart triviale Sache, daß wir Sie eigentlich nicht damit behelligen wollten …«

»Warum tun Sie es dann?« fragte Teitleman unfreundlich.

Agrot schluckte den Hieb. »Wir waren gerade in der Nähe«, sagte er. »Auf dem Weg nach Tel Aviv. Daher dachte ich, es sei erstens höflicher, und ich hätte das Vergnügen …«

»Was sind es für Zeichnungen?«

»Das Landstück zwischen dem Tell und der Lagune. Das heißt, der Zustand, bevor Sie …« sagte Agrot und korrigierte sich. »Bevor es geräumt wurde«, endete er.

»Das ganze Land?« fragte Teitleman und sah nach unten. »Ich dachte, nur die alte Zufahrtsstraße.« Er blickte unter sich auf den Zettel. Neben dem Kalender lag ein Stift. Er hatte sich unsere Anfrage notiert. Jemand hatte ihn kurz zuvor angerufen. Ich atmete ganz langsam aus.

Agrots Freundlichkeit wurde einen Hauch angestrengter. »Ja, darum geht es im wesentlichen«, sagte er. »Vielleicht brauchen wir noch da und dort einen weiteren Ausschnitt, ich weiß nicht genau, was alles fehlt. Das stellen wir fest, wenn wir unsere mit Ihren vergleichen.«

Teitleman überlegte einen Augenblick. »Also gut, warum nicht?« sagte er. »Ich habe nichts dagegen, der Universität einen Gefallen zu tun. Vielleicht kommt einer von Ihnen eines Tages auf die Idee, sich zu revanchieren. Geben Sie mir eine Liste, auf der steht, was Sie brauchen, und ich lasse es aussortieren.«

»Noch heute, möglicherweise?« fragte Agrot.

Teitlemans Augen verengten sich ein wenig. »So eilig?« fragte er.

»Die Information eilt nicht. Aber wir packen heute die Papiere zusammen. Wie Sie wissen, verlassen wir den Tell in drei Tagen, aber der Papierkram geht heute nachmittag an die Universität. Ich bezweifle, daß ich davon etwas in den nächsten drei Monaten wiedersehe, und solche Sachen werden vergessen, wenn man sich nicht sofort darum kümmert.«

»Bei mir nicht«, erwiderte Teitleman. »Das ist eine Frage der geistigen Disziplin. Ich kann mir Dinge zwanzig Jahre lang merken. Es wundert mich, daß Sie das nicht können.«

»Heißt das, es geht heute nicht mehr?« fragte Agrot. Sein lockerer Ton wurde brüchiger.

Teitleman klappte den Kalender mit einem sachten Klappen zu und stand auf. »Heute nicht. Vielleicht in ein paar Tagen. Wenn wir uns mit dem Tell beschäftigen«, sagte er. »Wir haben hier auch zu tun, wissen Sie.«

Agrot blinzelte. Er blinzelte auf den Kalender hinunter. Der Zettel hatte sich im Luftzug bewegt, als Teitleman das Buch zugeklappt hatte. Er sah zwischen den Seiten hervor. Agrot schluckte leise.

Er sagte: »Ja, ja – ich habe von Ihrer Arbeit hier gehört. Sie haben große Projekte vor, sagt man.«

»Ziemlich groß«, antwortete Teitleman. Er hatte seine Handschuhe genommen, kam hinter seinem Schreibtisch hervor und setzte ein raubtierhaftes Grinsen auf.

»Hat es mit dem Hafen zu tun?« fragte Agrot. Seine Augen senkten sich unter dem Wunsch, der kleine Bastard möge sich nur für einen Augenblick in diese Richtung wenden.

»Es hat mit dem Hafen zu tun«, sagte Teitleman gnädig. »Jetzt muß ich aber gehen. Das ist meins da draußen, das Schiff«, sagte er und nickte lässig zum Fenster hin.

Ein einzelnes Schiff mit gelbem Schornstein ankerte am Ende der Mole.

»Welches Schiff?« fragte Agrot verzweifelt.

»Welches Schiff? Es ist nur eines da«, antwortete Teitleman und drehte sich um, um sich Gewißheit zu verschaffen. »Dieses Schiff, da!«

»Das mit dem roten Schornstein?« fragte Agrot heiser.

»Roter Schornstein?« wunderte sich Teitleman. »Mit Ihren Augen stimmt etwas nicht. Es hat doch einen gelben Schornstein.«

Er drehte sich noch einmal um, diesmal etwas länger.

Agrot ließ den Zettel in der Hand verschwinden. Ich beobachtete ihn in sprachloser Bewunderung.

»Natürlich, gelb. Ich wußte es doch«, sagte Teitleman und drehte sich wieder um. »Das Ding hat ein verdammtes Vermögen gekostet. So. Schreiben Sie auf, was Sie brauchen. Das ist der beste Weg.«

»Wie Sie wollen«, sagte Agrot und hielt die Hand um die Originalschriftprobe von Teitleman geschlossen.

Wir fuhren gemeinsam schweigend die vierzehn Stockwerke hinunter und traten auf die Straße. Dort wartete eine Limousine, in der Teitleman verschwand, ohne Artigkeiten oder einen Abschiedsgruß, mit blitzendweißen Handschuhen.

»Also«, sagte Agrot und sah dem abfahrenden Wagen nach, »Gott ist gnädig. Wer sonst hätte den Schuft dazu bringen können, es uns schriftlich zu geben? Kommen Sie.«

Wir betraten das Beit Teitleman rasch wieder.

2

Ein alter Angestellter öffnete bei Agrots erstem Klingeln das Schalterfenster des Zeichenbüros.

»*Ken?*«

»Ich möchte einige Pläne von Barot einsehen.« Agrots Stimme klang ein wenig nervös. »Ich habe eine Anweisung von Mr. Teitleman.«

Der Angestellte warf einen Blick auf den Zettel. »Es ist nicht unterschrieben«, sagte er.

»Kennen Sie seine Handschrift?«

»Ich kenne seine Handschrift. Aber es ist trotzdem nicht unterschrieben. Es verstößt auch gegen die Vorschrift. Für die Ausleihe von Plänen gibt es ein Formular.«

»Also gut, rufen Sie ihn an, und sagen Sie ihm das«, knurrte Agrot. »Sagen Sie ihm, daß er gegen die Vorschriften verstoßen hat. Er war in Eile. Er ist heute allerbester Laune.«

Der Angestellte sah Agrot an und dann wieder das Papier. »Kommen Sie lieber rein«, sagte er.

Er löste den Riegel, und wir traten ein. Mehrere Dutzend Männer saßen in dem großen Raum vor Zeichenbrettern. Der Angestellte ging mit dem Zettel zu einem von ihnen. Der Mann sah uns an, rieb sich eine Weile das Kinn und nahm dann etwas widerwillig den Telefonhörer hoch. Er blickte viel glücklicher drein, als er ihn wieder auflegte. Er kam zu uns.

»Mr. Teitleman ist unterwegs«, sagte er, »und seine Sekretärin weiß von dieser Sache nichts.«

»Können Sie mir nicht einfach die Pläne zeigen?«

»Es gibt da ein Problem«, sagte der Mann gutgelaunt. »Wenn Sie möchten, warten Sie, bis er zurückkommt. Ich kann die Pläne nicht einfach so herausgeben.«

Agrots Gesichtsausdruck veränderte sich kaum. Er sagte bloß: »Also gut. Wenn Sie mich dann entschuldigen würden. Erklären Sie ihm, daß ich nicht warten konnte und daß es mir sehr leid tut. Ich weiß, daß er seit zwei Wochen versucht, mich zu erwischen, und er wird verärgert sein. Aber Vorschriften sind Vorschriften, das sehe ich ein.«

»Moment. Hören Sie mal. Was für Vorschriften?« sagte der Mann. Die gute Laune war wie weggewischt. »Ich denke bloß laut. Wenn er Sie so dringend braucht, muß es einen Weg geben, wie wir das regeln.«

»Bestimmt. Wenn ich die Zeit hätte«, sagte Agrot. »Aber ich habe keine Zeit. Ich konnte ihm sowieso nur versprechen, ein paar Minuten einen Blick auf sein Problem zu werfen.«

»Also halt mal«, sagte der Mann beleidigt. »Wer hat irgend etwas gesagt? Sagten Sie, Sie möchten die Pläne hier einsehen?«

»Wo denn sonst?«

»Dann ist es doch keine Ausleihe, Idiot!« sagte er zu dem anderen Angestellten. »Es gibt immer eine vernünftige Lösung, wenn man danach sucht«, sagte er, als wir uns, zitternd vor Nervosität, an einen Schreibtisch setzten. »Welchen Teil des Projekts darf ich Ihnen zeigen?«

Auf dem Rückweg sprachen wir kaum. Agrots Gesicht war bleich und erschöpft. Aber als wir in Jerusalem einfuhren, sagte er gleichmütig: »Caspar, ich habe schon an vielen Stellen gegraben. Ich habe in den Bergen, in Tälern, in Höhlen am Meer und in Erdlöchern gegraben. Aber ich habe mich in meinem ganzen Leben noch nie durch eine nagelneue Mikwe gegraben.«

»Glauben Sie, daß Sie das tun werden?«

»Wenn nötig«, nickte Agrot, »mit bloßen Händen. Und wenn es sein muß, auch durch die hängenden Gärten, das Observatorium, die Bowlingbahn, das Kino, das türkische Bad, die Synagoge, die beiden Tanzsäle und die vier Restaurants. Aber ich habe das deutliche Gefühl«, fuhr er fort und bog in die Rabbi Kook Street ein, »daß wir jetzt einen verdammt guten Rabbi brauchen.«

3

»Haben Sie das Käppchen? Vergessen Sie nicht, es aufzusetzen. Rauchen Sie nur, wenn es jemand anders auch tut. Tun Sie nichts, bevor Sie nicht sehen, daß es auch jemand anders tut. Und merken Sie sich vor allem, was ich Ihnen gesagt habe, wie Sie sich da drin benehmen sollen.«

»Ich soll stumm sein«, sagte ich.

»Exakt. Bleiben Sie stumm. Wenn jemand hört, daß Sie sprechen, wird er Sie dazu auffordern. Ich kann nicht einmal garantieren, daß ein Nichtjude hereingelassen wird.«

Er hieß Bogeslavski, trug einen weißen Bart, und sein Gesicht strahlte eine heilige Ruhe aus, beides Merkmale, die eines der gewitztesten Hirne tarnten, denen ich je begegnet war. Während er sprach, rauchte er eine russische Zigarette zu Ende. Er rauchte sie mit kurzen, nervösen Zügen, und nur einen Sekundenbruchteil bevor das brennende Ende aus der Papphülse auf seinen Bart fallen mußte, kurbelte er das Fenster herunter, um sie hinauszuwerfen.

Wir saßen zu sechst im Plymouth: Bogeslavski, Agrot, ich, ein Anwalt, der Chef der Abteilung und ein Vertreter des Ministeriums. Eine Verfügung des Ministers, unterstützt durch eine Entscheidung des Obersten Gerichts, hatte Teitleman eine Woche lahmgelegt, und ich hatte meine Abreise verschieben müssen. Ein paar harte Arbeitssitzungen waren nötig gewesen, bevor sich der jetzige Expertenstamm zusammengefunden hatte. Wir fuhren nun die King George V. Avenue entlang zu einer Sondersitzung des vom Höchsten Rabbinat einberufenen Komitees, das die Angelegenheit der Menora untersuchen sollte.

Der Wagen fuhr am Heihkal-Shelomo, dem Obersten Religionszentrum, vor, und wir stiegen aus. Ich blieb stehen, um das Käppchen auf meinem Kopf zurechtzurücken, und sah zu der Inschrift über dem Portal hoch. »Und sie sollen richten die Menschen mit aufrechtem Sinn«, lautete sie.

Das Komitee war noch nicht zusammengekommen, aber Teitleman und seine kleine Beratergruppe waren bereits da. Zähne und Brillengläser des kleinen Mistkerls blitzten uns lebhaft an, als wir eintraten. Er blinzelte zu mir hinüber, sagte aber nichts, und bald darauf traten die Mitglieder des Komitees ein, und der Vorsitzende eröffnete die Sitzung.

Ein kleiner, rotbärtiger Kerl aus Teitlemans Truppe, offensichtlich der Rabbi, der seine Interessen vertrat, erhob sofort Einspruch gegen meine Anwesenheit. Bogeslavski stand auf und sagte seinen Spruch auf, und die Rabbis des Komitees berieten sich leise. Die sanften braunen Augen des Vorsitzenden ruhten auf mir, während er lauschte, und er spielte mit seinem Bart. Dann verkündete er, der Einspruch sei abgelehnt, und zitierte drei Präzedenzfälle aus dem Talmud.

Bogeslavski zeigte keinerlei Gemütsregung. Er stand nur auf und hielt sein Eröffnungsplädoyer. Das tat er ruhig und besonnen. Das einzige, was er mit einer gewissen Leidenschaft hervorhob, war die Verläßlichkeit, die man der Schriftrolle zusprechen konnte. Die Kopien waren dort gefunden worden, wo sie dem Original nach zu finden sein mußten. Blauen Marmor hatte man dort gefunden, wo er hingehörte. Ebenso die sogenannten Pyramiden. Wenn die Schriftrolle in all diesen Punkten der Wahrheit entsprach, war es dann wahrscheinlich, daß sie im wichtigsten Punkt irrte?

»Nein«, murmelte er und schneuzte sich beim Hinsetzen, »also wollen wir uns anhören, was sie zu sagen haben.«

Teitlemans Rabbi hatte eine Menge zu sagen. Er sagte, er müsse die Aufmerksamkeit des Gerichts zunächst auf die durchtriebene, fast kindliche Weise lenken, mit der diese Angelegenheit ans Licht gebracht worden war. Es war typisch für Menschen, die nichts zu verlieren hatten, jenen Schwierigkeiten zu bereiten, die eine ganze Menge zu verlieren hatten. Die letztere Gruppe war stets leicht angreifbar. Im Lande Israel waren gerade die, die mit Recht als Erbauer Zions bezeichnet werden konnten, ganz besonders leicht anzugreifen. Jeder Zoll des Landes war heilig. Jeder Zoll des Landes trug Spuren der heiligen Vergangenheit. Sollte man die Erbauer mit dieser Begründung an ihrem Tun hindern? Bestimmt nicht. Es war eine Pflicht, gar eine religiöse Pflicht, das Land aufzubauen. War es also möglich, die Taten derjenigen, die für die Zukunft bauten, mit denen in Einklang zu bringen, deren Aufgabe der Blick in die Vergangenheit war?

Ja, sagte der kleine rotbärtige Rabbi und beantwortete besonnen seine eigene Frage, eine solche Einigung war möglich. Die Gesetzgeber des Staates Israel hatten sie besorgt. In keinem Land der Welt erfuhren Archäologen so viel Ermutigung, so viel Schutz wie in Israel. Zahllose einstweilige Verfügungen waren auf das Verlangen von Archäologen hin ergangen. Mr. Teitleman selbst – er freue sich, in dieser Angelegenheit für Mr. Teitleman sprechen zu können – hatte seine Arbeiten oft unterbrochen, um einem solchen Ansinnen Folge zu leisten; und zwar mit größter Bereitwilligkeit und höchstem Interesse. Mr. Teitleman, das mußte er dem Komitee gegenüber nicht betonen, war ein prinzipientreuer, gläubiger Jude, dem das Wohl seiner Religion, des jüdischen Volkes und des Staates Israel Lebensinhalt waren.

Aber wie verfuhr man, wenn die einstweilige Verfügung abgelaufen war? Die Archäologen zogen ab, und der Baumeister zog ein. Und war er einmal da, konnte ihn niemand mehr aufhalten. Dächte das Komitee einen Augenblick darüber nach, so würde es feststellen, daß dies notwendig so sein muß. In ein modernes Gebäude mußten riesige Summen investiert werden. Wäre ein Erbauer nicht sicher, ob er nicht möglicherweise wieder unterbrochen wurde, morgen, nächste Woche, nächsten Monat, wer wollte da noch bauen? So lautete in jedem Fall das Gesetz. Das war alles, was er wirklich sagen wollte. Es gab keinen Fall zu beurteilen und nichts, was analysiert werden mußte.

Dennoch, im Hinblick auf die Umstände, wollte er noch einiges hinzufügen, und zunächst war er mit dem verehrten Rabbi Bogeslavski einer Meinung, daß die Schriftrollen großes Interesse verdienten. Sie waren ein Teil des israelischen Erbes. Sie warfen Licht auf die Vergangenheit. Viele Schriftrollen waren bereits gefunden worden, die Licht auf die Vergangenheit warfen, auch viele Schatzkarten. In vielen waren geographische Besonderheiten erwähnt worden, denen man noch immer begegnete – Höhlen, Hügel, Quellen – genau so, wie sie gewesen waren. Wieso nicht? Diese Dinge bewegten sich nicht fort. Das war zu erwarten. Aber in einem einzigen Fall war ein Schatz gefunden worden. Und auch das war zu erwarten gewesen. Verborgene Schätze blieben, leider, nicht lange verborgen – es wäre kindisch, etwas anderes zu vermuten.

Der zweite Punkt betraf diesen ganz besonderen Schatz. Was war es? Ein OEED, hatte es geheißen. Die Mitglieder des Komitees waren weise Männer, aber hatten sie je von einem OEED gehört? Es wurde behauptet, es handele sich um einen Teil des Tempelschatzes. Das mochte stimmen. Viele Dinge, die in anderen Schriftrollen beschrieben wurden, waren Teile des Tempelschatzes gewesen. Alles, was man über diesen Teil sagen konnte, war, daß es keine Ähnlichkeit mehr mit dem haben konnte, was es einst gewesen war.

Sein Freund Mr. Teitleman hatte aus akademischem Interesse ein paar Zahlen beigesteuert, die das Gewicht des Gebäudes betrafen, das nun an jener Stelle stand. Es belief sich auf ein paar hunderttausend Tonnen. Wenn behauptet wurde – und es wurde behauptet, soweit er wußte – daß der Gegenstand aus Gold war, so war er jetzt nur noch eine dünne Schicht Blattgold; eine Mischung aus Blattgold und Marmorstaub. Daher konnte es die Eigenschaften des ursprünglichen Gegenstandes nicht mehr haben, diesen Gegenstand gab es nicht mehr. Sein Wert war nur noch der Materialwert des Blattgoldes. Man stehe also vor der ungewöhnlichen Aufgabe auszurechnen, ob man ein Gebäude abreißen sollte, das mehrere Millionen Dollar gekostet hatte, um ein paar Kilogramm Blattgold zu gewinnen, die darunter lagen.

Dieses amüsante Problem – das wollte er betonen – war keines für das Komitee. Es war nicht einmal eines für Mr. Teitleman. Mr. Teitleman war selbstverständlich ein bedeutender Geschäftsmann. Aber bedeutende Geschäftsleute waren nicht die Eigentümer ihrer Projekte. Sollte Mr. Teitleman vorübergehend seiner Sinne beraubt werden – was Gott verhüten möge! – und sich einer solchen spatzenhirnigen Logik anschließen, könnte er gar nicht einfach eine Notiz verfassen, die besagte »Geht hin und macht das«. Mr. Teitleman war seinen Anteilseignern verpflichtet, die meisten von ihnen saßen in Amerika. Er habe einige nebulöse Gerüchte vernommen, die Regierung komme dafür auf. Aber Mr. Teitlemans leidvolle Erfahrung lehrte, daß die Regierung selten zahlte, wenn sie es versprochen hatte, und daß sie keine Vorstellung von den Ausgaben, den Ausfällen und ähnlichem hatte. Selbst im Scherz – und er mußte sich dafür entschuldigen, daß er lachen mußte –, hielt es das Komitee für ratsam, die dringend benötigten Investitionen amerikanischer Bürger in der israelischen Wirtschaft aufs Spiel zu setzen?

Er setzte sich, noch immer kichernd, und aus seiner Ecke ertönte zustimmendes Gelächter. Teitlemans Raubtierzähne waren zu einem Lächeln entblößt, während er seinem Anwalt das Knie tätschelte. Er hatte ganz offensichtlich ein ebenbürtiges gewitztes Hirn gefunden. Ich hörte etwas besorgt zu, als die Zeugen einberufen wurden.

Agrot und ich gaben unsere Meinung zu der Schriftrolle und zur Deutung des OEED ab. Im Hinblick auf andere Lagebestimmungen stellten wir fest, daß es wenige gab, und daß sie im Fall des einzigen anderen Schatzdokuments sehr zweideutig waren. Es war nicht so, daß noch kein anderer Schatz gefunden worden war, sondern nur, daß bisher noch keiner gefunden wurde. Und die meisten der Verstecke lagen in dichtbesiedelten Gegenden.

Zur Frage des Gewichts und des Drucks sagten wir, daß die Menora von Marmorbrocken bedeckt war, die ohne Zweifel auf anderen Felsen ruhten, um die Menora zu schützen. Wenn das Gebäude sorgfältig konstruiert war, lag nicht sein ganzes Gewicht auf dem einen Fleck. Ohne die Struktur der Schutzschicht zu kennen, war es unmöglich vorherzusagen, ob sie unter dem Druck zerbrochen waren oder ob sie immer noch die Aufgabe erfüllten, die auch die umliegenden Felsen erfüllten: Teitlemans Gebäude sicher zu tragen.

Es sei sowieso nicht nötig, das Gebäude abzureißen. Die Mikwe mußte ganz sicher aufgerissen werden, da sie genau auf der Stelle zu stehen schien; aber wenn das Gebäude fachgerecht gebaut war, würde es nur einiger Verstrebungen bedürfen. Und die Kosten, die zwar beträchtlich ausfallen konnten – der Anwalt runzelte die Stirn, als der Chef der Abteilung diesen heiklen Punkt anschnitt –, waren kein Thema für das Komitee, das lediglich die Meinungen der Experten zu hören hatte.

Dann war die Vernehmung vorüber, und die gegnerischen Rabbiner hielten, in umgekehrter Reihenfolge, ihre Schlußplädoyers.

Teitlemans kleiner Rabbi hatte die ganze Zeit fröhlich genickt, während die Experten sprachen, und mit einem Taschentuch in der Hand tat er so, als müsse er ein schrulliges Lächeln, das er sich nicht verkneifen konnte, verbergen.

Er fand dies alles fesselnd, sagte er, sehr fesselnd. Wer liebte es nicht, Wissenschaftler reden zu hören? Es war ein Privileg, und man mußte Gott für die Gunst danken, im selben Raum mit so vielen gelehrten Männern Israels sein zu dürfen. Doch Gott hatte in seiner Weisheit den Wissenschaftlern die Gehirne von Wissenschaftlern gegeben. Sie sollten sie für ihre wissenschaftlichen Aufgaben bemühen und nicht für politisches Abenteurertum oder dazu, sich in wirtschaftliche Angelegenheiten einzumischen. Bei solchen Dingen waren die Wissenschaftler sehr schnell mit ihrer Weisheit am Ende.

Man hatte gesagt, die Kosten müßten nicht berücksichtigt werden. Natürlich! Das taten Wissenschaftler selten. Aber wozu waren sie sonst hier? Wenn jemand ein Loch mitten in der Wüste Negev graben wollte, wäre da ein Rat von Rabbinern nötig, der darüber entscheidet? Worum es hier ging, war etwas Ernsteres – und Lächerlicheres zugleich. Was hier verlangt wurde, war, daß man ein Loch unter Mr. Teitlemans Hotel graben durfte – in der Hoffnung, einen vergrabenen Schatz zu finden!

Verfügte Mr. Teitleman nicht über diesen unerschöpflichen Sinn für Humor, wäre er sehr zornig über einen solchen Unfug. Was sollte das! Hier verlangte man allen Ernstes, einen wahnwitzigen Plan weiter zu verfolgen, der seine Befürworter, die die Grenzen und Sicherheitsbelange der Bewohner der Grenzregionen nicht respektierten, bereits dazu gebracht hatte, die Sicherheit des ganzen Staates aufs Spiel zu setzen? Dazu wolle er sich nicht weiter äußern – das Komitee würde seine eigenen Schlüsse ziehen. Aber es war typisch für die Rücksichtslosigkeit der anderen Seite, für ihre einseitige Perspektive, für ihre Unfähigkeit, etwas anderes als den eigenen engen Standpunkt zu akzeptieren.

Was die Beweisaufnahme anginge, hätte er nichts weiter hinzuzufügen, sagte er und versteckte den Mund wieder hinter dem Taschentuch, außer vielleicht dies: Einer dieser Enthusiasten solle ein paar Felsen suchen, auf diese Felsen eine Schicht Marmorbrocken verteilen, und sich selbst darunter legen, und dann Mr. Teitleman bitten, darauf...

Er setzte sich, warf sich hilflos hin und her und entschuldigte sich mit wiederholten Kopfbewegungen beim Komitee, daß er nicht weitersprechen konnte. Das Komitee schien seine Belustigung insgeheim zu teilen. Er hatte seine Sache gut gemacht, und mit sinkendem Mut sah ich, wie Bogeslavski aufstand. Er hatte nicht gelächelt, nicht die Stirn gerunzelt, er hatte bloß immer deprimierter dreingeblickt, während der selbstbewußte kleine Witzbold alle Register zog. Wenn er etwas dagegen unternehmen wollte, wurde es höchste Zeit, etwas lebendiger zu wirken. Bogeslavski sah keineswegs lebendig aus. Er blickte nur verwirrt und entmutigt drein und älter als gerade eben, als er hereingekommen war.

Ein paar Sekunden trat er halbherzig von einem Fuß auf den anderen, ohne etwas zu sagen, und als er anfing, begann er mit ein paar Fehlstarts.

Ein bißchen mutlos sagte er: »Natürlich, es ist eine Sache, darüber zu witzeln... ich habe Beweise vorgelegt – dies sind keine Kinder – ich muß das Komitee bitten zu bedenken, das sind Experten, Wissenschaftler...«

Ich rutschte auf meinem Stuhl hin und her, Agrot ebenfalls. Ich hatte den Verdacht, daß Bogeslavski möglicherweise bestochen worden war. Sein kleiner, rotbärtiger Gegenspieler hatte gerade erfolgreich festgestellt, daß Experten und Wissenschaftler Kinder *waren,* und jetzt stand er da... Ich sah ihn streng an und stellte fest, daß auch das Komitee ihn streng musterte. Er mühte sich um Worte, offensichtlich auf der Suche nach irgendeinem Argument.

»Wenn sich der Rebbe ein paar Minuten sammeln möchte«, schlug der Vorsitzende hinter dem Pult milde vor.

»Nein. Danke sehr. Aber«, sagte Bogeslavski und leckte sich die Lippen, »ich muß gestehen, daß ich mich in Schwierigkeiten befinde.«

Plötzlich ließ er die Hände sinken und stand ein wenig hilflos da. »Ich habe dort gesessen«, sagte er schlicht, »und dieser Kalkulation zugehört, der Kalkulation, den Einschätzungen von Ingenieuren; finanzielle Verpflichtungen, Scherze, immer wieder Scherze … worüber scherzen wir hier? Was ist es, worüber wir uns erdreisten, Witze zu reißen?«

Etwas benommen ließ er seinen Blick durch den Raum wandern. »Als sie kamen und mir berichteten, sie existiere möglicherweise noch, durch ein Wunder von Gottes Gnaden sei die Menora immer noch in Eretz Yisroel, da erzitterte ich. Ich betete ein *Shechayanu* … Wäre den Juden im Exil, vor hundert, fünfhundert, tausend Jahren, denen, die in finsterster Armut lebten, in furchtbarster Unterdrückung, in aller Finsternis dieser Lichtstrahl erschienen, eine Vermutung, nur eine Vermutung … hätte sie irgend etwas davon abgehalten, zu verkaufen, zu tauschen, zu borgen, zu erbetteln – alles – alles, was sie hatten oder erhofften, um die Herrschenden zu überzeugen …«

Er nahm sein Taschentuch heraus und betupfte sich matt die Stirn. In stillem Zorn sagte er: »Meine Herren – Gott hat ein noch größeres Wunder vollbracht! Er hat uns Juden zurückgebracht. Er hat uns wiedergegeben, was unser ist. Hier brauchen wir nicht zu flehen. Hier brauchen wir nicht zu betteln. Wir können …«

Er hatte seine Stimme erhoben, und sein Blick wanderte durch den Raum, bis er schließlich auf den kleinen Teitleman fiel. *»Gib Ihm, was das Seine ist«,* sagte er fest. *»Bedenk, daß du und was du hast, Seines ist.«*

Dann fiel sein Auge auf seinen rotbärtigen Gegner, und er sagte: »*Sei demütig im Geiste, denn die Hoffnung des Menschen ist bloß die des Wurms.* Und in der gleichen Quelle, dem *Pirke Abot*«, fuhr er fort und richtete das erleuchtete Gesicht zum Komitee, »lesen wir: *Es ist nicht deine Pflicht, die Arbeit zu vollenden, aber du bist auch nicht frei, von ihr abzulassen.* Wir sind nicht frei. Wir sind niemals frei. Was berichtet uns der gesegnete Akiba? Rabbi Akiba sagt: *Alles wird uns auf Verlangen gegeben, und ein Netz ist ausgebreitet für alle Lebenden; der Handel ist offen, der Händler borgt an uns, und das Buch liegt offen, und die Hand schreibt* … Und die Hand schreibt«, wiederholte Bogeslavski leise und nickte für sich.

Er hätte es noch viel leiser wiederholen können. Er hatte die volle Aufmerksamkeit aller Anwesenden, als er leise zu sich selbst sprach. Aus seiner Versunkenheit heraus sagte er still und eindringlich: »Wenn ich aus berufenem Munde höre, daß die Möglichkeit besteht, daß in der Erde Israels noch eine Spur, ein Staubkorn der heiligen Menora existiert und daß es eine Million, hundert Millionen, tausend Millionen kostet, an sie heranzukommen – mit bloßen Händen –, würde mich ein Rabbi aufhalten wollen? Gibt es nicht genug Geld auf der Welt? Ist es denkbar ...«, sagte er, aber er brach ab. Er sah sich nur verwundert im Raum um, und dann ging er ganz langsam und gebeugt hinaus.

In der Totenstille, die folgte, räusperten sich mehrere Mitglieder des Komitees. Der Vorsitzende räusperte sich. Etwas schroff fragte er den rotbärtigen Rabbi, ob er noch etwas hinzufügen wolle. Er wollte nicht. Der Vorsitzende kündigte an, daß man das Ergebnis der Überlegungen später bekanntgeben werde, und mit unruhigem Rumoren leerte sich der Saal. Ein paar Minuten später gingen wir zum Plymouth zurück. Bogeslavski saß darin und rauchte eine russische Zigarette. Niemand gratulierte ihm. Niemand sprach. Andächtige Stille schien angebracht. Wir saßen da und warteten auf den Anwalt, der noch zu einem kleinen Plausch mit der Gegenseite in den Saal zurückgekehrt war.

Kurz darauf kam er grinsend zurück und nahm keine Rücksicht, wie wir, auf die Gefühle des Rabbi. Er tätschelte ihm erfreut das Knie.

»Rebbe«, sagte er, »versprechen Sie mir eines. Wenn ich eines Tages, Gott möge es verhüten, auf der falschen Seite der Schranke stehen sollte, verteidigen Sie mich.«

»Was gibt es Neues?« fragte Agrot.

»Die waren so verängstigt, daß sie nicht mehr wissen, wo vorn und hinten ist. Ich glaube, wir haben sie in der Tasche«, sagte er.

Allgemeines Aufseufzen erfüllte den Wagen, und mitten drin ein Quietschen; das Fenster wurde heruntergekurbelt.

»Nun«, sagte Bogeslavski und warf die Asche hinaus, *»mann tracht, Gott lacht.* Wir werden ja sehen«, sagte er, als der Wagen anfuhr.

XVI Es kommt das Ende

Siehe, es kommt
(Ezechiel 7.6)

1

Ich hielt es in Barot nicht aus, und in Jerusalem war es auch nicht besser. Mit Agrot konnte man nicht zusammenleben, er flitzte zwischen beiden Orten hin und her wie eine Katze auf heißen Steinen. Ich war nun schon eine Woche über meine Zeit geblieben, aber ich konnte mich nicht losreißen. Und auch wenn ich versuchte, an all das zu denken, was ich anderswo zu tun hatte, brachte ich es nicht fertig.

Die Sitzung der Rabbiner hatte Montag stattgefunden, und am Mittwoch kam Uri aus London. Er hatte einen Auftrag erledigt, den Agrot hitzig gefordert und die Archäologische Abteilung schließlich befürwortet hatte. Uri brachte eine persönliche, auf Band mitgeschnittene Mitteilung des Rabbi von Bogoritze aus London. Die Bogoritze-Gemeinde, eine kleine Sekte, war so strenggläubig, daß sie das Britische Oberrabbinat als krypto-heidnische Institution ansah. Sie war bekannt für ihre Unterstützung von Arbeiten, die sich mit der mythologischen Überlieferung des Judentums befaßten, und dafür, daß sie finanziell bestens ausgestattet war. Die Botschaft ihres Rabbiners war ausschließlich für das Ohr des Vorsitzenden des Komitees bestimmt. In der Wohnung in Rehavia hörten wir sie uns einige Male an. Die Frömmigkeit kam sehr deutlich zum Ausdruck.

»Er erwähnt kein Geld«, sagte Agrot.

»Hören Sie das Versprechen in seiner Stimme nicht?«

»Die haben doch welches, oder?«

»Sie und ich«, erwiderte Uri, »sollten das besitzen, was die besitzen. Denen gehört halb Stamford Hill. Leider können sie nicht darüber verfügen – sie haben sich für eine große neue Yeshivah, eine Talmudhochschule bei Epping verschuldet. Aber wer weiß? Spiel es noch einmal ab. Ich liebe das Tremolo in der Stimme des alten Knaben.«

Wir spielten es noch einmal ab. Wir hörten es viele Male, mit wechselndem Enthusiasmus, während wir zu Abend aßen und den Arrak austranken. Als ich mit Uri ging, hatte sich Agrot so hineingesteigert, daß er von der puren Macht des Bogoritze-Rebbe vollkommen überzeugt war.

»So«, sagte Uri, als wir zum King David zurückkehrten, »du hast dich hier amüsiert, was? Ich habe schon immer vermutet, daß wir einen Mann aus dir machen können. Wenn ich morgen bei den Rabbinern fertig bin, bringst du mich nach Barot. Vielleicht weht deine Hose noch immer in Jordanien als Flagge.«

Aber ich fuhr nicht mit ihm nach Barot. Ich fuhr nach Tel Aviv. Ich hatte sie seit einer Woche nicht gesehen – sie war zum Dienst zurückgekehrt –, aber sie hatte angerufen und gesagt, sie nähme Urlaub, um ein längeres Wochenende zu haben. Shimson hatte unglücklicherweise ebenfalls am Wochenende frei, aber erst ab Freitag. Ich fuhr Donnerstag hin.

Der böswillige Mr. Benjamini war dank göttlicher Fügung nicht da, und wir konnten uns unbeobachtet hineinschleichen, um einen Nachmittag in Shimshons Bett zu verbringen. Das Auge Gottes deckten wir umsichtig mit einem Gebetsschal zu.

»Ich glaube, es ist verkehrt«, sagte sie.

»Glaubst du, Liebes?«

»Aber es fühlt sich nicht verkehrt an«, sagte sie verwundert und zog mit einem Fingernagel über meine Brust.

»Dann ist es doch in Ordnung.«

»Ich meine, ich bin nicht verworfen. Das weißt du.«

»Natürlich.«

»Und es hat nichts mit Shimshon zu tun.«

Sie hatte sich über mich gebeugt, und die Erwähnung des abwesenden Rübezahl schien mir unter den gegebenen Umständen etwas unpassend.

»Weißt du, warum Shimshon kommt?« fragte sie mit einem heimlichen kleinen Lächeln.

»Nein. Warum?« Die schienen ihm in letzter Zeit ganz schön oft freizugeben, dachte ich tadelnd.

»Wir verloben uns offiziell. Ich wollte es plötzlich so.«

»Ich hoffe, daß ihr sehr glücklich werdet.«

»Das werden wir. Das weiß ich. Ich liebe ihn wirklich.«

Dieses Thema schien uns irgendwie nicht weiterzubringen. Deshalb setzte ich ihr die Lieutenantmütze auf, und das stachelte mich plötzlich zu wilden Exzessen an. Wir mußten uns eine Weile ausruhen.

Uri flog am Abend zurück. Ich rief ihn am Flughafen an.

»Also, ich glaube ernsthaft, daß alles gut läuft, alter Knabe. Sie waren von dem Bogoritzer schwer beeindruckt, und auch davon, daß das Diplomatische Korps jetzt irgendwie damit zu tun hat. Ein oder zwei abfällige Bemerkungen fielen in dieser Richtung.«

»Ist das schlecht?«

»Nein, das ist gut. Vielleicht gibt es irgendwelche Aufregung, aber die Bogoritzer können das auf tausend Wegen mitgekriegt haben, nicht nur von uns. Und ich muß ja nicht nur deshalb hergekommen sein. Im weiteren Sinn ist es hilfreich. Je mehr Leute davon wissen, ganz im stillen, desto geringer ist die Gefahr eines kleinen – du weißt schon.«

»Hast du eine Ahnung, wann die ihre Entscheidung treffen wollen?«

»Auf jeden Fall nicht vor dem Sabbat. Frühestens Sonntag. Wann fliegst du zurück?«

»Hm. Vielleicht wollen die noch mal mit mir sprechen.«

»Ich verstehe. Also, halt die Ohren steif. Schalom.«

»Schalom.«

Sie wartete vor der Telefonzelle.

»Haben wir gewonnen?« fragte sie, als sie mein Gesicht sah.

Ich korrigierte rasch den Gesichtsausdruck. »Noch nicht«, antwortete ich. Es hatte keinen Sinn, der Vorsehung zu danken.

Der alte Knabe erkannte mich ohne den Streiml nicht, also ging ich nach nebenan und setzte ihn auf.

»Hallo, *Bocher!*« rief er erfreut. »Haben Sie bei Ihren Studien *Mishmar Zin* berücksichtigt?«

»Ja, danke«, sagte ich.

»Merkwürdigerweise lesen wir auch in dieser Woche von einem mysteriösen Ort.«

Die Wochen waren verstrichen. Von der Lesung aus dem Pentateuch war, vier Wochen nach *Vayislach,* das 48. Kapitel der Genesis, *Vay'chi,* fast zu Ende.

»Und was finden wir in *Vay'chi?* Jakob nimmt Abschied von seinen Söhnen. Er prophezeit Juda die Zukunft. *Nicht wird das Zeichen von Juda weichen,* sagt er, *noch der Herrscherstab von seinen Füßen, bis der Mensch Shiloh erreicht. Ad kee-yavoh Shiloh.* Was bedeutet das? Die Christen lesen es als ›bis Shiloh kommt‹, und glauben, es sei von einem Messias die Rede. Rashi, Onkelos, Saadyeh und viele andere, sehen denselben Sinn. Und die Targum lesen, wie wir wissen, Shiloh als *Shaleh,* den poetischen Frieden. Eine andere Lehre sieht darin den wirklichen Ort, Shiloh. Wir müssen uns also fragen …«

»Idiot, sei still!« rief seine Frau, die gerade ins Zimmer trat. »Sie müssen ihn entschuldigen. Er lebt nur für die Synagoge. Sie haben sich also gut erholt?« sagte sie und lächelte mich an. Nur gelegentlich warf sie mißtrauische Blicke auf den *Streiml.*

»Ja, danke.«

»Und Sie haben gehört, was mit unserer Shana passieren wird?«

»Ja, ja. Ich war sehr erfreut.«

»Es kommt natürlich nicht unerwartet. Er ist ein guter Mann. Er redet vielleicht nicht sehr viel …«

»Wir essen heute abend nicht hier«, sagte Shoshana und kam schnell herein. Sie war in der Küche gewesen, und die Wände waren dünn.

»Nicht? Aber Liebling, wir hatten uns doch gefreut …«

»Der Professor muß in der Stadt arbeiten und möchte, daß

ich ihm assistiere. Vielleicht müssen wir die ganze Nacht wegbleiben...«

»Die ganze Nacht studieren?«

»Glauben Sie nicht, Herr Professor?«

»Nun, möglicherweise schon«, sagte ich. »Das heißt, wenn es Sie nicht...«

»Überhaupt nicht. Meine Eltern sind einverstanden. Das Studium kommt vor dem Vergnügen.«

»Das Studium *ist* ein Vergnügen«, sagte der alte Knabe, indem er eine stehende Redewendung in der Familie benutzte.

»Natürlich«, sagte Shoshana. »Ich bin soweit.«

Wir gingen ins Sheraton und studierten die ganze Nacht.

2

Das Verlobungsfest fand am Freitag abend statt, damit Miriam und Avner noch vor dem Sabbat eine Transportmöglichkeit aus En Gedi bekamen. Shimshon hatte einen Freund mitgebracht, einen strammen, rotbemützten Lieutenant. Der Freund war ein fröhlicher Kerl, und auch Shimshon, der jetzt seine finster brütende Art verloren hatte, hatte sich sehr gemacht. Er riß sogar Witze darüber, daß ich zuviel trank, als der Sakramentswein und später der Sekt, Marke »President«, am Tisch herumging. Er hatte den Arm um Shoshana gelegt und gab sogar ein paar gut gewählte Verse aus dem Buch der Sprüche als Antwort auf den Toast ihres Bruders von sich.

»Eine züchtige Frau«, deklamierte Shimshon errötend und schloß sie in den Arm, »ist schwer zu finden. Denn ihr Wert ist höher als der von Rubinen.«

»Hört, hört«, sagte ich.

Avner wiederholte es, erhob sein Glas und verdeckte damit einen tödlichen Blitz aus Miriams Augen, der mich treffen sollte.

Der Alte, den diese angenehme Wendung des Gesprächs beflügelte, steuerte nun selbst ein paar passende Zitate bei. Als im Verlauf des Fests mehrere Gespräche parallel geführt wurden, schien er wieder zum *Vay'chi* zurückzufinden.

»*Der Herrscherstab zu seinen Füßen.* Was können wir daraus entnehmen? Auch *Nicht wird das Zeichen von Juda weichen.* Ibn Esra steht auf dem Standpunkt…«

»Und zum Schluß, was geschah dann? Hat die Botschaft die Sache in die Hand genommen, die Rechtsabteilung?«

»Wir haben uns gefragt: Wem schreibt er bloß? Er sitzt für sich allein stundenlang da und schreibt und schreibt. Und wenn die Post kommt, wer ist zuerst da? Jetzt sehe ich, daß er seine Zeit nicht vergeudet hat, der Hund! Diese stillen Wasser…«

»Nehmen Sie Gebäck zum Wein, Professor. Wie kann man trinken, ohne zu essen? Sehen Sie sie an – wie glücklich sie ist!«

»Genau, wenn wir es als Herrscherstab interpretieren, haben wir die gleichen Schwierigkeiten. Er hat bereits das Zepter erwähnt. Es ist also etwas Mystisches, etwas Heiliges, das Juda zu Füßen liegt…«

»Alles, was ich sagen kann, ist, daß dieser Kerl verdammtes Glück gehabt hat. Ich wäre nicht ruhig geblieben. Diese Schweine mit ihren großen Autos – mir wäre es egal gewesen, was es kostet. Ich hätte mir den besten Anwalt der Stadt genommen – Ärger, Ärger, sicher hat man Ärger. Wegen so etwas würde ich den Ärger auf mich nehmen. Es wundert mich, daß Ihre Botschaft sich nicht…«

»Ein weiter Weg von En Gedi! Ich sagte, es ist ein weiter Weg – du hast nicht vergessen, wie es dort ist? Und die Höhle von Shulamit, erinnerst du dich? Wie? Ha-ha? Wie? Auf die Höhle von Shulamit. Ich sagte, auf die – und auf dich natürlich. Auf deine Gesundheit. Daß du immer die Kraft behalten mögest…«

»Wir müssen uns also fragen, wenn nicht der Messias, dann vielleicht ein Gegenstand, ein heiliger Gegenstand? Und daher, wenn wir die Interpretation von Shiloh als Shaleh, Frieden, mit berücksichtigen, bleibt uns die Frage – was gibt Juda auf, wenn Frieden...«

Es war ein nettes Fest. Niemand war betrunken.

In dieser Nacht schlief ich allein im Sheraton.

Als am Samstag abend der Sabbat vorüber war, brachen alle auf, auch Shoshana. Sie kam zu mir ins Sheraton.

»Hast du daran gedacht, deine Einheit anzurufen?« fragte ich.

»Ja, habe ich.«

»Was hast du ihnen gesagt?«

»Daß ich im Bett bleiben muß.«

»Stimmt sogar«, sagte ich. Wir blieben beide im Bett, mit einer Flasche President. Wir mußten ihren neuen Familienstand feiern.

Sonntag war ein gräßlicher Tag. Ich versuchte, Agrot anzurufen, erreichte ihn aber nicht. Daher rief ich bei ein paar anderen an und erreichte schließlich den Anwalt. Er sagte, ja, soweit er wisse, solle die Entscheidung heute verkündet werden. Er hielt sich bereit, um zum Heikhal-Shelomo zu fahren. Nein, er glaubte nicht, daß ich helfen könne. Aber er glaubte auch nicht, daß meine Anwesenheit schaden würde, also brach ich auf.

Wir nahmen den Streiml mit, gaben ihn in einer großen Plastiktüte bei dem Arzt ab und bedankten uns. Dann irrten wir umher und suchten Agrot. Er war nirgendwo zu finden, und ich konnte nicht in den Heikhal-Shelomo. Abends fuhren wir nach Tel Aviv zurück, gingen ins Sheraton und trafen ihn dort an. Über ein Glas Brandy gebeugt, saß er da, und wir sahen auf den ersten Blick, wie die Entscheidung ausgefallen war.

Er hatte Notizen mitgebracht, die er aus seiner Brusttasche entfaltete und herüberreichte. Es waren zwei Blätter. Auf dem ersten stand:

Der Beschluß lautet, daß die Wahrscheinlichkeit, daß ein heiliger Gegenstand – und das war alles, was wir zu entscheiden hatten – unter den Gebäuden in einem fortgeschrittenen

Bauabschnitt in Barot zu finden ist, als gering angesehen werden muß. Eine Minderheit ist der Meinung, daß ein Kunstwerk heiligen Charakters dort deponiert wurde und daß seine Überreste immer noch vorhanden seien. Das einhellige Urteil lautet, daß diese Reste, wenn vorhanden, nicht mehr den heiligen Charakter des ursprünglichen Artefakts haben können und daß dieser heilige Charakter nur dem Kunstwerk, nicht jedoch dem Material innewohnen könne, aus dem es hergestellt ist.

»Oh, mein Gott. Es tut mir leid.«

»Blättern Sie um«, sagte Agrot. »Ein Versicherungsschein.«

Ich blätterte um. Auf dem zweiten Blatt hieß es:

Das Komitee hält es jedoch für angemessen, die Verantwortlichen für die Bauarbeiten darauf hinzuweisen, daß das Kashrut-Zertifikat für die Planierung nur unter der Bedingung ausgestellt wird, daß eine bestimmte Mikwe auf dem Gelände versetzt wird. Ein angemessener Verwendungszweck für den Ort wäre ein Andachtsraum, eine Bet ha-Midrash oder ein Studiensaal.

Ich inhalierte tief und stieß den Rauch aus.

»Teitleman«, sagte ich, »hat natürlich enorm viel für einen Andachtsraum und eine *Bet ha-Midrash* übrig.«

»Das kann man nie wissen«, sagte Agrot müde. »Ich würde die Voraussage wagen, daß es in den nächsten Jahren im Camphire eine Menge Rabbiner als Gäste geben wird. Besondere Gäste. Echte Gäste. Und er, Teitleman, wird wachsendes Interesse für religiöse Dinge zeigen. Ich habe heute etwas anderes erfahren – etwas, das nichts mit unserer Sache zu tun hat. Es scheint, als plane er den Bau eines preiswerten Wohnkomplexes für religiöse Jugendliche. Ein gemeinnütziges Projekt, das vom Rabbinat verwaltet werden soll. Er geht davon aus, daß er das Startkapital zinsfrei zur Verfügung stellen kann, falls er keine unerwarteten Ausgaben hat.«

Eine Flasche President schien in dieser Nacht nicht angebracht. Es gab nichts zu feiern. Ich war niedergeschlagen und trank statt dessen lieber kernigen Stock.

»Mach dir nichts draus. Wenn sie dort liegt, kann sie wenigstens niemand wegnehmen.«

»Stimmt.«

»Und sie liegt schon so lange dort.«

»Stimmt auch.«

»Glaubst du, daß man sie je finden wird?«

»Glaubst du, daß es jemals einen Zustand poetischen Friedens geben wird?«

»Was für einen Zustand?«

»Poetischen Friedens.«

»Ich glaube«, antwortete sie und schob die Flasche weg, »wir sollten das Thema wechseln. In unserer letzten Nacht.«

Wir wechselten das Thema.

Hinterher sagte sie: »Ich weiß nicht, was mit mir los ist. Ich weiß, es ist schlimm. Aber mir kommt es nicht schlimm vor.« Nachdenklich zog sie mit den silbernen Fingernägeln wieder Furchen auf meiner Brust. »Mir kommt es so vor, als hätte es nichts mit Shimshon zu tun. Es hat mit niemandem etwas zu tun, außer mit dir und mir. Es ist – etwas ganz Persönliches, nicht?«

»Irgendwie schon«, sagte ich.

»Und du glaubst nicht, daß es unrecht ist?«

Doch. Es kam mir zweifellos unrecht vor. Aber heute lag viel Falsches in der Luft. Und mit den größeren Kalibern schien die Almogi nicht umgehen zu können.

»Nicht besonders«, sagte ich.

»Es war nett, nicht wahr?«

»Es war wundervoll.«

»Sehe ich dich wieder, Caspar?«

»Natürlich.«

»Aber es wird so etwas nicht mehr geben.«

»Nicht?«

»Nein«, sagte sie und nickte ernsthaft.

Plötzlich lächelte ich sie an, dieses Geschenk des Himmels. Aber ich dachte an etwas anderes.

Ich dachte, daß Shimshon über kurz oder lang auf den Gedanken kommen würde, daß ihn jemand übers Ohr gehauen hatte. Ich übersetzte ihr das.

Sie sagte: »Ich finde nicht, daß es sehr nett ist, jetzt davon anzufangen.«

»Gut.«

»Aber falls du dir Sorgen machst: Da ist noch Judo.«

»Judo?«

»Ja. Sehr anstrengend.«

»Oh. Ah.«

»Worüber lächelst du?«

»Über dich.«

»Weil ich Shimshon heirate und du abreist?« Aber sie lächelte selbst, ein trauriges kleines Lächeln.

»Nein. Weil ich dich liebe.«

»Glaubst du?«

»Ich glaube schon.«

»Dann liebe ich dich auch«, sagte sie sanft. Ich lächelte sie an. »Jetzt sag mir, was du wirklich denkst.«

»Ich glaube, wir sind Reisende, Liebling«, sagte ich.

»Was bedeutet das?«

»Das bedeutet, wir sind auf der Durchreise. Wir sind vergänglich. Wir bewegen uns weiter. Man darf alles nicht so ernst nehmen, jedenfalls das meiste. Dann kann es sehr nett sein.«

»Nichts ist ernst?«

»Oh, doch. Manchmal kann jemand in der Eile eine bedeutungsvolle Erinnerung hinterlassen. Nicht sehr oft, aber manchmal.«

»Reden wir nicht von Liebe?«

»Wir reden von allen möglichen Dingen. Wir reden ungeheuer viel, findest du nicht?«

»Ja. Laß uns jetzt schlafen.«

»Bald«, sagte ich. Plötzlich bewunderte ich sie.

Am nächsten Morgen verabschiedete ich mich von ihr. Ich zahlte die Rechnung, buchte einen Standby-Flug auf einer Caravelle nach Brüssel. Dann – ich fühlte mich mehr denn je wie ein Durchreisender – machte ich mich nach Lod auf. Am Telefon sprach ich mit Agrot, und er wartete am Flughafen. Auch Tanja war dort. »Wir vergewissern uns lieber, daß Sie wirklich abreisen«, sagte er, nachdem wir eine Weile schwerfällig Konversation gemacht hatten. Er ging, um nachzusehen.

»Jetzt wenden Sie sich also ruhigeren Zeiten zu«, sagte Tanja.

»Sozusagen.«

»Natürlich! Ihr neuer Ruf. Ich habe gehört, Silberstein hat all Ihre Bücher besorgt.«

»Ja.« Uri hatte eine Menge Neuigkeiten verbreitet.

»Ich wünsche Ihnen alles Gute. Es klingt wunderbar, toll, eine wirklich interessante Herausforderung. Es tut Ihnen sicher leid, daß Sie hier Ihre Zeit verschwendet haben. All der Ärger und die Aufregung, und es kam nichts dabei heraus.«

»Nun, ich weiß nicht«, sagte ich. »Wir wissen, wo sie ist. Vielleicht eines Tages ...«

»Ein langer Weg.«

»Es ist ein langer Weg nach Shiloh.«

»Wohin?«

»Alles klar. Kommen Sie. Sie haben einen Platz erhalten«, sagte Agrot, der zurückgekehrt war. »Sie müssen schnell machen. Beeilen Sie sich. Schalom. Schalom.«

»Schalom«, sagte Tanja und küßte mich.

»Schalom.«

»Schalom. Schalom.«

Und weg war ich. Eine Stunde später, so seltsam, wie das bei Flugreisen immer ist, bei denen die unmittelbare Vergangenheit noch schneller verschwindet als die Landschaft unter uns, spürte ich schon, wie weit weg alles war, weit weg, in einer anderen Zeit; mit all den Gesichtern darin eingeschlossen, die weiterhin ihren Weg gingen: Himmelwasser und Teitleman, und der böswillige Mr. Benjamini und der rotäugige Shimshon ...

Ich war schon mit der Zukunft beschäftigt, der interessanten Herausforderung, von der Tanja in längst vergangener Zeit gesprochen hatte. Die Universität von Beds wartete. Und Lady Longlegs. Es gab genügend Herausforderungen, bis Shiloh kam. Das Beruhigende an diesem Gedanken wurde durch einen weiteren verstärkt, der ein warmes, wohliges Gefühl in mir weckte, während die Caravelle dahinbrummte. Vielleicht war es gar nicht so weit hin bis Shiloh. In einer vergänglichen Welt gehörten Teitlemans Werke zum Vergänglichsten.

Stille und Sturm
Roman
450 Seiten
btb72031

Aus Freude am Lesen

Peter Matthiessen

Nach dem großen Hurrican von 1910 versammeln sich die waffenfähigen Männer von Chokoloskee, um Edgar J. Hoover zu ermorden – ein Lynchmord, ausgeführt nach uralten Regeln. Wo aber liegt das Motiv? Und wer war Edgar J. Hoover? Mit großer erzählerischer Kraft und Poesie läßt Peter Matthiessen vor unseren Augen eine faszinierende, längst versunkene archaische Welt entstehen.

Schule der Nacht
Roman
354 Seiten
btb 72039

Aus Freude am Lesen

Dennis McFarland

Die Geschichte eines sehr ungleichen Geschwisterpaares, das sich nach Jahrzehnten der Trennung zaghaft wieder einander annähert. Eine schreckliche Entdeckung aber macht ihnen bewußt, daß man die Vergangenheit nicht für immer verdrängen kann. Ein großartiger poetisch realistischer Roman von einem der vielversprechendsten Autoren der USA.